KB272011

The Resisting Reader

저항하는 독자 : 미국 소설에 대한 페미니스트적 접근

발행일 초판 1쇄 2026년 3월 30일 | **지은이** 주디스 페털리 | **옮긴이** 임유진
펴낸곳 북튜브 | **펴낸이** 박순기 | **주소** 경기도 고양시 덕양구 소원로 181번길 15, 504-901
전화 070-8691-2392 | **팩스** 031-8026-2584 | **이메일** booktube0901@gmail.com

ISBN 979-11-92628-63-9 03800

Booktube 튜브 책과 강의를 가로지르는 인문학

주디스 페털리 지음
임유진 옮김

The Resisting Reader

저항하는 독자

미국 소설에 대한   페미니스트적 접근

Booktube
북튜브

사랑을 담아, 모든 것을 시작하게 해준 여성들에게 이 책을 바칩니다.
로절리 데이비스(Rosalie Davies), 엘리자베스 게이 포브스(Elizabeth Gay
Forbes), 데버라 해리스(Deborah Harris), 로즈메리 헤네시(Rosemary
Hennessey), 낸시 폴리코프(Nancy Polikoff), 조앤 로스(Joann Ross),
린다 스타이너(Linda Steiner)

| 일러두기 |

1 이 책은 Judith Fetterley, *The Resisting Reader : A Feminist Approach to American Fiction*(Indiana University Press, 1978)을 완역한 것이다.

2 한국 독자들의 편의를 위해 1장에서 다루고 있는 네 편의 단편을 부록에 수록했다. 번역은 모두 옮긴이의 것이다. 해당 작품의 제목과 발표 연도는 다음과 같다.

Washington Irving, "Rip Van Winkle"(1819).

Sherwood Anderson, "I Want to Know Why"(1921).

Nathaniel Hawthorne, "The Birthmark"(1843).

William Faulkner, "A Rose for Emily"(1930).

3 본문의 각주에는 지은이 주와 옮긴이 주가 있으며, 옮긴이 주는 각주 앞에 '[옮긴이]'라고 표시했다. 본문과 각주에 옮긴이가 추가한 내용은 대괄호([ ])로 표시했다. 원서에도 지은이가 텍스트를 인용하며 대괄호로 추가한 부분이 있으나, 가독성을 위해 별도로 표시를 하지는 않았다.

4 단행본, 정기간행물, 장편소설의 제목에는 겹낫표(『 』)를, 단편소설, 미술이나 조각 작품의 제목 등에는 낫표(「 」)를 사용했다.

5 인명·지명 등 외국어 고유명사는 2017년 국립국어원에서 펴낸 외래어 표기법을 따라 표기했다.

서문

이 책은 교실에서 시작되었다. 1971년 가을, 나는 펜실베이니아 대학교에서 '미국 문학 속 여성의 이미지'라는 과목을 가르쳤다. 학생들에게 나는 우리가 읽는 문학 작품에 대한 반응과 토론에 대해 감상을 쓰도록 했고 나 역시 그런 노트를 쓰고 있음을 밝혔다. 학기 말에 학생들에게 노트를 보여 달라고 했을 때 그들은 지극히 당연하게도 내 것 역시 보기를 청했고, 그 결과 행간도 없이 빽빽한 15페이지 분량의 문서가 만들어졌는데, 거기에는 수업에서 읽은 작품들과 관련하여 내가 느끼기에 핵심적이라고 여겨지는 통찰이 담겨 있었다. 나는 나의 '문서'를 학생들과 펜실베이니아 대학 동료들, 그해 MLA(현대어문학협회) 회의의 여러 토론 그룹, 그리고 지역 페미니스트 친구들에게 나눠 주었다. 반응은 열정적이고 뜨거웠고, 이에 힘입어 나의 노트를 본격적인 연구로 발전시키는 작업에 착수해도 좋겠다는 생각을 할 수 있었다. 이듬해인 1972~73학년도에 펜실베이니아 대학에 무급 휴직을 신청하고서야 비로소 나는 지난 5년 동안 내 시간과 에너지의 대부분을 차지했던 바로 그 작업을 시작할 수 있었다. 그리고 1975년 여름, 뉴욕주립대/연구재단의 연구 펠로십 지원을 받게 되며 원래 생각한 기획보다 다소 압축된 형태로나마 마침내 책을 끝마칠 수 있었다.

펜실베이니아 대학교 강의실에서 시작된 대화는 뉴욕 올버니 대학교에서도 이어졌고, 지난 몇 년간 펜실베이니아 대학교에서 가르쳤던 것과 유사한 수업을 이곳에서도 가르쳤다. 나는 수업에서 학생들과의 교류와 상호작용을 통해 끊임없이 생각을 발전시키고 다듬고 변화시켰다. 모쪼록 이 책이 그 대화를 더욱 확장하고, 그 자체로 하나의 교육 방식이 될 수 있기를 진심으로 바라는 바이다. 페미니즘 비평은 성장하고 변화하며 계속해서 자기변신을 거듭하는 현상으로, 성문화(成文化)되거나 단선적으로 정의되는 것, 성급하게 한계가 설정되는 것에 저항한다. 「서론」은 나의 사고를 형성하고 이 책을 탄생시킨 페미니스트 비평의 여러 측면을 기록하려는 시도로, 페미니스트 비평의 형식과 기능에 대한 최종적인 진술이 결코 아니다. 작품 분석에 대해 말하자면, 각 작품은 내가 쓴 것보다 더 많은 것을 이야기할 수 있고, 또 이야기해야 하는데, 만약 이 책이 제대로 작동한다면 아마도 더 많은 것을 이야기할 수 있을 것이다. 부디 내 책이 대화나 토론, 논쟁과 다시 읽기, 궁극적으로는 다시-보기(re-vision)에 시사하는 바가 있기를 바란다.

하지만 에이드리언 리치(Adrienne Rich)가 말했듯이, 이러한 "다시-보기(re-vision), 즉 과거를 돌아보고, 새로운 시각으로 바라보고, 오래된 텍스트를 새로운 비평적 관점에서 들여다보는 행위는 우리에게 문화사(史) 속 챕터 하나 이상의 의미를 지닌다. 그것은 곧 생존의 행위이다". 나에게 이 책은 단순히 학술적인 자료나 문학 비평 행위, 미국 문학에서의 여성에 대한 강좌용 텍스트를 넘어서는 것이며, 대화를 위한 자료를 훨씬 뛰어넘는 의미를 지닌다. 바로 생존의 행위인 것이다. 이것은 우리가 늘 읽는다는 사실, 그리고 우리가 읽는 것이 또한 우리에게 영향을 미친다는 전제에 기반한다. 리치의 표현을 빌리면 그 가정과 전제들이 우리를 잠식한다는 것인데, 우리가 이 가정들에서 익사하지 않으려면 반드시 다시 읽는 법을 배워야 한다는 뜻이다. 따라서 나는 이 책을 "미국 소설의 남성적인 황야"에 갇힌 여성 독자를 위한 자기방어 생존 매뉴얼이라고 생각한다. 최상의 페미니스트 비평은 단순히 세상을 해석하는 데 그치지 않고, 읽는 사람들의 의식과 그들이 읽는 것의 관계를 변화시킴으로써 세상을 바꾸고자 하는 정치적 행위이다. 이런 의미에서 나는 이 책이 수잰 주하스(Suzanne Juhasz)의 말처럼 "사건에 대한 논평이 아니라 그 자체로 하나의 사건"이 되기를 바라며, 앤드리아 드워킨(Andrea Dworkin)의 다음과 같은 주장을 실천할 수 있기를 바란다. "나는 작가들이 전적으로 믿는 것을 책으로 쓰기를 바란다. 나는 작가들이 행동으로서 책을 쓰기를 바란다. 나는 작가들이 사람들이 살아가는 방법, 나아가 살아가는 이유에 변화를 가져올 수 있는 책을 쓰기를 바란다. 나는 작가들이 감옥에 갈 만한 가치가 있고, 싸울 만한 가치가 있는 책을 쓰기를 바란다."

물론 이 연구는 펜실베이니아 대학교 강의실보다 훨씬 전, 내가 페미니즘에 헌신하기 훨씬 전, 문학을 공부하기 훨씬 전, 그리고 내가 태어나기도 훨씬 전부터 시작되었다. 그것은 가부장제의 시작과 그 체제가 여성에게 미친 영향과 함께 시작되었다.

나는 언제나 상실을 느꼈다——
내가 기억할 수 있는 가장 처음의 일은
나는 무언가를 잃은 채였다——그게 무엇인지도 알지 못하고
너무 어려서 누구도 의심하지 않았던

애도자가 아이들 사이를 걸어다녔고

그럼에도 나는 아무렇지 않은 듯 돌아다녔다

마치 왕국을 잃고 애도하는 이처럼—

그것 자체가 추방된 유일한 군주이므로

시의 처음 두 연에서 디킨슨(Emily Dickinson)은 가부장적 문화 속 여성의 조건을 정의한다. 그녀의 원초적인 의식 행위는 상실의 감각이다. 프로이트는 이를 자신의 비대한 남근중심주의 속에서 특정한 신체 일부를 향한 애도라고 오만하게 해석했지만 실상은 그 신체 일부가 대표하는 인격의 가능성들에 대한 애도였다. 버려지고, 상속에서 배제되며, 추방된 여성은 '타자'이며 '외부인'이다. 아이들 틈에 있는 애도자이지만, 방종이 허락되지 않았으므로 진정한 의미에서 아이는 될 수 없다. 또한 진정한 성인도 될 수 없는데, 왜냐하면 온전히 책임을 지는 일이 허용되지 않았기 때문이다. 그녀는 영원히 '어린 애도자', '여자 아이'로 남는다. 초인적이거나 비인간적인 존재는 될 수 있으나, 결코 그저 인간이 되지는 못한다. 그러나 상실보다 더 고통스러운 것은 상실의 본질, 때로는 상실이라는 그 사실 자체마저 가리는 의식의 혼란이다. 신화와 이미지, 교리, 규정, 법률, 규율, 신과 인간(남성), 그리고 **두려움**, **두려움**, **두려움**에 둘러싸여 그녀는 그 살점 조각과 사과 한 입에 대한 이론을 믿도록 기만당하고, 자신이 무엇을 잃었는지조차 모른 채로 남는다. 그녀의 조건은 고립이며, "추방된 유일한 군주"는 존재로서의 확신이다. 그녀의 자아상이 괴물스러운 건 고립의 결과이며, 또한 그것은 '인간'이라는 말이 곧 '남성'을 뜻하는 가부장제 명제의 결과이기도 하다. 가부장제 하에서 여성의 조건은 정확히 "추방된 군주"의 것과 같다. 모든 면에서 남성과 동일시하도록 강요받으면서도, 끊임없이 여성이 라는 사실을 상기해야 하는 그녀는 결국 '그것'(it)으로의 변형을 겪으며 인격이라는 지배권은 정말로 상실되어 버린다.

그런 만큼 이 책은 우리의 상실, 우리의 고독의 해소, 우리의 지배권의 회복에 대한 규정을 위해 존재한다. 따라서 이 책은 나를 격려하고 돕고 영감을 준 수많은 여성들의 열정과 비전 덕분에 가능했던, 당연한 말이지만 공동체적인 행위였다. 내가 진 빚에서 가장 큰 부분은 헌사에 담은 바 있고, 다른 부분은 「서론」에 담았다. 「서론」의 방대한 인용은 단순히 요점을 제시하거나 중요한 인식을 공유하기 위함일 뿐만 아니라, 내가 다른 여성들의 업적에 빚지고 있음을 표현하기 위한 것이었다. 마지막으로, 이 책을 쓰는 과정에서 시간과 에너지, 감정적·지적 에너지를 아낌없이 바쳐 준 여성들, 마사 워른 파이어스타인(Martha Warn Firestine), 캐럴 프리드먼(Carole Friedman), 그리고 조앤 슐츠 (Joan Schulz)에게 감사를 드린다.

차례

서론 _ 문학의 정치학에 대하여

I

문학은 정치적이다. 구태여 이 사실을 강조해야 한다는 점이 괴
롭지만, 그러한 강조의 필요성 자체가 곧 문제의 차원을 시사한
다 할 것이다. 일찍이 존 키츠(John Keats)는 "우리에게 노골적
인 기획(palpable design)을 드러내는 시"에 반대한다고 말한 바
있다. 하지만 미국 소설의 주요 작품들은 여성 독자를 겨냥하여
정교하게 설계된 일련의 기획들로 구성되어 있으며, 이 효과는
그것이 '감지할 수 없게'(impalpable) 작동하기 때문에 더욱 강
력해진다. 우리 문학의 기획이 여성 독자의 의식에 포착되지 못
하고, 그 결과 인식되기 어렵게 만드는 주된 요인 중 하나는 바
로 문학의 탈정치적 태도, 즉 문학이 모든 개인적인 요소와 순수

한 주관성을 제거했거나, 최소한 예술이라는 매개를 통해 그것들을 재현으로 변형시키는 형식을 통해 보편적 진리를 말한다는 허위의식이다. 단 하나의 현실만이 장려되고 적법한 것이 되면서 전승될 때, 그리고 그 제한된 시각이 끊임없이 자신의 포괄성을 주장할 때, 우리는 의식의 혼란 속에서 그 감지불가능성(impalpability)이 자라날 수 있는 조건을 갖추게 된다. 이 책의 목적은 다른 현실과 다른 시각에 목소리를 부여하고, 낡은 '보편성'에 다른 주체성을 가져오는 데 있다. 여성에 대한 태도가 어떻게 미국 소설의 형식과 내용을 형성하는지를 밝히는 작업은 지금까지 무의식에 가까웠던 것들을 의식으로 불러들이는 일이며, 이는 곧 우리가 이 소설들을 이해하는 방식, 이들과의 관계, 이들이 우리에게 끼치는 영향까지 변화시키는 일이다. 즉, 그들의 기획을 가시화하는 일이다.

미국 문학은 남성이다. 현재 고전으로 간주되는 미국 문학의 정전을 읽는 일은 어쩔 수 없이 자신을 남성으로 정체화하게 만든다. 물론 이러한 일반화에 대한 예외는 도처에서 발견되지만 에밀리 디킨슨의 시나 이디스 워튼(Edith Wharton)의 소설 같은 예외들은 대체로 논쟁을 모호하게 하고 문제를 흐릴 뿐이다. 미국 문학은 남성이다. 미국 문학은 여성을 그냥 내버려두지도 않을뿐더러 참여를 허용치도 않는다. 문학은 보편성을 강조하는 동시에 그 보편성을 구체적으로 남성의 용어로 정의한다. 「립 밴 윙클」(Rip Van Winkle)은 이런 현상의 전형적인 예이다. 노동을 피하고, 권위에서 벗어나고, 인생의 중요한 결정이 잠자는 동안 이루어지기를 바라는 욕망은 분명 남자와 여자 모두에게 해당되지만 어빙(Washington Irving)의 이야기에서 이 '보편적인' 욕망은 남성의 것이 된다. 노동과 권위, 결정을 내리는 일은 밴 윙클 부인으로 상징되며, 도피에 대한 갈망은 아내를 상대로 정의된다. 그녀는 반드시 도피해야 할 대상이며, 여기서 도피하는 '사람'은 필연적으로 남성이다. 메일러(Norman Mailer)의 『미국의 꿈』(*An American Dream*)에서 희생양을 만드는 제의를 통해 모든 병폐를 제거한다는 환상도 마찬가지로 남성적이다. 희생양은 여성/아내이고, 정화된 생존자는 남성/남편이다. 이러한 소설에서 여성 독자는 명백하게 자신이 배제되는 경험에 참여하도록 강제되며 자신과 반대로 정의되는 자아와 동일시할 것을 요청받는다. 여성은 자기 자신에 반(反)하는 존재로 정체화하는 일이 필수적인 것이다.

여성 독자가 미국 문학과 맺는 관계는 통상 우리 문학이 경험과 정체성에 있어 특별히 무엇이 미국적인지를 규정하는 데 헌신해 왔다는 사실로 인해 더욱 문제적인 것이 된다. 문학에 만연한 남성적 편견을 감안할 때, 미국인으로서의 경험이 남성으로서의 경험과 동일시되는 것은 놀라운 일은 아니다. 피츠제럴드(F. Scott Fitzgerald)의 『위대한 개츠비』(*The Great Gatsby*)에 드러난 환멸과 배신이라는 경험의 배경은 미국의 발견이며, 데이지가 개츠비를 저버리는 것은 미국이 미국을 '발견'한 남성들의 상상 속 기대에 부응하지 못하는 실패를 상징한다. 미국은 여성이고, 미국인이 된다는 것은 남성이 되는 것이며, 본질적인 미국적 경험이란 여성에 의해 배신당하는 것이다. 헨리 제임스(Henry James)는 『보스턴 사람들』(*The Bostonians*)이라는 아주 미국적인 이야기에서 여성의 처지를 주제로 삼음으로써, 비록 우리 문화까지는 아닐지라도 적어도 미국의 문학을 분명히 정의한 바 있다.

권력은 문학의 정치에서, 그리고 다른 모든 것의 정치에서 쟁점이 된다. 자신의 정체성을 규정한다고 주장하는 문학에서 배제된다는 것은 아주 독특한 형태의 무력감을 경험하는 일이다. 단순히 예술에서 자신의 경험이 언어화되고, 명료해지며, 정당화되는 것을 보지 못하는 데서 비롯되는 무력감이 아니라, 더 중요하게는 자아와 자아의 끝없는 분열, 즉 남성이 된다는 것—보편적 존재, 미국인이 된다는 것—은 **여성이 아닌** 존재가 되는 것임을 상기시키는 동시에 남성으로 정체화하는 소환의 결과에서 비롯되는 무력감을 경험하는 것이다. 무력감은 여성의 독서 경험을 특징지을 뿐만 아니라, 읽는 내용까지도 설명해 준다. 본 연구를 위해 선정된 각 작품들은 여성에게 행사하는 남성 권력의 드라마를 하나의 양상으로 제시하면서 또한 그것을 실제로 수행한다. 그렇다면 여성 독자와 미국 문학의 관계에서 최후의 아이러니이자 굴욕은, 문학이 산출해 내는 바로 그 경험으로부터 여성이 자신을 분리시키도록 강요받는다는 점에 있다. 무력함은 주제가 되고 무력함은 경험이 되며, 이러한 기획은 립 밴 윙클/프레더릭 헨리/닉 캐러웨이/스티븐 로잭이 우리 모두를 대신해 말하도록 만든다.

우리 문학에서 권력의 드라마는 종종 위장되어 있다. 「립 밴 윙클」에서 립은 무력한 존재로 위장하고, 사나운 아내 앞에서 주눅 드는 공처가 남편의 모습을 연기한다. 그러나 립이 산에서 목격한 여성들의 폐위라는 드라마로 무장하고 돌아와, 아내가 죽었고 이제 자신이 항상 원하던 것을 자유롭게 누릴 수 있다는 사실을 알게 되는 순간 "맙소사, 부인, 나쁜 뜻이 아니었어요"라는 태도는 사라지게 된다. 셔우드 앤더슨(Sherwood Anderson)은 「이유를 알고 싶다」(I Want to Know Why)에서 백인 남성에게 여성, 말, 흑인에 대한 권력을 부여하는 문화에서 남자가 된다는 것의 의미를 발견한 소년의 트라우마를 통해 권력의 문제를 굴절시킨다. 「립 밴 윙클」보다는 더 솔직하고 공감할 만한 앤더슨의 이야기는 그럼에도 불구하고 우리 문학의 상상력의 한계와 그 한계에 대한 이유를 모두 드러내고야 만다. 스토리텔링과 예술은 소년이 남자로 자라야만 하는 피할 수 없는 현실을 한탄할 뿐, 남자가 되는 일의 다른 대안적인 비전을 제시하지는 못한다. 노스탤지어에 젖어 있는 「이유를 알고 싶다」는 결국 자신이 혐오하는 관점으로 가득 차 있는데, 그 관점을 부정하는 일은 곧 권력을 포기하는 일인 까닭이다. 이 한탄은 자기만족적이며 변화에 대한 책임감 없이 죄책감을 느끼는 사치를 선사한다. 그리고 남성이 치러야 하는 대가를 통해 성차별의 비극을 보여 준다는 점에서 완벽하게 남성중심적이다. 결국 우리는 소년을 위해 울 뿐, 그가 이용하게 될 창녀들을 위해 울지는 않는 것이다.

호손(Nathaniel Hawthorne)의 「모반」(The Birthmark)에서 권력이라는 주제는 더욱 분명하게 드러난다. 이야기의 핵심은 남성이 여성을 지배한다는 사실과 그 사실의 함의이다. 에일머가 조지아나를 대상으로 자유롭게, 심지어 그녀가 죽음에 이를 때까지 실험을 할 수 있는 것은 그녀가 여성이자 아내이기 때문이다. 호손은 에일머가 실험실을 떠나기를 주저하는 모습과 여성과 섹스에 대해 본질적으로 느끼는 불편함을 묘사함으로써, 결혼이 남성의 손에 쥐여 주는 권력의 매력을 암시한다. 그렇다면 에일머는 어째서 최초의 망설임과 저항을 넘어설 만큼 이 권력을 간절히 욕망하게 되는가? 지금껏 에일머는 '어머니' 자연에 필적하는 권력을 얻으려는 모든 노력에 실패해 왔다. 그런 그에게 조지아나는 어머니 자연의 창조물을 다시 만듦으로써 자연을 능가할 기회를 제공하는 것이다. 그리고 설령 실패하더라도, 그는 결과적으로 승리하는 셈인데, 왜냐하면 그는 자신의 적수가 지상에서 구현된 화신이자 대리자[인 조지아나]를 파괴한 것이 되기 때문이다. 호손은 인물이 이중적인 존재로 읽히기를 의도하면서 에일머가 연인이자 남편, 과학자의 모습을 취하게 함으로써 그가 어떻게 권력을 얻고 그 권력을 이용해 자신의 부족함을 달래려 했는지를 능숙하게 그려 낸다. 하지만 그럼에도 불구하고 호손은 앤더슨이 그러하듯 그 병을 단순히 병들었다고 부르는 것 이상으로 나아가지 않는다. 그는 성 정치 문제를 '보편'이라는 연무(煙霧) 속으로 감추고, 아내가 남편에게 살해당하는 사건을 이상주의의 언어로 포장한다.

그로테스크라는 장치가 포크너(William Faulkner)에게는 호손에게 이상(ideal)이 그러하듯 하나의 위장으로 기능할 수 있지만, 「에밀리에게 장미를」(A Rose for Emily)은 남성이 여성에게 행사하는 권력을 명시적인 주제로 삼는다는 점에서 「모반」보다 멀리 나아간다. 에밀리의 삶은 아버지의 절대적인 통제에 의해 형성되었다. [그런 의미에서] 그녀가 호머 배런을 살해한 것은 행위(action)가 아닌 **반응**(*reaction*)이다. 에밀리는 성차별이라는 신화가 부여한 권력을 행사하지만 그 권력은 미미하며, 그녀의 보복은 자신을 억압하는 가부장제에 대한 대안이 될 수 없다. 그러나 포크너는 앤더슨과 호손이 그러했듯 궁극적으로 자신을 보호하고 분석의 의미를 단락(短絡)시키는데, 이는 단순히 에밀리를 중심이 아닌 기이한 괴짜로 만드는 그로테스크의 사용뿐 아니라 희생자의 선택을 통해서도 마찬가지로 드러난다. 에밀리로 하여금 남부의 가부장인 스티븐스 판사가 아니라 북부 출신의 일용직 노동자 호머 배런을 살해하게 함으로써, 포크너는 보복이라는 최소한의 권력의 전복이라는 상상에서조차 자신이 얼마나 나아갈 의향이 있는지를 보여 준다. 호머 배런의 제거는 스티븐스 판사가 대표하는 체제에 실질적인 위협이 되지 않는다. 오히려, 그 체제를 유지하기 위해서는 이따금 일용직 노동자들이 희생되어야 할지도 모른다.

『무기여 잘 있거라』(*A Farewell to Arms*)에서 권력의 문제는 낭만적 사랑의 신화, 언어, 구조, 그리고 선하고 아름답고 용감한 자들을 파괴하려는 목표를 가진 추상적이고 악의적인 '그들'을 설정함으로써 철저히 가려진다. 그러나 여기서 파괴된 용감한 이는 다름 아닌 캐서린이다. 소설의 마지막에 캐서린은 죽고 프레더릭은 살아남으며, 이로써 「립 밴 윙클」과 「모반」과의 유사성은 명백해진다. 병원 장면은 「모반」에서 에일머가 마지막으로 조지아나의 방을 방문했던 장면을 연상시키지만, 헤밍웨이는 호손과 달리 주인공을 그 죽음의 근원으로부터 분리하여 캐서린의 죽음의 원인을 단순히 '그들'이 아닌 그녀의 생물학적 특성에서 찾는다. 프레더릭은 몇 년간의 전쟁, 엄청난 부상, 필사적이었던 후퇴의 위험, 그리고 자신의 군대에 의한 처형 위협에서도 살아남지만 캐서린은 첫 임신[과 출산]으로 사망한다. 분명, 생물학은 운명인 것이다. 하지만 캐서린은 밴 윙클 부인, 조지아나, 데이지 페이, 데버라 로잭만큼이나 희생양이다. 프레더릭이 결혼, 가족, 그리고 아버지가 된다는 견딜 수 없는 짐에서 벗어나 살아남으려면, 우주적 적대감의 영웅적 희생자라는 자신의 비전을 고수한 채 캐서린은 죽어야 한다. 프레더릭의 필요성이 곧 캐서린의 운명을 결정한다. 그는 실제로 그녀의 죽음을 초래한 장본인이다.

『위대한 개츠비』는 부(富)라는 현상에 대한 열렬한 끌림을 통해 작가가 권력이라는 문제에 얼마나 깊은 관심을 가지고 있는지를 드러낸다. 가난한 소년이 부자가 된다는 이 철저하게 남성적인 드라마에서 여성을 소유하는 것은 권력의 지표로 제시된다. 데이지 페이를 소유한 사람이 가장 강력한 소년이 되는 것이다. 그러나 마침내 자신의 영역 침범에 위협을 느낀 부자 소년이 소녀를 되찾고 "그는 누구냐"라고 물음으로써 가난한 소년에게 있을 것이라 가정된 권력을 박탈할 때, 그 결과 발생하는 적개심은 부자 소년이 아니라 그를 거부함으로써 가난한 소년의 무력함을 드러내는 소녀에게로 향한다. 남성들 간의 권력 다툼은 더 안전하고 확실한 방식으로 전환되고, 그 결과 여성에 대한 남성의 권력은 익숙한 모습으로 전시된다. 그러나 이는 단순히 남성보다 여성에게 분노를 표출하는 게 더 안전하기 때문만은 아니다. 이는 가장 가난한 남성조차도 모든 여성이 그에게 어느 정도 종속되어 있는 체제 내에서 무언가를 얻는다는 사실에서 비롯되는 것이다. 그는 그 체제를 대표하고 드러내는 남성들을 공격하기보다는 오히려 그들과 동일시하며 여성에 대한 우월성을 통해 권력 의식을 획득한다. 따라서 『위대한 개츠비』의 극적 전개에 데이지에 대한 공격이 포함된다는 점은 그리 놀라운 일이 아니며, 여기서 데이지가 개츠비의 낭만적 열망의 눈부신 대상으로부터 머틀 윌슨을 죽음에 이르게 하는 무심한 살인자로 체계적으로 격하되는 과정 자체는 가장 '무력한' 남성에게조차 실제로는 어느 정도의 권력이 주어져 있다는 것을 정확하게 보여 주는 지표가 된다.

헨리 제임스는 『보스턴 사람들』에서 장면, 맥락, 상황의 선택을 통해 남녀 관계의 적대적인 본질을 직접적으로 마주하고,

그 전투 속에서 미국 문화를 규정하는 특징을 포착한다. 그의 솔직함은 의식의 혼란이 아닌 해명의 기회를 제공하고 다른 작가들의 기만에 비하자면 환영할 만한 안도감을 준다. 그러나 이 작품에 아무리 정확한 이름을 붙인다 하더라도 드라마는 여전히 동일하다. 『보스턴 사람들』은 계급으로서의 여성에 대한 계급으로서의 남성의 권력의 범위와 그 근원에 대한 예리한 분석을 냉철하게 보여 준다. 제임스는 여성에 대한 억압을 한탄하고, 그것이 **여성에게** 미치는 영향으로 인해 한탄하지만, 그럼에도 불구하고 그것을 불가피한 것으로 여긴다. 『보스턴 사람들』은 성/계급 권력에 대한 문학적 탐구에 있어 일종의 종착점이라고 할 수 있는데, 더 명료하게 보고 더 깊이 느끼면서도 여전히 가부장제가 불가피하다고 확신하는 일은 불가능하기 때문이다. 제임스의 소설에는 실제로 혁명적 잠재력이 자리하고 있으며, 비록 제임스 자신은 여성의 무력감에 내재된 비극성을 형상화하고 심미화하는 데 훨씬 더 관심이 많았으므로 이러한 혁명을 공개적으로 지지할 사람은 아니었지만, 『보스턴 사람들』은 미국 사회현실에 대한 분석, 곧 변화를 시작하게 하는 분석의 토대가 되는 재료를 제공했다.

노먼 메일러의 『미국의 꿈』은 또 다른 종류의 종착점을 제시한다. 메일러는 여성에 대한 차별이 남성에게 제공하는 권력의 가능성에 완전히 매료된 나머지 자신이 권력을 잃을 위기에 처해 있다고 확신하며, 어떤 대가를 치르더라도 그 권력을 유지하는 데 전념한다. 메일러보다 남성 권력 유지에 더 광적으로 헌신한 작품은 상상할 수 없을 정도다. 『미국의 꿈』의 모든 내용은 여성에 대한 남성 권력의 제정과 그 행위의 발전, 적법화로 축소될 수 있으며, 이를 위해 메일러는 자신이 쓸 수 있는 모든 전략을 동원하는데, 그중에서도 여성 권력에 대한 신화를 장황하게 설명한 것은 빼놓을 수 없는 부분이다. 메일러의 작품에서 이 문제를 모호하게 하고 현실을 가리며 의식을 혼란스럽게 하려는 노력은 너무나 광적이어서 그가 자신의 주장을 보호하기 위해 제시하는 대립 명제들이 사실상 그의 메시지가 되고, 그의 혼란은 섬뜩하게 빛을 발한다. 만약 『보스턴 사람들』이 우리로 하여금 제임스의 개념적 틀을 재정비하도록 유도하여 그의 불가피함을 피할 수 있게 만든다면, 『미국의 꿈』은 메일러의 개념적 틀을 완전히 없애고 다시 시작하고 싶게 만든다. 그의 광기 너머에는 극심한 메스꺼움과 정신적 피로, 그리고 지치고 병들고 끔찍한 투쟁을 포기하려는 깊은 의지만이 있을 뿐이다. 메일러에게서 권력의 드라마는 완벽한 순환을 이룬다. 가장 성차별적인 작가인 동시에 그는 가장 자유로운 작가이기도 하며, 따라서 그로부터 새로운 창조가 가능할지도 모른다.

II

하지만 『성 정치학』 자체에 대해 내가 무엇을 말할 수 있는가? 밀렛(Kate Millett)은 특정 사건이나 문학 작품에 대한 예상치 못한, 심지어 놀라운 관점을 고찰하며 내가 특히 가치 있다고 생각하는 작업을 수행했다. 밀렛은 결코 자신이 논의하는 작품에 대한 분석이 충분하다고 주장한 적이 없다. 그녀의 목표는 독자를 오랫동안 점유해 온 지배적인 시점에서 벗어나 새로운 관점에서 삶과 글을 바라보게 하는 것이었다. 그녀의 분석은 어떤 작가에 대한 최종적인 발언이 아니라, 이전에는 거의 들어 본 적이 없고 낯선, 완전히 새로운 것이다. 우리는 처음으로 문학을 여성으로 보라는 요청을 받았지만 우리들, 그러니까 남자, 여자, 박사학위 소지자들은 언제고 문학을 남성으로 읽어 왔다. 밀렛이 로런스나 스탈린, 혹은 에우리피데스를 읽는 방식에 어떤 과도함이 있다고 지적하지 못할 사람이 누가 있을까? 무엇이 중요한가? 우리는 우리의 유리한 위치에 뿌리내리고 있으므로 이식(移植)은 언제나 위험하며 폭력과 죽음의 가능성을 수반하는 법이다. 캐럴린 하일브런[1]

필요한 방법은 상관관계가 아니라 **해방**이다. 심지어 '방법'이라는 용어조차 재해석되어야 하며, 실제로 기존의 의미장에서 벗어나야 한다. 여성의 새로운 창조성은 결코 단순히 지적인 과정이 아니기 때문이다. 이 과정의 함의를 이해하기 위해서는 여성들이 **명명권**을 빼앗겼다는 근본적인 사실을 파악할 필요가 있다. 우리는 우리 자신, 세상 또는 신의 이름을 짓는 데 우리의 힘을 자유롭게 사용할 수 없었다. 「창세기」에서 아담이 동물과 여자에게 이름을 지어 준 이야기에서 무심코 인정한 사실처럼, 기존의 작명은 대화의 산물이 아니었다. 여성들은 이제 남성에 의해 부여된 보편적인 명명이 부분적일 따름이므로 잘못된 것임을 깨닫고 있다. 즉, 부적절한 단어가 적절한 것으로 받아들여져 왔다는 뜻이다. 메리 데일리[2]

다시-보기(Re-vision), 즉 과거를 돌아보고, 새로운 시각으로 바라보고, 오래된 텍스트를 새로운 비평적 관점에서 들여다보는 행위는 우리 문화사 속 챕터 하나 이상의 의미를 지닌다. 그것은 곧 생존의 행위이다. 우리를 잠식하고 있는 전제를 이해

---

1) Carolyn Heilbrun, "Millett's *Sexual Politics*: A Year Later," *Aphra* 2 (Summer 1971), 39.
2) Mary Daly, *Beyond God the Father: Toward a Philosophy of Women's Liberation*, Boston : Beacon, 1973, p. 8.

하기 전까지, 우리는 자신을 알 수 없다. 그리고 여성에게 있어 자기 인식에 대한 이러한 추동은 단순히 정체성 탐구 그 이상을 의미한다. 그것은 남성 지배 사회의 자기 파괴성을 거부하는 행위의 일부이기 때문이다. 본질적으로 페미니즘적 충동을 가진 급진적 문학 비평은 작품을 우선적으로 우리가 어떻게 살고 있고, 어떻게 살아왔으며, 자신을 어떻게 상상하도록 유도되었는지, 우리의 언어가 어떻게 우리를 가두는 동시에 해방시켰는지, 그리고 어떻게 새롭게 보고 ── 따라서 새롭게 살 수 있는지에 대한 단서로 삼을 것이다. 에이드리언 리치[3]

예술이라는 보편적인 접근성을 통해서도 명백한 것을 분명히 직시하지 못하도록 하는 문화는 비극적인 망상의 문화이며, 좀처럼 생존하기 어렵다. 신시아 오직[4]

권력 체계가 완벽하게 장악하고 있을 때는 스스로 목소리를 낼 필요가 거의 없다. 그 작동 방식이 폭로되고 의문이 제기될 때,

---

3) Adrienne Rich, "When We Dead Awaken: Writing as Re-Vision," *College English* 34 (1972), 18.

4) Cynthia Ozick, "Women and Creativity: The Demise of the Dancing Dog," *Motive* 29 (1969); reprinted in *Woman in Sexist Society*, eds. Vivian Gornick and Barbara Moran, New York : Signet-New American Library, 1972, p. 450.

그것은 논의의 대상이 될 뿐만 아니라 심지어 변화의 대상이 된다. 케이트 밀렛[5]

　의식은 힘이다. 문학에 대한 새로운 이해를 창출하는 것은 그 문학이 우리에게 새로운 영향을 미칠 수 있도록 하는 것이다. 그리고 새로운 영향을 가능하게 하는 것은 결국 문학이 반영하는 문화를 변화시킬 수 있는 조건을 제공하는 것이다. 우리 사회에 존재하며 문학 속에서 확인되는 여성과 남성에 관한 복합적인 사상과 신화를 폭로하고 질문하는 것은, 문학에 체현된 권력 체계를 단지 논의의 대상으로 삼을 뿐 아니라 변화의 가능성에 열어 두는 것이기도 하다. 이러한 질문과 폭로는 물론 그 문학을 구성하는 의식과는 근본적으로 다른 의식에 의해서만 수행될 수 있다. 그러한 폐쇄적인 체계는 내부로부터는 결코 열릴 수 없으며, 오직 외부로부터만 열릴 수 있다. 그 안으로 들어가기 위해서는 문학 체계의 가치와 가정(假定)들에 의문을 제기하는 관점에서 출발해야 하며, 문학이 숨기고자 하는 바로 그것을 의식의 영역으로 끌어내는 데 투자하는 관점에서 접근해야 한다. 페미니스트 비평은 바로 그런 관점을 제공하며, 그런 의식을 구현

---

5) Kate Millett, *Sexual Politics*, Garden City : Doubleday, 1970, p. 58.

한다.

엘리자베스 햄스턴은 「여성의 서정시 지도」(A Woman's Map of Lyric Poetry)에서 토머스 캠피언(Thomas Campion)의 「나의 달콤한 레스비아」(My Sweetest Lesbia) 전문을 인용한 후 "그리고 레스비아, 그녀는 무엇을 얻을까?" 하고 묻는다.[6] 이 질문에 답하는 것이 햄스턴 글의 주제이며, 물론 답은 '아무것도 없다'. 하지만 그녀의 질문 자체가 또 다른 답이기도 하다. 누군가에게는 아주 큰 의미가 있는 것이다. 릴리언 로빈슨(Lillian Robinson)이 우리에게 상기시키듯, "그리고 언제나, 누가 이익을 얻는가(*cui bono*)?"[7] '누가, 그리고 어떻게 이익을 얻는가'라는 질문은 매우 중요하다. 이 질문에 답하려는 시도가 문학적 성정치의 기능에 대한 이해와 직결되기 때문이다. 기능은 종종 그 효과로써 드러난다. 가장 끈질긴 문학적 고정관념 중 하나는 남성을 거세하는 요부이지만, 정작 문화적 현실은 여성에 의한 남성성의 제거(emasculation)보다는 남성에 의한 여성의 강제적 남성 주체화(immasculation)[8]를 가리키고 있다. 독자, 교사, 학

---

6) Elizabeth Hampsten, *College English* 34 (1973), 1075.

7) Lillian Robinson, "Dwelling in Decencies: Radical Criticism and the Feminist Perspective," *College English* 32 (1971), 887 ; reprinted in *Sex, Class, and Culture*, Bloomington: Indiana University Press, 1978, p. 16.

8) [옮긴이] 저자 주디스 페털리가 이 책에서 제시하고 있는 'immasculation'은

자로서 여성은 남성처럼 생각하고, 남성의 관점에 공감하며, 남성적 가치 체계를 정상적이고 적법한 것으로 받아들이도록 교육받게 되는데, 그 주요한 원칙 중 하나는 바로 여성혐오다.

남성 주체화 현상에 대한 가장 초기의 진술 중 하나는 실제로 이에 대한 입장문 역할을 하는 일레인 쇼월터의 「여성과 문학 커리큘럼」이다. 쇼월터는 글의 서두에서 대학에 입학하는 평범한 젊은 여성이 직면하게 되는 문학 커리큘럼을 상상력을 발휘하여 재현한다.

1학년 때 그녀는 아마도 문학과 작문을 공부할 것이고, 수업에서 다루는 텍스트들은 문학 정전에서 차지하는 절대적인 입지보다는 시의성, 관련성, 또는 흡인력에 따라 선택될 것이다. 따라서 그녀는 최근 '신입생 영어' 과목에 소개된 텍스트 중 하나를 읽도록 배정받을 것이다. 예를 들어 "자신이 사는 세상과 관련된 문학을 원하는 학생을 위한" 책이라고 소개된 에세이 모

'emascula-tion'(거세/남성성 제거, 박탈)을 직관적으로 반전시켜 만든 신조어로, 남성 중심적 텍스트를 읽는 과정에서 여성이 상징적으로 남성으로 동일시되도록 강제하는 위치를 뜻한다. 이 개념이 해석 행위 속에서 남성 보편 주체의 시각을 내면화하도록 요구받는 이데올로기적 과정이라는 점에서 남성성의 상실이 아니라 남성 중심적 주체의 위치로의 편입이라는 점을 드러내기 위해 '강제적 남성 주체화'라는 번역어를 선택했다. 이후 본문에서는 보다 간략히 '남성 주체화'로 썼다.

음집,『책임감 있는 남자』(*The Responsible Man*), 또는『인간의 조건』(*Conditions of Men*), 또는『위기의 남성 : 개인과 그의 세계에 대한 관점』(*Man in Crisis: Perspectives on The Individual and His World*), 또는『대표 인물: 우리 시대의 컬트 영웅』(*Representative Men: Cult Heroes of Our Time*)에서는 33명의 남성이 작가, 시인, 극작가, 예술가, 구루와 같은 영웅적 범주를 대표하는 동안 여기에 포함된 여성은 배우 엘리자베스 테일러와 실존적 여주인공인 재클린 오나시스 단 두 명뿐일 것이다. … 1학년을 마칠 무렵이면 여학생은 지적 중립성에 대해 어느 정도 배웠을 것이나 사실 그녀가 배운 것은 남자처럼 생각하는 법이다.[9]

쇼월터는 남성 주체화 과정에 대한 분석을 통해 다음과 같은 핵심적인 질문을 제기한다. "부정적인 능력에 대한 이러한 오랜 수련이 여학생들의 자아상과 자신감에 어떤 영향을 미치는가?" 그 답은 자기혐오와 자기의심이다. "여성들은 자신의 경험에서 소외되어 있으며 그 형태와 진실성을 인식할 수 없다. …

---

9) Elaine Showalter, "Women and the Literary Curriculum," *College English* 32 (1971), 855.

그들은 남성적인 경험과 관점을 가진 독자와 자신을 동일시해야 하며 이것만이 인간적인 것으로 제시된다. … 그들은 자신의 인식과 경험의 타당성에 대한 믿음이 없으며, 문학에서 이를 확인받거나 비평에서 그들의 것이 받아들여지는 경우가 거의 없기 때문에, 우리가 여학생들에게 '스스로 생각하라'고 적극적으로 권할 때조차 그들이 그토록 자주 소심하고 조심스럽고 불안해하는 것은 놀라운 일이 아니다."[10]

남성 주체화 경험은 또한 리 에드워즈의 「여성, 에너지, 그리고 『미들마치』」에서도 핵심 주제로 다뤄진다. 에드워즈는 자신의 경험을 요약하며 다음과 같이 결론짓는다.

그리하여 다른 대부분의 여성들처럼, 나는 ─학생으로서, 그리고 교사로서 ─ 나의 교육 전체를 정신분열증 환자로서 경험했다. 물론 나는 이 용어를 결코 가볍게 사용하는 것이 아니다. 왜냐하면 광기는 우리 교육에서 기괴할지언정 논리적인 결론이기 때문이다. 나는 스스로를 남성이라고 상상하며 자신을 남성으로 만들고자 했다. 비록 실제로는 그렇지 않다는 것을 알았음에도 불구하고 이 다른 자아[남성이 되지 못한 여성적 자

---

10) *Ibid.*, 856~857.

아]를 비판적으로 실재화할 수 있도록 하기 위해 내가 할 수 있
는 일은 아무것도 없는 듯했다.

에드워즈는 이러한 조건을 문학에 나타난 여성에 대한 고
정관념적인 표현의 영향과 연결해 분석을 확장한다.

나는 간단히, 그리고 대체로는 침묵 속에서 이렇게 말했다. 소
설에서 알게 된 그 어떤 여성도 내가 살아온 삶이나 살고 싶은
삶과 크게 관련이 없었기 때문에, 나는 여성이 아니라고. 나는
내가 가장 많이 마주친 상상 속 여성들과 소외된 채로 그들을
멍청한 여주인공, 관능적인 생존자, 악마적인 파괴자라는 라벨
을 붙여 분류하고 머릿속에 줄을 세웠다. 분류자로서 나는 어
딘가 다른 곳에, 어쩌면 혼자이겠지만, 바라건대 그들보다 위
에 서 있었다.[11]

지적으로는 남성이면서 성적으로는 여성인 존재, 그것은 사
실상 누구도 아니며, 어디에도 속하지 못한 채, 남성 주체화된

---

11) Lee Edwards, "Women, Energy, and *Middlemarch*," *Massachusetts Review* 13
 (1972), 226, 227.

존재이다.

　그렇다면 페미니스트 비평가의 첫번째 행동은 동의하는 독자가 아니라 저항하는 독자가 되는 것이어야 하며, 동의를 거부함으로써 우리 안에 이식된 남성의 정신을 몰아내는 과정을 시작해야 한다는 것이 분명하다. 이러한 엑소시즘의 결과로 얻을 수 있는 것은 에이드리언 리치가 "과거를 돌아보고, 새로운 시각으로 바라보고, 오래된 텍스트를 새로운 비평적 관점에서 들여다보는 행위"라고 설명한 다시-보기의 능력이다. 그리고 이러한 다시-보기의 결과, 책은 더 이상 전에 읽혔던 방식으로 읽힐 수 없을 것이며 따라서 우리를 무의식적으로 자신들의 기획으로 묶어 두었던 힘을 잃게 될 것이다. 여성들이 문학 작품을 우리 현실을 반영하는 작품으로 다시 써서 [그런 의미에서] 우리의 것이 되게 할 수는 없지만, 우리가 할 수 있는 일은 그 작품들이 반영하는 현실을 정확하게 명명하는 것이며, 그렇게 함으로써 문학 비평을 폐쇄적인 대화에서 적극적인 대화로 전환시키는 것이다.

　여성들에게 현실을 명명하는 힘을 가능케 한다는 점에서 페미니스트 비평은 혁명적이다. 그러한 힘의 중요성은 그것에 반대하는 금기의 강도를 생각했을 때 의미가 더 분명해진다.

나는 여자가 가르치는 것을 허락하지 않는다. … 여자는 침묵
해야 한다. 성 바울

탈무드 법에 따르면, 남자는 옆집에서 그 목소리가 들리는 아
내라면 이혼할 수 있었다. 또한 셰익스피어는 말했다. "그녀의
목소리는 언제나 부드럽고 온화하며 낮았으니, 이는 여자의 훌
륭한 점이었다." 그리고 예이츠는 "내가 고른 여자들은 달콤하
고 낮게 말하면서도 여전히 혀는 내밀었다"고 말한다. 사뮈엘
베케트는 추측건대 마지막 고문에서 최악의 경우는 "아마도
여자의 목소리. 생각지도 못했는데 어쩌면 그들은 소프라노를
고용할지도 몰라"라고 말했다. 메리 엘먼[12]

내가 불만을 토로했던 수업에 대한 경험은 아직도 악몽이 되
어 나를 괴롭힌다. 내 얼굴이 얼어붙고 머리가 굳을 때까지 사
람들은 나를 고지식하다고, 더 심하게는 무신경한 사람이라고
비난했다. 내가 작품에 대해서뿐만 아니라 주장 자체도 그릇된
것을 가지고, 이를 입증하겠다며 희곡을 고의로 오독했다는 이

---

12) Mary Ellmann, *Thinking About Women*, New York : Harcourt Brace
Jovanovich, 1968, pp. 149~150.

유에서였다. 리 에드워즈[13]

에드워즈가 셰익스피어의 클레오파트라에 대한 자신의 해석을 전달하려 시도했던 경험은 페미니스트 비평가가 된 우리 대부분이 공통적으로 갖는 기억이다. 우리 중 많은 사람들은 말을 하지 않았고, 말을 하던 사람들은 대개 금방 침묵했다. 어떤 것들을 생각하고 말하는 것을 막아야 할 필요성은 우리에게 오히려 그 중요성을 드러내고야 만다. 페미니스트 비평은 실비아 플라스(Sylvia Plath)의 『벨 자』(*The Bell Jar*)에서 뭉클하게 묘사된 다른 목소리들——우리에 대해 말하고, 우리에게 말하고, 우리를 향해 말하지만 결코 우리를 대신해 말하지는 않았던——을 상쇄할 정도로 고유하게 강력한 목소리를 발견하고/회복하는 (discovery/recovery) 행위를 의미한다.

III

본서에서 분석한 여덟 편의 작품은 개별적인 중요성, 작품이 대

---

13) Edwards, "Women, Energy, and *Middlemarch*," p. 230.

표하는 가치, 그리고 집단적 잠재력을 고려하여 선정되었다. 이 작품들은 서로를 논평하고 조명하는 방식으로 상호 연결되어 있으며, 단순히 부분들의 합을 넘어서는 의미를 지닌 극적 전체를 형성한다. 이 여덟 작품은 더 큰 의미에서 문학 작품 전체를 상징하며, 각 작품의 개별적이고 집단적인 기획은 다른 곳에서도 반복적으로 발견되는 것들이다.

[1장에서] 네 편의 단편소설은 이후 네 편의 장편소설이 각각의 장을 구성하는 것처럼 각각 하나의 단원을 구성한다. 이 단원들은 다시 짝을 지어 세분화되는데, 「립 밴 윙클」과 「이유를 알고 싶다」는 성장에 대한 두려움과 저항에 초점을 맞춘 동반 작품이다. 앤더슨의 이야기가 갖는 가치는 주로 어빙의 작품을 조명하는 데 있으며, 이러한 조명은 「립 밴 윙클」에 다만 암시적으로만 표현된 성에 대한 두려움을 명시적으로 드러내고, 적대감을 남성에게서 여성으로 전가하는 전략에 주목하게 만들면서 이루어진다. 「모반」과 「에밀리에게 장미를」은 성장의 결과와 그에 대한 저항의 이유에 대한 연구와 관련이 깊다. 두 이야기 모두에서 성적 욕망은 죽음으로 이어진다. 더 중요한 것은, 그것들이 가부장적 문화의 본질을 이루며 앤더슨의 소년이 성인이 되어 떠맡기를 주저하는 바로 그 정체성의 토대가 되는 성/계급 간 적대에 대한 탁월한 상보적 분석이 된다는 점이다. 「모반」이

아내를 살해하고도 처벌받지 않는 방법에 대한 이야기라면, 「에밀리에게 장미를」은 아내를 살해할 수 있는 체제가 어떻게 당신 아내가 당신을 살해할 수 있게 만드는지에 대한 이야기이다.

『무기여 잘 있거라』와 『위대한 개츠비』는 모두 사랑 이야기로, 두 작품은 함께 남성의 권력 유지에 낭만적 사랑의 신화가 다양하게 활용되는 방식을 보여 준다. 이에 더해 「립 밴 윙클」과 「모반」에 드러난 희생양 만들기의 기능이 자세히 설명된다. 사랑과 권력이라는 주제를 더욱 명징하게 연결함으로써 『위대한 개츠비』는 『무기여 잘 있거라』가 감추고 묻어 버리려 했던 적대감을 의식에 더욱 가까이 가져온다. 『보스턴 사람들』과 『미국의 꿈』은 전혀 예상치 못한, 어쩌면 가장 매혹적인 조합을 이룬다. 두 작품 모두 낭만적인 사랑의 모호함이 해소되고 권력의 문제가 직접적으로 연결된다. 제임스의 소설은 남성의 권력, 여성의 무력함이라는 사회적 현실을 묘사하지만, 메일러의 소설은 그 현실을 뒤집는 사회적 신화, 즉 여성의 권력과 남성의 무력함을 만들어 냄으로써 이를 부정한다. 그러나 결국 메일러의 신화는 자신이 부정하는 현실을 유지하는 데 그 목적이 있을 뿐이다. 『보스턴 사람들』은 여성 억압에 대한 방대한 기록을 통해 『미국의 꿈』의 전략을 드러내고, 『미국의 꿈』은 여성에 대한 억압이 생물학적 원인이 아니라 남성의 억압 욕구에서 비롯된다는 사실을 의도치 않게 방대하게 입증함으로써 『보스턴 사람들』의 불가피성에 대한 정치적 해답을 제시한다.

단편과 장편소설의 순서는 복잡성의 증가와 의식의 증가, '페미니스트'적 공감과 이해의 증가라는 척도에 따라 구성되었다. 따라서 단편의 운동은 선한 사람과 악당을 가정하고 순진한 우화로 구성된, 흑과 백이 뚜렷한 「립 밴 윙클」에서, 성적인 폭력을 의식 속으로 끌어들이고 악인에 대한 이해를 요구하는 복잡성을 띤 「에밀리에게 장미를」로 나아간다. 장편소설의 운동도 이와 유사하다. 『무기여 잘 있거라』는 「립 밴 윙클」만큼이나 단순하고 위장되어 있으며 적대적인데, 실제로 이 두 작품은 많은 유사점을 가지고 있다. 그중 가장 눈에 띄는 것은 여성을 침대에 충분히 오래 누워 있으면 사라질 나쁜 꿈이라고 믿는 수면 중심적인 주인공의 유사성이라 할 것이다. 『보스턴 사람들』에서 나타나는 공감과 의식의 복잡성은 「에밀리에게 장미를」보다 크며, 의도적으로가 아니라 결과적으로 '페미니스트적'인 『미국의 꿈』의 상상력에 의해서만 능가될 수 있을 것이다. 그러나 『미국의 꿈』으로 이 책을 끝맺기로 한 결정은 단순히 그것이 이 논의에서 점진적인 척도상 마지막에 위치하기 때문만은 아니다. 『미국의 꿈』은 150년 후의 「립 밴 윙클」이며, 분명 강도(强度)만 더 심화되었을 뿐, **정확히 같은 이야기이다.** 이처럼 미국 문학의 남성화(immasculating)에 관한 상상력의 전체 궤적은「립 밴 윙클」에서『미국의 꿈』으로 이어지는 움직임에 의해 설명되며, 그 움직임은 본질적으로 순환적이다. 시작과 끝의 이러한 병치는 작품 내부와 작품들 간의 움직임 속에 드러나는 미국 문학 기획의 원형적 특성을 가장 날카롭게 드러내며 그 상상력의 한계를 규정짓는다. 앤더슨의 소년이 그토록 사랑했던 경주마처럼, 미국 '고전' 문학을 형성하는 상상력은 단 하나의 트랙을 끝없이 달린다. 이 경주를 그만둘 수 없는 이유는 다만 멈출 의지가 없기 때문이다.

1장 노골적인 기획

미국 단편 소설 네 편

아메리칸 드림 : 「립 밴 윙클」

1818년 6월 어느 날 저녁, 워싱턴 어빙은 슬리피 할로우에서의 옛 시절에 대해 처남과 이야기를 나누며 시간을 보내고 있었다. 근래에 우울했던 작가는 웃고 있는 자신을 발견하고는 무척 기뻤다. 그는 갑자기 일어나 방으로 갔고, 다음 날 아침 미국 최초의, 그리고 가장 유명한 단편 소설의 원고를 손에 쥐고 나왔다. 그에게 영원토록 명성을 안겨 준 단 하나의 가장 중요한 업적이었다.[1]

---

1) Philip Young, "Fallen from Time: The Mythic Rip Van Winkle," *Kenyon Review* 22 (1960) ; reprinted in *Psychoanalysis and American Fiction*, ed. Irving Malin, New York : Dutton, 1965, p. 23.

립 밴 윙클의 형상은 미국적 상상력의 탄생을 주재하는 존재이며, 우리가 최초로 성공한 토착 전설이 (아무리 장난스럽게 그려졌더라도) 몽상가가 구박하는 아내로부터 도망쳐 산속으로, 그리고 시간을 초월하여, 집과 동네의 따분한 의무로부터 벗어나 좋은 친구들과 마법 같은 맥주 통을 향해 나아가는 이야기를 기념하는 것이라는 사실은 의미심장하다. 그 이후로 우리 소설의 전형적인 남성 주인공은 언제나 도망치는 남자였으며, 그는 숲으로, 바다로, 강을 따라, 혹은 전쟁터로, 어디로든 달아난다. '문명'으로부터, 다시 말해 남녀의 대면이 섹스, 결혼, 책임으로 이어지는 상황으로부터 도피하기 위하여.[2]

우울함 속에서 잉태되어 향수(鄕愁)로 해방되고, 잠과 상호 교환되는 이야기 ——워싱턴 어빙의 「립 밴 윙클」만큼 시작하기 적절한 작품이 또 있을까? 국내외에 미국 문학의 출현을 알린 작품이자, 미국 소설의 오랜 꿈을 시작하게 한 이야기이며, 이제는 미국의 민족 신화에 고유한 일부가 된 이야기 말이다. 「립 밴 윙클」을 쓰면서 어빙은 독일 민담의 요소를 미국적 장면과 배

---

2) Leslie Fiedler, *Love and Death in the American Novel*, 1960. rpt., New York : Meridian-World, 1962, xx~xxi.

경, 심리에 맞게 변형시켰는데, 그 독일 민담만 하여도 이미 유구한 역사 속에서 변형되어 내려온 전설의 하나였다. 이 번안의 과정을 통해 그는 미국 문학의 등장인물과 주제를 고전적으로 정립하는 대표적인 진술을 만들어 냈다. 립은 이후에도 미국 소설에서 반복적으로 마주치게 될 전형적인 주인공이며, 그의 이야기는 미국 작가들이 국가적 의식 이면에 직조해 낸 환상으로서, 공적인 수사(rhetoric) 속 공인된 목소리와 무의식적으로 대구(對句)를 이룬다.

「립 밴 윙클」은 벤저민 프랭클린(Benjamin Franklin)이 자신의 『자서전』에서 창조한 페르소나의 꿈 작업이며, 프랭클린의 성공 원칙이 요구하는 엄청난 억압의 필연적인 결과이다. 립이 귀 기울이는 목소리는 『자서전』에서 체현하는 목소리, 즉 자기 계발과 꾸준하고 규칙적인 활동을 추구하고, 목표를 설정하고 미래를 지향함에 따라 축적에 대한 헌신과 진보라는 개념에 대한 투자를 바탕으로 하루하루를 계획된 단위로 깔끔하게 나누어 써야 한다는 목소리와 정확히 반대되는 것이다. 프랭클린이 "일찍 자고 일찍 일어나면 건강하고 부유하고 현명해진다"라고 외친다면, 립은 이에 무한한 수면 욕구로 응답한다. 프랭클린의 『자서전』이 미국적 성공 사례의 한 가지 유형을 보여 준다면, 「립 밴 윙클」은 프랭클린을 통해 말하는 요구와 가치 들로부터 성공적으로 회피하는 과정을 기록하고 있다는 점에서 또 다른 유형의 성공 사례가 된다. 그리고 프랭클린의 책이 미국인이라는 것이 얼마나 행운인지를 보여 주는 증거라면, 「립 밴 윙클」은 아마도 미국이라는 개념과 사실에 대한 환멸을 처음으로 기록한 작품이 될 것이다. 훗날 마크 트웨인(Mark Twain)이 또 다른 유명한 마을 주민 푸딩헤드 윌슨(Pudd'nhead Wilson)의 목소리로 "아메리카를 발견한 것은 멋진 일이었지만, 그걸 놓쳤다면 아마 더 멋졌을 것"이라고 표현했듯이.

어빙이 고전적인 미국 이야기를 구성하는 데 있어서의 핵심은 그가 여성에게 부여하는 역할에 있다. 그가 「립 밴 윙클」의 모티프로 삼은 독일 민담에는 밴 윙클 부인에 부합하는 인물이 없다. 그녀는 어빙이 창조하고 덧붙인 인물인 것이다. 어빙의 이야기는 오래 이어진 잠의 경험 뒤에 자리한 심리를 상술한다는 점에서 원작과 구별되며, 이러한 정교한 설명은 여성이 그 과정에 관여한다는 점에서 다시 한번 두드러지게 된다. 립으로 하여금 마을을 떠나 산으로 올라가게 하고, 그를 긴 잠으로 이끄는 술 잔치에 참여하게 만드는 사람은 그의 아내로, 립이 벗어나기를 원하는 모든 고통은 상징적으로 밴 윙클 부인의 악행에 자리하고 있다. 따라서 어빙 이야기의 미국적 특성 가운데 필수적인 부분은 바로 여성을 악당으로 창조하는 것이며 그렇게 아내는 쾌락의 꿈을 이루는 데 방해가 되는 존재로, 벤저민 프랭클린의 핵심 원칙인 일과 책임, 성인다운 삶의 가치를 대변하는 인물이 된다. 의미심장한 점은, 어빙의 이야기가 여성상을 미국의 탄생과 연결하면서 성장이라는 주제를 다룬다는 것이다.

립은 '좋은 사람'(nice guys)이라고 하는 미국적 남자 주인공의 오랜 계보에서 첫번째에 자리하는 인물이다. 그는 사람들에게 '가장 사랑받는' 사람일 뿐만 아니라, '보편적인 인기'를 자랑한다. 마을 사람들 모두가 그를 사랑한다. 그가 나타나면 아이들은 기뻐 소리치고, 그에게는 심지어 개도 짖지 않는다. 그는 친절하고, 소박하며, 선량하고, 온순하다. 아이들의 놀이에 함께하고, 여자들을 위한 잔심부름을 하거나, 남자들의 일을 돕는 데 있어 결코 바쁜 법이 없다. 자신만의 걱정거리가 없기에 그는 다른 사람들의 필요에 수월히 응답한다. 모두가 목표를 좇느라 바쁜 벤저민 프랭클린의 세상에서, 립은 최고선(*summum bonum*), 즉 할 일이 없는 사람을 상징한다. 그가 인기 있는 이유는 그의 여유와 그에 따른 자기 초월, 온유한 정신에서 비롯된다.

립의 인기가 맥을 못 추고, 그가 일을 돕지도 않으며, 립으로부터 자신의 요구에 응답받지 못하는 이가 단 한 사람 있으니, 말하나마나 그의 아내다. 립이 아내에게 반항하는 것은 게으름 때문이 결코 아니다. 그는 하루 종일 낚시와 사냥을 하며, 숲과 늪지대를 수 마일이나 오르내리는 사람이기 때문이다. 그렇다고 해서 일에 대한 혐오감이 반항의 원인이 되는 것도 아니다. 그는 옥수수 껍질을 벗기는 일이든, 돌담을 쌓는 일이든 공동체의 가장 고된 노동을 기꺼이 돕는 사람이기 때문이다. 립이 아내에게 저항하는 이유는 그녀가 자신이 의무적으로 해야 하는 일을 상징하기 때문이다. 립이 거부하는 것은 일의 목적이 이윤 축적이라는 믿음이며, 따라서 그가 거부하는 것은 "돈을 벌지어다"라는 명령이다. 빵 두 조각으로 시작해 필라델피아에서 가장 부유한 사람 중 한 명이 된 가난했던 소년 이야기인 프랭클린의 증식 패턴을 뒤집어, 립은 물려받은 토지에 일절 손대기를 거부하고 그것이 말라비틀어진 땅이 될 때까지 그냥 내버려둔다. 그러나 립의 저항은 단순히 이윤을 위한 수단으로서의 노동에 대한 것만은 아니다. 그것은 또한 도덕의 의무, 즉 하고 싶은 일과 반대되는 일을 해야 한다는 것에 대한 저항이기도 하다. 그도 그럴 것이, 립은 모든 일을 기꺼이 한다. 단, 반드시 **해야 하는 일**만 빼고. 그는 즐거움과 놀이에 헌신하는 자다. 자신보다 더 유명해진 후계자, 허클베리 핀처럼, 립은 초자아와 그 명령에 은밀하고 수동적인 반란을 일으킨다.

마땅히 해야 할 일에 대한 립의 거부는 사실상 자신이 마땅히 되어야 할 존재에 대한 거부이기도 하다. 그는 주인의 역할을 거부하고 대신 하인이 되기를 택했으며, 자기 자식의 아버지가 아닌 남의 자식들의 놀이 친구가 되었다. 그가 가진 정치적 책임에 대한 개념이란 것은 동네 학교 선생이 몇 달 지난 신문을 천천히 읽어 주고 니컬러스 베더의 파이프 담배 연기가 그에 대한 평을 대신하는 것을 듣는 일로 이루어져 있다. 립은 "그 옛날 기사도적 용기로 명성을 떨치며 스타위베산트와 함께" 활약했던 밴 윙클 가문의 후손이지만, 훌륭한 조상들의 전투적인 면모는 거의 물려받지 못했다. 사냥에 대한 즐거움은 동물을 죽인다는 사실보다 마음껏 숲과 언덕을 돌아다닐 수 있는 자유에 있었다. 실제로, 그의 본질적인 공격성 결여는 그렇게 하지 말라는 요구를 거부하는 방식 자체에 반영되어 있다. 립에게 있어 싸움이란 회피라는 수동적인 저항이다. 그리고 그가 회피하는 것은 물론 갈등이다. 그는 남녀 간의 전쟁, 식민지와 모국 간의 전쟁을 피한다. 립은 전통적인 남성 이미지와 성인 남성에게 전통적으로 기대되는 행동을 거부하고, 여성적이라 여겨지고 여성에게 부여되는 특징과 행동으로 자신을 정체화한다. 그러므로 '미국적 상상력의 탄생을 주재하는' 인물은 사실상 자신을 여성과 동일시하는 여성 혐오자다. 여기 어빙의 모든 예술적 역량을 동원해야 할 갈등이 있으며, 그리고 실제로 그렇게 된다. 왜냐하면 어 빙 자신도 그의 주인공만큼이나 갈등 회피에 전념하기 때문이 며, 식민지 갈등의 역사를 네덜란드 헨드릭과 영국 헨리의 혼동 속에 가라앉히고, 'R. I. P.'라는 묘비명의 함의와 그 뒤의 죽음소 망을 끝없는 재탄생의 환상으로 전환하기 때문이다.

밴 윙클 부인은 모두에게 지극한 동정을 받는 립의 인생에 서 전혀 동정받지 못하는 가시 같은 존재이다. 그녀는 립이 거부 하는 모든 가치를 구현하는 화신이자, 그가 도망치려 하는 모든 명령을 강제하려는 인물, 그의 휴일을 망치는 자이자, 그의 적이 다. 「립 밴 윙클」은 남성과 자연, 동물(여기서는 동물도 항상 수컷 이다──립은 암컷 개["bitch"]와는 숲에 가지 않았을 것이다)이 신 성하게 연결되어 있고, 여성이 이 신성한 삼위일체를 억압하려 는 문명의 대리인으로 등장하는 최초의 미국 작품 중 하나이다. 립의 쾌락원칙에 맞서 밴 윙클 부인은 노동과 실용적 가치에 대 해 할 말이 많다. 립과 아내의 대립은 남성과 여성의 대립 일반 으로 확장된다. 서두에서 어빙은 마을의 "마음씨 좋은 아내들" 이 캐츠킬산맥을 "완벽한 기압계"로 여겨 날씨를 정확히 예측 한다고 언급한다. 이는 똑같은 산맥을 두고서 그 위에 상상의 그 물을 드리우는 화자 디드리히 니커보커와 얼마나 뚜렷한 대조 를 이루는가. 「립 밴 윙클」에서 꿈꾸는 의식 상태, 상상력, 놀이란 분명 남성들만의 특권인 것이다. 캐츠킬산맥에서 노는 꿈에서 환상 속 인물들은 모두 남성이다. 립의 "현자, 철학자, 그 밖의 할 일 없는 사람들의 상설 클럽" 역시 모두 남성이며, 이들은 그 늘에 앉아 "아무것도 아닌 졸린 이야기를 끝도 없이" 나누는 순수한 즐거움에 그들의 긴 오후를 바친다.

밴 윙클 부인은 문명과 그 문명이 구성하는 기구와 또 다른 방식으로 연결되어 있다. 그녀는 "페티코트 정부"(petticoat government)라는 다소 정교한 은유를 통해 정치와 연결되고, 그녀의 행동과 립이 마을로 돌아와 마주치는 정치꾼들의 행동 사이의 유사점 때문에 별도의 정치적 실체로서 미국의 성장과 연결되며, [선술집] 정치인들의 날카롭고 논쟁적인 어조는 마치 밴 윙클 부인의 사나운 목소리를 그대로 반영하는 듯하다. 여성이 나쁜 이유가 그녀들이 정부적인 존재로 묘사되기 때문이라면, 정부가 나쁜 이유는 그것이 여성적인 것으로 묘사되기 때문이다. 어빙의 부인으로부터 켄 키지(Ken Kesey)의 '빅 너스'(Big Nurse)[3]에 이르는 과정은 그다지 어렵지 않고, 그 여정 곳곳에

---

3) [옮긴이] 빅 너스는 켄 키지의 1962년 소설 『뻐꾸기 둥지 위로 날아간 새』에 나오는 주요 인물로 래치드 간호사를 부르는 별칭이다. 냉혹하고 수동공격을 일삼는 독재적인 간호사의 전형으로, 기구 권력의 오염된 힘, 관료주의의 권력남용에 대한 은유로 사용된다.

많은 단서들이 존재한다. 빅 너스가 나쁜 인물인 이유는 그녀가 하나의 체제를 대표하기 때문이며, 그 체제가 정당하지 않다는 점은 바로 **여성**인 그녀가 그것을 대표하고 있다는 사실에 의해 더욱 강조되는 것이다.

아주 단순하게 말해 「립 밴 윙클」이 구현하는 기본적인 환상은 미국 독립전쟁과 아내를 동시에 피할 만큼 충분히 오래 잠을 자는 것에 대한 것이다. 이 이야기는 문명과 성인의 의무를 성공적으로 회피하는 것을 상상하고 실행한다. 립은 정치적으로, 개인적으로, 성적으로 성숙할 것을 요청받는 시기에 잠을 자며, 청년의 소년기에서 영원히 지속될 것을 약속하는 노년의 소년기로 넘어간다. 게다가 그는 여성이 없는 남성들의 세계, 따라서 이상적인 미국 영토에서의 삶으로 들어가는 또 다른 성취를 이룬다. 반세기 후의 멜빌(Herman Melville)처럼 어빙은 남성들만의 세계, 즉 새로운 영토를 탐험하는 배를 탄 남성들의 세계를 놀이터로 불러들인다. 립은 산에서 미국 남성 문화의 고전적인 요소인 진지한 스포츠, 고도로 의식화된 비언어적 의사소통, 친교로서의 술, 그리고 남성 간 우정의 신비를 만난다. 극성스러운 여자의 수명에 대한 확신과 공유된 본능에 기반한 동지애를 바탕으로 조그만 남자들[산의 정령들]은 립에게 탈출의 기회와 도구를 제공한다.

　그러나 산속에서의 경험이 단순히 남성들 간의 완벽한 교감을 이룬 회피 행위에 그치는 것은 아니다. 그것은 일종의 침략 행위이며, 립의 '여성성'이라는 패턴을 더 큰 규모로 수행함으로써 그의 환상이 사실상 여성에 대한 두려움과 질투에서 비롯되었음을 암시한다. 립이 산에서 목격한 것은 마을에서 지배적이던 양상의 역전으로, 이곳에서는 남성들이 여성의 영역에 침입하여 지배하고 여성을 몰아낸다. 이야기 말미에 후기로 덧붙여진 자료는 이러한 반전의 관점에서 그 의미를 찾을 수 있다. 후기에는 인디언 전설이 포함되어 있는데, 그 첫번째는 캐츠킬산맥을 지배하며 "날씨를 주재하고, 풍경 위로 태양이나 구름을 드리우고, 사냥철의 풍흉을 결정하는" 나이 많은 여자 정령에 관한 것이다. 그러나 립이 산에서 본 환영은 이 전설을 대체하면서 남성을 날씨의 신으로 만들고 여성을 그저 단순히 천둥을 해석하는 존재로 격하시킨다. 「립 밴 윙클」은 이전까지 여성에게 귀속되어 있던 권력을 남성이 장악하고 여성 중심의 신화가 남성 중심의 신화로 대체되는, 일종의 축소판으로서의 가부장적 혁명을 구성한다. 이러한 대체를 상징하듯 나이 많은 여자 정령의 전설은 본문이 아니라 다만 후기로 덧붙여지고, 반면 이야기의 시작은 제사(epigraph)로 들어가 있는, 색슨족의 신 오딘(Woden)을 향한 기도이다. 오딘은 천둥의 신인 토르(Thor)의 아버지이며, 때로 그와 동일시되기도 한다.

립이 산속에서 잠에서 깨어났을 때, 그의 가장 큰 걱정은 아내였다. '밤새도록' 집을 비운 것에 대해서 아내에게 대체 무슨 변명을 할 수 있을 것인가. 하지만 이 걱정은 이내 더 큰 불안으로 바뀌게 된다. 깨끗하고 기름칠 잘 되어 있던 그의 총은 벌레 먹은 개머리판이 달린 녹슬고 낡은 화승총으로 바뀌었고, 그의 개도 보이지 않았다. 산에서 만났던 남자들이나 함께 놀았던 장소는 어디에도 없었다. 립은 은유적으로나 문자 그대로, 잠에서 깨자마자 나사가 빠져 버렸다. 마을로 돌아오는 길에 불안감은 공포로 바뀌었고, 그가 떠난 세상이 그가 돌아온 세상과 다르다는 것이 점점 더 분명해졌다. 마치 그가 그토록 애착을 갖고 있는 캐츠킬산맥과 마찬가지로 립은 서쪽을 향해, 앞으로, 더 앞으로 나아가는 거대한 충동에 남겨진 채 '사지가 잘려 나간' 듯하다. 사람들과의 만남을 거듭할수록 자신에 대한 감각은 더 혼란스러워지고 마침내 자신의 정체를 밝혀야 하는 순간에는 "나는 내가 아니오. 나는 다른 사람… 그렇지, 저기 저쪽에 있는 게 나요. 아니지, 다른 사람인데 내가 된 것 같소이다. 분명 어젯밤까지만 해도 나는 나였는데, 산에서 자고 일어났더니 총도 달라졌고, 모든 게 달라졌소. 심지어 나조차도 달라졌는데 나는 이제 내 이름이 무언지도 내가 누군지도 알 수 없습니다"라고 외칠 뿐이다.

「립 밴 윙클」은 공포에 물든 환상이자, 악몽처럼도 보이는 몽상임에도 궁극적으로 화해와 통합의 어조를 띤다. 「립 밴 윙클」에서 다시 집으로 돌아가는 일은 가능한 것이다. 마을 사람들은 악의가 없다는 립의 말을 믿고, 그가 미치광이이거나 첩자라는 이야기를 일축하며 그에게 귀환한 영웅이라는 정체성을 부여한다. 그는 나이로 인해 혁명 이전의 더 유쾌한 과거로 여겨지며, 산에서의 경험으로 인해 미국이 존재하기 이전의 더 즐거웠던 과거, 유럽인들의 마음속에 여전히 하나의 관념으로 남아 있던 시대와 연결된 존재로 받아들여진다. 그는 휘트먼(Walt Whitman)이 「나 자신의 노래」(Song of Myself) 서두에서 거부한 바 있는 '집과 방들'의 '향기'라는 정체성을 거부한 사람, 그러한 거부에 수반되는 두려움을 이미 경험한 사람, 그럼에도 불구하고 그런 거부가 가능하다는 살아 있는 증거로 등장한 사람이다. 그는 모든 형태의 책임과 쾌락적인 삶을 위협하는 세력으로부터 벗어나고자 하는 공동의 꿈을 꾸는 자다. 성인이 되어야 할 그 시절을 잠으로 보낸 그는 지금도, 그리고 앞으로도 영원히 소년으로 남는 것을 허락받았다. 자신이 없는 동안 일어난 일은 한 조지가 다른 조지로 바뀐 것에[4] 불과하다는 것을 깨달은 립은 혁명과 맺을 수 있는 가장 의미 있는 관계는 잠을 자는 것임을 필연적으로 시사한다. 산에서 그가 겪은 일들은 혁명 당시의 사건들로 전치되고, 이는 마치 그 자체로 논리적인 대체인 것으로 제시된다. 어빙의 이야기에서 진정한 반란 행위는 립의 행동이며, 진정으로 미국 혁명을 실현한 것도 바로 립이다. 그러므로 그가 산속으로 사라져 시대와 세상이 준비될 때까지 잠을 자며 기다리는 영웅들의 대열에 합류하기에 적합한 인물로 조그만 남자들에게 인정받는 것은 마땅한 일인 것이다.[5]

하지만 「립 밴 윙클」과 여성은 도대체 무슨 상관이란 말인가? 미국적 상상력이 탄생한 '최초이자 가장 유명한' 이야기, 그 상상력의 결정적 행위가 진정한 미국 혁명을 성인이 되는 일의 기피, 즉 여성의 기피, 즉 아내의 기피와 동일시하는 것이라면 여성 독자는 이것을 어떻게 읽어야 할까? 이 미국적 꿈은 여성에게 어떤 영향을 미칠까? 답은 분명하다. 재앙이다. 이야기의 독자가 남성일 때는 본질적으로 단순한 동일시 행위가 독자가

---

4) [옮긴이] 식민지였던 미국이 모국인 영국을 상대로 독립전쟁을 일으킨 당시 영국의 왕은 조지 3세(George III), 이 전쟁으로 독립을 선언한 미국에서 1789년에 초대 대통령으로 선출된 이는 조지 워싱턴(George Washington)이다.

5) Young, op. cit., and Henry Pochmann, "Irving's German Sources in *The Sketch Book*," *Studies in Philology* 27 (1930), 489~494에서 아서왕과 샤를마뉴, 프리드리히 1세와 더불어 립의 경험에 대한 영웅적 맥락이 자세히 논의된다.

여성이 되면 모순이 얽히게 된다. 이 이야기에서 여성 독자는 자신을 어디에 위치시킬 수 있을까? 분명히 립은 아니다. 그가 구현하는 환상은 철저히 남성적이며, 여성과의 대립으로 정의되기 때문이다. 또한 밴 윙클 부인도 아니다. 아내는 여기서 사람이 아니라 희생양, 적, **타자**이기 때문이다. 립의 부인이라는 호칭 외에 다른 이름이나 정체성이 없는 그녀는 드세고 잔소리하고 '바가지 긁는 아내'라는 전형적인 관습에 따라 요약되고, 설명되고, 무시된다. 그녀는 추상화되어 끝없이 반복되는 메커니즘을 가진 고정관념으로 환원되기 때문에 그녀의 죽음은 그 메커니즘에 대한 농담으로 제시되며 크게 안도할 수 있는 일로 여겨진다. 밴 윙클 부인은 여성이 아니라 남성의 메커니즘이다. 그렇다면 부인이 립을 내쫓은 곳에서 립을 데려오고, 어머니의 유쾌한 대안으로 보이는 딸 주디스는 어떤가? 정말이지, 주디스는 어떤 존재인가? 립과 결혼하지 않았다는 점만 제외하면 그녀의 어머니와 주디스는 얼마나 다른가? 만약 주디스를 제 오빠와 결혼시킨다면 당연하게도 딱 그 어머니 같은 딸이 나올 것이다. 아들이 제 아비와 똑같은 것처럼.

　「립 밴 윙클」을 읽는 여성은 자신이 이야기의 경험에서 배제된 것을 발견한다. 여성은 저항 행위의 일부가 아니며, 저항에서 자신을 인식조차 하지 않는다. 실제로 여성 역할에서 잠재적으로 존경받을 만한 측면은 립에게 부여되고, 그것은 **그의** 성격의 일부가 되므로 긍정적인 자질로 여겨지는 반면, 남성 역할의 부정적인 측면은 아내에게 부여되는데, 그녀는 남성적 권위를 내세우는 자로 여겨지며 그로 인해 저주받는다는 사실에서 우리는 여성 독자가 얼마만큼 배제되어 있는지를 확인할 수 있다.

여성 독자가 이야기에서 자신이 배제된 이유를 깨닫고 「립 밴 윙클」이 자신과는 별 상관이 없는 것이라고 쉽게 무시해 버릴 수 있다면 좋을 텐데. 그러나 안타깝게도 이 이야기는 여성에게 특정한 경험을 강요한다. 밴 윙클 부인과 동일시하지는 않더라도 여성 독자는 아내가 상징하는 여성에 대한 비난에 어떻게든 연루되어 있다는 생각에서 완전히 벗어날 수 없다. 여성은 이야기가 담지하는 여성에 대한 부정적인 이미지에 공격받지 않고는 이야기를 읽을 수 없는 것이다. 그중에서도 가장 중요한 것은 서구 문화에서와 마찬가지로 미국 문학에도 널리 퍼져 있는 여성을 서로의 천적, 본능적인 적으로 보는 관점이다. "그가 마을의 모든 여자들에게 사랑받았음은 틀림없다. 언제나 그렇듯 인정 많은 여자들은 집안에 싸움만 났다 하면 모두 그의 편을 들어 주었고, 저녁에 모여 수다를 떨 때마다 그들은 어김없이 모든 허물을 밴 윙클 부인 탓으로 돌리곤 했다." 이것은 분명 어빙의 가장 불쾌한 아이러니 중 하나이며, 필립 영이 '변덕스러운 반여성주의'라고 부르는 것의 한 예이다.[6] 여기서 진짜 문제는 이 이야기가 여성 독자로 하여금 자신의 성별에 대한 정의를 강제로 실행하게 만든다는 점이다. 「립 밴 윙클」을 읽는 여성은 어쩔 수 없이 어빙의 '인정 많은 여자들' 중 한 사람이 되어 립의 편을 들고 모든 책임을 그의 아내에게 떠넘기게 되는데, 이는 이야기 자체가 그렇게 쓰였기 때문이다. 결과적으로 여성 독자는 분열된 자아를 갖게 된다. 여성은 립과 동일시하면서 스스로에게 저항하고, 온화한 성[7]을 경멸하면서 그와 똑같이 행동하도록, 즉 밴 윙클 부인을 비웃으며 그녀가 '여성'을 상징한다는 것을 받아들이도록, 자신이 억압자이면서 동시에 억압받는 존재임을, 궁극적으로는 그 어느 쪽도 아니라는 것을 깨닫도록 요구받는다. 20년간의 도피 생활 끝에 집으로 돌아온 립의 말은 아이러니하게도 여성 독자에게 딱 들어맞는 것이다. "나는 내가 아니야, 다른 사람이라고. 이제 더 이상 내 이름이 뭔지, 내가 누구인지도 모르겠어."

어빙이 자신의 작품에 대해 취하는 다소 아이러니한 어조

---

6) Young, "Fallen from Time: The Mythic Rip Van Winkle," p. 29n.

7) [옮긴이] 'amiable sex'를 옮긴 말로 18~19세기 영미권에서 여성을 가리키던 오래된 수사적 표현이며, 성차별적이고 구시대적 표현이다. 비슷한 예로는 'fair sex'가 있는데, 여성은 상냥하고 온화하다는 성별 본질적 고정관념이 반영되어 있다.

는 그의 남성화된(immasculating) 상상력의 복합성을 드러내는 증거가 될 수 있다. 그는 이 이야기를 『니커보커의 뉴욕의 역사』에서 이미 희화화된 인물로 자리 잡은 디드리히 니커보커의 입에서 빌려 왔다. 이야기의 틀은 이 이야기의 화자가 한 명 이상임을 깨닫게 하며, 몽환적인 니커보커 뒤에 숨은 아이러니한 어빙을 간과해서는 안 될 것이다. 그러나 문제는, 어빙의 아이러니가 결국에는 단지 하나의 제스처, 즉 자신의 환상을 더욱 성공적으로 부유하도록 하기 위해 독자들의 비평적 능력에 진상된 뇌물처럼 보인다는 것이다. 비록 농담처럼 포장하고 있음에도 불구하고 어빙은 자신의 꿈과 그 기저에 깔린 반여성주의에 헌신한다. 그가 립을 조롱하고 그의 이야기가 그저 환상일 뿐이라고 항변하더라도 밴 윙클 부인은 여전히 그녀의 사악한 본성이라는 낙인에 갇혀 있고, 어빙의 이야기는 그녀에게서 벗어나는 것을 국가적 선(善), 즉 아메리칸 드림으로 만든다.

미국에서 남자 어른으로 자란다는 것 : 「이유를 알고 싶다」

셔우드 앤더슨의 「이유를 알고 싶다」는 립 밴 윙클의 꿈이 악몽으로 변한 것이라 할 수 있다. 어빙이 그토록 피하고자 한 것을 앤더슨이 마주하고 있기 때문이다. 어빙의 이야기에서 암시하는 것, 즉 그가 후기로 남겨 둔 '벼랑 끝이나 맹렬한 급류'에 휩싸인 채 남겨진 '당황한 사냥꾼'에 대한 전설은 앤더슨의 이야기에 와서 명시적이고 중심적인 것이 된다. 성인이 되는 것을 성공적으로 회피하는 환상은 성장할 수 없게 된다는 악몽이 되고, 이 실패는 남성이라는 것의 의미에 대한 비전과 명백히 연결되며, 이는 다시 성(sexuality)에 대한 두려움과 연결된다. 앤더슨의 이야기가 갖는 악몽 같은 특질은 바로 이 연결로 인한 결과이며, 어빙의 이야기가 갖는 밝은 분위기는 이러한 연결고리를 회피함으로써 얻어진 것이다. 「립 밴 윙클」을 지탱하는 판타지의 구조를 제거하고 어빙이 회피하고 전치시킨 요소들을 대체하고 나면 「이유를 알고 싶다」가 탄생한다. 말과 마구간, 경마 트랙을 사랑하는 소년, 그리고 그것과 관련된 다양한 남성들에 대한 이야기, 자신이 가장 좋아하는 말과 남자를 보기 위해 몰래 새러토가로 도망친 소년, 나중에는 그 남자를 쫓아 경마장에서 멀리 떨어진 작은 농가를 찾아갔다가 창문 너머에서 그가 창녀와 키스하는 모습을 지켜보고는 완전히 무너져 내리는 소년은 마지막까지 아무도 답해 줄 수 없는 질문을 반복한다.

「이유를 알고 싶다」에서 소년이 갖게 되는 트라우마의 명백한 원인이 되는 성에 대한 두려움은 「립 밴 윙클」에서도 암시되어 있다. 어빙의 풍경이 지닌 상징적 함의,[8] 또는 어떤 면에서 립이 아내에게서 도망친 것이 성으로부터의 도피라는 암시는 피해 가기 어렵다. 그럼에도 불구하고 「립 밴 윙클」에서 성에 대한 공포는 꽤나 모호하고 사소한 모티프로만 남아 있으며, 단지 암시만 될 뿐이다. 밴 윙클 부인은 성적인 존재로 등장하는 일이 거의 없다. 사실, 립의 자녀들은 설명이 좀 어려운 부분인데, 차라리 그가 놀이 친구를 얻기 위해 자신의 어떤 부분에서 마법처럼 아이들을 만들어 냈다고 하는 게 더 설득력 있는 진술이 될지도 모른다. 그리고 성장에 대한 립의 저항은 성적인 부분보다는 다른 측면에 더 집중되어 있다.

그러나 성의 회피는 결국 더 큰 회피의 징후이다. 립이 산에서 내려오면서 겪는 정체성의 위기는 마을 사람들이 그에게 기꺼이 정체성을 확장해 줌으로써 완화된다. 하지만 그 위기와 공포는 충분히 현실적이며, 이는 립이 자신에게 기대되는 남성적

---

8) William Hedges, *Washington Irving: An American Study, 1802-1832*, Baltimore : Johns Hopkins Press, 1965, pp. 138~139를 보라. "풍경에 나타나는 여성성은 어빙이 독일 민속 전설을 미국적 환경으로 옮길 때 다른 여러 국가에서도 다양한 형태로 발견되는 긴 잠에 대한 기본적인 신화가 구현하는 성적 두려움과 욕망의 흔적을 다 없애지는 않았음을 시사한다." 필립 영은 립이 소인들과 함께 다니는 지형에 대한 '몹시 매력적인' 묘사에 완곡하게 초점을 맞추고 있는데, 립이 산에서 목격한 것은 고도로 위장된 형태의 고대 다산(多産)의 의식이며, 성에 대한 립의 거부감은 그가 작은 남성들을 슬프다고 생각하고 또한 그들에 대한 반응이 잠으로 나타난다는 사실에서 드러남을 논한다(p. 39).

역할을 노골적으로 거부하고 잠재적으로 비하적인 여성의 역할
을 암묵적으로 받아들인 데 따른 불가피한 결과이다. 어빙이 자
신의 환상이 함축하는 의미를 에두를 수 있게 해주는 것은 당연
하게도 밴 윙클 부인이다. 어빙은 문명화의 행위 주체로 부인을
사용함으로써 주인공 성격의 핵심에 자리한 갈등을 위장하고,
적대감을 실제 대상에서 다른 대상으로 돌릴 수 있었다. 성장
에 대한 명령이 만약 여성으로부터 비롯되는 것이라면, 그 명령
에 대한 저항은 여성적으로 보일 필요가 없으므로 남성성에 대
해 주저하는 립의 태도는 안전하게 감추어진다. 만약 여성으로
하여금 남성적인 역할을 맡게 할 수 있다면 여성은 희생양이 되
어 진짜 문제인 남성에 대한 분노를 여성에게 전가할 수 있게 된
다. 이 전략은 여성에게는 실질적인 힘이 없으며 설령 공격을 받
더라도 반격이 불가능하다는 인식에서 비롯되므로 꽤나 안전하
다. 이 전략의 바로 이 안전함은 부정직함과 결합하여 사나운 아
내를 위대한 미국식 농담거리로 만든다. 어느 정도까지는, 아내
앞에서 기죽고 움츠러드는 남성은 항상 '그런 체'하는 요소와 가
짜 영웅의 태도를 취한다. 미국 최고의 유머 작가 마크 트웨인도
아내 리비(Livy)를 바가지 긁는 아내의 모습으로 창조해서는 의
식적으로 만들어진 농담으로 여기고 남성 친구들과 나누곤 했
다. 립과 그의 개 울프가 밴 윙클 부인의 빗자루 앞에 움츠러드

는 장면에도 마찬가지의 분위기가 깔려 있다. 그러나 앤더슨은 희생양이라는 손쉬운 전략에 의존하지 않는 데다가, 「이유를 알고 싶다」는 결코 희극적이지 않다. 앤더슨의 소년이 저항하는 것은 단순한 성장이 아니라, 구체적으로 **남성**으로서의 성장이다.[9] 그의 분노는 분명 남성을 향한 것이며, 이러한 적대감에 대한 깨달음이 바로 이 이야기의 핵심적인 트라우마이다.

「이유를 알고 싶다」의 화자는 또렷이 구분되는 두 가지 범주로 세상을 본다. '검둥이'[10]를 포함한 소년들, 그리고 남자들이라는 범주로. 이러한 범주는 그의 의식 속에 스며들어 있는 것이며, 그는 아버지의 직업을 언급하지 않고 다른 소년들을 언급하는 법이 없다. 그는 자신이 무엇을 하고 어떤 존재가 될지 알고 싶기 때문에 남자들이 무엇을 하고 어떤 존재인지에 대한 질문에 집착한다. 이야기에서 핵심이 되는 행위는 소년이 따를 만한 성인 남자 롤모델을 찾는 일이며, 훈련사 제리 틸포드가 그러

---

9) 앤더슨의 단편이 이 주제를 탐구한 유일한 미국 소설은 아니라는 점을 짚고 넘어갈 필요가 있다. 예를 들어 멜빌은 [『모비딕』의] 에이햅과 [『선원 빌리 버드』의] 베레 선장 같은 인물을 통해 과도한 남성성의 결과를 추적하는 데 관심을 가졌다. 고래의 뼈를 잘라 만든 의족, 바로 그 뼈에 의해 사타구니를 관통당하는 에이햅의 모습은 이미 그렇게 전개될 결과에 대한 멜빌의 명시적인 진술일 것이다.

10) [옮긴이] 원작에서 멸칭인 N-워드를 쓰고 있는 부분은 '흑인'이 아니라 '검둥이'로 옮겼다. 실제로 흑인을 비하하는 것이라기보다는 마크 트웨인과 같은 시대상과 관습의 표현으로 보아야 할 것이다.

한 롤모델적 형상을 제시하지 못하는 데에서 이야기의 절정을 이루며, 소년은 그렇게 불확실한 세상에 갇히게 된다. 그는 더 이상 소년이 아니므로 집으로 돌아갈 수도 없고, 또한 자신에게 제시된 남성의 비전은 견딜 수 없는 것이어서 이것을 추구하며 살 수도 없는 것이다. 소년이 새러토가로 떠나는 여정은 어른의 정체성을 찾는 그의 탐색에 대한 은유이다. 그가 새러토가 경기장에서 "작고 허름한 농가"로 가는 여정은 이에 대한 평행으로 제시되며 "차라리 경기장을 떠나지 않고 다른 애들이랑 검둥이들이랑 말이랑 같이 있었으면 좋았을 텐데" 하는 소망으로 끝이 난다. 립 밴 윙클처럼 영원히 소년들의 세계에 머물 수 있었으면 좋겠다는 소망, 결코 어른이 될 필요가 없었으면 좋겠다는 소망 말이다.

소년이 사는 세상과 남자들이 사는 세상 사이에는 간극이 존재한다. 그들의 세상은 소년의 세상과 멀찍이 떨어져 있다. "고향에서 온 남자들은 대부분 관중석이나 베팅장 근처에만 머물렀고, 경주 직전 말에 안장을 얹을 때 방목장에 와 보는 것 외에는 말이 있는 곳으로 오는 법이 없었다." 그들은 본질적으로 부재한다. 그들은 항상 "렉싱턴이나 처칠다운스에서 열리는 봄 경기, 또는 라토니아로 간다". 다만 "다시 출발하기 전에 일주일을 보내기 위해 집에 돌아올 뿐이다". 그들은 말을 따라가지만, 마구간에서 살면서 말과 함께 먹고 자는 소년들이나 흑인들과는 달리 실제로는 말과 함께 있지 않다. 게다가, 말의 주인들은 대체로 문자 그대로 '부재 지주'들로, 켄터키에 농장을 소유하고 있지만 뉴욕에 사는 사람들이다. 부재는 소년과 아버지의 관계에도 스며들어 있는데, 비록 아버지는 물리적으로는 집에 있을지라도 어디론가 항상 이동 중인 기수 아버지들보다 더 존재감이 있지는 않다. 아버지는 아들과 관계 맺기를 거부하며, 심지어 아들이 시가를 먹었을 때도 회초리를 들지 않는다. 새러토가에서 집으로 돌아왔을 때도 아버지는 아무 말이 없었다. 소년의 어머니가 아침부터 경마장에 가려는 아들을 막아설 때 아버지가 하는 말, "그냥 둬요"는 부자 관계를 단적으로 요약해 보여 준다. "항상 헨리에게 선물을 보내는" 헨리 라이백의 아버지와는 대조적으로, 소년의 아버지는 "돈을 많이 벌지도 못하고 이런저런 물건을 사 주지도 못한다". 물론 소년에게 물건 같은 것들은 그렇게 중요하지도 않거니와, 헨리 라이백의 아버지와 자신의 아버지를 대조시키는 것은 다만 더 크고 덜 구체적인 실망감을 표현하려는 시도일 뿐이다. 아버지가 말에 대한 아들의 열정을 전혀 공유하지 않고, 노력할 필요성조차 느끼지 않는다는 것은 명백하다. 그리고 마찬가지로 소년 역시 아버지에게서 실질적인

정보나 이해를 기대하지 않는다. 무엇보다 소년은 새러토가에서의 중요한 경험을 이해하기 위해 아버지에게 도움을 청하지 않기 때문이다. 아버지는 아들의 발달에 개입하지 않으며 그가 스스로 자신의 정체성을 발견하도록 내버려두는 데에 머문다. 하지만 이 이야기의 함의는 그러한 역할만으로는 충분치 않다는 것이다. 자신에게 적절한 어른의 모델 없이 소년은 자신을 발견할 수 없다. 그의 아버지는 이토록 중요한 영역에서 소년 세계의 다른 모든 남성들과 마찬가지로 부재한다.

그렇다면 새러토가로 가는 여정은 소년이 소년과 남자라는 두 세계 사이의 간극을 메우려는 시도라고 볼 수 있다. 이 여정이 곧 모방 행위인 것이다. "우리는 모든 채비를 마치고서 켄터키 봄 경기가 끝날 때까지 눈에 띄지 않게 지냈다. 우리 동네에서 가장 날렵한 남자들, 그러니까 우리가 제일 부러워한 사람들이 하나둘 떠나기 시작했을 때 우리도 잽싸게 마을을 나섰다." 그러나 이 과정은 소년 자신이 모방하고 싶은 남자들에 대한 복합적인 마음으로 인해 더 어려워진다. 한편으로는 그들을 존경하지만, 다른 한편으로는 그들을 두려워하고 불신하는 것이다. 새러토가에 도착한 후 소년들은 남자 어른들을 찾아가 도움을 청하기보다는 "어떻게 해도 괜찮고" 자신들을 "꼰지르지 않을" 흑인들을 찾는다. 백인 남성들은 "괜찮지" 않은 것이다. "백인 남자는 집에서 도망쳐 나온 우리 같은 꼬라지를 보면 겉으로는 괜찮다고 하면서 한두 푼 쥐여 주기도 하지만 금세 가서 일러바치는 것이다." 오직 흑인과 소년 들만 믿을 만하고 "정직"하며, 남자 어른들은 교활하며 믿을 수 없다. "어른"인 해리 헬린핑거는 소년에게 시가 반 개만 먹어도 키가 자라지 않아 기수가 될 수 있을 거라는 장난을 쳤고, 제리 틸포드는 소년과 신비로운 교감을 나누는 척하더니, 선스트릭을 바라보던 것과 같은 눈빛으로 창녀를 바라보면서 소년과의 경험을 배신함으로써 결국 다른 남자들하고 똑같아진다.

백인 성인 남성 세계의 또 다른 특징은 남자들이 하는 말은 앞뒤가 맞지 않는다는 점이다. 이 이야기에서 진정한 지식의 원천은 소년과 흑인, 노인 들이다. 자신이 원하는 것을 얻는 방법을 알고 있는 이들은 빌대드 같은 흑인들이다. 화자를 비롯한 소년들은 흑인들은 정직하지만 백인 남자 어른들은 그렇지 않다는 사실을 알고 있다. 비록 그 이유까지는 모르더라도 말이다. 미들스트라이드와 선스트릭의 자질을 알아볼 수 있는 것도 소년과 흑인, 노인 들이다. ―"그렇게 훌륭한 말을 두 마리나 경기에 내보낸 적은 이전에는 없었다. 베커스빌의 나이 든 아저씨들도 그렇게 말했고, 검둥이들도 그렇다고 했다. 그러니 분명 사실이었다." ― 그리고 새로운 수망아지들 중에서 승자를 골라

낼 수 있는 것도 오직 그들뿐이다. 반대로, 성인 남자들은 근거도 없이 단언하는 것을 특징으로 갖는다. 권위를 가장하여 그들은 소년들에게 수수께끼를 내면서도 단서는 전혀 제공하지 않는다. "뭐 괜찮다. 어른들이니 자기네가 무슨 말을 하는 건지 알겠거니 하기는 하지만, 그게 헨리나 말들이랑 무슨 상관이 있다는 건지는 통 알 수 없었다."[11] 소년은 여기에서 남성들이 도박을 나쁜 것으로 평가하는 것을 문제 삼는 것이 아니며, 도박과 말이 동일한 세계를 공유한다는 그들의 주장에 이의를 제기하는 것도 아니다. 소년에게 있어 수수께끼는 오히려 이러한 것들 사이에 어떤 **필연적인** 연관성이 있다는 암시, 즉 아버지가 도박꾼이기 때문에 헨리가 필연적으로 그에 영향을 받을 것이라는 것, 남자들이 말에 돈을 걸고 도박을 하기 때문에 말에 대한 태도도 달라질 수밖에 없다는 암시였다. 소년이 저항하는 것은 선과 악은 서로 섞이지 않고는 공존할 수 없으며, 악에 노출되면 필연적으로 악을 '받아들일 수밖에 없다'는 암시이다. 남자들의 사고방식 속에서 소년은 자신의 세계를 망치고 마음까지 오염시킬 수 있는 가능성을 감지한다.

---

11) [옮긴이] 소년의 친구들 아버지가 자신의 자식들에게 헨리의 아버지가 부정직한 도박꾼임을 암시하며, 헨리와 그의 아버지 말을 듣지 말라는 식의 충고를 하는 것을 의아해하는 주인공 소년의 반응이다.

이러한 비전을 고려했을 때, 소년이 성장이라는 주제에 대해 양가적인 태도를 보이는 것도 무리는 아니다. 자신이 부러워하는 남자들에 대한 모방 행위로서 새러토가로의 여정을 받아들이는 한편, 스스로를 '성인 남성'으로 생각하는 데 있어 상당한 저항을 보인다. 처음에는 [시가를 먹음으로써] 문자 그대로 성장을 멈추려 했는데, 그에게 있어 기수가 된다는 건 곧 소년으로 남는다는 뜻이다. 그다음으로 그는 마구간지기가 되는 꿈을 꾸었지만, 이는 '검둥이'들이나 하는 일이다. 마지못해 그는 자신의 운명을 받아들일 수밖에 없게 된다. "나는 언제나 조련사나 마주가 되기를 원했다." 이 운명에 대해 소년이 처음으로 긍정적인 감정을 느낀 순간은 제리 틸포드와 함께 있을 때였다. 제리에게서 드디어 자신이 존경하고 공감할 수 있는 어른의 롤모델을 발견했다고 느꼈기 때문이다. 이야기 전체에서 성인 남성에 대한 그의 태도를 특징짓는 거리감과는 대조적으로 방목장에서의 경험은 소년, 말, 남성을 완전한 이해의 마법 같은 원으로 에워싸는 신체접촉으로 특징지어진다. 소년은 제리로부터 **자신의** 열정과 가치관을 공유하는 남자 어른을 발견하기 때문에 소년의 세계와 남자의 세계가 접촉하고, 처음으로 둘 사이의 어떤 연속성이 가능해진다. 소년은 자신의 본성이 급격하게 바뀌는 것을 상상하지 않고도 성인이 된 자신을 떠올릴 수 있다. 난생처음, 어른이 하는 일에 대해 구체적으로 이야기하고, 바로 그 일을 자신이 하는 모습까지도 상상할 수 있는 것이다. 소년의 경험이 얼마나 중요한지는 그가 [그토록 사랑하는] 말보다 그 남자에 대해 더 많이 생각한다는 사실과 시합이 끝난 후 "톰과 헤인리, 그리고 헨리로부터 벗어나" 혼자, 가능하다면 제리 가까이에 있고 싶어 한다는 사실에서 명백히 드러난다. 그는 친구들과 자신을 분리하고 새롭게 찾은 성인으로서의 정체성을 확고히 하고 싶은 것이다.

하지만 이내 제리 역시 소년이 알던 다른 모든 남자들과 똑같은 사람이었음이 밝혀지는데, 단 이번엔 그 사실이 재앙이 된다. 이후로는 그 어떤 것도 같지 않다. "경기장 트랙의 공기도 전처럼 좋게 느껴지지 않는다." 제리는 소년이 생각했던 그대로의 남자를 결정적으로 증명해 보이면서 어른이 된다는 것이 무엇을 의미하는지에 대한 참을 수 없는 비전을 제시함으로써 이 운명에서 벗어나려는 소년의 희망을 끊어 버린다. 동시에 소년은 제리와의 경험을 통해 자신이 두려워하는 바로 그 과정을 시작하게 된다. 한번 제리와 동일시하고 난 후 소년은 다시 소년일 수 없고, 소년의 세계와 남자의 세계가 접촉한 후 소년은 더 이상 자신의 세계에 안전하게 고립되어 있을 수 없다. 앞으로 나아갈 수 없는 것만큼이나 뒤로도 갈 수 없다. 간절한 그의 소망에도 불구하고 이 소년은 '괜찮아'질 수 없을 것이다.

　제리가 창녀와 키스하는 것을 보고 난 후 소년에게 깨달음과 공포의 순간이 찾아오므로 성과 더불어 여성에 대한 태도가 성장에 대한 소년의 혐오감에 큰 영향을 미친다고 가정하는 것은 타당하다. 따라서 이야기에 내재된 여성에 대한 태도를 살펴보면 제리와의 경험이 소년에게 어째서 그토록 재앙적인지 더 깊이 이해할 수 있을 것이다. 「립 밴 윙클」에서처럼, 셔우드 앤더슨의 이야기에서 이상적인 세계는 여성이 없는 세상이다. 화자는 완벽히 남성적인 환경, 즉 소년들과 남자들, 흑인들, 심지어 말들조차 수컷인 환경에서 살고 있으며, 이것이야말로 자신이 원하는 모습이자 유지하고 싶은 모습이다. 이야기 속에서 여성은 단 두 번 등장하는데, 이 두 번 모두 부정적으로 그려진다. 엄마는 전형적으로 경멸스러운 인물이다. "엄마는 나를 보내 줄 생각이 없었다", "엄마는 떽떽거리며 울고불고했다" 같은 식이다. 「립 밴 윙클」에서처럼 여성 역할의 긍정적 요소는 남자들에게 돌아간다. 입에 군침이 싹 돌게끔 요리를 하는 것도, 잠잘 곳을 찾아주고 집과 같은 온기와 쉼터를 제공해 주는 것도 흑인 남성이다. 자신에게 찬성하고 좋아해 주는 어머니 역할을 맡은 것은 제리로, "그는 마치 자기 아이가 용감하게 멋진 일을 하는 걸 보는 어머니" 같았다. 여성의 이미지는 오직 불가능한 환상으로 정의될 때에만 긍정적인 것이 된다. 선스트릭은 "가끔 생각은 하지만 실제로는 한 번도 본 적 없는 여자애 같다". 유일하게 좋은 여성은 머릿속에 생각으로 있는 여성뿐이다. 그녀는 실제로는 존재하지 않는다. 진짜 여성, 우리가 보는 여성은 '가끔 생각하는 여자'와는 전혀 다르다. 진짜 여성은 허름한 농가의 창녀이고, 그들은 추하고, 거칠고, 비열하고, 더러우며 공포와 혐오, 두려움의 대상이 될 뿐이다. 결과적으로 어른의 성은 악몽으로 인식된다. 성장이 섹스를 의미한다면, 그리고 섹스가 곧 **그들**을 의미한다면, 소년이 심란해하는 것은 당연하다. 공포와 분노에 휩싸인 채로 그는 어른이 된 자신의 모습에 대한 트라우마적 상상에 몸을 움츠린다. "어찌나 미친 듯이 화가 나는지, 나는 손톱이 살에 파고들 정도로 주먹을 꽉 쥔 채로 울었다."

그러나 소년의 분노는 창녀가 아니라 남자들을 향해 있었다. 여자들이 분명 역겹긴 하지만 소년에게 있어 더 역겨운 것은 남자들이 그들과 갖는 관계였다. 이야기 내내 소년은 도박이라는 은유를 통해 남자들의 특징으로 표현되는 사물과 사람에 대한 착취적인 관계에 저항해 왔다. 남자들은 사랑이 아닌 이윤과의 연관에서 말을 생각할 뿐이다. 그들은 말을 다만 **이용**할 뿐인 것이다. 이 속에서 소년은 자신이 원하기만 한다면 도박꾼이 될 수도 있었지만 그는 그렇게 하고 싶지 않았고, 제리를 통해 자신과 같은 가치를 공유하는 사람을 찾았다고 생각하기까지 했다. 그러나 농가에서 소년이 목격한 것은 제리도 다른 남자들처럼 똑같이 착취적이라는 사실, 즉 제리도 선스트릭을 이용한 것에 불과했다는 사실이었다. 그는 말의 성취를 자신의 공으로 돌리고 다른 남자들과 창녀들에게 잘 보이기 위해 자신을 미화한다. 제리는 여자들도 이용하는 것이다. 남성이 여성과 맺는 관계가 착취적이라는 것을 인지한 소년은 남성이 여성을 대하는 방식과 자신을 포함한 소년들을 대하는 방식의 연관성을 파악한다. 남자들이 소년들에게 돈을 주고서 배신하든, 창녀에게 돈을 주고 성적으로 이용하든, 그 태도는 경멸적이고, 잘난 체하며, 소유욕에서 비롯된 것으로, 모두 동일하다. 사랑 대신 돈이 사용된다는 측면에서 이 관계는 모두 상업적이다. 소년은 제리의 창녀를 말과 동일시할 뿐만 아니라, 자신을 창녀와 동일시한다. 여성, 말, 아이들은 모두 남성의 착취 대상인 것이다. 바로 이 지점에서 소년의 상황에 대한 완전한 공포가 드러나는데, 그의 경험이 시사하듯, 소년이 자라서 맺게 되는 여성과의 관계는 남성들이 그와 맺는 관계를 필연적으로 복제하게 되는 까닭이다. 이 이야기가 갖는 힘은, 아버지가 되는 것을 피하고 싶은 소년의 욕망이 좌절되는 데서 비롯된다. 이야기가 끝날 무렵, 그는 소년의 세계와 성인의 세계 사이에는 연속성이 없다는 것, 그리고 이 둘을 가르는 물리적 거리는 정신적 영역에 대한 은유일 뿐이며, 이를 가로지르기 위해서는 자아의 근본적인 변화를 대가로 치러야 한다는 것을 깨닫는다.

「이유를 알고 싶다」의 결말은 미국적 주인공의 전형적인 상황을 보여 준다. 바로, 망가져 버린 낙원에 버려지는 것이다. 그리고 많은 미국 문학이 그렇듯, 예술이 할 수 있는 일은 그저 공포를 기록하는 것일 뿐, 답도 해결책도 보상도 제공할 수 없다. 기껏해야 문학은 잃어버린 소년 시절의 세계로 잠시 돌아갈 수 있게 해줄 뿐이며, 그 순수함이 파괴되는 대면의 순간을 지연시킬 뿐이다. 그리고 화자가 수행하는 지연은 강박적이다. "음. 이제 다 털어놓아야겠다", "내가 이걸 쓰는 게 바로 그거 때문이다", "바로 이런 일이었다", "그게 뭔지 곧 이야기해 주겠다", "그 다음 생긴 일은 다음과 같다" 등등. 그러나 소년이 이야기를 하면서 잃어버린 세계를 잠시 되찾는다고 해도, 이야기는 이미 그 세계를 잃어버림으로써만 존재할 수 있을 뿐이며, 필연적으로 공포에 찬 깨달음을 향해 나아갈 수밖에 없다. 하지만 본래 모든 이야기가 할 수 있는 것은 공포를 표현하는 것뿐, 해소는 불가능하다. 확실히, 예술의 한계는 소년이 던지는 질문의 형식 그 자체에 의해 정의되는데, 곧 그의 삶과 이야기처럼 그것은 어디로도 갈 수 없다. 「이유를 알고 싶다」의 화자는 다만 이야기를 하는 것 외에는 탈출구가 없는데, 그 이유는 그 이야기가 해결하거나 개선할 수도, 또한 초월할 수도 없는 바로 그 공포로 인해 존재하기 때문이다. 자신이 애정해 마지않는 경주마처럼 소년은 원형의 트랙에 갇혀 오직 끝을 위해 시작하고, 다시 시작하기 위해 끝을 낼 뿐이다.

앤더슨의 이야기에는 페미니즘적 차원이 존재한다. 성장에 대한 소년의 저항은 **남성**으로 성장하는 것을 거부하는 것으로 명확히 정의되며, 이러한 거부의 근원은 그가 속한 문화가 여성을 대하는 태도와 연관되어 있다. 그러나 남성에게 가부장적 체제가 미치는 결과를 표현하는 것은 궁극적으로 여성에게는 그다지 중요하지 않다. 여성 독자는 여전히 순전히 남성과 그들의 딜레마만을 다루는 이야기, 여성에게 무슨 일이 일어나든 하등 중요하지 않은 이야기들을 마주한다. 이러한 배제는 특히 앤더슨의 주인공이 처한 상황이 「립 밴 윙클」을 읽는 여성의 상황과 유사하다는 점을 깨닫게 되면 더욱더 불쾌해진다. 용납할 수 없는 정체성의 결여가 두 경우 모두에서 트라우마의 요인이 되며, 이름 없음, 자기혐오, 미결정상황[림보]이 그 결과로 나타난다. 그러나 분열된 자아가 남성일 때 이러한 현상은 예술과 의식의 소재로 더 쉽게 정당화된다. 다 알면서도 어빙의 '온화한' 성에

대한 분석에는 미소를 짓고, 그의 이야기를 읽으며 여성이 겪는
갈등을 상상이 아니더라도 그저 사소한 일로 치부하게 될 독자
들은 앤더슨의 이야기가 담고 있는 '보편적인' 비극에 예리한 통
증을 느끼고 소년들이 남자가 되려고 노력하는 과정에서 겪는
어려움에 깊이 공감하게 될 것이다.

여성이여, 과학을 조심하라 : 「모반」

너새니얼 호손의 「모반」에 등장하는 과학자 에일머는 미국적 주
인공 심리의 역사에 또 다른 단계를 제시한 바 있다. 에일머는
어빙의 립 밴 윙클과 앤더슨의 소년의 중년 버전으로, 립이 회피
하고 소년이 거부한 미래다. 에일머는 결혼과 섹스, 여성이라는
현실과 정면으로 마주한다. 물론 그런 그에게 보상은 있다. 성
인 남성으로서 그는 여성을 제거한다는 위대한 미국적 꿈을 이
룰 수 있는 복합적인 메커니즘에 접근하게 되는 것이다. 이것은
한 손으로 밝혀낸 것을 다른 손으로 가리려는 호손의 양가성에
대한 증언인 동시에 우리 문화에 만연한 성차별주의에 대한 증
거이기도 하다. 그렇기 때문에 「모반」이 실제로는 아내를 살해
하고도 무사히 빠져나가는 방법을 보여 주는 성공담임에도 대

부분의 독자들은 이를 실패의 이야기로 읽는다. 물론, 「모반」을 읽는 데 있어 잘못된 이상주의, 즉 자연을 완성하고 초월하려는 인간의 가치 있는 열정이 초래한 불행한 결과에 대한 이야기라는 접근은 당연히 가능하며, 이것은 일반적으로 이 작품에 주어지는 해석이기도 하다.[12] 그러나 이러한 독해는 이 이야기에서

---

12) 예를 들어 다음을 참조하라. Brooks and Warren, *Understanding Fiction*, New York : Appleton-Century-Croft, 1943, pp. 103~106 : "물론 에일머를 괴물, 즉 자신의 더 큰 영광을 위해 아내를 상대로 실험을 하는 사람으로 생각해서는 안 될 것이다. 호손은 에일머가 타락하고 무정한 사람이라는 말을 하려는 것이 아니다. … 에일머는 완벽함이란 지상에서, 그리고 필멸의 삶에서는 결코 이룰 수 없는 것임을 깨닫지 못한 것이다."; Richard Harter Fogle, *Hawthorne's Fiction: The Light and The Dark*, rev. ed., Norman, Okla.: University of Oklahoma Press, 1964, pp. 117~131; Robert Heilman, "Hawthorne's 'The Birthmark': Science as Religion," *South Atlantic Quarterly* 48 (1949), 575~583 : "지나치게 오만한 과학자 에일머는 악한보다는 비극적 영웅에 더 가깝다. 인간 현실을 개선하려는 그의 파국적 시도에는 자존심과 부족한 현실감각뿐만 아니라 무심한 열망도 있다."; F. O. Matthiessen, *American Renaissance*, New York: Oxford University Press, 1941, pp. 253~255; Arlin Turner, *Nathaniel Hawthorne*, New York: Holt, Rinehart, and Winston, 1961, pp. 88, 98, 132 : "그는 「모반」에서 아미나답의 세속성을 기꺼이 수용한 것과는 대조적으로 에일머의 완벽함에 대한 고귀한 추구를 칭송했지만, 에일머의 성취는 완벽함이라는 것이 지상의 것이 아님을 깨닫지 못했기 때문에 결국 비극적인 실패였다." 이렇듯 해석에 나타나는 주요한 차이는 비평가들이 호손을 에일머에 대한 비평으로 보는 정도의 결과로서 발생한다. 호손을 비판적으로 보는 사람들은 그 비판 지점의 근거를 에일머의 이상주의와 완벽함에 대한 추구에서 찾는다. 예를 들어 Millicent Bell, *Hawthorne's View of the Artist*, New York : State University of New York, 1962, pp. 182~185 : "인간 안에 뗄 수 없는 악의 혼합에 대한 강력한 기독교적 감각을 지닌 호손은 에일머를 위험한 완벽주의자로 간주한다."; William Bysshe Stein, *Hawthorne's Faust*, Gainesville : University of Florida Press, 1953, pp. 91~92 : "따라서 호손의 첫번째 파우스트는 순전히 상징적인 행동의 연장으로 자

이상주의가 점하는 형식의 중요성을 무시해 버리는 처사다. 「모반」이 아내를 완벽하게 만들고자 하는 남자의 욕망에 관한 것이라는 점은 매우 중요한 의미를 지니며, 이러한 이상주의가 아내의 죽음으로 귀결된다는 사실 또한 우연이 아니다. 사실, 「모반」은 이상화(idealization)의 성 정치학에 대한 탁월한 분석을 제공할 뿐만 아니라 증오가 사랑으로, 신경증이 과학으로, 살인이 이상화로, 성공이 실패로 위장될 수 있는 메커니즘에 대한 훌륭한 폭로가 된다. 따라서 호손이 그의 이야기에서 위장의 은유를 강

연을 정복하기 위해, 곧 인간은 단지 그 도구에 불과할 뿐인 우주적인 힘, 즉 자연을 정복하기 위해 자신의 영혼을 희생한다." 이 이야기의 성적 함의를 분명히 인지하고 있는 사이먼 레서(Simon Lesser)는 *Fiction and the Unconscious*, 1957; rpt. New York : Vintage-Random, 1962, pp. 87~90 and pp. 94~98에서 자신의 분석을 잘못된 이상주의에 대한 독해로 대체함으로써 남근주의적 비판이 작동하는 좋은 사례를 제공한다 : "호손이 에일머를 균형 잡힌 관점에서 제시하려는 궁극적인 목적은 우리의 두려움을 잠재우고 그의 실험에 동기를 부여하는 긴급한 소망이 기회를 얻을 수 있게 하기 위함이다. 에일머의 성실함과 이상주의는 우리로 하여금 그와 동질감을 느끼게 한다. 우리는 그의 계획이 처음의 의도와는 달리 마음속에서 그 반대로 점점 구체화되어 가는 것을 본다. 우리가 안심하게 되는 것은 그가 조지아나를 사랑하고 반점을 제거하려는 그의 시도가 성공할 거라는 확신을 갖고 있다는 사실 때문이다. 따라서 우리는 주저하면서도 에일머와 동일시하고 그를 통해 우리의 은밀한 욕망을 행동으로 옮길 수 있다. … 이 이야기는 평소에 억눌려 있던 충동을 표현하게 할 기회를 줄 뿐 아니라, 문제나 고통을 유발하지 않고도 그 충동에 공감하며 경청할 기회를 제공한다. 이야기를 읽는 것 이상의 더 큰 위험이나 노력 없이도 이러한 종류의 실험을 수행할 수 있다는 것은 분명한 이점이다." 한 가지 중요한 반대 견해는 프레더릭 크루스(Frederick Crews)가 제시한 것으로, 그는 에일머의 이상주의의 구체적인 형태와 그것이 그의 비밀스러운 동기에 미치는 영향에 초점을 맞춘 여러 의견을 제시한 바 있다 (*The Sins of the Fathers*, New York : Oxford University Press, 1966).

조하는 것은 여성주의적 독해에 있어 경고인 동시에 단서로 작용한다.

작품의 간략한 줄거리만 보더라도 이미 암시하는 바가 있다. 과학에 헌신하던 한 남자가 아름다운 여성과 결혼하기 위해 자신의 열정을 접는다. 결혼하고 얼마 안 가 남자는 여자의 왼쪽 뺨에 있는 자그마한 모반으로 인해 깊은 고민에 빠진다. 결혼 전에는 대수롭지 않게 여겨지던 반점이 이제는 강박이 되었다. 그는 그 반점을 자연 만물의 불가피한 불완전함에 대한 전조로 읽고, 자연을 초월하는 인간의 능력에 대한 도전으로 여긴다. 그리하여 그는 거의 완벽에 가까운 아내를 더 완벽하게 만들고자 한다. 이 고귀한 목표를 추구하는 과정에서 그는 이 목적을 위해 개조한 방에 아내를 가두고 특정 영향에 노출시킨 후 마침내 물약을 먹게 한다. 이 약은 그토록 끔찍하던 모반을 제거하지만 그 과정에서 아내까지도 죽게 한다. 이야기의 끝에서 조지아나는 완벽한 채로 죽음을 맞이하는 것이다.

이 이야기를 반대로 상상하는 것 ─그러니까, 한 여성이 남편을 완벽하게 만들고자 하는 강박적인 욕구를 발견하고 그에게 실험을 하기로 결심하는 이야기 ─은 불가능하거니와, 한 남성이 다른 남성에게 그런 강박을 갖게 되는 이야기도 마찬가지로 상상하기 어렵다. 불완전함에 대한 집착과 완벽에 대한 강박을 끌어내는 것은 오로지 여성, 구체적으로는 아내로서의 여성이며 이런 집착과 강박에 사로잡히고 강요당하는 것은 남성, 구체적으로는 남편으로서의 남성이다. 더욱이, 대략의 줄거리만 보더라도 여기서 상상된 완벽함이란 어디까지나 육체적인 것임은 분명하다. 에일머는 조지아나를 "죽음을 맛볼 일 없이 천국에 갈 자격이 있다"고 생각하기 때문에 그녀의 성격이나 영혼의 상태에는 관심이 없다. 그는 아내의 외모에만 몰두하며, 그에게 완벽함이란 곧 육체의 아름다움과 같은 말이다. 조지아나는 아름다운 대상으로서 여성의 전형으로 여겨지고, 그녀는 단지 몸으로만 정의되며 축소된다. 그리고 무엇보다도 완벽함과 비존재의 결합은, 좋은 여자란 결코 만나 볼 수 없는 존재라는 앤더슨의 이야기를 떠올리게 하면서 그 이야기에 오직 암시로만 제시되고 있는 것을 발전시킨다. 말하자면, 유일하게 좋은 여자는 죽은 여자뿐이며, 완벽에 대한 욕망의 기저에는 그것을 없애고자 하는 욕구가 자리한다는 것이다. 「모반」은 여성에 대한 이상화가 여성에 대한 깊은 적대감에 그 근원을 두고 있으며, 또한 이러한 적대감을 위장하는 동시에 그 적대감을 최대한으로 표현하고 있다는 사실을 드러낸다.

「모반」의 드라마를 만들어 내는 감정은 혐오이다. 에일머를 추동하는 힘은 조지아나의 잠재적인 완벽함에 대한 환상이 아니라, 그녀의 현재 상태에 대한 공포다. 모반에 대한 그의 혐오감은 어찌나 집요한지, 심지어 그것을 보거나 만질 수도 없는 지경이며, 반점에 대한 악몽을 꾸기까지 하므로 반점은 반드시 제거해야만 하는 것이 된다. 그녀를 '고칠' 때까지 그는 아내를 보는 것조차 견디지 못하며, 오염에 대한 두려움이 너무나 큰 나머지 그녀를 외딴 방에 격리하고 다만 간헐적으로만 그녀를 찾아갈 뿐이다. 조지아나를 완벽하게 만들어야 한다는 에일머의 강박은 그녀의 실체에 대한 공포에서 비롯된 것이며, 그녀가 완벽해짐으로써 자연의 잠재력이 실현되길 바란다는 그의 고상한 말은 그의 핵심적인 감정인 혐오를 가리는 것에 불과하다. 하지만 에일머는 위장과 환상의 존재이다. 이 아름다운 여인을 아내로 삼기 위해 그는 "실험실을 조수에게 맡기고, 준수한 얼굴에서 실험용 화로 연기의 그을음을 닦아 내고 손끝에 남은 산(酸)의 얼룩을 깨끗이 씻어 냈다". 혹여 그녀가 결혼한 다음이 아니라 그 전에 "충격을 주는 사람을 사랑할 수는 없는 법"이라는 말을 할 수도 있으니, 자신이 어떤 사람이고 어떤 감정을 느끼는지 알리지 않는 것이 최선이다. 조지아나를 격리해 둔 방에는 "공기 같은 형태, 형체 없는 생각, 그리고 실체 없는 아름다움의 형상"이 실체로 위장한 채 거의 완벽한 환상으로 등장하며 "남편이 정신의 세계에 대한 통제력이 있다는 믿음을 보증"한다. 실제로 에일머는 정신의 세계를 통제하지는 않지만 조지아나만큼은 확실히 통제하고 있으며, 말하자면 이는 그가 환상의 기술(art of illusion)에 통달한 덕분이라고 할 수 있다.

이야기에서 에일머의 행동에 원동력이 된 것이 혐오라면, 그를 혐오하게 만드는 모든 것의 상징적 장소는 바로 모반이다. 그리고 모반이 그러니까 바로 반**점**(a birth "mark"), 다시 말해 물리적인 것이라는 점, 또한 **모**반(a "birth" mark), 다시 말해 후천적인 것이 아니라 선천적인 것, 조지아나에게 주어진 것들 가운데 하나, 사실상 그녀와 동등한 무언가라는 점이 중요하다.[13] 조지아나와 그녀의 반점 사이의 긴밀한 관계는 계속해서 강조된다. 그녀의 감정이 변하면 반점도 변하는데, 감정에 따라 희미해지거나 짙어지면서 그녀의 심리 상태에 대한 정확한 단서를 제공하는 것이다. 이와 유사하게, 방 안을 가득 채운 어떤 영향력들에 의해서 감각이 자극받을 때, 그녀의 모반은 이에 공감하며 요동친다. 에일머는 반점을 제거하기 위해 "신체 체계 전

---

13) 조지아나의 모반에 대한 관습적 독해는 그것을 원죄(original sin)에 대한 상징으로 보는 것이다. 예를 들어 다음을 보라. Heilman, "Hawthorne's 'The Birthmark': Science as Religion," p. 579 ; Bell, *Hawthorne's View of the Artist*, p. 185. 하지만 이 독해에서 놓치고 있는 것은 당연히 원죄의 상징이 곧 여성이라는 사실에 대한 암시이며, 이 이야기는 오직 남성이 여성을 보호하고 여성을 정의할 힘을 가짐으로써만 '작동'한다는 점이다.

체를 바꾸는 것 빼고 무엇이든 할 수 있을 정도의 강력한 약제를 써 보았"지만, 이 시도는 실패로 끝났다. 그렇다면 에일머의 강박적 혐오의 대상은 조지아나의 '신체 체계'이며, 이 특정 체계를 정의하는 것이 곧 여성이라는 뜻이 된다. 에일머가 끊임없이 공격하는 대상은 조지아나의 생리(physiology), 즉 그녀의 섹슈얼리티 자체이다. 조지아나의 모반과 그녀의 섹슈얼리티 사이의 연관성은 모반이 그녀의 감정적 지표 역할을 한다는 점에서 암묵적으로 드러나지만, 그 연관성을 명시적으로 만드는 모반의 한 가지 구체적인 특성이 있으니, 바로, 조지아나를 탄생시킨 손이 그녀에게 **피**의 흔적을 남겼다는 점이다. 모반은 여성의 섹슈얼리티가 갖는 특별한 본질을 암시한다. 에일머가 조지아나에 대해 고집하는 격리는 여성들이 '부정한' 존재로 취급될 때의 처우를 떠올리게 하며, 이는 우리에게 전혀 필요 없는 것이다. 에일머가 혐오하는 것은 조지아나의 성이다. 그녀가 불완전한 것은 그녀가 여성이기 때문이며, 완벽함이란 곧 제거를 의미한다.

호손의 분석에서 여성에 대한 이상화는 여성을 흉측하고 부자연스럽게 보는 시각에서 비롯된다. 이는 대상을 자연의 수준으로 끌어올리려는 시도로, 보상의 한 형태이다. 여성의 생리를 흠이나 기형, 또는 모반으로 상징하는 것은 여성에게 구원이 필요함을 시사한다. 실제로 「모반」은 여성의 아름다움을 숭배하는 문화에 대한 우화이며, 이 숭배가 수행하는 정치적 기능은 여성을 그들의 자연적 상태에서는 용납될 수 없고, 불완전하며, 괴물적인 존재로 상기시키는 데 있다. 우나 스태너드(Una Stannard)는 「미의 가면」(The Mask of Beauty)에서 이러한 숭배의 함의를 탁월하게 분석한 바 있다.

수십억 달러 규모의 뷰티 산업은 매일같이 여성들에게 온갖 방법을 동원해 그들이 변장한 괴물이라고 말한다. 모든 브라 광고는 여성에게 가슴을 들어 올려야 한다고 말하고, 모든 패드 브라 광고는 가슴이 너무 작다고 말하고, 모든 거들 광고는 배가 처져 있고 엉덩이가 너무 크다고 말하고, 모든 하이힐 광고는 다리를 받쳐 줘야 한다고 말하고, 모든 화장품 광고는 피부가 너무 건조하거나, 기름지거나, 창백하거나, 너무 붉다고 말하고, 입술이 충분히 밝지 않거나, 속눈썹이 충분히 길지 않다고 말하고, 모든 데오도란트와 향수 광고는 타고난 냄새를 모두 가려야 한다고 말하고, 모든 염색약, 헤어롤, 파마 광고는 타고난 머리카락이 색이 잘못되었거나, 너무 직모이거나, 너무 곱슬거린다고 말한다. 최근 가발 광고에서는 자연의 실수는 완전히 가리는 편이 낫다고 말한다. 이런 문화 내에서 여성들은 자신들이 "아름다운 성"(fair sex)이라는 말을 들으면서도 동시에 그 "아름다움"은 리프팅과 코르셋, 염색, 화장, 파마, 보형물이 필요하다고 말한다. 그러니까 여성들이 실제로 듣는 말은 '미녀'가 곧 '야수'라는 말이다.[14]

이상화의 역학 관계는 호손이 다소 전형적인 방식으로 무심하게 언급하는 비유에 아름답게 담겨 있다. "그러나 이런 주장은 가장 순도 높은 대리석상에 드물게 나타나는 푸른 반점이 파워스의 「이브」 같은 작품도 괴물로 만들어 버린다고 하는 것과 다를 바가 없다." 이러한 비교는 그러한 결론에 명백히 반대하는 듯 보임에도 불구하고, 여성에 대해 순수함을 괴물성으로 바꾸는 데 큰 어려움이 없음을 암시한다. '이브' 자체가 그러한 전환이 얼마나 쉽게 일어날 수 있는지를 보여 주는 고전적인 예가 아니던가. 그리고 이러한 전환이 쉬운 까닭은 여성의 이미지를 대리석에 재현하는 것이 본질적으로는 괴물 같은 현실을 위장하고 은폐하려는 시도이기 때문이다. 그러므로 아무리 사소한 결함이라도 엄청난 영향을 미치게 되는데, 이는 이브를 가장 순수한 대리석의 형태로 만들고 여성을 이상화의 틀에 맞춰 넣

---

14) Gornick and Moran, *Woman in Sexist Society*, p. 192.

어야만 하는 현실을 지속적으로 상기시키는 역할을 하기 때문이다.

　여성을 이상화하려는 남성 강박의 근원을 탐구하면서 호손이 쓰고 있는 이야기는 남성의 병증에 대한 것이지 불완전하고 흠이 있는 여성의 본성에 대한 이야기가 아니다. 에일머의 병은 그가 '어머니' 자연과 맺는 관계에 대한 묘사에서 그 본질을 엿볼 수 있는데, 조지아나에 대한 혐오가 부분적으로는 그녀의 성이 상징하는 힘에 대한 질투와 그 불가해한 신비 앞에서 느끼는 좌절감에 기인함을 암시한다. 에일머의 과학적 열정은 그 궁극적인 목표로 인간 생명의 창조라는 욕망을 품고 있었다. "그러나 에일머는 결국 이 시도를 오래전에 접었으니, 이는 탐구자라면 언젠가는 부닥치게 마련인 진실, 즉 우리의 위대한 창조주 어머니께서는 밝은 햇빛 속에서 작업을 하며 우리를 기쁘게 해주는 듯 보이지만 실은 자신의 비밀을 철저하게 감추며, 겉으로는 다 보여 주는 척하면서도 결국 우리에게 오직 결과만을 보여 줄 뿐이라는 사실을 어쩔 수 없이 받아들일 수밖에 없었기 때문이었다. 그분은 정말이지 우리에게 망칠 권리는 주면서도, 고칠 권리는 아주 드물게 주고, 질투심 많은 특허권자처럼 결코 창조를 허하는 법이 없었다." 이 구절은 여성적 힘에 대한 질투, 적대감,

좌절을 기저에 깔고 있기 때문에 몹시 인상적이다. 자연이 인간을 가지고 놀면서 인간이 자연의 힘을 얻을 수 있다고 믿게 만들고는 결정적인 순간에는 그를 막고 파괴하는 존재의 역할만 허용한다는 관점을 통해 호손은 여성을 다른 형태의 적, 즉 남성과 그의 가장 깊은 욕망의 성취 사이에 개입하는 존재로 묘사한다. 그러나 호손은 이러한 태도의 근원을 남성이 자신이 갖지 못한 것을 여성이 가지고 있는 것에 대한 질투와 그에 대한 참여로부터 배제되는 데에 따르는 분노에서 찾는다.

에일머는 자신이 자연보다, 나아가 여성보다 못하다고 느끼는 질투심에서——자연이 여성이라면 여성도 자연이고, 여성은 생물학적으로 자신이 갖지 못한 힘을 가지고 있으므로—— 조지아나를 완벽하게 만들기 위한 강박적인 기획을 시작했다. 자신이 더 못하다고 믿기에, 그는 자신이 그보다 더 나은 존재라고 스스로를 납득시켜야 한다. "자연이 자신의 가장 아름다운 작품에 남긴 불완전함을 바로잡았을 때, 그때 내가 느낄 승리감은 어떨 것 같소! 자신이 조각한 여인이 살아났을 때 피그말리온이 느꼈을 황홀감이 어디 내 것만 할까." 자연을 압도하고 능가하며, 스스로를 자연보다 우월하게 만드는 것은 그 얼마나 대단한 승리인가. 피그말리온 신화의 기저에 있는 환상의 기능은 창세기 신화와 마찬가지로 (메리 데일리의 표현을 빌리면, 아담을 "역사상 최초의 미혼 임신 남성"[15]으로 만들어) 그것이 뒤집으려는 현실에서 명백히 드러난다. 그러한 신화는 이미지를 구축하는 강력한 도구로, 남성과 여성이 동등하다고, 아니 여성보다 우월하다고 확신시키면서 상처받은 남성의 자아를 치유한다. 그는 자연에도 불구하고, 자연에 대항하여, 그리고 마침내 자연보다 더 나은 것을 창조하기 때문이다. 그러나 에일머의 실패는 그의 다른 무수한 '실험들'의 실패만큼이나 확실하다. 그가 지닌 질병은 그를 창조가 아니라 파괴만 가능하도록 만드는 까닭이다.

조지아나가 에일머와 다른 점을 상기시키고, 그가 아닌 것과 될 수 없는 것을 상기시키므로 시기와 미움을 받는다면, 그녀는 또한 그가 참을 수 없다고 생각하는 자신의 모습과 닮아 있으므로 두려운 존재가 된다. 조지아나는 에일머에게 그가 아닌 것만큼이나 그가 무엇인지를 상기시켜 주는 것이다. 명백히 모순적으로 보이는 이 이중 역할의 패턴은 문학 속 여성 인물에 대한 여성주의적 분석에 따라 이해가 가능하다. 남성을 위한 거울,

---

15) Daly, *Beyond God the Father*, p. 195. "남성 어머니"에 대한 데일리의 분석과 '상상된 남성의 모성'에 대한 엘먼의 논의(*Thinking About Women*, pp. 15ff)를 비교하는 일은 유용할 것이다. 이 신화가 가부장적 문화에 만연해 있음은 분명하며, 「립 밴 윙클」과 「이유를 알고 싶다」에서 발견되는 공모의 패턴이 그 신화의 부수적인 주제라고 가정하는 일은 타당하다 할 것이다. [노먼 메일러의] 『미국의 꿈』은 남성적 모성 신화를 강력하게 드러내는 주요한 사례이자, 사실상 그 정수를 보여 주는 대표적인 성취다.

여성은 문학의 주요 관심사인 남성 정신의 개입을 나타내는 역할을 하며, 그에 따라 그들의 성격과 정체성은 변화한다. 여성은 다만 투사(projections)일 뿐이지, 사람이 아니다. 따라서 인물 묘사의 일관성이란 것은 특정 작품의 남성 인물에게 적용될 때만 의미 있는 개념이 된다. 호손의 이야기는 여성을 거울로 보는 전형적인 사례라고 할 수 있는데, 조지아나에 대한 그의 반응이 그녀가 제기하는 지적·정신적 문제에 대한 객관적인 관심이라는 에일머의 믿음에도 불구하고, 그의 반응은 지극히 주관적이라는 것이 분명하기 때문이다. "충격을 받으셨나요, 남편?" 조지아나의 질문은 그의 가면을 완전히 벗겨 버리는 말이다. 사람은 객관적인 인식에 충격을 받지 않는 법이므로. 실제로 에일머는 조지아나의 존재 자체를 자신에 대한 모욕이자 위협으로 받아들인다. 그리고 이는 당연한 일이다. 그가 그녀에게서 보는 것은 그 자신이 도저히 용납할 수 없는 자신의 일면이기 때문이다. 에일머는 조지아나와 결혼하고 그녀의 모반을 소유하고 싶다는 욕망으로 인해 자신의 세속성과 '불완전함'을 직면하도록 강요받는다.

하지만 에일머가 자신을 '정신적 요소의 전형'으로 투영할 수 있는 과학의 왕국으로 도피한 것은 정확히 바로 그러한 대립을 피하기 위해서였다. 육체와 정신이 복합적으로 얽혀 있는 조지아나와 달리 에일머는 절망적일 정도로 자신에게서 소외되어 있다. 호손은 흙으로 빚은 텁수룩한 생명체 아미나답과의 비교를 통해 에일머의 소외를 날카롭게 그려 낸다. 아미나답은 에일머에게서 분리된 세속적이고 육체적이며 에로틱한 자아를 상징하나, 에일머는 이 자아를 자신의 일부로 인정하기를 거부하므로, 그 결과 이 자아를 괴물스럽고 기괴하게 만들어 버렸다. "엄청난 힘과 덥수룩한 머리, 그을린 얼굴 등, 말로는 차마 표현하기 어려운 대지의 느낌이 물씬 묻어나는 그는 인간의 육체적 본질의 화신 같았고, 그에 반해 에일머의 가느다란 체격과 창백하고 지적인 얼굴은 그에 못지않게 인간의 정신적 요소의 한 전형처럼 보였다." 우화로서의 아미나답의 기능은 명백하며, 그와 에일머의 관계 또한 명백하다. 에일머는 스스로를 객관적이고 지적이며 과학적인 존재로 여기면서 자신이 어두운 방에 가둔 채 더러운 일을 하게 만든 존재와 전혀 관계가 없는 척이야 물론 할 수 있겠지만, 그는 아미나답 없이는 기능할 수 없다. 에일머의 실험을 위해 화로에 불을 때는 것은 아미나답이며, 혐오가 이상화에 대한 투자를 만들어 내는 것처럼 그의 육체성은 에일머의 '과학'에 에너지를 제공한다. 겉으로는 아닌 척하지만 사실 에일머는 몹시 감정적인 사람이다. 과학에 대한 그의 관심은 수상할 정도로 불과 화산을 향해 있으며, 때때로 강렬한 감정적 격동을 일으킨다. 게다가 아내의 모반에 대한 집착은 그의 삶 전체를 뒤흔들 정도로 심각하다. 자신을 있는 그대로 받아들이지 못하는 에일머는 과학의 신화를 만들어 과학자라는 인물을 통해 자신의 본성을 위장하고, 자신은 물론 다른 사람들로부터 자신의 진정한 동기를 숨긴다. 그리고 그 결과 그는 이러한 동기를 의식하지 않고도 행동으로 옮길 수 있는 방법을 터득하게 된다. 혹자는 「모반」을 두고 과학이 얼마나 쉽게 주관적인 동기를 은폐할 수 있는지를 보여 준다는 점에서 과학에 대한 폭로가 된다고까지 할 수 있을지 모른다. 「모반」은 과학자의 객관성과 합리성이라는 입장과, 과학이 비도덕적이고 가치중립적인 세상에서 작동한다는 주장의 근저에 있는 현실을 폭로한다. 창백하고 지적인 과학자 에일머는 야수 같고 세속적이며 검댕으로 얼룩진 아미나답을 위한 가면이다. 마치 과학적 연구와 객관성의 신화가 살인을 감추고, 조지아나의 죽음을 실패한 또 하나의 실험으로 위장하는 것처럼.

남성과 그들의 환상에 대한 호손의 태도는 어빙이나 앤더슨보다 더 비판적이다. 독자는 에일머에 대해 연민이 아닌 공포로 반응한다. 어빙과 앤더슨과는 달리, 호손은 남성의 병적 결함을 다루면서 그것이 그들과 관계 맺고 있는 여성에게 끼치는 결과에 대한 이미지를 생략하지 않았기 때문이다. 에일머의 심각한 자기기만의 결과는 비현실적인 세계, 즉 환상과 허상, 외형으로 가득 찬 세상에서 살아가는 것이다. 해가 들지 않지 않고 자기 외부의 그 어떤 것과도 접촉하지 않는 그 세상의 중심에는 실험실이 있는데 이는 그의 철저한 유아론(唯我論)의 물리적 대응물이다. 그럼에도 불구하고 호손은 에일머가 그 실험실 안에 누군가를 가두고 있다는 점을 분명히 한다. 「모반」은 호손이 드러내고자 하는 만큼이나 은폐되기를, 읽히기를 바라는 만큼이나 오독되기를 기꺼이 의도하는 듯 보인다는 점에서 결코 명시적으로 페미니즘적 텍스트는 아니다. 그러나 이야기를 읽으면서 조지아나가 완전히 에일머의 권력 아래 놓여 있다는 사실을 인식하지 않기란 어렵다. 왜냐하면 작품의 주제가 궁극적으로 **권력**이기 때문이다. 에일머가 자신의 강박을 조지아나에게 투사하고 그녀를 통해 실행까지 나아갈 수 있었던 것은 그녀가 여성이자 아내이고, 따라서 그의 권력하에 있었기 때문이며 또한 그는 남성으로서 그러한 과정을 가능케 하고 또 정당화하는 과학의 언어와 구조에 접근할 수 있었기 때문이다. 게다가 정의를 내리고 그것을 강제하는 권위가 남성에게 부여되어 있으므로 에일머는 자신의 환상에 영적인 열망과 보편적인 진실이라는 무게를 부여할 수 있었던 것이다.

「모반」에는 암묵적 페미니즘이 상당 수준 내재되어 있다. 어떤 면에서 이 작품은 성 정치학, 여성의 무력감, 그리고 그 무력감에서 비롯되는 심리에 대한 연구라고도 할 수 있다. 호손은 여성의 정체성이 남성의 반응에 따라 결정된다는 사실을 극화한다. "그러나 이 요정의 손자국이 주는 인상은 보는 사람의 기분이나 기질에 따라 무척이나 달랐다는 점을 아울러 밝혀야 할 것이다." 조지아나를 사랑하는 사람들에게 그녀의 모반은 아름다움의 증거이지만, 그녀를 시기하거나 미워하는 사람들에게는 혐오의 대상이 된다. 조지아나를 창백하게 하는 것은 모반에 대한 에일머의 혐오이며, 그 결과 모반은 그녀 뺨의 창백함에 대비되어 더 또렷한 흠으로 부각된다. 확실히 모반은 그것을 보는 사람에 따라 그 성격이 달라지는 것이다. 조지아나가 자신의 모반에 대해 갖는 태도 역시 그것을 관찰하는 사람과 정의를 내리는 사람에 따라 다르게 나타난다. 그녀의 자아상은 주변 남성들이 자신을 대하는 태도를 내면화하는 데서 비롯된다. 조지아나를 에워싼 것은 완전한 혐오로 표현되는 강박적인 매력이므로, 그에 따른 결과도 그다지 놀랍지는 않다. 멈추지 않는 수치심과 자기혐오로 이어지는 지속적인 자의식은 결국 죽음에 대한 각오로 끝이 난다. 「모반」은 여성이 남성의 정신이라는 실험실에 갇혀 끊임없이 감시와 실험의 대상이 된다는 것이 어떤 결과를 초래하는지를 보여 준다.

또한 「모반」은 '남자'(man)라는 단어가 남성과 인간 일반을 지칭하는 언어적 체계가 여성에게 미치는 결과에 대한 암묵적인 이해를 드러낸다. 이러한 체계의 관습으로 에일머는 자신이 가진 특수한 남성의 욕구를 남녀 모두를 포함하는 인간의 욕구와 동일시할 수 있게 된다. 그리고 에일머는 조지아나를 이상화하고 완벽하게 만들려는 자신의 강박을 마치 인간 보편의 열망인 것처럼 제시할 수 있기 때문에 조지아나는 어쩔 수 없이 그 열망에 동일시될 수밖에 없다. 그러나 그의 열망과의 동일시는 사실 그녀에 대한 증오, 그녀를 없애고자 하는 욕구와 동일시하는 일이다. 조지아나의 처지는 「립 밴 윙클」 같은 이야기를 읽을 때 여성들이 겪는 경험의 허구적 버전이다. 에일머의 정신이 미치는 영향 아래, 그의 잠재적 메시지에 노출되는 실험실 안에서 조지아나는 자신을 결함 있는 존재로 보는 관점을 내면화하게 되고, 결국 에일머의 열망을 방해하는 장애물이 되는 자신을 증오하게 된다. 마침내 그녀는 실패를 상기시키는 존재로 살아남아 그를 괴롭게 하느니 차라리 죽는 것을 원하게 된다. 그리고 그녀는 자신에 대한 태도에 있어 그와 동일시하게 됨에 따라, 자신에 대한 그의 증오와 자신의 존재를 용납하지 않는 그의 태도 때문에 그를 숭배하게 된다. 이로써 투사의 과정은 절묘하게 역전된다. 그는 자기 자신 안에서 받아들일 수 없는 모든 것을 그녀에게 전가하고, 그녀는 모든 좋은 것을 그에게 귀속시키며, 결국 그 안에서 자신의 인간성의 이미지를 숭배하게 되는 것이다.

에일머가 성장 과정에 대한 보상으로서 구축한 성 정치 체계를 통해 호손은 남성이 어떻게 여성에 대한 권력을 획득하는지, 즉 어떻게 창조하고 죽이며, '훼손'하고 '고치고' '만드는' 권력을 가지면서도 결코 '좋은 남자'라는 이미지를 포기하지 않아도 되는지를 보여 준다. 이러한 체계 아래에서는 거의 권력 투쟁이 일어날 필요조차 없다. 왜냐하면 여성들은 자신의 인식과 반응의 정당성을 부정하도록 프로그램되어 있으며, 남성의 환상을 진실로 받아들이도록 길들여져 있기 때문이다. 조지아나는 에일머의 실험실에 처음 들어서자마자 기절하는데, 이는 그녀가 찰나일지언정 자신의 눈으로 직접 그곳을 본 결과다. 그녀는 또한 에일머가 자신이 머무는 방을 실체가 아닌 환영으로 채우고 있다는 것도 인식하고 있으며, 그의 과학적 성과가 그의 기준에 따르면 실패의 연속이라는 점도 결국은 알아차린다. 그럼에도 불구하고 그 프로그램은 너무도 완벽한 나머지 그녀는 오히려 그런 실패들로 인해 그를 더 존경하게 되고, 자신 또한 그 실패들 가운데 하나가 되기를 열망하게 된다.

호손이 반복적으로 강조하는 '겉모습'(seems)이라는 단어와 위장(disguise)의 은유 및 구조를 복잡하게 활용하는 방식은, 여성이 남성의 체계에 의해 기만당하고 파괴되고 있음을 암시한다. 그리고 아마도 이 체계에서 가장 악의적인 부분은 여성의 고귀함(nobility)을 정의하는 방식일 것이다. 조지아나에게 죽음을 안겨 줄 잔을 건네며 에일머는 "열렬히 감탄하며" 외친다. "자, 그럼 마셔요. 고귀한 존재여." 여성의 고귀함은 그녀가 남편의 손에 의한 죽음을 받아들이는 기꺼운 태도와 직접적으로 연결되어 있으며, 조지아나로부터 유일하게 에일머의 감탄을 불러일으키는 특성이 바로 이 고귀함이기 때문에 그녀가 죽음을 기꺼이 받아들이는 것도 전혀 놀랍지 않다. 조지아나는 자신에게 허락된 단 하나의 역할을 충실히 수행하지만, 호손이 이야기의 끝에 이르러 그녀에게 복수의 만족감을 조금은 부여한 것으로 볼 여지는 있다. "'불쌍한 에일머.' 그녀는 인간의 다정함 이상의 것을 담아 다시 한번 말했다. '당신은 높은 목표를 세웠고, 그 일을 훌륭히 해냈어요. 그러니 그렇게 고귀하고 순수한 마음으로 이 땅이 당신에게 줄 수 있는 최상의 것을 거부했다고 해서 결코 후회는 하지 마세요.'" 죽는 것이 유일한 선택지라면, 그 죽음을 최대한 잘 활용하는 수밖에.

「에밀리에게 장미를」을 위한 장미

「에밀리에게 장미를」에는 조지아나에 대한 에일머의 이상화에, 다만 암시로만 제시되었던 그로테스크한 현실이 노골적으로 드러난다. 포크너의 그로테스크 사용을 정당화하는 문제는 이 작품에 대해 글을 쓴 비평가들의 주요한 관심사였다. 그러나 페미니스트적 관점에서 접근했을 때 이 작품의 그로테스크한 측면은 성 정치학의 관습이 만들어 낸 기대를 위반한 결과라는 것을 알게 된다. 결말은 단순히 시간증(屍姦症, necrophilia)에 대한 암시만으로 우리에게 충격을 주는 것이 아니다. 더 충격적인 것은 그 암시를 주는 이가 바로 여성이라는 사실이다. 포(Edgar Allan Poe)가 애너벨 리의 무덤에서 밤을 보내는 것과 에밀리 그리어슨의 철회색 머리카락 한 가닥이 호머 배런의 썩은 시체 옆 베개에 놓인 것은 전혀 다른 이야기이다. 더 나아가, 우리는 여성이 남성을 살해했다는 사실을 알게 될 거라고는 기대조차 하지 않았다. 성 정치학의 관습은 우리로 하여금 조지아나가 남편의 손에 당하는 죽음을 고귀하게 받아들이는 모습이 익숙하도록 만들어 놓은 것이다. 따라서 이러한 '자연스러운' 패턴을 뒤집는 것은 필연적으로 그로테스크를 낳는다.

그러나 포크너는 싸구려 스릴을 위해 성차별의 진부함을

뒤집으면서 만들어 내는 그로테스크 효과에는 별 관심이 없었
다. 이는 미키 스필레인(Mickey Spillane) 같은 작가나 할 일이었
다(실제로 『내가 심판한다』I, the Jury에서 여성이 살인자라는 이미지
가 주는 충격적인 효과를 기꺼이 활용하려 한 스필레인과 대조적으
로, 포크너에게는 그러한 성차별적 책략에 대한 의도가 얼마나 미미
했는지를 짐작할 수 있다). 포크너는 오히려 그로테스크를 불러
내어 그것이 의존하고 있는 관습의 본질을 조명하고 정의한다.
「에밀리에게 장미를」은 남부와 북부 간의 대립, 신질서와 구질
서의 갈등에 대한 이야기가 아니다. 그것은 남과 북, 신구의 가
부장제와 그 안의 성적 갈등에 대한 이야기이다. 작가 본인이 암
시한 것처럼,[16] 이 작품은 성 정치 체제에 의해 희생되고 배신당
한 여성이 그럼에도 불구하고 자신을 희생시키는 구조 속에서
도 자신의 권력의 원천을 발견한 이야기이다. 「모반」이 아내를
살해하고도 빠져나가는 방법에 대한 이야기라면, 「에밀리에게
장미를」은 남성 구혼자를 살해하고 빠져나가는 이야기이다. 포
크너의 이야기는 여성에 대한 남성들의 태도가 어떻게 남성들

---

16) 다음을 보라. *Faulkner in the University: Class Conferences at the University of Virginia 1957-1958*, eds. Frederick L. Gwynn and Joseph L. Blotner, Charlottesville: University of Virginia Press, 1959, pp. 87~88 ; *Faulkner at Nagano*, ed. Robert A. Jeliffe, Tokyo: Kenkyusha Ltd., 1956, p. 71.

스스로에게 되돌아오는지를 분석한다. 바로, 억압을 당하지 않고는 억압하는 것이 불가능하고, 자신에 대한 살인의 조건을 만들지 않고는 살인하는 것이 불가능하다는 논제를 입증하는 것이다. 「에밀리에게 장미를」은 **숙녀**의 이야기이자, 그 기괴한 정체성에 대해 그녀가 복수하는 이야기이다.

"에밀리 그리어슨 양이 죽었을 때, 온 마을 사람들이 그녀의 장례식에 참석했다." 에밀리의 장례식은 마을을 하나로 모으고, 사회적 관계를 명확히 하며, 과거에 대한 감각을 되살리는 축제와 같은 공적이고 공동체적인 성격을 드러내면서 그녀가 제퍼슨시에서 차지한 중심적인 역할을 시사한다. 살아 있을 때 에밀리는 마을 전체의 소유물이자 공동의 추측의 대상이지만, 죽어서는 마을의 역사이자 전설이 된다. 설령 그 아무리 모호하고 양가적일지라도 제퍼슨의 정체성과 역사적 의미에 있어 핵심에 해당하는 어떤 것을 상징하는 존재로서 에밀리가 지닌 가치 때문에 화자는 그녀의 이야기를 들려주기 위해 공동체의 목소리를 취하게 된다. 조지아나처럼 에밀리 역시 인간이 만든 대상이자 문화적 인공물이며, 그녀의 존재는 그녀를 낳은 문화를 반영하고 정의한다.

화자가 우리에게 들려주는 이야기는 제퍼슨과 에밀리의 지속적인 감정적 연루를 드러낸다. 실제로 그녀는 거의 바깥출입을 하지 않고, 아무도 들어오지 않는 집에 틀어박혀 있지만, 그녀의 격렬한 고립은 그녀에 대한 마을 사람들의 집착과 정비례한다. 조지아나처럼 그녀는 사람들에게 끊임없는 관심의 대상이다. 무슨 행동을 하건 즉각적으로 마을 사람들의 가십이 되어 소비되고, 그녀가 하는 일에 대한 간섭을 정당화하는 데 이용된다. 그녀의 사생활은 마을 사람들이 마음대로 해석할 수 있는 공공의 문서가 되며, 마을 사람들의 그 해석은 호기심이 되었다가 질투가 되었다가, 악의, 동정, 열렬한 지지, 자부심, 비난, 찬사, 그리고 옹호로 바뀌었다. 그녀의 장례식은 단순히 공동체 의식이 아니라, 그녀의 사생활 침해의 절정이자 그들의 관음증적 태도의 논리적 연장선이다. 화자의 항변에도 불구하고, 에밀리의 집 안으로 들어가는 것은 남녀 가릴 것 없이 마을 사람들 모두의 열망이었다. 아무리 남자들이 [장례식이 끝날 때까지] 조금 더 기다렸다 하더라도, 그 동기는 여전히 음란한 호기심이다. "이미 우리는 위층 저쪽 어딘가에 사십 년간 아무도 들여다본 적 없는 방 하나가 존재한다는 것과, 그 방의 문을 열려면 반드시 완력을 써야 할 것임을 알고 있었다. 사람들은 에밀리 양이 품위 있게 땅에 묻힐 때까지 기다렸다가 그 문을 열었다."

침해와 침범의 함의가 너무나도 뚜렷한 맥락에서, "품위 있게"라는 말은 사태의 진실을 누설해 버리는 아이러니한 울림을

낸다. 남자들이 마침내 문을 부수고 들어갔을 때 그들은 에밀리가 자신들의 호색을 복수심으로 채워 주었고, 그렇게 함으로써 그들의 거울상을 창조해 냈음을 알게 된다. 에밀리와 제퍼슨 관계의 본질은 그 방을 부순 사람들이 그 안에서 본 것과 그들을 그 방으로 이끈 것 사이의 유사성에 있다. 신부의 방처럼 꾸며졌으나 이제는 빛이 바래고 먼지로 뒤덮인 그 방 안에서 발견된 호머 배런의 썩은 시신이라는 그 기이하고 폭력적이며 그로테스크한 광경은, 그들이 에밀리에게 품어 온 외설적인 호기심의 비뚤림과 그녀의 삶에 지속적으로 침입해 온 행위에 내재된 폭력성, 그리고 그들이 에밀리를 상징적 인공물 ——기념비이자 우상, 그들의 숙녀 ——로 만들어 버린 일의 그로테스크함을 고스란히 반영하는 셈이다. 그러므로 제퍼슨이 전설적인 역사의 중심에 놓은 이 인물은 실제로 그 역사의 의미에 대한 실마리를 담고 있었다. 그 역사는 에밀리의 장례식 훨씬 이전, 호머 배런이 사라지거나 등장하기 훨씬 이전, 그리고 사토리스 대령이 각종 포고와 세금 면제에 대한 조치를 만들어 내기 훨씬 이전에 시작된 것이었다. 그것은 마을 공동체 기억의 중심부이자 가부장제 문화의 핵심에 자리한 상징 속에 각인되어 있다. "오랫동안 우리는 그들을 한 장의 그림으로 생각해 왔다. 그림의 후경에는 하얀 옷을 입은 날씬한 모습의 에밀리 양이, 전경에는 그녀의 아버지가 말 채찍을 꼭 쥐고 그녀에게 등을 보인 채 서 있는데, 두 사람은 활짝 젖힌 앞문의 틀 속에서 테가 둘러진 한 장의 그림 같았던 것이다."

에밀리의 삶의 질을 형성하는 데 있어 아버지의 중요성은 이야기 전반에 걸쳐 강조된다. 심지어 그녀의 죽음 속에서도 아버지의 존재감이 느껴진다. 그녀의 시신 위에는 "깊은 생각에 잠긴 듯한 부친의 크레용 초상화"가 걸려 있는데, 이는 아버지가 그녀의 삶을 얼마나 지배하고 그림자처럼 드리워 왔는지를 상징한다. "여자로서의 그녀의 삶을 그토록 좌절시킨 부친의 기운은, 그가 죽어서도 사라지지 않을 만큼 치명적이고 맹렬"했던 것이다. 이 소모적 관계의 폭력성은 액자의 이미지에서 명확히 드러난다. 겉으로 보기에 폭력은 외적으로, 즉 구혼자를 향해 치켜든 채찍처럼 보이지만 그 폭력의 진정한 대상은 여성-딸이며, 그녀는 후경으로 밀려나 남근처럼 뻗은 아버지의 형상에 지배당하고 있다. 아버지는 그녀에게 등을 돌리고 서서 그녀가 밖으로 나가는 것을 막는 동시에 사람들이 들어오는 것도 막는다. 「모반」에서 조지아나가 그랬던 것처럼, 에밀리에게도 그녀가 공간적 구획 안에 갇힌 것은 곧 정신적 갇힘에 대한 은유적 표현이다. 그녀의 정체성은 아버지의 심적 구조에 의해 결정되며, 그녀는 아버지의 집을 벗어날 수 없는 것만큼이나 아버지가 창조한 자신의 모습, 즉 "하얀 옷을 입은 날씬한 모습"에서도 벗어날 수 없다.

에밀리가 아버지와 맺는 관계에서 진실인 것은, 제퍼슨과의 관계에서도 똑같이 진실이다. 그녀가 숙녀(lady)로서 지닌 지위는 그녀가 결코 벗어날 수 없는 감옥이다. 제퍼슨 사람들에게 에밀리는 언제나 '에밀리 **양**'(*Miss* Emily)이며, 그렇게 불리지 않는 경우도, 그렇게 여겨지지 않는 경우도 없다. 포크너는 작품의 제목에서 그녀의 호칭을 생략해 버림으로써 에밀리에게 가해진 진정한 폭력은 그녀를 '미스'로 만들어 버린 데 있다는 점을 강조한다. 그리고 이러한 생략은 그가 에밀리에게 바치는 장미 중 하나다. 그녀가 **미스** 에밀리 **그리어슨**이기 때문에, 그녀의 부친은 딸에게 흰 옷을 입히고, 그녀를 배경 속에 숨기며, 그녀의 구혼자들을 내쫓는다. 또한 그녀가 미스 에밀리 그리어슨이기 때문에, 마을 사람들은 그녀에게 공동체적 의미를 부여하고, 그녀를 그들의 집착의 대상이자 끊임없는 감시의 대상으로 삼는다. 그리고 그녀가 숙녀이기 때문에, 마을 사람들은 그녀에게 특정한 행동 규범을 강요할 수 있었고 ("하지만 다른 사람들, 더 나이 든 사람들은 아무리 슬픈 일이 있다 해도 진정한 숙녀라면 노블레스 오블리주를 잊어선 안 된다고 말했다") 그녀가 그 규범을 어길 시, 그것을 구실 삼아 그녀의 삶에 간섭할 수 있었다. 숙녀로서 에밀리는 숭배의 대상이 되었지만, 숭배는 곧 질투와 앙심이라는 더 강력한 감정으로 귀결된다. "그것은 비루하고 번잡한 세상과, 드높고 장엄한 그리어슨가를 연결 짓는 또 다른 고리였다", "사람들은… 그리어슨 집안은 실제보다 자신들을 지나치게 높이 생각한다고 믿었다." 기념비가 무너져 그 속이 다만 진흙이었음을 드러내기를 바라는 욕망에 내재된 폭력성은, 애초에 그 기념비를 숭배하고자 했던 충동 자체에 깃들어 있는 폭력을 암시한다.

숭배 뒤에 숨은 폭력은 이야기 속 또 다른 의미심장한 상징을 통해 강조된다. 마을에 이어지는 의무로서의 에밀리의 지위는 "흑인 여성은 앞치마를 두르지 않고 거리를 다닐 수 없다는 법령을 시행한 바 있는 시장 사토리스 대령이 1894년 그녀의 부친이 사망한 날로부터 그녀의 세금을 영구적으로 면제하겠다고 공표하면서" 시작되었다. 이 두 행위가 동일한 구문 단위에서 결합되었다는 사실이 매우 중요한 까닭은 그 둘의 본질적인 유사성을 강조하기 때문이다. 면제하려는 충동은 곧 제한하려는 욕구와 유사하며, 친절이나 존중에서 우러나온 것처럼 보이는 행위가 실제로는 모욕임을 시사한다. 사토리스가 에밀리의 세금을 면제해 준 것은 여성은 경제적으로 독립할 수 있는 존재가 아니며 따라서 경제적으로 독립할 수 없다는 사실을 공개적으로 선언한 것이다. (이와 관련하여 에밀리가 진행했던 도자기 채색 수업을 생각해 보자. 이는 사토리스 대령이 했던 '자선'의 현대판이자, 에밀리의 경제적 무용함을 생생하게 보여 주는 사례라 할 것이다.) 그의 행위는, 여성이 살아남기 위해서는 남편이나 아버지가 있어야 하는데 에밀리에게는 남편도 아버지도 없기 때문에 온 마을이 그녀를 책임져야 한다는 사실을 공개적으로 선언하는 것과 다름없다. 에밀리의 지위를 규정하는 세금 면제는 아버지의 사망으로 시작되었으며, 그녀의 후원자는 한 사람에서 그 다음 사람으로 넘어가면서 남편이 아버지의 역할을 맡는 대신 마을이 아버지의 역할을 대신했다. 실제로, 시장으로서 사토리스가 법령을 시행한 것에 대한 묘사에서 ['아비가 되다'라는 뜻도 겸한] '창시하다'(fathered)라는 어휘가 사용된 것은 그가 에밀리에게 보인 기사도적인 태도가 그녀 아버지의 말 채찍보다 다만 더 교묘하고 기만적인 버전이라는 사실을 강조할 뿐이다.

화자는 에밀리의 삶을 정의하는 짐을 짊어진 마지막 가부장이며, 그녀에 대한 그의 폭력은 그 무엇보다도 미묘하다. 그의 어조는 주문 같은 회상과 향수 어린 숭배로, 말 채찍이나 법령의 오염에서 벗어나 있는 듯 보인다. 그럼에도 옹졸한 질투심과 호기심으로 몰래 엿보고 캐묻고 소문을 나르는 '숙녀들'에 대한 철저한 경멸은 화자의 의식에서 가장 뚜렷하게 드러나는 부분 중 하나다. 에밀리가 이런 비난에서 면제될 수 있는 것은, 그녀는 **진**

정한 숙녀이기 때문이다. 즉, 괴짜에다가 살짝 미쳤으며, 시대에 뒤떨어지고 "고집스럽고 도도한 몰락"을 나타내는 데다가, 부조리하지만 방종한 존재, "사랑스럽고, 불가피하고, 손상되지 않으며, 평온하고 괴팍한", 그러니까 인간이 아닌 모든 것.

「에밀리에게 장미를」은 여성을 숙녀로 만들면서 가해지는 폭력을 폭로할 뿐만 아니라, 피해자가 이러한 지위에서 얻는 특정한 형태의 권력이 이러한 폭력을 행사하는 사람들에게 어떻게 사용될 수 있는지를 탐구한다. 「에밀리에게 장미를」은 폭력이 가해자와 피해자 모두에게 미치는 결과를 다루고 있는 것이다. 이 이야기에서 가장 두드러지는 측면 중 하나는 에밀리 그리어슨 양과, 포크너가 기사도적 행동을 아이러니하게 모방하여 장미를 바치는 에밀리 사이의 간극이다. 제목의 형식은 작가와 주인공 간의 동지애를 확립하고, 포크너가 하고 있는 이야기와 화자가 하고 있는 이야기를 구분해야 할 필요성을 시사한다. 이 구분이 매우 중요한 이유는 가부장적 렌즈를 통해서만 바라보는 화자가 에밀리를 전혀 보지 못하고 다만 마을 사람들의 누적된 상상력과 결합해 만들어진 자신의 상상의 창조물만 보고 있음을 시사하기 때문이다. 엘리슨(Ralph Ellison)의 '보이지 않는 인간'처럼, **에밀리** 역시 아무도 보지 못한다. 그리고 아무도 그녀를 보지 못하기 때문에 문자 그대로 그녀는 살인을 하고도 빠져나갈 수 있다. 에밀리의 힘은 남성들이 자신의 존재 자체가 아니라 자신에 대한 개념을 본다는 것을 이해하고 활용할 수 있는 데서 비롯된다. "나는 제퍼슨에 낼 세금이 없습니다. 일전에 사토리스 대령이 설명해 주었습니다. …토베!… 이 신사분들께 나가는 길 안내해 드려요." 에밀리는 합리적이지도, 현실 감각이 있을 것이라고도 기대하지 않는 여성에 대한 기존의 통념에 의존해 "삼십 년 전에 [악취 문제로 찾아온] 그들의 아버지들을 물리쳤던 것처럼" 난공불락의 모습을 보여 준다. "현대적인" 사고 방식을 가진 그들이건만, 이 새로운 세대는 에밀리 양과 마주하고서 자기네 아버지들처럼 신사의 행동 규범에 사로잡히고 만다("그녀가 방으로 들어서자 모두가 자리에서 일어섰다"). 이 규범은 에밀리에게 여성 본인이 앉거나 그들에게 앉을 것을 요청하지 않는 상황에서 신사들이 제 기능을 할 수 없게 만드는 힘을 부여한다. 그들은 그녀가 합리적인 논의를 거부하자 '어쩌지 못하는' 상황에 놓이면서 결국 아무것도 할 수 없게 된다. 이러한 괴이한 상황에 직면했을 때 그들이 할 수 있는 유일한 방법은 신사답지 않은 행동을 하는 것뿐이므로 에밀리는 그들이 계속해서 자신들을 신사로, 그리고 그녀를 숙녀로 남게 할 것과 그들이 결국 불간섭이라는 평결을 내릴 것임을 확신할 수 있다.

그러나 에밀리가 호머 배런을 처리하는 방식이야말로 포크너가 숙녀의 본성에 대한 관습적인 통념이 어떻게 마을 사람들의 눈을 가려 실제로 일어나고 있는 일을 보지 못하게 하고, 그 결과 에밀리가 아무런 처벌도 받지 않은 채 살인을 저지를 수 있는지를 분명히 보여 준다. 에밀리가 독약을 살 때 그 누구도 그것을 호머에게 사용할 것이라고 생각지 않는다. 모름지기 숙녀는 실연을 당했을 때 자살을 택하면 택했지, 살인을 하지는 않는다는 통념이 강하게 작용하기 때문이다. 그리고 그녀의 집에서 악취가 나기 시작했을 때 마을 여자들은 그 악취에 대해 여자 하인이 아니라 남자 하인을 둔 그녀의 특이함을 탓한다. "남자가, 그게 누가 됐건, 부엌일을 퍽이나 제대로 하겠어"라면서. 그러고서는 "그녀의 대고모 와이엇 노부인이 마침내 완전히 미쳐 버렸던 것을 기억하며" 그녀가 단순히 괴짜인 것이 아니라 정신이 돌아 버린 걸지도 모른다는 암시를 내비친다. 광기를 사별한 여성의 전형적인 반응과 연관 짓는 통념은 다소 이상해 보이는 숙녀들의 행동을 손쉽게 설명하는 기제가 된다.

하지만 더욱 중요한 것은 남자들이 냄새에 대해 설명하기보다는 행동으로 조치를 취하려 할 때 일어나는 일이다. "'제기랄, 여보게 자네.' 스티븐스 판사가 말했다. '숙녀의 면전에 대고 고약한 냄새가 난다고 말하란 건가?'" 하지만 숙녀가 냄새가 난다는 이야기를 듣지 못한다면 악취의 원인을 찾을 수 없을 테니 그녀로서는 '완전' 범죄가 가능해진다. 성난 판사의 반박에 자리한 전제는 숙녀들은 본래 현실과 동떨어져 있다는 신화를 넘어서는 것이다. 그의 분노는 숙녀들이 현실과 떨어져 있게 할 책임이 신사들에게 있다는 주장이다. 숙녀들은 사실을 직면해서는 안 되고, 모든 불쾌한 것으로부터 보호받아야 한다. 사토리스 대령이 누가 봐도 터무니없는 이야기로 에밀리의 세금을 면제해 준 것은 그녀가 가난과 자선에 의존해야 한다는 것을 인식하지 못하도록, 그리하여 대령 자신이 그녀에게 그 사실을 직접 드러낼 필요가 없도록 하기 위함이다. 그렇기 때문에 스티븐스 판사는 에밀리에게 집에서 악취가 난다는 사실을 굳이 알리지 않을 것이다. 그 집에 살고 있는 본인이 그 냄새를 모를 리가 없는데도 말이다. 여성과 악취는 공존할 수 없다는 신화에 충실한 신사들은 현실로부터 자신들을 격리시킨다. 그리고 숙녀를 인간 이하의 존재, 즉 법 아래(sublegal) 존재로 규정함으로써 법이 손댈 수 없는 상황을 만들어 냈다. 그들은 에밀리로 하여금 법을 넘어선(extra-legal) 삶이 가능하도록 만들었다. "'아, 아무렴요.' 약사는 말했다. '필요하신 게 그거라면요. 그렇지만 법적으로 용도를 확인하게 되어 있어서요.' 에밀리 양은 빤히 그를 바라보았고, 그와 눈을 마주치기 위해 그녀는 머리를 뒤로 기울이고 있었는데 결국 약사는 시선을 돌려 안으로 들어가 잠자코 비소를 포장했다." 그리고 마침내 그들은 스스로 범죄자가 되는 상황을 만들어 냈다. "그리하여 다음 날 밤 자정이 지난 시각에 네 명의 남자는 에밀리 양의 앞마당을 가로질러 도둑처럼 집 주변을 살금살금" 돌아다니게 되고, 그들 위로 "움직임 하나 없이 상체를 꼿꼿이 세운 모습이 마치 조각상 같은" 에밀리가 앉아 있다. 그녀는 그들이 기사도라는 가면극을 벌이는 모습을 지켜보고 있다. 그들이 떠나려 할 때, 에밀리는 그들이 자신을 보호하려 애쓰는 현실을 직면하게 한다. 그녀가 자신들을 지켜보는 모습을 볼 수 있도록 불을 켜는 것이다. 그녀가 당장 보안관을 불러 그들을 무단침입 혐의로 체포하게 하지 않은 것이 다만 의아하고, 안타까울 뿐이다.

「에밀리에게 장미를」은 남성들이 여성들을 숙녀로 만들면서 그들에게 가하는 행위에 대한 탁월한 분석일 뿐만 아니라, 그 행위가 다시 남성 자신들을 어떻게 규정하고, 그것이 또 어떻게 자신에게 되돌아오는지를 폭로하는 작품이다. 이것이 바로 포크너가 에밀리와 제퍼슨 사이에 설정한 역학이 지닌 의미이다. 그리고 그것은 또한, 에밀리와 그녀의 부친을 담은 [그림 같은] 장면과 계단 위쪽 방문을 부수고 들어간 남성들을 맞이하는 또 하나의 장면 사이에 암시된 역학의 핵심이기도 하다. 그녀의 집에 들어가고자 했던 잠재적 '구혼자'들이 마침내 그녀 아버지의 집 안으로 들어갔을 때, 그들은 아버지의 억압이 초래한 결과를 목격하게 된다. 썩은 호머 배런의 시신에 응축된 폭력은 맹렬하게 열어젖혀진 현관문과 함께 제시되었던 그 장면이 표상하는 폭력의 거울상이다. 아버지에게 소모되고 잡아먹힌 에밀리는 이제 호머 배런을 먹고, 그의 죽음 이후 수상할 정도로 살이 오르기 시작한다. 다시 말해, 아버지의 죽음 이후, 그녀는 아버지가 자신을 흡수했던 그 행위를 뒤집어 그를 자신 안에 흡수하고 마치 그가 되어 버린 듯하다. 흰옷을 입은 가냘픈 모습에서, "정력적인 남성의 것과 같은 활기찬 철회색 머리카락"을 하고 검은 옷을 입은 비대한 모습으로 변한 것이다. 그녀는 자신을 억압했던 아버지의 폭력성을 자신의 내면에 받아들이고 그것을 호머 배런에게 휘두름으로써 다시 그 폭력을 재연해 냈다.

그러나 그 마지막 조우는 단순히 폭력의 상호성에 대한 이미지에 그치는 것이 아니다. 그것이 규정하는 힘은 그로테스크함에서 비롯되는데, 이는 이야기 전반에 걸쳐 에밀리에 대한 묘사 내에 잠재되어 있던 그로테스크함을 마침내 명확히 드러내는 것이다. "그녀의 골격은 작고 가는 편이었다. 다른 사람이었다면 통통하다고 할 정도일 것이 그녀의 경우 비만으로 보인 것은 아마도 그 때문일지 모른다. 그녀는 마치 고인 물 속에 오래 잠겨 있던 시체처럼 불어 있었고, 낯빛은 파리했다. 퉁퉁한 얼굴의 능선에 파묻힌 두 눈은 마치 반죽 덩어리에 박힌 조그만 석탄 쪼가리처럼 생겼다." 이 묘사의 효과는, 검은 옷을 입고서 비대하게 부풀어 오른 모습을 한 에밀리의 현실과 숙녀라는 관습적인 이미지 사이에 설정된 대비에서 비롯되며, 이는 마을 사람들에게 존재하는 흰옷을 입은 가녀린 모습의 에밀리라는 상징적 기억에 의해, 그리고 독자들에게는 낭만적 호소로 들리는 화자의 어조와 해당 구절 자체에 의해 형성되는 기대로 인한 것이다. 만약 그녀가 그토록 다르게 보일 거라고 기대하지 않았다면, 그녀의 골격이 작고 가늘지 않았다면 에밀리는 그렇게까지 그로테스크하지 않았을 것이다. 따라서 초점은, 고정관념이 현실에 강요될 때 발생하는 그로테스크함에 있다. 그리고 이러한 초점이 의미하는 바는 진정한 그로테스크함이란 바로 고정관념 그 자체라는 것이다. 에밀리가 숙녀이고 그로테스크하다면, 삼단논법은 이렇게 완성되어야 할 것이다. '숙녀라는 개념은 그로테스크하다.' 에밀리는 제퍼슨시의 은유이자 거울이다. 그리고 마지막에 마을 사람들이 마침내 그녀가 누구이고 또 무엇인지 알게 되었을 때 사실상 그들이 만난 것은 그들 자신이다.

초점과 시각에 있어서의 유사성에도 불구하고, 「에밀리에게 장미를」은 「모반」보다 더 암묵적으로 페미니즘적이다. 무엇보다도, 포크너는 호손처럼 강박적인 양가성을 드러내지 않으며「모반」이 독자에게 오독을 유도하는 데 비해,「에밀리에게 장미를」은 그러지 않는다. 그렇기 때문에 설령 엄청난 것을 놓치고 있다 할지라도「모반」을 엇나간 이상주의에 대한 이야기로 보는 독해는 여전히 **가능**하다. 반면「에밀리에게 장미를」을 남북 관계의 우화로, 또는 구질서와 신질서의 갈등으로, 시간과 인간의 관계에 대한 이야기로 읽는 독해는 불가능하다. 왜냐하면 에밀리를 그러한 개념의 재현으로 읽고자 하는 시도는 여성의 조건이 '인간의' 조건이 아니라는 사실에 걸려 고꾸라지기 때문이다.[17] 에밀리의 경험을 이해하기 위해서는 우선 그녀가 여성이라는 사실에 대한 기본적인 인식이 필요한 것이다.

그러나 더 중요한 것은 포크너가 우리에게 보복의 이미지를 제공한다는 점이다. 조지아나와 달리 에밀리는 단순히 순응하지 않는다. 그녀는 자신의 죽음보다는 살인을 택한다. 이런 점에서 그녀는 우리 문학의 페이지를 가득 채우는 자발적 희생자로서의 여성 이미지 —— 그리고 그 이면에는 효과도 하나 없는 격렬한 비난만을 쏟아 내는 밴 윙클 부인의 모습이 있다 —— 와

---

17) 여기서 사용하는 개념으로 이야기를 읽는 데 어려움을 느끼는 독자에게는 토머스 잉게(M. Thomas Inge)가 편집한 비평집을 권한다. *A Rose for Emily*, Columbus : Merrill, 1970.

는 달리 환영할 만한 변화를 보여 준다. 그럼에도 불구하고 에밀리의 행동은 여전히 행동이 아니라 반응이다. 「에밀리에게 장미를」은 반전만이 유일한 가능성인 상황의 빈곤함을 드러낸다. 여기서 인물의 행동은 스스로 만들어 내거나 스스로 결정한 결과가 아니라, 단순히 자기 외부의 힘에 대한 반응이자 반영일 뿐인 것이다. 에밀리가 도도하고 강하고 불굴의 의지를 가지고 있을지는 몰라도, 그녀가 호머 배런을 살해한 것은 결국 여성이 자신을 억압하는 체제로부터 빼앗아 올 수 있는 권력의 한계를 보여 준다. 에일머가 조지아나를 살해한 것은 여성에 대해 남성이 행사할 수 있는 절대적인 권력을 보여 주는 증거이며, 이는 남성의 행위는 고귀하고 인간적인 추구를 위한 것으로 정당화될 수 있다는 확신하에 자행된 행위라고 보아야 한다. 하나, 에밀리의 행위에는 그런 맥락이 없다. 그녀의 행위는 비밀로 지켜질 수 있기 때문에만 가능한 일이며, 그 비밀은 숙녀로서의 이미지를 악용하는 대가를 치러야만 유지될 수 있다. 더욱이, 에일머가 조지아나를 살해한 것은 그녀를 제거하기 위해서였고, 에밀리가 호머 배런을 죽인 것은 그를 갖기 위해서였다.

가부장제 문화는 상당 부분 남성과 여성이 서로를 위해 존재한다는 논리와, '남성성'과 '여성성'이 신이 정한 상호 보완적 관계를 자연스럽게 반영한다는 확신 위에 세워져 있다. 하지만

「모반」과 「에밀리에게 장미를」을 성별에 따라 모든 것을 철저히 구분한 결과에 대한 분석으로 읽는다면, 성차별적 문화란 남성과 여성이 단순히 서로 잘 맞지 않는 수준이 아니라 서로를 죽일 만큼의 치명적인 관계임을 알 수 있다. 에일머는 어떻게 해서든 여성을 없애야 한다는 이유로 조지아나를 죽이고, 에밀리는 어떻게 해서든 남성을 얻어야 한다는 이유로 호머 배런을 죽인다. 이 두 이야기는 문화적 신화와 문화적 현실 사이의 괴리를 보여주며, 그 괴리야말로 궁극적인 그로테스크라는 점을 시사한다.

2장 『무기여 잘 있거라』

헤밍웨이의 '분노에 찬 암호문'

$$I$$

옛날 옛적에 진실을 말한 작가가 있었다. 그는 「인디언 마을」 (Indian Camp)이라는 이야기를 썼는데, 그 이야기에서 한 어린 소년은 의사인 아버지가 인디언 여성에게 경멸적이고 기괴한 제왕절개 수술을 하는 장면을 지켜보고, 위층 침대에 있던 그녀의 남편은 스스로 목을 긋는다. 「이유를 알고 싶다」처럼 「인디언 마을」도 **통과의례**에 대한 이야기이며, 닉 애덤스는 미국에서 남자로 자란다는 것이 어떤 의미인지를 배운다.[1] "'의학 저널에 실

---

1) [옮긴이] 「인디언 마을」은 1924년 발표된 헤밍웨이의 초기 단편으로 헤밍웨이의 페르소나라고도 할 수 있는 '닉 애덤스'라는 인물이 처음으로 등장한 작품이다.

릴 만한 일이야, 조지.' 그가 말했다. '잭나이프로 제왕절개를 하고 9피트짜리 가는 낚싯줄로 봉합이라니.'" 두 아버지[의사인 화자의 아버지와 자살한 인디언 남자]라는 이중의 거울에 비친 교훈은 죄책감에 관한 것이다——여성에 대한 남성의 태도에 대한 죄책감, 그리고 남성의 성욕이 여성에게 끼친 결과에 대한 죄책감. 『무기여 잘 있거라』는 「인디언 마을」과 유사한 여러 요소들을 공유하지만, 그 요소들은 중대한 재배열을 거쳤다. 이 작품에도 고통스럽고 오랜 분만 끝에 제왕절개로 아들이 태어나는 장면이 등장하지만, 이 사건을 둘러싼 감정들은 자신에서 타인에게로 전이된다. 「인디언 마을」에서 아버지를 향하던 적대감은 이제 캐서린, 즉 여성에게 향하고 있으며, 그녀의 성, 그녀의 목을 조르는 자궁이 적으로 설정되어 있다. 그리고 「인디언 마을」에서 분명히 남성인 인디언 아버지의 자아에 귀속되어 있던 죄책감은 이제 캐서린에게 전가되어, 그녀는 프레더릭의 죄를 짊어지고 그를 대신해 죽는다.

「인디언 마을」에 비하자면 『무기여 잘 있거라』는 거짓이다. 단, 「립 밴 윙클」과 「이유를 알고 싶다」, 「모반」에 담긴 전통을 아는 사람이라면 누구나 다 알고 있는 종류의 거짓이다. 「인디언 마을」은 주인공이 불확실한 상태에 놓인 채로 끝난다. 그는 아버지를 거부하고 현실로 도피한다. 『무기여 잘 있거라』는 명목상의 성인이 제공하는 탈출구, 즉 투사 전략과 희생양 메커니즘, 그리고 자신의 진정한 동기와 목표를 회피할 수 있게 해주는 신화 만들기라는 경로에 놓인 주인공을 그린다. 그리고 프레더릭 헨리의 진정한 목표는 궁극적으로 에일머의 경우와 마찬가지로 「이유를 알고 싶다」와 「인디언 마을」에 나타난 딜레마를, 성장이라는 사실을 회피함으로써, 그리고 개인으로 하여금 어쩔 수 없이 어른이 되도록 강제하는 위협적 행위자를 제거함으로써 해소하는 것이다. 립 밴 윙클이 그런 것처럼 프레더릭 헨리는 잠을 많이 자는 사람으로, 그가 꿈꾸는 것은 원형적인 미국인의 꿈, 즉 여성 없는 무성애적 세계에서 영원히 소년으로 남는 것이다.

에일머의 신화가 과학이었다면, 프레더릭 헨리의 신화는 낭만적 사랑이며, 두 작품 모두 적대감을 은폐하는 이상화 과정이다. 『무기여 잘 있거라』가 낭만적 사랑의 전통 속에서 쓰인 작품인 만큼, 이 전통의 요소를 몇 가지 간략하게 살펴보는 일은 유의미할 것이다. 사랑 이야기는 어쩌면 위장과 기만의 궁극적 형태일 것이기 때문이다. 에릭 시걸(Erich Segal)의 『러브 스토리』(*Love Story*)를 처음 읽었을 때 나는 『무기여 잘 있거라』와의 유사성에 크게 충격을 받았다. 두 소설 모두 공공연하게 표현하는 것과 은밀하게 표현하는 것 사이의 괴리를 특징으로 하며, 또한 두 작품 모두 독자로 하여금 사랑의 완벽함을 믿을 것을 요구하는데, 여기서의 사랑이라는 것은 그 실체가 처참할 정도로 부적절할뿐더러 그 특기는 죽음이다. 『러브 스토리』의 첫 페이지에서 올리버 배럿 4세는 "죽은 스물다섯 살 여자에 대해 무슨 말을 할 수 있는가?"라고 묻는다. 질문이 암시하듯이, 답은 그다지 많지 않다. 이 사랑 이야기에서 우리가 얻는 것은 다른 많은 이야기들과 마찬가지로 사랑하는 사람의 삶이 아니라 죽음, 그리고 그 죽음에서 주인공이 얻는 감정적 보상에 있기 때문이다. 올리버 배럿은 연을 끊고 지내다가 이제는 다시 화해한 아버지의 품에 안겨 울고 있다. 사람들이 말하지 않는 건 바로 그 이유만으로 말할 가치가 있다. 바로 그녀가 죽었기 때문에 당신이 그녀를 사랑했다는 것, 또는 그 반대로, 당신이 그녀를 사랑했기 때문에 그녀가 죽었다는 것이다. 이런 유의 사랑 이야기가 제기하는 핵심적인 질문 중 하나는 어째서 이야기의 감정적 책임은 주로 여성의 죽음에 의존하고, 남성의 죽음에 의존하는 경우는 거의 없는가 하는 것이다. 포의 말처럼, 아름다운 여성의 죽음은 왜 그토록 변함없는 '보편적인' 우울의 원천이 되는지는 충분히 숙고해 볼 만한 질문이다.[2] 확실한 건, 그 함의 중 하나는 눈물이라는

---

2) [옮긴이] 에드거 엘런 포는 「작법의 철학」("The Philosophy of Composition", 1846)

건 남성 또는 남성으로 정체화하는 생존자가 누리는 사치이며 어떤 면에서는 그 경험이 허구적이고 정직하지 못하다는 것이다.

　헤밍웨이의 소설을 면밀히 살펴보면, 실제로 소설을 이끌어 가는 감정은 우리가 핵심적이라고 생각한 것과는 정반대의 것임을 알게 된다. 이 소설에서 표면적으로 드러나는 이상화된 낭만이라는 직물과 그 기저에 깔린 사랑의 근본적인 한계에 대한 시각 사이, 곧 표면상의 목가적인 세계와 그 아래 감춰진 비판적 시선 사이의 괴리를 놓쳐서는 안 될 것이다. 그리고 소설 속에서 위장(disguise)의 은유와 모티프가 두드러지게 사용되고 있다는 점도 마찬가지로 그냥 지나칠 수 없는 부분이다. 셰리든 베이커(Sheridan Baker)가 『무기여 잘 있거라』를 "분노에 찬 암호문"이라고 묘사할 때, 그는 사실상 이 은유를 소설의 형식 전체로 확장시키고 있는 것이다.[3] 간접성과 우회성이 종종 적대감의 동반자가 된다는 점은 새삼스러운 통찰이 아니며, 이상화가 종종 증오를 감추고 위장한다는 사실은 「모반」만 보더라도 분명해진다.

에서 인류의 보편적 이해에서 가장 우울한 것은 죽음이고, 이 우울한 주제가 가장 시적일 때는 아름다움과 결합할 때라고 밝히고 있다. 그러므로 "'아름다운 여인의 죽음'은 의심의 여지 없이 세상에서 가장 시적인 주제"라는 것이었다.

3) Sheridan Baker, *Ernest Hemingway: An Introduction and Interpretation*, New York: Holt, Rinehart and Winston, 1967, p. 73.

『무기여 잘 있거라』에서 여성에 대한 태도를 살펴보면, 이 소설이 표면적으로는 이상화에 몰두하고 있는 반면, 그 이면에는 여성에 대한 적대감이 도사리고 있으며, 이 적대감의 진정한 척도는 캐서린이 죽는다는 사실, 그리고 그녀가 여성이기 때문에 죽는다는 사실에서 분명히 드러난다.

주장과 실제의 불일치는 소설의 주제, 즉 사랑과 전쟁이라는 두 가지 주제의 결합에서도 드러난다. 사랑과 전쟁은 "비록 이상하지만 오랜 세월 함께하는 잠자리 동반자"[4]라고 불리며, "사랑과 전쟁이라는 주제는 그토록 자주 같은 책에 함께 등장함에도 불구하고 실제로 어울리지 않는 조합이며, 작가들이 이 둘을 결혼시키는 데 실패하는 빈도로 판단해 보더라도 둘은 사실상 양립할 수 없는 조합이다".[5] 그럼에도, 『무기여 잘 있거라』의 독해에 있어 많은 비평가들은 이러한 겉보기에 양립할 수 없는 주제들이 실제로는 이해 가능하다는 측면에서 해석의 틀을 제공하고자 노력해 왔다. 따라서 위에 인용한 로버트 W. 루이스 주니어와 필립 영의 언급에 대해 잠시 의문을 제기하고 눈살을

---

4) Robert W. Lewis, Jr., "The Tough Romance" in *Twentieth Century Interpretations of "A Farewell to Arms,"* ed. Jay Gellens, Englewood Cliffs: Prentice-Hall, 1970, p. 45.
5) Philip Young, *Ernest Hemingway: A Reconsideration*, rev. ed., New York: Harcourt, 1966, p. 93.

찌푸리는 것도 정당할 것이다. 두 사람 모두 서로 어울릴 수 없다고 생각하는 것을 묘사하기 위해 성적인 은유를 사용하는 것이 순전히 우연이기만 할까? 은유가 그 자체로 암호라면, 사랑과 전쟁이 그토록 자주 함께 등장하는 것은 낭만적 사랑이 전쟁의 한 형태이기 때문이라고 해독하는 것이 정당하지 않은가? 이런 독해는 소설의 제목에 의해 유도되는 것으로 보인다. 제목의 말장난은 그 감상적인 의도에도 불구하고 전쟁의 무기(arms of war)와 사랑하는 이의 품(arms of love)이 동등함을 암시한다. 이탈리아 전선의 세계는 프레더릭과 캐서린의 사랑과 대비되는 것이 아니라 보완하는 관계이며, 바로 그 감정의 의미에 대한 탐구를 시작하기에 가장 좋은 곳이다.

전쟁은 남성과 여성의 관계를 단순화한다.[6] 이는 일반적으로 남성의 적대감을 어느 정도 억제하는 여성 간의 구분을 지우고 모든 여성에 대한 공격성을 정당화한다. 프레더릭이 후퇴하는 중에 차에 태워 준 젊은 여성들의 눈에 비친 두려움은 전쟁에서 여성의 지위에 대한 예민한 인식을 보여 주는 것이다. 이 젊

---

6) 여기에서는 강간을 조장하고 정당화하는 전쟁의 역할에 대한 수전 브라운밀러(Susan Brownmiller)의 확장된 분석을 살펴보는 것이 적절할 것이다. 특히 *Against Our Will: Men, Women and Rape*, New York: Simon and Schuster, 1975의 3장을 보라.

은 여성들은 이 세상에 자신들에게는 단 하나의 범주, 즉 성적대상이라는 범주만이 존재한다는 것을 알고 있다. 그들은 아군에게 잡히면 창녀가 되고, 적군에게 포로로 잡히면 강간 피해자가 될 것이다. 물론 이런 빈약한 구분은 종종 무너지지만. 캐서린 바클리를 통해 우리에게 처음 제시되는 복합적 문제는 모든 여성이 다 창녀인 세상에서 간호사라는 존재다. 이탈리아인들은 간호사가 전선에 있는 것을 원하지 않았고, 그들을 어떻게 대해야 할지도 모른다. 리날디는 결혼이라는 환상을 통해 캐서린에게 맞춰 보려는 시도를 잠깐 하고는 이내 다른 이탈리아인들처럼 간호사를 성적 범주에 넣고 오로지 성적인 관점에서만 바라봄으로써 자신의 딜레마를 해결한다. "'정말이지 미인이군. … 저 아가씨는 이 말을 알아듣는 건가? 그녀는 자네에게 멋진 아들을 낳아 줄 걸세. 자기를 꼭 닮은 금발로다가 말이지. … 아주 미인이야.'"[7] 사람들은 의사에 대해서는 수술을 잘하는지, 다리를 잘 고쳐 줄 수 있는지 묻고, 간호사에 대해서는 성적으로 적합한지, 멋진 사내애를 낳아 줄 수 있을지를 묻는다. 밀라노에서 입원해 있던 프레더릭이 전선으로 복귀했을 때 리날디가 캐서

---

7) Ernest Hemingway, *A Farewell to Arms* (1929), rpt. N.Y.: Scribner, 1957, p. 99. [옮긴이] 각 장에서 주로 다루는 작품의 인용출처는 처음 나오는 곳에 각주로 서지사항을 밝히고, 이후에는 본문에 쪽수만을 표기했다.

린에 대해 묻는 건 이 한 가지다. "그러니까 내 말은, 미스 바클리가 당신에게 잘해 주더냐는 거야."(169) 즉, 그녀가 무릎을 꿇고 해주느냐, 그녀는 좋은 창녀인가 하는 질문이다.

리날디가 여성을 성적인 관점 외에 다른 관점으로 보기를 거부한다는 것은 프레더릭이 밀라노로 떠나기 전 그에게 퍼붓는 말을 통해 분명히 드러난다.

> 자네의 사랑스럽고 멋진 여신(女神). 영국 여신. 남자가 되어서 그런 여자를 숭배하는 것 말고 할 수 있는 일이 뭐가 있겠나? 또 그런 것 말고 영국 여자를 또 어디에 쓰겠나? … 내가 자네 착한 여자들에 대해 뭘 하나 알려 주지. 자네 여신들 말이야. 행실 바른 처녀를 취하는 것과 거리의 여자를 취하는 것 사이에는 딱 한 가지 차이가 있어. 행실 바른 처녀를 상대할 때에는 고통이 따르지. … 그리고 그 처녀가 그 짓을 정말로 좋아하는지도 알 길이 없지.(66)

이 말이 암시하는 바는, 만약 여성이 숭배의 대상으로만 적합하다면, 그녀는 사실 아무 쓸모도 없는 존재라는 뜻이다. 왜냐하면 여성은 오직 한 가지 목적을 위해 존재할 뿐인데, 진정한 의미에서 '좋은 여자'는 자신이 무엇을 위해 존재하는지를 알고,

그것을 수행하며, 자신이 그것을 좋아한다는 것을 보여 주는 여성이기 때문이다. 자신을 성적인 존재 외의 것으로 생각하고자 하는 여성은 자신의 인간성을 부정하고 초인적 존재, 즉 여신이 되려는 것이다. 여성에게 있어 인간임(humanness)은 곧 성적인 존재라는 것과 동의어인 까닭에.

리날디가 성적인 존재 이상의 여성이 되려는 여성들에게 느끼는 경멸과 적대감은, 단지 성적인 존재에 불과한 여성들에게도 똑같이 향한다. 또한 그의 환원주의적 패러다임이 만들어 내는 정서는 이후 병사들이 후퇴하면서 자신들이 이용하던 창녀들이 트럭에 실리는 모습을 지켜보는 장면을 규정한다. "저 거친 놈들 중 몇 명이 트럭으로 기어들어 창녀들 덮치는 꼴이나 좀 보면 좋겠네요. … 나도 공짜로 좀 해보면 좋겠다고 생각했거든요. 아무튼 저놈의 집은 너무 비쌌어요. 위안해 준답시고 정부가 우릴 등쳐 먹었지."(189) 짐승처럼 몰이를 당하는 창녀들은 남성들 눈에 마치 시장에 나온 고깃덩어리처럼 보이며, 망할 놈의 그 값은 자신들이 얻는 것에 비해 너무 비싸다고 여겨진다. 아닌 게 아니라 결국, 그들이 **얻는** 것은 무엇이던가? "30분이나 15분 안에, 어떤 때는 그보다 훨씬 더 짧게 끝나는 일."(170-171) 그리고 그 결과는? 매독과 임질이다. 여성을 대하는 이러한 태도는 성(性)에 대한 태도와도 명확히 연결된다. 저속하고, 역겨우며, 구태여 적대감을 감출 필요조차 없는 것으로 여기며, 농담의 단골 소재가 되는 성은 감수성, 온정, 이상주의, 궁극적으로는 '지식' 의 대척점으로 인식된다. 프레더릭 헨리의 부대원들이 사제를 향해 끝없이 성적 농담을 던지는 것은 그 사제가 자신들과 다르 다는 인식, 그리고 그에 대한 불편함을 드러내는 것이다. 사제는 성적인 존재가 아니라는 점에서 여전히 성의 세계에 머무는 다른 남성들이 갖지 못한 어떤 지식과 품위를 지니고 있으며, 그들 은 그것을 은밀히 부러워한다. "내가 알지 못하는 것, 배우고도 늘 잊어버리고 마는 것을 그는 언제나 알고 있었다."(14) 사제는 차갑고, 하얗고, 순수한 산악 지대인 아브루치에서 왔다. 그곳은 여성이 안전하게 거리를 두고 배제되어 있으며, 남성들끼리 관계를 맺는 곳이다.[8] 반면 프레더릭 헨리는 "그런 곳을 두고 카페

---

8) 아브루치가 이상적인 세계로 간주되는 이유가 여성의 성이 철저하게 통제되고 있기 때문이라는 암시는, 플루트 연주를 금지하는 것에 대한 맥락을 고려했을 때 더 강화된다. 조앤 에드거(Joanne Edgar)에 따르면("'Wonder Woman' Revisited," *Ms.*1 [July, 1972], 52~56) 남미의 전설적인 아마존 사회를 둘러싼 신화의 핵심적인 요소 중 하나는 다음과 같은 믿음이다. "이 강인한 여성 전사들과 강력한 승자들은 인근 부족에서 남성들을 납치하여 교접 의례를 진행했고, 이 의식은 춤과 플루트 음악을 곁들인 짝짓기 의식이었다." 아브루치에서는 "밤에 플루트 연주가 금지되었다. … 밤에 여자들이 플루트 소리를 듣는 것이 좋지 않기 때문이었다"(73). 만약 이러한 금지가 플루트 음악과 여성의 성을 연결 짓는 동일한 연상작용에서 비롯되었고, 또한 여성의 성이 남성에게 위협이 된다는 동일한 인식, 즉 아마존 신화에 나타나는 인식과 연관되어 있다면 아브루치는 『무기여 잘 있거라』가 암묵적으로 지향하는 이상적인 미국 영토의 한 형태라고 할 수 있다.

의 연기와 어지러운 밤들 속에 있었다. 방이 빙빙 돌아서 멈추려면 벽을 바라봐야만 하는 곳에서" 창녀들과 함께 평지에. 사제는 프레더릭 헨리가 알지 못하고, 설령 알게 되더라도 결코 붙잡고 있을 수 없는 것을 알고 있다. 바로, 성이란 위험하고 낭비적인 상품이며, 가장 좋은 세상은 여성이 없는 남성들의 세상이라는 것. 자신의 문화가 성을 대하는 태도가 갖는 모든 의미를 수행해 내는 사람은 오직 사제뿐이다.

II

무엇보다도 프레더릭 헨리는 전선에 함께 있는 그의 동료들과 상당히 다른 존재로 보인다는 점을 생각해 볼 필요가 있다. 이탈리아의 전쟁에 참전한 미국인이라는 그의 위치는 이 문화에서 그가 외부인의 역할을 하고 있음에 대한 은유로 보인다. 그는 예민하고 부드러우며, 한 여성과 지속적인 관계를 맺을 수 있고, 사제의 무성적 영성에 대한 세속적 유비로 보이는 사랑의 이상화가 가능한 사람인 것이다. 그는 공공연하게 사제와 자신을 동일시하지 않을 뿐만 아니라, 사제를 괴롭히는 동료들의 행동에 동참하지도 않는다. 캐서린은 그에게 "신성한 주제"이며, 그는 모든 것을 성적인 것으로 수렴하고 캐서린에 대한 자신의 감정 또한 성기로 환원하고 축소하려는 리날디의 시도에 저항한다. 캐서린은 프레더릭을 놀리면서 "할 일이 없어진 오셀로네요"(257)라고 말하는데, 이 암시가 인상적인 까닭은 프레더릭이 자신이 몸담고 있는 문화와 얼마나 다른지를 보여 주기 때문이다. 그는 군인으로서도 연인으로서도 오셀로가 아니다. 그가 질투심에 사로잡혀 캐서린을 목 졸라 죽이는 모습은 상상하기 어렵다. 하지만 『무기여 잘 있거라』 속 일련의 사건들을 고려해 보면, 프레더릭과 오셀로의 차이는 본질적으로 피상적이며, 그 차이는 결국 각자가 자신의 거대한 자기중심성을 얼마나 직시할 수 있는지, 그리고 그 자기중심성이 자신이 "사랑하는 사람"의 죽음에 얼마나 책임이 있는지에 달려 있다고 추측하게 된다. 소설의 결말이 지닌 폭력성이 인상적인 만큼이나, 용감하고 아름다운 존재를 파괴하는 비인격적인 "그들"의 행위자로서 생물학적 덫에 의존하고 있는 결말의 추상성 또한 인상적이다. 분명한 건 이 같은 추상성은 프레더릭이 가진 캐서린에 대한 두려움과 그녀에 대한 적대감을 가린다는 점이다. 오셀로와의 비교를 통해 암시된 교살의 이미지는 계속 남아, 우리로 하여금 프레더릭 헨리가 캐서린의 자궁에서 나온 죽은 태아에게서 자신을 보고 있으며 그녀의 죽음이 아무리 생물학적 사고로 형상화되었다 하더라도 실제로는 그녀가 자신을 죽이기 전에 그녀를 죽여야 한다는 무의식적인 욕망, 즉 그녀를 죽여야만 했던 그의 욕구 충족의 결과임을 끊임없이 의심하게 한다.[9]

　프레더릭 헨리의 여성에 대한 적대감은 어떤 면에서는 매우 노골적이며, 특히 권위 있는 위치에 있는 여성들을 만날 때 더욱 그렇다. 여신이 되고자 하는 여성들을 혐오하는 리날디처럼, 프레더릭은 자신을 사랑의 대상으로 삼지 않는 여성들을 혐오한다. 프레더릭의 적대감이 노골적으로 표현되는 경우는 드물지만——이를테면 소설 마지막 부분에서 죽은 캐서린과 단둘이 있기 위하여 간호사 둘을 방 밖으로 밀쳐 내는 장면처럼—— 그가 이 여성들을 거들먹거리고, 독선적이며, 비판적이고, 반성

---

9) 이와 관련하여 『무기여 잘 있거라』에 대한 윈덤 루이스(Wyndham Lewis)의 다음의 분석을 참고하라. "The 'Dumb Ox' in Love and War," *Twentieth Century Interpretations of "A Farewell to Arms"*, pp. 72~90에 재수록. 헤밍웨이의 소설 속 주인공을 특징짓는 의지의 마비를 묘사하는 과정에서 궁극적으로 이를 매도하면서 루이스는 이에 대한 비교 대상으로 프로스페르 메리메(Prosper Mérimée)의 돈 호세를 꼽는데, 그는 돈 호세를 "열정적인 개인의 에너지"의 대표자로서 자신의 특별한 데스데모나인 카르멘을 진실로 오셀로와 같은 방식으로 대한 인물로 묘사한다. 어떤 면에서 루이스의 글은 여성에 대한 남성의 적대감이 공개적으로 표현되더라도 그것이 정당화되던 옛 시절에 대한 한탄으로도 읽힌다. 이러한 변화의 정치는 루이스가 암시하듯 실로 엄청난 것이다. 헤밍웨이에 대한 거숀 레그만(Gershon Legman)의 글도 참조하면 좋은데, 그 글은 이렇게 시작한다. "여성에 대한 증오를 어니스트 헤밍웨이보다 더 심하게 드러낸 현대 작가는 없다." *Love and Death*, New York: Hacker Art Books, 1949, pp. 86~90.

애적이며, 가학적이라고 보는 시각에 내재되어 있으며, 이러한 적대감은 그가 여성에 대해 보이는 반응을 통해 드러난다. 예를 들어, 캐서린이 처음 전선에서 근무할 때 병원의 수간호사와의 대화를 생각해 보자. 캐서린을 좀 불러 달라는 그의 요청에 수간호사는 그녀가 당직 중이라는 말을 전하면서 "알다시피 지금 전쟁 중이니까요"(22)라고 덧붙인다. 이러한 암시는 프레더릭을 다른 남자들이 죽어 가고 있는 와중에 자신의 쾌락만을 좇는 자기중심적이고 무감각한 비전투원으로 규정한다. 여기서 이 여성은 자신을 도덕적으로 우월한 존재로 설정하며, 이를 이용해 프레더릭을 모욕하는 것이다.

　권위 있는 여성들에게 보이는 프레더릭의 적대감은 부상 후 그가 이송된 밀라노 병원의 책임자 미스 반 캄펜과의 관계에서 더욱 극명하게 드러난다. 서로에게 느끼는 혐오감은 즉각적이고 본능적인데, 마치 서로가 서로에게 천적임을 깨달은 듯하다. 그녀가 프레더릭을 "거만하고 무례하다"고 일컬을 때, 그녀는 그들 관계의 본질이 권력 투쟁임을 분명히 규정한다. 그러나 그녀의 권위나 규칙에 조금도 마음을 쓸 생각이 없는 프레더릭은 한쪽은 철저히 불신하고 다른 쪽에는 전혀 신경을 쓰지 않는다. "조그마한 체구에 무엇이든 수상쩍게 여기는 여자로, 맡고 있는 일에 비해 가진 능력이 출중했다. 질문을 많이 했고, 내가 이탈리아 군대에 있는 것이 다소 수치스러운 일이라고 생각하는 것 같았다."(86) 먼젓번 간호사처럼 반 캄펀은 자신이 프레더릭보다 도덕적으로 우월하다고 생각하므로 그에 대해 비판적이다. 프레더릭이 전쟁과 같은 큰 문제에 있어 무감하듯 타인에 대해서도 무심한, 이기적이고 자기중심적인 사람이라고 생각하는 것이다. 그러나 프레더릭은 자신에 대한 반 캄펀의 적대감이 자신과 캐서린의 성적인 관계에서 비롯되기 때문이라고 암시함으로써 이러한 비판을 무력화한다. 그는 반 캄펀을 남성적 자아가 받아들이기에 몹시 편안한 범주, 즉 섹스를 한 번도 해본 적이 없어서 질투심에 섹스를 하는 사람들을 비난하는 욕구불만인 노처녀라는 범주에 넣는다. 그녀의 적대감이 거절당한 것에 대한 결과라면, 자신의 것은 경멸에 따른 것임을 넌지시 말하고 있는 것이다.

투쟁의 마지막 국면에서 프레더릭은 남성들이 전통적으로 여성에게 그 어떤 권력이나 권위, 또는 신용도 허용치 않기 위해 사용해 온 유구한 방식을 택한다. 그는 그녀가 남성이 아니라는 사실을 상기시키고 그녀의 섹슈얼리티와 여성으로서의 위상에 의문을 제기함으로써 그녀가 남성 경험을 판단할 수 있는 능력을 부정하는 것이다. 그녀를 철저하게 패배시키기 위해 프레더릭이 필요하다고 느끼는 일은 그녀가 온전한 여성이 아니며, 성 경험이 전무함에 따라 음낭의 통증이랄지 자궁의 고통을 전혀 알지 못한다는 암시를 던지는 것뿐이다. 여성이 되지 못했기 때문에 불완전하고 불안한 그녀는 프레더릭이 보기에 신성한 생식기라는 단 한마디의 말만으로도 정복할 수 있는 사람이다. 프레더릭은 완벽한 남성우월주의자로서 자신의 남근을 궁극의 무기이자 최고법원으로 사용한다.

프레더릭 헨리는 권위자가 되고자 하는 여성을 좋아하지 않지만, 그렇다고 해서 무능한 여성을 좋아하지도 않는다. 이제 막 문을 연 텅 빈 병원에 갑작스럽게 도착한 환자 때문에 당직 중 잠에서 깬 워커 부인은 상황에 대한 통제 능력이 전혀 없음을 여실히 증명한다. "잘 모르겠어요." "아무 방에나 둘 수는 없어요." "시트는 못 깔아요." "난 이탈리아어 못 읽어요." "의사 지시 없이는 아무것도 못 해요."(82, 83) 프레더릭은 그녀의 무능함을 경멸하며, 그녀를 무시하고 남자들에게 의지함으로써 문제를 해결한다. 남자들은 단순히 짐꾼에 수위일 뿐이지만, 적어도 그를 병상으로 데려갈 수 있는 사람들이다. 워커 부인은 이 소설에 무수히 나오는 눈물만 흘려 대는 여성들 중 하나로, 어려움을 극복할 방법으로 우는 것밖에 모르는 사람으로 그려진다. 이런 여성들을 향한 태도는 경멸과 마치 선심이라도 쓰는 듯한 동정이 뒤섞여 있다. 불쌍한 워커 부인, 불쌍한 퍼기, 불쌍한 창녀들,

불쌍한 처녀들. 물론 여기에는 이중 구속의 전형적인 예가 있다. 여성은 어려움을 해결할 능력이 없는 한심한 존재이지만, 권위 있는 직책을 맡거나, 나아가 그로 인한 권한을 사용할라치면 참을 수 없을 정도로 독선적이고 우월한 존재가 된다. 잘해도 욕을 먹고 안 해도 욕을 먹는 것이다. 그렇지만 궁극적으로는 안 하고 욕먹는 경우는 적다. 적어도 워커 부인에게는 그녀가 진짜 여자인지를 묻는 딱지는 달라붙지 않지만, 반 캄펀에게는 [결혼을 하지 않은] '미스'라는 낙인이 찍힌다. 프레더릭 헨리는 권위를 내세우며 자신의 남성적 자아를 위협하지 않는 여성들과 함께 있을 때 마침내 더 편안함을 느낀다. 그리고 이것이 그가 창녀들에게 끌리는 이유 중 하나다. "'여자[창녀]도 남자한테 사랑한다고 말을 해요?' … '어. 만약 **남자**가 그러길 원한다면.' '그럼 남자도 여자에게 사랑한다고 말하는 거예요?' … '말하지. 만약 **남자**가 그러고 싶다면.'"(105, 강조는 인용자)[10]

---

10) [옮긴이] 캐서린이 재회한 프레더릭에게 지금까지 몇 명의 여자와 잠자리를 가졌는지 묻고, 이에 프레더릭은 없다고 대답하지만, 캐서린은 집요하게 물으며, 나아가 돈을 주고 관계를 가진 여자들에 대해서까지 묻고 있는 장면이다. (2부)

프레더릭 헨리와 캐서린 바클리의 위대한 사랑이 생겨나는 맥락은 다층적인 적대성의 장이다. 이 감정의 기원을 검토해 보면 그것이 실은 이 맥락과 상충하기보다는 오히려 이를 보완하고 있음이 어느 정도 드러날 것이다. 사랑에 빠지는 현상을 개인의 통제를 벗어나 발생하는 우연한 사고로 바라보는 신화가 존재하지만, 자신의 과거를 면밀히 되돌아보는 사람이라면 사랑에 빠지는 것처럼 임의적이지 않은 경험도 드물다고 말할 것이다. 프레더릭 헨리는 캐서린과의 관계를 자신에게 벌어진 일로 묘사하며 소설 전반에 걸쳐 덫이라는 은유로 그 관계를 설명하지만, 자신이 사랑할 필요가 있고 사랑할 사람이 있을 때 바로 그 사람과 사랑에 빠졌다는 것은 분명해 보인다. 프레더릭이 부상을 당한 후 전쟁에 대한 환멸이 날로 깊어지고, 특히나 전쟁의 세계에서 도피할 정당성을 부여할 만한 대안적인 경험이 필요한 순간에 사랑이 시작된 것은 결코 우연이 아니다. 또한 그가 간절히 간호가 필요한 순간에 간호사 바클리의 헌신적인 돌봄이 제공된 것도 사랑의 발생에 있어 우연이 아니다. 어쨌거나 프레더릭은 몇 주간 다리가 바스라진 채 침대에 누워, 전쟁 속에서 자신이 갖는 위치의 부조리함, 그의 고립, 그리고 삶의 근원적 덧없음을 되새길 수밖에 없는 시간을 보내게 된다. 이런 생각들은 누군가의 애정과 헌신을 기꺼이 받아들이게 만든다. 여기에 "사랑"이라는 단어가 요구된다 할지라도 말이다. 깁스를 한 채로 침대에, 병원에, 어리석은 전쟁에 갇혀 있는 프레더릭은 다만 캐서린의 돌봄이 행복할 따름이다. "계속해서 야간 근무를 자청했으므로 간호사들은 캐서린 바클리를 좋아했다."(108) 프레더릭도 다른 간호사들과 마찬가지로 이 점이 좋았다. 그녀가 낮뿐 아니라 밤에도 자신의 욕구를 충족시켜 줄 수 있기 때문이었다. 그러나 프레더릭이 자고 있는 와중에도 캐서린은 계속 일을 하고 있었다. 그녀는 "자기 침대로 오라"는 프레더릭의 끝도 없는 요청으로 인해 이중의 노동을 감내해야 하지만, 그럼에도 그는 캐서린의 얼굴에 가득한 피로를 전혀 의식하지 못한다. 결국 캐서린의 친구 퍼거슨이 못 참고 그에게 캐서린을 좀 쉬게 내버려두라고 요구할 때까지.

바로 이러한 그의 자기 중심성이 캐서린을 향한 감정의 근원이라는 점은 캐서린이 프레더릭에게 자신의 의사를 표하며 요구를 하는 몇 안 되는 장면들에서도 마찬가지로 분명히 드러난다. 두번째 만남에서 프레더릭은 캐서린에게 키스를 시도한다. 캐서린은 이를 거절하는데, 그가 진심이 아닐 뿐만 아니라 그의 행위가 오전 근무를 마치고 저녁에 자유 시간을 갖는 간호사에게 군인들이 으레 하곤 하는 일이라고 생각해서다. 키스에 대한 그녀의 거부는 받아들여지지 않고, 이에 캐서린은 프레더릭의 뺨을 때린다. 그녀의 최초의 거절을 프레더릭은 무시로 응대한다. 그녀에게 뺨을 맞고서 프레더릭은 화를 내고, 자신의 분노와 그녀의 죄책감을 결합시켜 애초에 자신이 원했던 것을 얻어 내고야 만다. 이 상황을 잭슨J. 벤슨은 다음과 같이 정확하게 설명한다.

영국 간호사 캐서린 바클리를 만나던 초반의 헨리는 여자랑 어떻게든 한번 자 보려고 하는 제복 입은 청년처럼 가볍게 행동하지만, 그 내면 깊숙한 곳은 정말 괜찮은 종류의 사람이다. 다시 말해, 헨리를 그렇게 소름끼치게 만드는 건 바로 그 속임수 없이 전형적인 '아메리칸 보이' 기질이다. 그는 로터리 클럽 회원이라면 내심 지지할 만한 태도와 행동 패턴을 보인다. 그는 (그 자신이 직접 아주 분명히 밝히고 있듯이) 무력하게 떨고 있는 헨리 제임스의 작은 새와도 같은 여성을 취하고, 젊고 혈기왕성한 젊은이라면 누구나 해야 하는 놀이의 일부처럼 그 여성을 자기 손 안에서 뭉개 버리려 한다. 이런 상황에 대해 대부분의 독자들이 얼굴조차 찌푸리지 않는다는 사실은 헤밍웨이의 아이러니에 대한 모욕적인 찬사가 될 것이다.[11]

하지만 아이러니가 그토록 알아보기 어렵다면, 그것이 과연 의도된 것인지 아닌지 의문을 제기해도 좋을 것이다. 그리고 이 경우에 어째서 프레더릭과 캐서린의 관계를 바라보는 시각에 구현된 "로터리 클럽 회원"이라는 문화적 규범으로부터 헤밍웨이를 분리해야 하는가? 양쪽 모두 프레더릭의 분노를 정당한 것으로, 그러니까 부당하게 수줍어하는 처녀 때문에 자신의 정당한 욕망을 좌절당한 남자의 적법한 반응으로 본다(캐서린이 마벌의 「수줍어하는 그의 애인에게」"To His Coy Mistress"에 대해 이야기하는 것을 보라: "남자와 같이 살지 않으려는 여자에 대한 거잖아요").[12] 그러나 떨리고 무력한 처녀의 모습은 그녀가 실제로 원하는 것, 혹은 원해야만 하는 것을 감추기 위한 위장에 불과하다.

소설 후반부, 프레더릭이 전선으로 떠나기 전 마지막 몇 시간을 함께 보내기 위해 호텔 방에 머물던 캐서린은 갑자기 우울감에 빠진다. 하룻밤 묵는 방도 아니고 단 두세 시간만 머문다는

---

11) Jackson J. Benson, *Hemingway: The Writer's Art of Self-Defense*, Minneapolis : University of Minnesota Press, 1969, pp. 82~83.

12) [옮긴이] 프레더릭은 영국 시인 앤드루 마벌(Andrew Marvell)의 시 한 구절을 읊고, 캐서린은 자신도 알고 있는 시라며 맞장구친다. 시의 내용은 사랑의 기쁨을 거부하는 여자에게, 인생은 짧으니 아직 시간이 있을 때 사랑을 즐기자고 하는 내용이다.

생각, 호텔의 질과 객실 내부의 인테리어 모두 그녀를 창녀처럼 느끼게 한다. 캐서린이 이러한 소외감을 경험하고 있는 바로 그 순간, 프레더릭은 막 붉은색 플러시 커튼을 치고는 창가에 서 있다. 이 제스처는 그들이 이 방을 또 하나의 '집'으로 소유하게 되었음을 알리는 신호이자, 두 사람을 프레더릭이 느끼는 친밀감에 상응하는 내부의 세계 속에 가두는 행위이다. 분명, 이 순간에 그들의 감정은 극과 극으로 갈려 있다. 프레더릭은 방을 둘러싸고 있는 여러 개의 거울에 비친 캐서린을 보고서 그녀가 행복하지 않다는 것을 깨닫는다. 그는 ── 둘이 하나이고, 그 하나가 바로 그 자신이건만 어떻게 이토록 다르게 반응할 수 있는가 하는 생각에 ── 놀라고 또 실망한다. 이것이 두 사람이 마지막으로 함께할 저녁을 망치게 될 것이므로. "당신은 창녀가 아니야." 그는 단순히 자신의 언명만으로 그녀가 느끼는 모멸감의 복합적인 근원을 충분히 없앨 수 있다는 듯 말한다. 그러고 나서 그는 자신의 실망, 분노, 좌절감을 뚜렷이 드러내는데, 닫았던 커튼을 다시 열고 밖을 내다보며 그녀가 두 사람의 관계를 산산이 조각내고 집까지 망가뜨렸음을 암시하는 것이다. 문자 그대로, 프레더릭은 캐서린에게서 등을 돌린다. 그 의미는 분명하다. 캐서린의 불행은 그것이 자신에게 미치는 영향에 대한 고려하에서만 반응할 수 있는 것이다. 그 이상은 그녀의 문제이므로, 그

녀가 정신을 차리고 다시 '착한 여자'가 될 준비가 되었을 때에
만 그는 다시 돌아올 것이다. 만약 그녀가 그러지 않는다면? "젠
장할, 지금 우리가 말다툼할 때야?"(152) 그녀가 그의 뜻대로 하
거나 아니면 그가 화를 내거나 둘 중 하나다. 적대감과 사랑은
매우 가까이 있는 듯하지만 프레더릭의 자아에 대한 요구를 충
족시키는 캐서린의 능력만이 그 둘을 구분 짓는다. 캐서린이 보
이는 행동은 그녀가 프레더릭의 사랑의 근원을 잘 알고 있음을
보여 준다. 그의 자아에 지나치게 예민한 그녀는 영원토록 그에
게 묻는다. "이제 내가 뭘 하면 좋겠어요?"라고. 그리고 그녀는
언제고 프레더릭의 욕구에 맞춰 상황에 반응한다. "우리가 침대
에 갈 수 있도록 퍼거슨은 빨리 보낼게요, 당신은 가서 그레피
백작과 재미있게 놀도록 해요, 남자들끼리 주말을 보내고 싶잖
아요, 이제 나는 배가 불렀으니 재미없다는 거 나도 알아요."

그러나 캐서린이 프레더릭에게 쓸모가 있다는 것을 보여
주는 더 근본적인 방법이 있고, 프레더릭이 사랑에 빠진 건 바로
그 때문이기도 하다. 헤밍웨이의 주인공들이 지닌 본질적인 수
동성에 대해 우리는 충분히 읽어 왔다. "사건을 겪는 무수히 많
은 사람들" 중에 프레더릭 헨리는 "실행력"과 책임감, 그리고 헌
신할 능력이 부족하다.[13] 프레더릭의 수동성과 대조적으로 캐
서린의 적극성은 두드러진다. 도대체 어떻게, 여주인공에게 그

토록 많은 활동이 허용되면서도 그녀는 이상화된 사랑의 대상
으로서의 지위를 유지할 수 있을까? 더군다나, 프레더릭은 권위
가 있는 여성을 그토록 싫어하는데 말이다. 캐서린의 적극성은
적법성이 획득되는데, 왜냐하면 그것이 항상 프레더릭의 수동
성을 위한 수행으로서 행사되기 때문이다. 캐서린은 오직 프레
더릭을 책임과 헌신으로부터 구하기 위해서만 행동한다. 그녀
와 프레더릭의 관계를 만들어 내는 것도 캐서린이고, 최초의 만
남을 구성함으로써 '관계'라는 것을 거의 즉각적으로 만들어 내
는 것도, 밀라노 병원에 나타나 프레더릭이 사랑에 빠지도록 하
는 것도 바로 그녀다. 게다가 임신에 대한 전적인 책임을 지는
것도, 아기를 어디서 어떻게 낳을지를 결정하는 것도 캐서린이
다. 그녀는 죽음으로써 어떤 불분명한 우주적 힘과 함께 그들 관
계의 종료에 대한 책임을 진다. 프레더릭이 캐서린을 사랑할 수
있었던 것은, 그녀가 그가 받아들일 수 있는 단 하나의 관계를
제공하는 까닭이다. 그는 행동할 필요도, 생각할 필요도 없다.
그녀가 그를 대신해 생각하기 때문이다. ("있잖아요, 달링, 당신이
랑 결혼하면 나는 미국인이 되는 거고, 미국 법에 따라 결혼하면 아
기는 미국 법에 따라 적법한 미국 시민이 되는 거예요.") 프레더릭

---

13) Lewis, "The 'Dumb Ox' in Love and War," pp. 73, 90.

은 책임에 대해 생각할 필요도, 공적으로 책무를 다할 필요도 없다. 그녀의 손쉬운 논리와 최후의 죽음이 그에게 편리한 탈출구를 제공하기 때문이다.

책임 회피에 대한 욕구는 프레더릭이라는 캐릭터를 이루는 데 있어서 핵심적이며, 캐서린은 그 욕구 가운데에서도 중심에 자리한다. 그는 바로 그 때문에, 그리고 그들에게 과거도 미래도 없는 한에서 캐서린과 관계 맺을 수 있다. 캐서린이 출산 중에 사망함으로써 그는 복잡한 문제들에서 구제되며, 이렇게 드리워진 '구름'은 존 킬링거의 말처럼 "작가가 복잡한 삶의 실존적 지옥에서 주인공을 구하기 위해 펼친 데우스 엑스 마키나로서의 위장"[14]과도 같다. 캐서린의 죽음을 통해 프레더릭 헨리는 남편이자 아버지로서 짊어져야 할 책임을 회피할 수 있게 된다. 그녀의 죽음은 헌신하지 않으려는 그의 욕구를 방조하며, 나아가 그에게 정당성마저 부여한다.

그러나 캐서린이 책임을 회피하고 비헌신적인 상태로 남아 있으려는 프레더릭의 욕구를 충족시켜 주는 과정에서, 오히려 그를 저버렸다고 말하는 것은 쉬운 일이다. 이에 대해 로버트

---

14) John Killinger, *Hemingway and the Dead Gods*, Lexington: University of Kentucky Press, 1960, p. 47.

루이스는 캐서린에 대해 다음과 같이 서술한다. "그녀의 죽음은 세상을 배제하는 파괴적인 사랑, 자기 부정 속에서 이기적으로 소유하고자 하고, 평범한 남녀가 침대와 어리석은 고통을 통해 신적인 사랑의 경지에 이르고자 하는 몽상 외에는 어떤 곳으로도 나아가지 못하는 그 사랑이 파괴되리라는 희망을 담고 있다." 루이스의 어조가 시사하듯 삶을 "가장 낮은 공통분모로 축소시키고, 단순하게 만들고, 생각 없이 만들고, 낭만적이고 난잡한 꿈 속에서 의식과 책임 모두를 파괴하려는" 프레더릭의 욕구에 순응하는 캐서린의 태도가 오히려 그녀에 대해 프레더릭이 갖는 적대감의 원천이 된다.[15]

요약해 보자. 가장 단순한 차원에서 프레더릭은 캐서린과 사랑에 빠진다. 캐서린이 자신에게 유용하기 때문이다. 그녀는 그의 육체적 욕구를 충족시켜 주고 그의 정서적 욕구에 순응하는데, 그중 가장 중요한 것은 책임과 의무를 회피하려는 욕망이다. 그러나 이 욕망이 유치할수록, 그 욕망을 받아들이는 그녀는 오히려 그를 실망시키게 된다.

하지만 마지막으로 소설의 감정적 나사를 조여 볼 수도 있다. 프레더릭을 실망시키는 과정에서 캐서린은 궁극의 서비스

---

15) Lewis, "The Tough Romance," pp. 52, 53.

를 제공한다. 책임을 회피하는 프레더릭 헨리의 저항이 가진 도덕적 근거는 자신이 배신의 희생자라는 생각이다. 프레더릭은 배신감을 느껴야만 하며, 캐서린은 이 욕구를 충족시켜 준다. 그가 배신감을 느껴야만 하는 이유는 그의 자아를 지탱하는 구조가 곧 배신에 대한 감각이기 때문이다. 이를 통한 자기 연민이라는 태도는 그로 하여금 자기중심주의를 마음껏 누리게 하며 책임 회피에 있어서도 정당성을 부여한다. 프레더릭은 모든 곳에서 배신을 찾아낸다. 배신은 그의 전쟁 경험에 있어서 핵심적이다. 소설에서 상세하게 묘사되는 살인 장면은 이탈리아인이 같은 이탈리아인에게 자행하는 것이며, 프레더릭이 강으로 도망치는 것은 그가 자신의 군대에 의해 반역자로 몰려 총살당할 위기에 처했을 때이다. 배신의 이미지는 프레더릭이 가진 캐서린의 경험에 대한 개념, 즉 캐서린이 생물학적 기능과 정반대되는 그녀의 물리적 신체구조에 배신당하는 경험에 영향을 미친다. 이 내분으로 인해 그녀는 스스로를 파괴하게 되는 것이다. 이처럼 배신은 프레더릭의 자연관에 스며들어 있으며, 선하고 용기 있고 아름다운 ‘우리’가 그렇게 선하고 용기 있고 아름답다는 이유만으로 우리를 파괴하려는 ‘그들’과 대립하는 우주에 대한 그의 비전의 근간을 이룬다.

캐서린도 마찬가지로 프레더릭을 배신한다. 두 사람의 관계로 프레더릭을 끌어들이면서 거기에는 그 어떤 문제도, 요구도, 부담도, 책임도 없고 오로지 좋은 점만 있을 것처럼 하더니 덜컥 임신을 한다. "지금 당신에게 문제를 일으켰다는 걸 알아요."(138) 소설 초반, 프레더릭이 캐서린을 만나러 가면서 리날디에게 함께 가자고 할 때, 리날디는 대답한다. "아니. 나는 좀 더 단순한 쾌락이 좋거든."(41) 리날디에게 캐서린은 복잡한 존재이며, 그녀가 제공할 수 있는 것은 그녀가 만들어 내는 복잡한 문제들을 상쇄하지 못한다. "맹세코 난 그녀와 사랑에 빠지고 싶지 않았다. 그 누구도 사랑하고 싶지 않았다"(93)라는 프레더릭의 말은 사랑과 여성에 대한 리날디의 관점과 조응한다. 그리고 이 순간 그는 자신의 삶에서 이런 복잡함을 원하지 않음에도 불구하고 "아주 멋진" 느낌을 원한다고 하지만, 다른 순간에는 다르게 느끼는 것처럼 보인다. 그는 캐서린에게 말한다. "우린 항상 생물학적으로 덫에 갇혀 있다는 느낌이 들어." 그녀의 임신 소식 후에는 비가 오고 프레더릭은 한밤중에 메스꺼움과 황달로 잠에서 깨어난다. 이러한 조합은 결코 우연이 아니다. 리날디의 눈에 여성이 매독을 옮기는 존재라면, 캐서린은 프레더릭을 아프게 하는 존재인 듯하다. 소설의 마지막에 가서 캐서린은 프레더릭을 감정적으로 자신에게 의존하게 만든 후, 그를 떠나 버린다. 그녀는 "그 후로 행복하게" 죽으면서 프레더릭으로 하여금 홀로 차갑고, 축축하고, 적대적인 세상과 맞서게 한다. 그는 커피 찌꺼기와 먼지, 시든 꽃이 들어찬 쓰레기통을 기웃거리는 개에게 말한다. "아무것도 없어, 개야."(315) 누가 보더라도 자기 연민에 빠진 게 분명한 프레더릭은 더 이상 영양분을 공급해 주지 않는 텅 빈 세상에 홀로 서 있는 자신을 본다. 캐서린은 뱃속에서 아들을 목 졸라 죽인 것처럼 프레더릭의 목숨도 끊는다.

하지만 캐서린이 세상이 자신을 무너뜨리기 위해 존재한다는 프레더릭의 감상적이고 자기중심적인 철학을 입증하는 또 하나의 증거라면, 그녀는 또 한 번 그를 실망시킨 셈이 된다. 처음부터 다시(Da Capo). 구역질이 날 정도로 지겹도록(Ad nauseam). 요점은 캐서린이 무슨 짓을 하든 프레더릭에게는 다 해롭다는 것이다. 그녀의 죽음은 프레더릭이 그녀에 대해 느껴 온 누적된 적대감의 논리적 결과이며, 사랑과 전쟁이라는 주제 사이의 연관성을 보여 주는 최종적 표현이다.

IV

『무기여 잘 있거라』에서 섹스와 죽음 간의 연관성은 책의 두번째 페이지에서 곧바로 드러난다. "병사들의 소총은 축축해졌고, 외투 속 벨트 앞쪽에는 탄약 상자 두 개가 달려 있었다. 가늘고 긴 6.5밀리미터 탄창이 들어 무거워진 회색 가죽 상자는 외투 아래로 불룩 튀어나와 있었는데, 그런 복장으로 도로를 행진하면 마치 임신 6개월 된 임신부 같아 보였다." 임신은 곧 죽음이고 자궁이 파괴의 매개체라는 사실이 이보다 더 명확하게 설명될 수는 없다. 『무기여 잘 있거라』에서 배신의 진정한 원천은 단순히 생물학적 요소가 아니라, 구체적으로 여성의 생물학적 요소다. 여성들은 생명을 약속하지만 실제로는 죽음을 가져올 뿐이며, 그들의 내면 세계는 궁극적으로 악몽이다. 반대로, 대놓고 죽음에 맡겨진 것처럼 보이는 남성들의 외면 세계는 마침내 희망과 가능성의 저수지가 된다. "가능하다면, 아브루치로 돌아갈 겁니다."

　　『무기여 잘 있거라』 초반부에는 외부 공간과 내부 공간 사이의 대조가 설정된다. 프레더릭은 사제에게 [휴가 동안 자신이] 어째서 "도로는 얼어서 무쇠처럼 단단하고, 날씨는 차갑지만 청명하고 건조하며, 눈은 습기가 적어 분말 같고, 눈밭에 토끼 발자국이 선명한" 아브루치에 가는 대신, 밤중에 연기 자욱한 카페와 어두운 방으로 향했는지 설명하려고 한다.(13) 프레더릭의 상상력을 지배하는 것은 이 두 가지 공간 사이의 긴장감이다. 처음에는 바깥 세계의 이미지들을 외면하면서 외로움과 두려움을 불어넣고, 내부의 이미지들에는 안전함의 분위기를 불어넣으며 기꺼이 수용한다. 내부적 공간 이미지들은 최초에는 적대적인 바깥 세계를 배경으로 전개된다. 소설 초반 프레더릭은 숲이 사라지고 "그루터기와 부러진 줄기와 다 파헤쳐진 땅만 있는" 산과 "나무의 잔해가 눈을 배경으로 고립되어 돌출된" 산, "광장 둘레에는 나무들이, 광장까지는 가로수길"이 나 있는 마을을 오간다. 그곳에서 그는 창밖을 내다보며 앉아 술을 마시고 눈이 내리는 모습을 지켜본다.(6) 추위와 축축함 속에서 고군분투하는 바깥 세상을 바라보며 따뜻하고 물기 없이 안전한 집 안에 있는 프레더릭 헨리의 이미지는 소설 전반에 걸쳐 반복된다. 그는 이렇게 외부로부터 단절된 내부 공간을 캐서린에게서 찾는다. 그녀의 머리카락이 마치 텐트처럼 자신의 얼굴 위로 떨어지는 것을 사랑하고, 그들이 함께 지내는 모든 방을 '집'으로 만드는 방식에 항상 집중하는 것이다. 프레더릭이 밀라노 병원에 도착했을 때, 그곳은 의미심장하게도 텅 비어 있다. 병원에는 아무도 없고, 환자도 없으며, 겉보기에는 직원도 없고, 침대에는 시트조차 깔려 있지 않으며, 그만의 방도 없다. 그러나 그가 병원을 떠날 때쯤 병원은 그가 전쟁이라는 외부 세계로 다시 내던져지는 '집'이 되어 있다. 물론 그가 캐서린과 함께 창조한 내부 공간의 정점은 스위스 산속의 집에 있는 방이다. 방 한쪽 구석에는 커다란 난로가 있고, 어두운 밤을 포근하게 보내게 해줄 깃털 이불이 있으며, 바깥 공기는 차갑고 상쾌해서 그들이 안에서 서로 껴안고 따뜻하게 지내는 바로 그 내부의 안온함을 더욱 또렷하게 규정해 준다.

그러나 이러한 전형적인 이미지는 따뜻하고 안전하다는 감정을 불러일으키는 동시에 연약하고 위태로운 감정 또한 불러일으킨다. 그렇게 세심하고 정교하게 만들어진 내부 공간은 적대적이고 무한히 큰 외부 세계의 침입으로 인해 끊임없이 위협을 받기 때문이다. 그것은 사람으로 가득 찬 군용 열차의 혼란 속에서, 사람들이 몸을 밟고 지나가는 바닥에서 밤을 보내는 상황과, 오스트리아 방향에서 날아오는 전투기들의 표적이 되어 속수무책으로 앉아 저격당하기만을 기다리는 교착된 후퇴 속 혼란에 맞서 잠시 버틸 수 있는, 다만 일시적인 버팀목이 될 뿐이다. 또한 이 내부 공간은 언제든지 외부 공간으로 바뀔 수 있다. "그들[간호사들]을 내보낸 다음 문을 닫고 불을 껐지만, 아무 소용 없었다. 마치 조각상에게 작별 인사를 하는 것 같았다. 잠시 후 병실에서 나와 병원을 벗어나 비를 맞으며 호텔을 향해 걸었다."(332) 내부 공간이 가진 취약성은 프레더릭이 전선으로 떠나기 위해 두 사람이 함께 역으로 가던 중 한 군인과 그의 애인이 젖은 돌 부벽에 기대어 서서 추위와 안개를 막기 위해 외투를 끌어당기고 있는 모습을 볼 때 극적으로 드러난다. 의식적으로 인지 혹은 무의식적으로인지 두 사람은 잠시 후 그들의 취약성에 공감하며 그들과 같은 자세를 취한다. 캐서린이 마차를 타고 가면서 차창의 불빛에 환히 빛나며 프레더릭을 향해 아치 아래로 들어가 비를 피하라고 손짓하는 것은 딱하거나 아이러니하다. 혹은 둘 다이거나.

그러나 내부 공간에 대한 위협은 바깥뿐만 아니라 안에서, 그 본질 자체에서 비롯되는 것이다. 프레더릭이 후퇴하던 중에 빠져나와 다시 밀라노로 가려고 할 때, 그는 화물차의 방수포 아래로 뛰어들어 눈에 띄지 않는 곳에서 따뜻하고 안전하게, 젖지 않은 상태로 몸을 숨긴다. 그러나 그 과정에서 그는 단단한 무언가에 머리를 부딪히는데, 손으로 더듬어 보고는 자신이 이 공간을 총기와 공유하고 있다는 사실을 알게 된다. 이 내부 공간과 죽음 사이의 연결은 캐서린을 통해 더 정교화된다. 캐서린은 태아를 따뜻하고 안전하게, 좋은 영양을 공급하며 품고 있는 상태로, 그녀의 자궁은 프레더릭이 그녀와 함께 창조한 세계에 대한 명백한 유비적 대응물이다. 하지만 소설 말미에서 그녀의 자궁은 피와 죽음으로 가득한 공포의 방으로 바뀐다. 이로써 프레더릭 헨리에게 진정한 위험은 전쟁의 세계, 즉 명백히 위협적인 외부 세계가 아니라 명시적으로 안전해 보이는 내부, 즉 사랑의 세

계임이 드러나는데, 이는 우리의 기대를 전복시키는 아이러니
이다.

V

캐서린의 성격에 내재된 명백한 모순은 비평가들에게 당혹감을
안겨 준 바 있다. 『『무기여 잘 있거라』에 대한 20세기의 해석들』
에 실린 제이 겔렌스(Jay Gellens)의 「서문」이 그 대표적인 예이
다.

> … 쉬우면서도 왠지 돌이킬 수 없을 정도로 순수하고, 베오울
> 프의 강인함을 가지고 있으면서도 호텔 방에서 자신이 마치 창
> 녀 같다는 생각에 무너져 내리고, 사슴처럼 유순하지만 스위스
> 로 가는 배에서 헨리의 노로 자신의 배를 찔렸을 때의 장점에
> 대해 다소 막된 말을 하는가 하면[16]… 물론 캐서린은 유쾌하고
> 강인한 동반자이자 파트너로서의 여성의 모습을 하고 있지만

---

16) [옮긴이] 임신 중이라 배가 불러 있었기 때문에 헨리가 노로 배를 찌르지 않게 조
심하라고 말하는데, 캐서린은 여기에 "만약 그렇게 된다면… 인생이 한결 간단
해질 것"이라고 대답한다.

그런 용기와 천성이 없었다면 전쟁 중인 세상에서 살아남지 못했을 것이 분명하다. 그러나 그녀는 호텔에서 헨리와 처음으로 함께 보낸 날 밤에 부끄러움을 느낄 만큼 여성스럽고, 또한 왠지 모르게 버림받은 부랑자 같다는 느낌을 받는다. 독자는 여전히 그녀가 헨리와의 섹스를 위해 병원에서 자신의 일정을 조정하는 효율적이고 비즈니스적인 거리감을 의심한다. 그러나 다시 한번 그녀의 임신 사실은 그 부주의함 속에서 진정성 있는 연애의 강렬함을 보장한다. 뿐만 아니라 그녀는 계속해서 빗속에서 죽어 있는 헨리를 보는 것에 대해 투정을 하고, 경마장에서는 천진난만하게 베팅을 하면서도 보트 여행 중에는 자신의 불운한 임신을 원망할 수 있다. 결국 그녀는 죽는 순간까지도 "우리가 하던 걸 다른 여자랑 하면 안 되고, 그 여자에게는 나에게 했던 것과 똑같은 말조차 하면 안 된다"고 간청하는 여자가 되고 만다. 그녀의 복합성은 마침내 명확하게 드러나는데, 그녀는 안심을 갈망하지만, 오로지 솔직하고 개방적이며 강단 있는 파트너만이 그것을 대담하게 요구할 수 있기 때문이다.[17]

---

17) Gellens, *Twentieth Century Interpretations of "A Farewell to Arms"*, p. 13.

인용한 부분은 비평가들이 캐서린이라는 인물의 다양한 모순을 해결하고 그녀를 일관된 전체로 재구성해야 할 필요성을 드러낸다. 캐서린은 줄곧 비평가들을 불편하게 만들어 왔다. 그녀를 설명해야 하는 그들의 필요는 그녀의 모순을 받아들이고 직면하는 것이 헤밍웨이가 여성을 형상화하는 방식 속에서 불쾌한 지점을 발견하는 것과 같은 의미일 수 있음을 시사한다. 사실, 캐서린의 모순은 해소될 수 **없는** 것이다. 왜냐하면 캐서린이라는 인물의 특성은 외부의 힘에 의해 결정되기 때문이다. 그녀의 성격은 남성들의 심리와 환상을 반영하며, 그녀를 둘러싼 남성 세계의 요구에 대한 일련의 반응으로만 이해될 수 있다. 「모반」의 조지아나처럼 캐서린은 여성 인물의 형상이 종종 남성 인물의 것과 다른 질서를 따르며, 그 분석을 위해서는 다른 이론적 구성물들이 요구된다는 점을 보여 준다. 카를로스 베이커는 헤밍웨이의 여성 인물들에 대한 논의를 다음과 같이 결론지으며 이러한 구분에 단초를 제공한다. "그의 여성들은 오직 봉사(service)라는 하나의 관념 혹은 이상(ideal)을 통해서만 진정으로 해방된다. 좀 더 정확히 말해, 그의 여주인공들은 예술가를 위한, 그리고 인간을 위한 봉사라는 상징적 혹은 의례적 기능을 보여 주기 위해 설정된 존재들이다."[18] 이렇게 캐서린 안에서 봉사든 사랑이든 간에 어떤 이상을 보려는 비평가가 있는 반면, 그녀를 공격할 준비가 된 비평가들도 존재한다. 그러나 만약 캐서린이라는 인물 자체가 주변 남성들의 반영이자 그 결과라면, 그녀를 공격하는 것은 부조리한 일이 될 것이다. 비평가들이 프레더릭의 문제를 캐서린 탓으로 돌릴 때, 그들은 단지 소설의 서사를 반복하고 있을 뿐이다. 이 서사 속에서 캐서린은 희생양으로 기능하며, 그녀의 의례적 죽음은 남성 주인공의 생존을 가능케 한다. 사실상, 비평 내에서의 캐서린에 대한 적대감은 『무기여 잘 있거라』 중심에 자리 잡은 여성혐오의 논리적 연장선에 있다고 할 수 있다. 캐서린이라는 인물의 '복합성'에 접근하는 최선의 방법은 그녀를 일련의 암호문으로 보는 것이다. 암호를 해독하면 이 고전적 사랑 이야기 이면에 숨어 있는 여성에 대한 본질적인 적대감이 드러난다.

캐서린은 남성의 관점에서 자신을 정의한다. 처음에 우리는 그녀가 간호사가 된 이유가 간호라는 일 자체나 그것에 함의된 봉사에 대한 개념에 관심이 있어서가 아니라, 그녀의 연인이 군에 입대한 후 자신이 근무하는 병원으로 그가 부상당한 채 이송되는 장면을 낭만적으로 상상했기 때문임을 알게 된다. 캐서린

---

18) Carlos Baker, *Hemingway: The Writer as Artist*, 3rd. ed., Princeton: Princeton University Press, 1963, p. 113.

에게 간호사라는 직업은 전쟁 중에 그녀의 남자와 함께할 수 있
는 방법이다. 그리고 프레더릭과의 관계에 있어서도 그녀가 가
진 이 '어리석은 생각'은 같은 기능을 하는데, 프레더릭이 수술
과 회복을 위해 이송된 병원으로 그녀가 전근을 오게 되면서 그
녀의 상상이 실현되는 것이다.

캐서린은 자신의 정체성을 스스로 결정하지 않는다. 그녀의
자의식은 외부에서 비롯되며, 그녀의 자아상 역시도 남성들의
태도를 내면화한 결과이다. 따라서 그녀의 자아상은 언제나 부
정적이다. 캐서린은 자신에 대한 경멸에 휩싸여 있으며, 이는 그
녀의 말과 행동 전체를 지배한다. 우리가 처음 그녀를 만난 장면
에서도 그녀는 첫 연인을 실망시킨 것에 대해 자책하고 있었다.
"내가 바보였어요. … 그때 나는 아무것도 몰랐어요."(19) 그녀
가 프레더릭이 있는 병원에 도착하고, 그가 그녀와 사랑에 빠지
고 나자 곧 그녀는 안심에 대한 엄청난 갈망을 드러낸다. "아직
서툰 것 같아서 걱정이에요. … 나도 괜찮죠. 그렇지 않아요? …
봐, 나도 잘하잖아요. 당신이 원하는 거라면 난 뭐든지 해요."(106)
자신이 임신했다는 걸 알게 되자 그녀의 안심에 대한 욕구는 더
욱 커진다. 왜냐하면 이제 자신이 정말로 잘못했다는 것을 알기
때문이다. "'당신은 정말 대단해.' '아니, 그렇지 않아요. 하지만
걱정할 거 없어요. 당신을 괴롭게 만들지는 않을 거니까. 지금

내가 당신에게 문제가 됐다는 건 알아요. 하지만 지금까지는 나 좋은 여자였잖아요?'"(138) 임신 주차가 늘어나면서 그녀는 자신이 못생겼다고 느끼고, 프레더릭에게 자신의 벗은 몸을 보여 주고 싶어 하지 않으며, 다시 날씬하고 멋진 몸을 되찾을 때까지는 결혼할 생각도 없다. 연인으로서 부족하다고 느낀 그녀는 프레더릭이 산속 오두막에 자신과 단둘이 있을 때 그가 지루할 것임을 확신한다. 마침내 죽어 가는 순간에도 그녀는 자신에게 일어나는 일을 프레더릭을 실망시켰다는 관점에서만 바라본다.

캐서린의 부정적인 자아상, 자기혐오, 그리고 죄책감은 스스로를 벌하는 그녀의 재능을 통해서도 드러난다. 프레더릭과 나누는 몇 안 되는 대화에서도 그녀는 자신에게 고통을 안겨 줄게 분명한 주제를 택하고, 스스로에게 특별히 더 모욕적인 방식으로 대화를 구성해 나간다. "말해 봐요. 지금까지 몇 명이나 사랑했어요? …거짓말. … 그래도 괜찮아. 계속 나한테 거짓말을 해줘요. 그게 내가 원하는 거니까."(104~105) 하지만 캐서린이 거부하는 정보를 원하는 이유는 자신을 속여 달라는 요청만큼이나 중요하다. 그녀는 프레더릭에게 창녀들이 무엇을 하고 무엇을 하지 않는지 말해 달라고 요청하는데, 그래야 자신이 그들을 흉내 내고 또 초월하여, 사실상 더 나은 창녀가 될 수 있기 때문이다. 리날디의 주장을 증명이라도 하듯, 아름다운 영국 여신 캐서린 바클리는 자신을 창녀로 여기며, 프레더릭이 전선으로 복귀하기 전 싸구려 호텔 방에서 그녀가 털어놓는 것은 두 사람이 인정하고 싶지 않아 하는 것보다 훨씬 현실에 가깝다. 이 순간 캐서린의 상황은 리날디의 패러다임의 논리적 결과이다. 그녀는 자신이 "쉬운" 동시에 "돌이킬 수 없을 정도로 순수한" 사람이 되기를 요구하는 문화의 신호를 포착하였으나, 그 문화는 곧 그녀가 둘 중 하나이거나 혹은 둘 다라는 이유로 그녀를 비난할 것이다.

캐서린이 남성과의 성적 관계라는 렌즈를 통해 자신을 바라보며, 프레더릭에게 자신이 좋은 여자인지 아닌지를 물을 때 이것이 성적인 의미에서라는 것은 분명하다. 또한 캐서린이 자신의 섹슈얼리티에 보이는 태도가, 다른 것에 대한 그녀의 태도만큼이나 우울하다는 것도 분명하다. 프레더릭에게 첫번째 연인의 죽음에 대해 이야기하며 그녀는 이렇게 말한다. "있잖아요. 나는 상관없었어요, 그 사람이 원했다면 그걸 다 줬을 거예요. 이렇게 되리라는 걸 내가 알았더라면 그 사람이 원하는 건 뭐든 들어줬겠죠. 결혼이든 뭐든 다 했을 거예요."(19) 독자는 다시 한번 그녀의 언어가 가진 비인격성에 충격을 받는다. 그녀에게 자신의 성은 그녀의 연인이 죽을 거라는 걸 알았다면 그가 가질 수도 있었을 "그것", "무엇"인 것이다. 캐서린은 자신의 섹슈얼리티를 자신에게 의미 있거나 기쁨을 주는 것으로 보기보다는 자신과 별개의 것, 어쩌다 자신의 수중에 들어온 상품으로, 그래서 남성들의 인정이나 그들과의 관계를 얻기 위해 사용할 수 있는 것으로 여긴다. 캐서린은 자신을 위해서가 아니라 오직 남성을 위해서만 성적인 존재라는 사실에도 불구하고 끊임없이 성적 실패감을 표현하고, 그에 대해 끊임없이 자책할 필요를 느낀다. 연인의 죽음을 알게 되었을 때 그녀가 느낀 첫번째 충동은 머리카락을 모두 잘라 버리고 싶다는 것이었다. 마치 이 특별한 형태의 수치가 그에게 '그것'을 주지 않은 자신의 잘못에 대한 유일하게 적절한 속죄의 방식인 것처럼 말이다. 그리고 그녀의 관점에서 볼 때 당연히, 그녀가 출산 중 사망한 것은 임신을 함으로써 프레더릭을 성적으로 실망시킨 것에 대한 처벌이다.

캐서린이 자신의 섹슈얼리티에 대해 갖는 태도는 『무기여 잘 있거라』에 만연한 성적 메스꺼움을 정확하게 반영한다. 이상적인 인물은 무성적인 사제가 되고, 여성은 오직 성적인 존재로만 정의되는 세계에서, 캐서린이 스스로를 혐오하고 자신의 존재 자체에 죄책감을 느끼는 것은 놀라운 일이 아니다. 임신 소식을 알리기 전에 빗속에서 자신이 죽어 있는 모습을 떠올리는 환상은 명백하게 불길한 예감을 보여 주는 한 방식이지만, 그 기원을 따라가면 거기엔 그녀의 죄책감이 자리하며, 이 죄책감은 그녀의 죽음을 일종의 처벌이자 보복의 형태로 투사한다. 캐서린은 죄책감을 통해, 자신의 해방이 남성들을 통해 수행된다는 사실, 그리고 그 남성들이 자신에게 보이는 적대감을 인식하면서도 이를 '봉사의 이상'(ideal of service)이라는 형태로 받아들인다. 그녀에게 죄책감은, 사랑이라는 명목 뒤에 숨어 있는 적의의 저류(底流)를 인식하는 그녀만의 방식인 것이다. 여성에게 있어 사랑은 늘 미안하다고 말해야 하는 것을 의미함을 캐서린은 알고 있으며, 실제로 그녀는 그렇게 한다. 미안하다고 말하고, 또 말하고, 계속해서 그렇게 말한다.

캐서린이 강박적으로 사과를 하게 된 원인은 그녀의 죽음을 대하는 방식과 전쟁에서 전사한 남성들의 죽음을 대하는 방식의 불균형에서 드러난다. "'그런 어리석은 짓을 하면 되나요?' 의사가 거들었다. '남편을 두고 죽는다니, 말도 안 됩니다.'" "'당신은 죽지 않을 거야. 멍청한 소리하고 있어.'"(319, 331) 이는 절반은 농담으로 하는 말이지만, 그 기저에는 마치 부모가 말썽 피우는 아이에게 할 법한 질책이 담겨 있다. 캐서린은 의사의 태도를 내면화하고는 여성 경험의 귀류법을 제시한다. 자신이 죽어 가는 것에 죄책감을 느끼고 의사에게 자신의 죽음으로 인해 귀중한 시간을 빼앗은 것을 사과하는 것이다. "너무 시간이 오래 걸려서 죄송합니다" 하고. 그녀의 죽음의 순간 자리한 두 사람 모두 남성이지만 이 죽음에 대해 그들에게 가해지는 비난의 그림자는 전혀 없다. 캐서린은 자신이 처한 상황에 대해 프레더릭의 책임을 묻지 않는다. 그녀는 피임이 그런 것처럼 임신 역시도 자신의 일이라는 암묵적인 가정하에 행동하는 것만 같다. 그리고 프레더릭은 자신의 다리 상태에 대해 의사의 무능함을 의심하지만, 캐서린에게 제왕절개 수술을 집도한 의사에 대해서는 그 어떤 의문도 갖지 않는다. 모름지기 의사라면 아이가 탯줄에 목이 감겨 죽기 전에 제왕절개 수술이 필요함을 인지해야 하는 것임에도.[19] 오히려 그녀의 죽음과 아이의 죽음에 대한 책임은 암묵적으로 캐서린에게 돌아간다. 이에 반해, 구급차 들것 위에서 과다출혈로 죽어 가는 병사는 자신을 어리석거나 나쁘거나 무책임하다고 여기지 않는다. 죽어 가는 군인에 대해 의사가 그런 식으로 말하는 것이야말로 이상한 일이 될 것이다. 실제로 미스 반 캄펀이 프레더릭의 황달이 그의 행동에 따른 것이므로 무책임하다고 그를 비난할 때, 그 결과는 캐서린과 그녀의 의사 사

---

19) 이러한 의문의 부재는 캐서린의 죽음이 필연적임을 강조한다. 그리고 이 필연성은 다시 처음부터 계획된, 결코 우연이 아닌 필연이라는 의미를 강조한다. 프레더릭의 경우 일이 잘 될 수도 있고 잘못될 수도 있다는 것이 분명하지만, 그는 일이 잘 될 수 있도록 충분히 주의를 기울이고 단호하게 대처한다. 그에 반해 캐서린의 경우, 그녀는 스스로 결과를 통제할 수 없을 뿐만 아니라 그렇다 한들 결과가 달라질 수 있다는 암시도 없다.

이의 장면과 크게 다르다. 군인의 책임은 자기 자신에게 있지만 여성은 죽는 순간까지도 남성에게 책임이 있다. 우리가 책을 읽으며 군인들의 죽음에 눈물을 흘린다면, 그것은 그들의 삶이 비극적이고 무의미하게 낭비된 것을 슬퍼하는 것일 테다. 우리는 그들을 위해 우는 것이다. 그러나 우리가 책의 마지막에 눈물을 흘린다면, 그것은 캐서린이 아니라 프레더릭 헨리를 위한 것이다. 우리가 흘리는 모든 눈물은 궁극적으로 남성을 위한 것이다. 『무기여 잘 있거라』의 세계에서는 오직 남성의 삶만이 중요하기 때문이다. 그리고 이 고전적인 사랑 이야기를 읽으면서 여성의 이상적인 형상을 경험하는 여성 독자들에게 전하는 메시지는 명확하고 단순하다. 좋은 여성은 죽은 여성뿐이며, 그마저도 의문의 여지가 있다는 것이다.

3장

『위대한 개츠비』

피츠제럴드의 영주의 초야권

I

『위대한 개츠비』는 여성에 대한 적대감과 희생양 만들기라는 동반 전략을 중심에 놓고 전개되는 또 하나의 미국식 '사랑' 이야기이다. 소설의 말미에서 남성 주인공이 죽는다고 해서 그가 캐서린의 것과 같은 짐을 짊어지는 것도 아니고, 희생양의 기능을 수행하거나, 혹은 소설의 적의가 그를 향하고 있다는 것을 의미하지도 않는다. 역할의 반전이 있다고 해서 감정이나 상징적 가치까지 역전된다는 뜻은 아닌 것이다. 다만, 서로 다른 서사 패턴이 여전히 동일한 메시지를 전달할 수 있음을 의미할 뿐이다.[1] 죽은 개츠비가 아니라 살아남은 데이지가 바로 소설의 적대감이 향하는 대상이며, 또한 희생양이다. 그리고 『무기여 잘 있거라』에 암묵적으로 깔려 있는 사랑을 전쟁으로 보는 시각은 『위대한 개츠비』에서는 권력 투쟁으로 전개되는데, 이 투쟁은 우위와 열위가 정교하게 교차하는 양상 속에서 펼쳐지며, 결과적으로 로맨스는 남성의 승리를 위한 하나의 전략이 될 뿐이다

『무기여 잘 있거라』에서 낭만적 사랑의 이상화가 적대감을 가리고 위장한다면,『위대한 개츠비』에서 이 두 감정은 공존하며 동등한 위상을 점한다. F. 스콧 피츠제럴드의 다른 대부분의 작품과 마찬가지로,『위대한 개츠비』역시 낭만주의적 열망과 도덕적 분노라는 이중 감정 충동을 기반으로 구성되어 있다. 그러나 이전 작품들과 달리『위대한 개츠비』는 그 두 충동 간의 상호관계에 대한 복합적인 비전을 제시하고 있으며, 작품의 궁극적인 의미는 바로 그 관계의 본질을 파악하는 데 있다. 그리고 그 두 감정의 초점이 여성이라는 점은 이 관계를 이해하는 데 있어 가장 중요한 열쇠이다. 낭만적 향수라는 전형적인 미국적 경험 속에서, 즉 경이로움의 감각과 상실의 감각이 즉각적이고 친밀하게 결합된 감정구조 안에서 여성은 상징적 기호로 기능한

---

1) 해당 주제에 대한 보다 확장된 분석은 다음을 보라. Joanna Russ, "What Can a Heroine Do? or Why Women Can't Write," in *Images of Women in Fiction*, ed. Susan Koppelman Cornillon, Bowling Green: Bowling Green University Popular Press, 1972, pp. 3~20.

다. 캐러웨이/피츠제럴드가 갖는 '잃어버린 미국'에 대한 비전
이 개츠비가 갖는 데이지에 대한 비전과 그토록 분명하게 연결
되어 있다는 점은 결코 이와 무관하지 않다. 왜냐하면 개츠비이
자 캐러웨이이며 피츠제럴드이기도 한 남성 정신 속에서 경이
를 추구하는 충동은 본능적으로 여성의 이미지와 결부되며, 그
에 따라 낭만적 상상력의 일련의 전략들은 모두 여성적 은유 속
에서 전개되기 때문이다. 개츠비가 아메리칸 드림을 꿈꾸는 몽
상가의 화신이고, 그의 역사가 곧 아메리칸 드림의 역사라는 이
신세계(New World)의 우화 속에서 데이지는 미국 그 자체고, 곧
"신세계의 싱싱한 초록빛 젖가슴"이다.

「엘레지 XIX」(Elegie XIX)에서 존 던(John Donne)은 아메
리카의 발견과 결부된 경이에 대한 감각을 호출하며("오 나의 아
메리카! 나의 새롭게 찾은 땅이여"), 자신이 처음으로 연인의 '벗
은 모습'을 마주했을 때의 감정을 묘사한다. 그러나 피츠제럴
드는 『위대한 개츠비』에서 이 과정을 역전시키며 자신의 연인
에 대한 세밀한 관찰을 통해 아메리카를 "한때 인간의 마지막이
자 가장 위대한 꿈을 속삭였던" 초록빛 젖가슴을 한 요부로 드
러낸다. 경이와 상실의 감각은 모두 여성과 연결되며, 여성은 소
설 속 낭만주의적 열망의 대상일 뿐만 아니라 도덕적 분노의 대
상이 된다. 따라서 『위대한 개츠비』의 중심 행위를 가장 잘 설명

하는 패턴은 바로 '투자/회수'(investment/divestment)의 구도이
며, 이를 통해 황금 소녀(golden girl)는 결국 흔해 빠진 잡초로
드러나고, "신세계의 싱싱한 초록빛 젖가슴"은 남자들의 꿈을
부추기는 포주로 전락하며, 경이의 젖이 아니라, 밀주의 악취 나
는 먼지로 그들을 먹인다.

II

데이지를 향한 개츠비의 상상적 투자는 그가 그녀를 "자신이 알
게 된 첫번째 '멋진'(nice) 여자"라고 묘사하는 데에서 분명히 드
러난다.[2] '멋진'이라는 단어에 표시된 따옴표는 이 말이 그녀의
인격을 의미하는 것이 아니라 사회적 지위를 나타내는 지표로
쓰이고 있음을 암시한다. 제이 게츠비가 데이지 페이에게 관심
을 갖는 이유는 그녀가 어떤 사람인가 하는 것보다 그녀가 나타
내는 상징이 무엇인가에 있다. 개츠비에게 있어 데이지는 개인
적인 존재라기보다 상징적인 존재인 것이다. 후에 그는 닉에게

---

2) F. Scott Fitzgerald, *The Great Gatsby* (1925), rpt. New York: Scribners, 1953, p.
   148.

데이지와 톰의 관계는 "어디까지나… 단지 개인적인 것뿐"(152)
이라고 말한다. 개츠비가 데이지와 맺는 관계는 어디까지나 비
개인적이다.

그는 처음에는 캠프 테일러의 다른 장교들과 함께였지만 나중
에는 혼자서 데이지의 집을 방문했다. 그는 데이지의 집을 보
고 크게 놀랐다. 그토록 아름다운 집에는 들어가 본 적이 없었
던 것이다. 그러나 그 집이 숨이 막힐 정도로 강력하게 느껴졌
던 이유는 데이지가 바로 그곳에 산다는 사실 때문이었다. 자
신에게 부대 막사가 그랬던 것처럼 데이지는 그 집에 있는 게
자연스러웠다. 그 집에는 무르익은 신비가 존재했다. 이층에는
다른 침실들보다 더 아름답고 멋진 침실이 있을 것 같고, 복도
에서는 뭔가 즐겁고 찬란한 일이 벌어질 것 같았다. 말린 라벤
더 속에 깊숙이 넣어 둔 곰팡내 나는 로맨스가 아니라, 신선하
게 살아 숨 쉬고 반짝거리는 새 차 냄새가 나는 로맨스가 벌어
질 것 같기도, 또 시들지 않는 꽃과 같은 아가씨들이 가득한 댄
스파티가 열릴 것도 같았다. (148)

개츠비는 데이지를 그녀를 둘러싼 사물들과 결부시켜 생각
한다. 실제로 그는 데이지와 그녀가 사는 집에 대한 이미지를 분

리해 생각할 수가 없다. 그 집이 "숨이 막힐 정도로 강력한" 분위기를 획득하는 것은 단지 **데이지**가 그곳에 살기 때문이 아니라, 그녀가 그곳에 **산다**는 사실 때문이다. 자신이 배제되어 있는 부유한 세계에서 데이지가 그토록 자연스럽게 그 집에 거주한다는 사실이 개츠비를 압도하는 것이다. 그의 마음속에서 그녀는 그 집, 나아가 그 세계와 동일시되며 그 세계는 그의 거친 상상력에 걸맞은 낭만적 가능성의 삶을 상징한다. 데이지는 개츠비에게 있어 로맨스의 집이며, 그는 오직 그녀를 통해서만 그 집에 들어갈 수 있다.

그러나 데이지가 단순히 개츠비가 열망하는 마법적 세계를 대표하거나 그것의 화신이 되기만 하는 것은 아니다. 그 마법적 세계 안에서는 그녀 자체가 곧 궁극적인 대상이다. 남자들은 그녀를 두고 경쟁하며, 그녀를 소유하는 일은 바로 그 마법적 세계에 들어섰다는 가장 뚜렷한 표지가 된다. 데이지를 향한 개츠비의 욕망은 그녀가 다른 수많은 남자들의 욕망의 대상이라는 사실로 인해 극대화된다. "이미 데이지를 사랑한 남자들이 그렇게도 많았다는 사실은 그를 흥분케 했다.——그에게 있어 그녀의 가치가 올라간 것이다."[148] 그들의 욕망은 데이지의 상징적 중요성에 대한 개츠비의 인식을 정당화한다. 데이지가 시중에서 가장 값비싼 상품이라는 점은 톰이 그녀와 결혼하기 전날 밤 그녀에게 35만 달러짜리 진주목걸이를 선물하는 장면에서 아주 분명히 드러난다. 데이지는 돈이 존재하는 이유, 곧 돈이 사들이기 위해 존재하는 대상이다. 그녀의 존재는 돈이 실재한다는 사실을 증명하며 그 소유에 의미를 부여한다. 데이지를 소유함으로써 톰 뷰캐넌의 이스트에그 저택은 완결되고 '정당한' 장소가 되고, 그녀를 갖지 못한 개츠비의 웨스트에그 저택은 미완의 '부적절한' 곳이 된다. 그런 만큼 데이지의 의미가 개츠비와 닉에게 "그녀의 목소리는 돈으로 가득 차 있었다"는 인식을 통해 결정화되는 것은 그다지 놀라운 일은 아니다. 오히려, 그들이 이 명백한 사실을 인식하는 데 그토록 오랜 시간이 걸렸다는 점이 놀라울 따름이다.

그러나 부자가 되는 것을 하나의 페티시로 만든 상상력에게, 돈은 단순히 돈이 아니다. "그것은 솟아올랐다 가라앉는 목소리의 매력이었다. 짤랑거리는 소리, 심벌즈처럼 울리는 돈의 노래… 하얀 궁전 높은 곳에 있는 임금의 딸, 황금 소녀."(120) 돈은 로맨스의 왕국에서 통용되는 화폐이며, 황금 소녀가 가치 있는 것은 단순히 그녀가 궁전으로 가는 문이 되어 준다거나 값비싼 존재이기 때문만은 아니다. 그녀는 또한 "높은"과 "하얀"이라는 말들의 함의로 인해 가치 있게 여겨진다——진귀하고 고결한 왕국, 순수하고 자유로운 세계, 그곳에서는 상상력이 현실 속

잿빛 황무지에 의해 더럽혀지지 않은 채 마치 신의 정신처럼 마음껏 활보한다. 이 높고 하얀 궁전은 개츠비가 보았던 "나무 위 어떤 비밀스러운 장소"의 유비적 대응물이다. 그곳에서 그는 세상을 내려다보며 "삶의 젖꼭지를 물고 비할 데 없는 경이의 젖을 빨아 마실 수 있을" 거라고 생각한다.(112) 그리고 데이지는 이 은유들이 암시하듯 그녀 자신이 곧 개츠비의 상상력이 만들어 낸 경이의 가능성들의 상징이 된다.

그러나 이렇게 넘쳐 나는 공간적 은유는 낭만적 상상력의 비인격성을 유지하는 데 필수적인 황금 소녀의 또 다른 측면을 드러낸다. 그녀는 손에 넣기 어려운 존재인 것이다. 그녀는 고된 노력을 통해서만 정복될 수 있다──용들과 싸워야 하고, 성에 침투해야 하며, 벽을 타고 올라야 한다. 그녀를 추구하고 또 소유하는 것이 곧 분홍색 수트를 입은 기사에게 정체성을 부여해 주므로 그녀는 얻기 어려워질수록 가치가 더욱 높아진다. 개츠비가 그의 "이루 말할 수 없는 환상"을 데이지의 "덧없는 숨결"과 결합시키고 그녀를 성배로 삼는 순간, 그녀는 그의 삶 전체를 조직하는 중심점이 되어 그의 행동과 존재를 결정짓는 구조가 된다. 그녀는 그가 특정한 자아상을 획득할 수 있게 하는 통로가 되는 것이다. "그는 데이지를 사랑하는 데 바친 어떤 것, 자신에 대한 어떤 관념 같은 것을 되찾고 싶었다."(111) 개츠비가 죽음에 이를 때까지 충실한 연인, 시간과 변화에 휘둘리지 않으면서 스스로를 태우며 불꽃처럼 지속되는 순수한 열정을 지닌 자로서의 자아상을 획득할 수 있는 것은 다름 아닌 데이지를 통해서다. 그녀의 이름이나마 잠깐이라도 볼 수 있기를 바라며 5년 동안 시카고 신문을 읽던 그는 바로 데이지를 통해 자신이 헌신적인 연인의 자세를 하고 있음을 깨닫는 것이다. 그가 이룬 백만장자라는 대단한 위업도, 웨스트에그에 궁전을 세운 것도, 이 모든 건 그녀를 위한 것이다.

이렇게 데이지에게 자신을 투자한 이상, 데이지는 응당 그에 상응하는 가치를 지녀야만 한다. 모든 것은 그녀를 위해 이루어졌으니, 그녀는 자신에게 주어진 이러한 투자에 걸맞은 사람이어야 하며, 반드시 그에 부합하는 반응을 보여야 한다. 이 가치증명이라는 의례는 데이지가 개츠비를 위해 수행하는 마지막 상징적 기능이다. 개츠비가 데이지와의 재회를 자기 집에서 하려고 하는 것, 그게 불가능하다면 그 옆집에서라도 하려고 하는 이유가 여기에 있다. 개츠비는 **그녀**를 보고 싶은 것이 아니라 그녀에게 자신이 **그녀를 위해** 이룬 것을 보이고 싶은 것이다. 마치 자신의 비전을 실제로 만들기 위해서는 데이지의 시선을 통해 확인받아야 할 필요가 있다는 듯이. 그가 그녀 앞에 화려한 고급 셔츠를 무더기로 쏟아 내는 장면에서도 마찬가지로 암묵적인 요구가 발견된다. 그 셔츠들은 그녀로부터 찬사를 이끌어 내기 위한 장치인 것이다. 여기서 데이지가 우는 것은 당연하다. 이러한 표현 앞에 그녀가 할 수 있는 적절한 반응이란 과연 존재하는가? 그녀의 눈물은 과시적 공연처럼 보이는 그 행위에 내재된 파토스와, 동시에 자신 앞에 고통스럽게 제시된 정체성을 정당화할 만큼 충분히 가치 있는 존재가 되도록 요구받는 압박에 대한 이해 가능한 반응이다.

그러나 그 누구라도 이 정도까지 가치 있는 존재가 되기란 불가능하며, 따라서 데이지가 개츠비의 환상에 부응하기에 불충분한 존재가 되는 것은 피할 수 없는 일이다. 데이지는 개츠비를 실망시킬 수밖에 없다. 왜냐하면 애초에 개츠비의 욕망 구조 자체에 실패가 내재해 있기 때문이다. 혹은, 내가 이 글에서 전개하는 분석틀로 말하자면, 이는 곧 낭만적 상상력에 대한 투자가 도덕적 분노의 회수에 대한 전주(前奏)가 된다고 할 수 있는데, 하나가 다른 하나의 조건을 창출하는 구조 속에 놓여 있기 때문이다. 개츠비의 '이루 말할 수 없는 환상'은 결국 데이지의 '덧없는 숨결'과 꽤 의식적으로 결합되어 있었던 셈이다. 대상과 투자 사이의 괴리가 이보다 더 분명할 수는 없다. 그리고 바로 그렇기 때문에, 데이지를 소유하는 행위는 필연적으로 어떤 축소(diminishment)의 감각을 동반하게 된다.

작별 인사를 하려고 개츠비에게 다가갔을 때 나는 그의 얼굴에 다시 당황한 빛이 어려 있는 것을 보았다. 지금의 행복에 대해 희미하게나마 의심 같은 것이 든 모양이었다. 거의 오 년이었다. 그날 오후조차 데이지가 그의 꿈에 미치지 못했던 순간이 틀림없이 있었을 것이다. 그녀의 잘못 때문이 아니라 그의 환상이 지나치게 생생한 것이기 때문이었다. 그 환상은 그녀를 넘어섰고, 모든 것을 넘어섰다. 그는 창조적인 열정을 갖고 환상 속으로 자신을 내던졌으며, 자기에게 날아드는 온갖 아름다운 깃털로 장식하며 내내 환상을 키워 왔다. 그 어떤 정열이나 새로움도 한 인간이 자신의 유령과도 같은 마음속에 가득 품고 있는 것에 감히 도전할 수는 없는 것이다. (97)

낭만적 상상력에 대한 분석을 통해 『위대한 개츠비』는 대상의 낭만적 잠재력이란 자고로 그 접근불가능성(inaccessibility)에 달려 있음을 드러낸다. (개츠비가 자신의 재산을 금주법으로 인해 벌어들일 수 있었다는 사실은 소설에서 가장 뛰어난 설정 가운데 하나다.) 닉의 작은 집에서 바라보는 개츠비의 파티와 실제로 자신이 참석했을 때의 파티는 전혀 다르다. 반대로, 안에서 봤을 때 머틀의 아파트는 난잡하고 혼란스럽지만, 밖에서 올려다보는 그녀의 창문에서 나오는 불빛은 **"삶의 소진될 수 없는 다**

양성"을 내비친다. 데이지 역시 외부에서 소유의 대상으로서 바라볼 때와 실제 인간으로서 만날 때는 전혀 다른 존재다. 욕망이란 그 장애물에 달려 있는 까닭이다. 실제로 데이지가 상징적 권력을 가질 수 있는 것은 정확히 바로 그 때문인데, 그녀는 결코 소유할 수 없는 대상인 동시에 너무나도 강렬하게 소유하고 싶은 욕망을 자극하는 존재인 것이다. 그녀의 목소리는 "좀 전까지 즐겁고 흥분되는 일을 했으며 앞으로도 역시 즐겁고 흥분되는 일들이 이어질 것이라는 약속"(9~10)을 흘려보내며 수많은 어제와 내일로 가득 차 있지만, 결코 오늘을 담지하지 않는다. 당장 현재와 마주하게 될 때 데이지는 다만 짜증스럽게 이렇게 말할 뿐이다. "사람들은 어떤 계획을 세우는 거야?", "나는 항상 일 년 중 해가 제일 긴 날을 기다리는데, 결국 늘 그날을 놓치고 말아"(12)라고. 현재의 존재로서 데이지는 아무것도 아니다. 데이지를 소유한다는 것은 곧 잃는다는 것이기 때문이다.

피츠제럴드는 에드먼드 윌슨(Edmund Wilson)에게 보낸 편지에서 『위대한 개츠비』의 "거대한 결함"에 대해 이렇게 말했다. "나는 개츠비와 데이지가 재회한 이후로부터 대재앙이 벌어지기까지 정서적 관계에 대해 전혀 다루지 않고 있(을 뿐만 아니라 그에 대해 어떤 감정도, 아는 것도 전혀 없었)어."[3] 그러나 사실 이 생략은 결함이라기보다 오히려 이 소설의 의미——같은 편지에서 피츠제럴드가 소설의 독자들이 대체로 포착하는 데 실패한 것이라 이른 바 있는——를 규정하는 핵심이다. 사실 이 사랑 이야기에서 가장 중요하지 않은 것이 바로 개츠비와 데이지 관계의 구체적 세부사항이기 때문이다. 그들 사이에 굳이 서술할 만한 정서적 관계는 존재하지 않으며, 다만 개츠비와 그의 '이루 말할 수 없는 환상' 사이에 정서적 관계만이 있을 뿐이다. 데이지는 그 환상의 무의식적 상징이며, 그녀는 개츠비의 입맞춤이 그녀를 그 자신의 화신으로 창조하는 바로 그 순간에 비로소 존재하게 된다. 그리고 과거가 곧 미래이며 미래가 곧 과거라는 우화가 되는 이 이야기에서 현재를 기록하려는 시도만큼 핵심에서 벗어나는 일은 없을 것이다. 이 소설의 핵심은 갈망의 경험과 상실의 감각, 즉 미래를 향한 낭만적 준비와 과거에 대한 낭만적 향수에 있다.

---

3) F. Scott Fitzgerald, *The Letters of F. Scott Fitzgerald*, ed. Andrew Turnbull, 1963; rpt. New York: Dell, 1966, pp. 366~367.

III

『위대한 개츠비』의 구조를 지배하는 투자/회수의 패턴은, 닉이 개츠비의 마지막 순간을 상상하며 선택한 언어에서도 드러난다. "그는 두려운 나뭇잎들 사이로 낯선 하늘을 올려다보고, 장미란 게 얼마나 기괴한지를 깨닫고 몸을 떨었을 것이다."(162) 투자가 이루어졌다는 사실은 곧 회수가 불가피함을 의미한다. 기대가 커지면 커질수록, 그만큼 실패에 대한 감각 또한 강화될 수밖에 없다. 장미가 기괴하게 보이는 까닭은 그것이 단순히 꽃 이상이기를 기대하는 마음 때문인 것이다. 낭만적 상상력의 핵심에는 상실감의 필요성이 자리한다. 이러한 상실의 필연성을 이해하려면, 책의 또 다른 주요 도식인 우위(advantage)/열위(disadvantage)의 구조와 그것이 제기하는 권력의 문제들을 살펴보아야 할 것이다. 『위대한 개츠비』는 바로 권력에 대한 이야기이며, 여성에 대한 낭만적 투자와 분노에 찬 회수는 사실상 이 책이 주제로 다루는 남성 간 권력 투쟁의 한 양상이자 그것을 가리는 가면이다.

개츠비에게는 남에게 서비스를 제공하고자 하는 강렬한 욕구가 있다. 그를 대표하는 모습 중 하나는 파티 호스트로, 손님들 사이를 눈에 띄지 않게 미끄러지듯 오가는데도 대부분의 손님들은 그가 누구인지조차 모르기 때문에 그에게 감사를 표할 수도 없다. 이처럼 주는 것과 받는 것 사이의 괴리는 주목할 만하다. 비록 개츠비는 데이지 본인 혹은 그녀를 아는 누군가가 와 주기를 바라는 마음으로 파티를 열었다 할지라도, 호스트라는 역할은 그의 성격에 핵심적인 것이 되어 있다. 개츠비는 누구와도 불화하지 않고, 또 누구에게도 빚지고 싶지 않다는 마음에, 억누르고 달래는 강박 속에서 행동한다. 이름도 모르는 한 여성이 파티에서 드레스가 찢어지자, 개츠비는 "일주일도 채 안 되어" 그녀에게 새 이브닝 드레스를 보내 준다. 닉은 데이지와의 만남을 주선하는 아주 사소한 일의 대가로 엄청난 돈을 제안받는다. 개츠비의 파티에 참석한 여성 중 하나가 "그 사람은 **그 누구와도** 문제를 만들고 싶어 하지 않는다니까"라고 말할 때, 이는 정확히 개츠비의 핵심을 짚어낸다. 그가 원하는 것은, 계단 위에 홀로 고고히 서서 만족해하는 손님들을 배웅하며 인사하는 완벽한 호스트의 이미지인 것이다.

이처럼 자신을 세상의 하인이자, 최고로 베푸는 자로 자리 매김하려는 욕구 뒤에는 개츠비가 자신의 부(富)에도 불구하고 톰과 데이지의 세계에 겨우 용인된 존재라는 자의식이 있다. 그리고 이러한 용인에 대한 보상은 오로지 넘칠 정도의 서비스뿐이라고 그는 믿는다. 결국 그가 스스로에 대해 내리는 규정은

"애초에 그녀의 손을 잡을 진정한 권리가 없기 때문에"(149) 탁월한 침입자라는 것이다. 데이지를 처음 만날 때부터 개츠비는 그 관계에서 열위에 있었고, 그의 낭만적 투사는 언제나 자신을 배제된 타자로, 데이지를 특권적 내부자로 바라보는 인식에서 비롯되었다. "그녀는 그가 처음으로 만난 '멋진' 여자였다. 여러 드러나지 않은 자격으로 그런 종류의 사람들과 접촉한 적이 있기는 하지만, 그들 사이에는 언제나 보이지 않는 철조망이 있는 듯했다."(148) 개츠비에게 있어 데이지는 궁극적인 우위의 상징이며, 그는 "은처럼 반짝이며 가난한 자들의 열띤 투쟁으로부터 안전하고 자랑스럽게 떨어져 있는 존재인 데이지를 압도적으로 의식하고 있었다".(150)[4]

부잣집 여성이 사라져 들어간 그 부유한 삶과 집 바깥에 자신이 서 있다는 열위에 대한 감각, 그리고 그 집과 삶을 얻기 위해서는 반드시 그 여성을 차지해야 한다는 깨달음에는 어쨌거

---

[4] '데이지'라는 이름에 걸친 다양한 의미 놀이는, 그녀가 변화하는 세상과 그것을 관찰하는 안전한 중심인 '낮의 눈'(day's eye)[발음만으로 '데이지의 눈'으로 읽히고, 이는 즉 세상을 바라보는 그녀의 관점이라는 언어유희]이 결합된 존재라는 관념이 포함되어 있을 수도 있다. 이와 관련하여, 피츠제럴드의 부자들에 대한 낭만화의 기원과 의미에 대한 레슬리 피들러(Leslie Fiedler)의 논평은 주목할 만하다. 피들러에 따르면 피츠제럴드는 부자들에게서 "예술가가 창조적 분출의 순간에 순간적으로 느끼는 것과 같은 영구적인 자유"의 가능성을 보았다. "Some Notes on F. Scott Fitzgerald," in *An End to Innocence*, Boston: Beacon, 1955, p. 182.

나 적대감이 저류에 흐른다. 그러나 개츠비에게서 이러한 적대감은 결코 표면화되지 않는다. 개츠비의 경험과 심리에 암시되어 있는 감정을 감지해서 기록하는 인물은 다름 아닌 닉이며, 개츠비가 자신의 감정을 표현하지 못하는 이유는 그것이 세상의 도덕적 고발로부터 자신을 구해 주는 무자각성(unself-consciousness)을 잃지 않고서는 불가능한 일이기 때문이다. 『위대한 개츠비』의 전략적 탁월함은 바로 이 투자와 회수라는 심리적 행위를 개츠비와 닉에게 나누어 배분한 데 있으며 이 전략이야말로 피츠제럴드가 두 마리 토끼를 다 잡을 수 있었던 이유이다.

당연하게도 닉과 개츠비는 단순히 반대 항이 아니라 유사항으로, 두 인물 사이의 유사성은 독자로 하여금 두 사람이 공유하는 정체성에 주목하게 한다. 그 핵심은 우위에 위치하고자 하는 공통된 욕망이며, 이 이면에는 두 사람이 공유하는 열위에 대한 의식이 있다. 닉에게 있어 우위를 점하는 일의 중요성은 그가 자신의 이야기를 시작하는 방식에서 드러난다. 그는 이야기의 시작부터 자신의 관용이 언젠가 한 번 아버지가 들려준 조언 덕분임을 설명한다. "누군가를 비판하고 싶을 때마다 이걸 꼭 명심해라. 세상 모든 사람들이 다 너처럼 좋은 조건을 가지고 태어난 건 아니라는 것을." 아버지의 조언은 열위에 있는 이들에게 관용의 여지를 열어 주는 듯 보이는 한편, 닉에게 더 우위에 있는 이들에 대한 어마어마한 분노의 근거를 제공한다. 머지않아 우리가 닉의 관용에 의문을 갖기 시작함에 따라 곧 그의 초반 자기서술을 의심하게 되고, 그의 진정한 자기인식은 개츠비와 마찬가지로 열위에 있는 외부인이라는 것을 알게 된다. 이는 분명 "이것은 결국 서부의 이야기"라는 닉의 언급이 갖는 하나의 의미일 것이다. 즉, 어느 곳에도 속하지 못한 사람들, 사회의 구조와 규범을 이해하지 못하는 외지인의 이야기라는 뜻이다.[5] 하지만 동부에서 어느 정도 불리한 위치에 있다고 할 수 있는 서부 사람들 사이에서도 닉은 자신이 특별히 더 불리한 처지에 있다고 느끼는 듯하다. 그의 사회적 서투름은 개츠비와 데이지의 재회를 위해 레몬 케이크 열두 개를 준비한 것이나, 그가 고용한 핀란드인 아주머니의 기이한 행동 등에서 두드러지며, 이는 고상하고 품격 있는 데이지의 집과, 특히 집사의 존재로 인해 극적인 대비를 이룬다. 닉은 데이지의 집에서 고백하듯 말한다. "넌

---

5) 이 지점과 관련하여, "개츠비의 이면에는 이주와 소외의 역사가 있으며, 이는 마치 이민 경험에 수반되는 것처럼 존재한다"라는 데이비드 민터의 언급이 갖는 함의를 생각해 볼 수 있을 것이다. 다음을 보라. David Minter, "Dream, Design, and Interpretation in *The Great Gatsby*," in *Twentieth Century Interpretations of "The Great Gatsby"*, ed. Ernest Lockridge, Englewood Cliffs: Prentice-Hall, 1968, p. 83.

참 내가 문명인이 아니라고 느끼게 하는구나."(13) 잠재적으로
갈등이 폭발할 지경이 된 분위기 속에서도 닉은 어색함만을 느
끼는 자이며, 자신을 둘러싼 날것의 감정에 저항하며 관습과 예
의를 유지하려 애쓰는 사람이다. 사회적 교류가 일어나는 대부
분의 장면에서 닉은 늘 어색하고 부적절하며 불편한 존재로 보
인다.

　　이러한 닉의 열위의식과 개츠비에 대한 동일시는 소설의
한 장면에 이르러 또렷이 드러난다. 그는 여름 한동안 개츠비
를 보지 못한 이유를 이렇게 설명한다. "주로 뉴욕에 있었고, 조
던과 함께 돌아다니거나 조던의 늙은 숙모 마음에 들기 위해 애
썼다. 그러다 결국 어느 일요일 오후 개츠비의 저택으로 건너갔
다."(102) 그리고 곧 그날 오후 개츠비의 파티에 참석한 누군가가
한잔하자며 톰 뷰캐넌을 데리고 오면서 일어난 일을 설명한다.
이 설명의 요점은 개츠비의 감동적일 정도의 '준비성', 톰과 그
의 친구들의 무례함, 그리고 개츠비가 당한 수모에 대한 닉 자신
의 분노를 동시에 기록하는 것이다. 닉의 격렬한 반응은 개츠비
와 자신을 동일시한 결과로, 그는 개츠비를 위해 분노한다. 왜냐
하면 개츠비는 무슨 일이 일어난 건지 의식조차 못 하고 있었으
므로. 하지만 닉은 슬로언 부인이 자신이 저녁 식사 초대를 했
음에도 불구하고 개츠비가 참석하기를 진심으로 원치 않는다는

생각을 도무지 견딜 수 없다. 자신이 조던을 쫓아다니는 모습을 견딜 수 없기 때문이다. 따라서 닉은 세상의 모욕에 맞서 개츠비의 수호자 역할을 자처함으로써 ("걱정 말아요, 개츠비. 내가 누군가 데려오겠습니다. 걱정 마요. 반드시 데려올 테니 저를 믿으세요"[6]) 자신이 느꼈던 모욕감에 대한 보복을 상징적으로 수행하고, 권력의 균형을 조금이나마 회복하려 한다.

이 장면에서 주목할 점은, 개츠비의 굴욕과 닉이 조던과 맺는 관계가 아주 무심히 결합된 것처럼 보인다는 점이다. (물론 이 소설은 언뜻 보기에 무심해 보이는 일련의 결합에 상당히 의존하고 있는 책이지만.) 『위대한 개츠비』가 남성의 열등감과 여성에 대한 태도 사이에 어떤 연관성을 드러내는지는, 피츠제럴드가 가난한 소년으로서 돈 많은 소녀, 젤다를 얻기 위해 노력한 것이 자신에게 미친 심오한 영향을 논한 그의 언급을 참고할 때 가장 잘 이해할 수 있을 것이다. "나는 친구들의 그 많은 돈이 대체 어디서 왔는지에 대한 생각, 그리고 그들 중 누군가가 마치 영주의 초야권(droit de seigneur)이라도 행사하듯이 내 여자를 갖게 될

---

6) [옮긴이] 이 대사는 닉이 개츠비의 시체를 발견하고 데이지와 톰에게 연락해 보지만 그들이 이미 떠난 후라는 걸 알게 되고, 개츠비를 아는 사람을 찾을 수 없어서 혼잣말처럼 하는 말이다.

지도 모른다는 생각을 도무지 멈출 수가 없었다."[7] 이 진술의 요지는 가난한 남성의 무력감이며, 이 무력감은 그의 여자를 처분하는 방식을 통해 가장 분명하게 드러난다. 남자가 여성을 궁극적 소유물로 의미화하고 그에 투자할 때, 남성들은 여성을 상호 간 권력게임에서 주고받는 핵심 기표로 만든다. 따라서 실질적인 권력이 없는 여성의 경우, 그들은 돈 있는 남성들의 권력을 상징하는 매개가 된다. 그리고 앞선 구절에서 진정한 적은 작가 본인의 '친구들'임에도, 정작 소외되고 배제된 남성의 분노가 투사되는 대상은 여성이 된다.

『위대한 개츠비』의 제사는 낭만적 사랑의 구조와 권력 문제의 연관관계에 대한 하나의 장면을 제공해 준다.

그러면 황금 모자를 써라, 그녀의 마음을 움직일 수 있다면.
높이 뛰어오를 수 있거든 그녀를 위해 뛰어 보라,
그녀가 이렇게 외칠 때까지. "내 사랑, 당신을 갖고야 말겠어

---

7) F. Scott Fitzgerald, "Handle With Care," in *The Crack-Up* (1945), ed. Edmund Wilson, rpt. New York: New Directions, 1956, p. 77. 자신을 이런 처지에 놓이게 만든 젤다를 향한 피츠제럴드의 분노가 『위대한 개츠비』를 쓰는 와중에 더 악화되었다는 점을 지적할 수 있을 것 같다. 이 시기는 젤다와 프랑스 조종사의 '불륜'이 있었던 때로, 피츠제럴드는 이를 그에 대한 배신이자, 글을 쓸 수 있는 자신의 능력을 망가뜨리려 한 것으로 해석한 바 있다.

황금 모자를 쓰고 높이 뛰어오르는 당신을!"

이 드라마는 곧 권력의 드라마이며, 여기서의 교훈은 어떻게 자신이 우위를 점할 수 있을 것인가이다. 닉은 이 가르침을 잘 배웠으며, 이는 그의 행동 양식 대부분을 형성한다. 제사에서 암시하는 바는 여성들이 움직일 수 없고 욕망이 없는 것처럼 **보일** 뿐이라는 것, 즉 그들은 마치 우위에 있는 듯 '보일' 뿐이라는 것이다. 사실 여성들은 황금 모자를 쓴 연인 역할을 기꺼이 맡는 자가 나타나면 울음을 터뜨리며 강한 욕망을 드러낼 수도 있다. 비록 그 역할이 때로는 광대의 모습일지라도, 꾸며 입고서 춤을 추고 다니며 아첨하게 될지라도 여전히 그럴 만한 가치가 있는 이유는 그 결과가 엄청난 이득을 보장하기 때문이다. 개츠비가 황금 모자를 쓴 연인 역할을 수행하는 동안 닉은 그 이유를 명확하게 언어화하고 권력 게임을 예정된 결말로 이끌어 간다.

소설 초반, 닉이 이스트에그의 톰과 데이지를 방문했을 때, 우리는 닉이 어떻게 그녀를 울게 하는지를 목도한다. 톰이 데이지를 소유하고 있음은 그가 닉에게 자신의 지위를 과시하기 위한 핵심 코드로 사용된다. 그녀에 대한 묘사는 그녀가 있는 공간에 대한 묘사와 맞물려 그녀가 톰 뷰캐넌의 대저택에서 궁극의 가구가 됨을 알린다. 닉이 들어서는 장면은 닉에게 감정적 찬사를 강요하는 순간이며 그는 그에 걸맞게 반응한다. 그 장면의 연출가가 쾅 하는 소리와 함께 창문을 닫을 때까지 그는 다만 멍하니 꼼짝 않고 서 있는 것이다. 너무 행복해서 마비가 되어 버렸다는 데이지의 말은, 그 상황에서 실제로 마비된 사람은 닉이었다는 점에서 아이러니하다. 데이지의 가짜 마비는 닉에게서 찬사를 받아 내고자 하는 노력의 일환으로 그녀가 쓰고 있던 부동성(immobility)의 가면이었고, 여기서 실제로 열위에 놓인 자는 닉이다. "나는 사실 방에 들어와 그녀를 방해한 것에 대해 사과를 할 뻔했을 정도로 놀랐다"[9]고 닉은 회고한다. 이후 나머지 장면은 자신을 그런 처지에 놓이게 한 데 대한 닉의 복수라고 할 수 있을 것이다.

톰이 창문을 닫으면서 풍선을 땅으로 내려앉히고 얼마 지나지 않아,[8] 데이지는 마비에서 벗어나 닉에게 다른 손님의 이름을 속삭인다. 데이지의 목소리가 부리는 마법에 찬사를 보내면서도——닉이 이것을 요구받는 것은 명백하다—— 닉은 기어

---

8) [옮긴이] 닉이 톰과 데이지의 집에 들어서는 장면은 작품에서 환상적으로 묘사된다. 데이지와 조던은 마침 흰색 드레스를 입고 있었고, 열린 창문으로 바람이 불어 드레스와 커튼이 휘날리는 장면은 닉에게 이들이 마치 양탄자를 타고 날아다니는 것처럼 보이며, 이 환상은 톰이 창문을 닫음으로써 끝이 난다. 해당 장면에 대한 묘사는 다음과 같다. "그때 톰 뷰캐넌이 뒤쪽 창문들을 닫는 소리가 쿵 하고 들리자 방 안에 갇힌 바람이 서서히 잦아들며 커튼과 양탄자와 두 여자가 풍선이 내려앉듯 서서히 바닥으로 내려왔다."

이 괄호 안에 이 이야기를 넣는다. "데이지가 중얼거리는 것은 그저 사람들이 자기 쪽으로 몸을 기울이게 하기 위해서라는 얘기를 들은 적이 있다. 터무니없는 비판이었지만 설령 그렇다 하더라도 그녀의 매력이 줄어드는 것은 아니었다."(9) 물론 그 비판은 터무니없지 않다. 그렇지 않다면 닉은 이를 굳이 언급하지도 않았을 것이며, 이는 또한 데이지의 매력을 줄어들게 만든다. 왜냐하면 그 목소리가 단지 다른 사람들보다 우위에 있기 위해 꾸며 낸 연기였음을 시사하기 때문이다.

　　저녁 식사에서 조던과 데이지는 "딱히 수다라고도 할 수 없는, 하찮은 농담들로 대화를 나누었다. 그것은 그들의 흰 드레스나 욕망이 부재하는 듯한 무심한 눈빛만큼이나 차가웠다. 두 사람은 식사 자리에서 톰과 나의 존재를 받아들이며, 그저 예의 바르게 상대를 즐겁게 해주거나 혹은 스스로 여흥을 즐기려고 애쓸 따름이었다".(12~13) 그러나 이러한 무관심과 남성 앞에서의 차가운 우월함은 단지 겉모습에 불과하다. 이 관찰이 있고 바로 얼마 후 전화벨이 울리며 톰의 정부가 데이지의 일상에 끼어들고, 데이지는 즉시 자신이 앉은 자리에서도, 하고 있던 자세에서도 벗어난다. 닉 쪽으로 고개도 돌리지 않고 있던 조던은 갑자기 기민하게 몸을 고쳐 앉고, 무슨 일이 벌어지는지 듣기 위해 몸을 기울이면서 닉에게 조용히 있으라고 말한다. 부동성은 포즈임이 드러나고, 그 포즈는 권력 정치였음이 드러난다.

저녁 식사 후, 닉은 테라스에서 데이지와 둘만의 시간을 갖는다. 이 고백의 장면에서 데이지가 톰과의 과거를 이야기할 때, 닉은 공감하는 청자 역할에 배치된다. 그러나 닉이 데이지의 고통스러운 이야기에 자칫 마음이 움직일 뻔한 바로 그 순간, "그녀의 목소리가 갑자기 끊기면서 나의 관심과 믿음이 사그라들었다"(18). 편치 않은 마음으로 그녀를 올려다보니 "그 사랑스러운 얼굴에 완전히 능글맞은 비웃음"이 가득했고, 결국 이 모든 게 "내게서 감정을 끌어내기 위한 일종의 술책"이었음이 드러난다(18). 이렇게 정교하게 데이지의 가면을 벗기는 것의 효과는 자신의 경험을 해석하는 데 있어 신뢰할 만한 전달자로서의 자격을 박탈하고, 나아가 그녀가 우리의 공감을 요구할 그 어떤 근거도 갖지 못하게 하는 데 있다. 그녀의 고통은 다만 포즈로 축소되고, 여성으로 태어난 것의 의미를 바라보는 그녀의 관점은 그저 공감을 끌어내기 위한 수법으로만 정의될 뿐이다. 데이지가 개츠비의 셔츠 때문에 우는 일은 있어도, 그녀를 위해 흘려지는 눈물만큼은 없어야 한다. 닉은 이를 분명히 한다.

닉의 회수 전략은 데이지에게 투자된 이미지에 작용하면서 그녀가 '진짜로' 어떤 존재인지를 폭로한다——그 이름만큼이나 그녀는 평범하고 흔한 사람인 것이다. 아주 조심스럽게 그는 그녀의 매력을 구성하는 꽃잎을 하나씩 떼어 버린다, 마지막에 벌거벗은 중심이 다 드러날 때까지. 닉이 사용하는 용어들은 그녀의 본질적 무(無)를 강조한다. [뷰캐넌 부부의 저택에서] 닉이 데이지를 처음 발견한 하얀 천장이 마치 웨딩케이크 같았던 것처럼, 데이지의 말들은 무의미한 수다와 농담, 설탕 뿌려진 공기와 같다. 닉은 데이지가 하는 말을 제대로 **듣는** 사람이 아무도 없다는 점을 분명히 밝힌다. 그녀의 얼굴과 마찬가지로 목소리도 몸과 분리되어 있으며, 닉의 눈에는 데이지가 항상 떨리며 파닥거리는 것처럼 보인다. 이와 유사하게, 닉에게 그녀는 무성(無性)의 존재이다. 데이지의 아이를 보고 놀란 건 개츠비뿐만이 아닌 것이다. 따라서, 투자하는 상상력에 있어 그 강박의 핵심 요소 중 하나인 황금 소녀의 백색성(whiteness), 물리적 실체의 부재, 자신을 온전히 이미지로 투사하는 그녀의 능력은 회수하는 시선에게 고발당하는 주요한 죄목이 된다. 순수함은 무성(asexuality)이, 무성은 불임/불모(sterility)가 되고, 데이지는 그 황무지에 사는 진정한 거주자임이 밝혀진다. 그녀의 무심한 살인행위는 신세계의 가능성이라는 가슴을 갈라놓는다. 개츠비가 자신의 환상을 그녀의 모습에 결합시키는 것은, 마치 운명적인 그날 오후 호텔 연회장에서 우연히 들려온 「결혼행진곡」처럼 불모와 죽음으로 이어지는 서곡에 불과하다. 그리고 닉이 톰과 데이지와의 저녁을 마치고 웨스트에그에 돌아와 개츠비가 그녀의 집 선착장 끝에 켜진 초록색 불빛을 향해 팔을 뻗고 있는 모습을 발견할 때, 그가 경배하는 대상이 바로 데이지 페이 뷰캐넌이라는 사실에 우리는 다만 아이러니와 연민, 어쩌면 공포를 느낄 뿐이다. 『위대한 개츠비』에서 데이지에게 작용하는 이중의 충동과 그것이 소설의 주요 심리적 행위를 형성하고 있음을 이해하기 위해 도상학적 도구가 필요하다면, 그녀에 대한 첫 인상과 마지막 인상을 비교하는 것만으로도 충분할 것이다. 천장이 높은 홀, 장밋빛으로 물든 부서질 듯한 방에서 남성들의 꿈의 화신으로서 궁극의 장식물로 군림하던 그녀는 이제 부엌 저장고로 내려와 톰과 함께 다 식은 닭고기와 맥주 한 병을 사이에 두고 아무 말 없이 앉아 있다. 그녀는 실제로 개츠비가 떠난 자리에 남은 더러운 흙먼지가 되어 버린 것이다.

IV

닉이 조던과 맺는 관계는 데이지와의 관계보다 덜 복잡한 버전이라고 할 수 있다. 조던 역시 데이지와 같은 계급에 속하고, 마찬가지로 이미지 생산의 잠재력을 가지고 있다 할지라도 ("그제야 나는 왜 그녀의 얼굴이 친숙하게 느껴졌는지 알 수 있었다. 애슈빌, 핫스프링스, 팜비치 이곳저곳에 붙어 있던 여러 스포츠 포스터에서 그녀의 유쾌하면서도 비웃는 듯한 얼굴을 보았던 것이다"(19))

닉은 결코 개츠비가 데이지에게 했던 것처럼 조던에게 투자하지 않는다. 따라서 닉과 조던의 관계에서 초점은 로맨스의 회수 측면에 맞추어져 있다. 그리고 동시에 이 회수의 필요성 이면에 자리한 우위/열위를 둘러싼 권력 다툼이 압도적으로 지배적이기 때문에, 닉과 조던의 상호작용은 거의 전적으로 권력의 관점에서 구조화된다.

두 사람이 맺는 관계에서 대부분의 경우 닉이 조던에 대해 갖는 입장은 열위로 정의될 수 있다. 자신의 존재 자체에 대해 그녀에게 사과를 해야 할 것 같다고 느꼈던 재앙 같았던 첫 만남 이후 닉은 개츠비의 파티에 참석하게 되는데, 그곳에서 조던은 그가 도저히 견딜 수 없어 결국 취해 버리는 것만이 유일한 탈출구라고 생각할 정도로 불편한 상황에서 그를 "구한다". 파티에서 조던과 함께 돌아다닐 때 사람들이 모두가 그녀의 이름을 안다는 이유로 "우쭐함"을 느끼는 동안 조던이 그에게 부여한 지위는 지속된다. 후에 닉은 조던이 자신에게 일종의 안전함을 느끼게 하노라고 고백한다. 그녀가 자신의 삼십 대가 덜 외로워 보이게 해준다며. 조던에 대한 자신의 감정을 정의하려 할 때 그가 다소 모호한 태도를 취하는 것도 어쩌면 당연하다. 그 감정은 깊이 들여다볼 만한 게 없기 때문이다. 처음 그 순간부터 그녀의 "완전한 자족감은 [그로부터] 감탄을 이끌어 냈음"에도 닉은 찬사를 보내길 거부하면서 그녀가 자신보다 우위에 있다는 점에 분개했으며, 그녀의 포즈를 무너뜨리려 애썼다. 그녀와 처음 만난 날 저녁에도 닉은 데이지에 대해 한 것처럼 조던에게서도 뭔가 결함이 있다는 암시를 꽤 의식적으로 심어 둔다. "나 역시 그녀를 비판하는 불쾌한 이야기를 어디선가 들었지만, 구체적인 내용은 오래전에 잊어버렸다."(19) 다시 한번, 닉의 무심한 듯한 관용, 불쾌한 소문에 흔들리지 않는 듯한 태도에 속아서는 안 된다. 마침내 닉이 조던에게 도대체 무슨 문제가 있는지 알아냈을 때, 그가 아무리 아니라고 항변할지라도 이는 매우 중대한 문제임이 드러난다.

> 그녀가 세상을 대하는, 싫증 난 것 같으면서도 오만한 얼굴에는 무언가가 감춰져 있었다. 비록 처음에는 아니라 할지라도 꾸미는 태도에는 결국 뭔가가 감춰져 있는 법이다. 그리고 어느 날 나는 그게 뭔지 알게 되었다. … 조던 베이커는 본능적으로 영악하고 예리한 남자들을 피했다. 이는 규범으로부터의 일탈이 불가능하다고 여겨지는 남자와 함께 있을 때 더 안전하다

고 느끼기 때문이었음을 이제 알겠다. 그녀는 치유가 불가능할 정도로 부정직했다. 불리한 입장이 되는 것을 참을 수 없어 했는데, 그런 점을 감안해 볼 때, 세상을 향해 냉정하고 오만한 미소를 유지하고 또한 단단하고 활력이 넘치는 몸의 욕구를 충족시키기 위한 방편으로 그녀는 아주 어릴 때부터 속임수를 썼던 모양이었다. (58~59)

조던이라는 인물에 대한 이러한 해석은 조던의 이미지가 갖는 힘을 회수하면서 자신이 우위를 점하는 구도를 확립하는 닉의 내러티브 전략에서 효과적으로 작용한다. 첫째로, 데이지와 마찬가지로 조던의 도도한 우월함과 움직이지 않는 비인격성이라는 이미지는 실제로는 그녀의 강렬한 욕구와 단단하고 쾌활한 육체성을 은폐하기 위한 허울이었음이 밝혀진다. 더 중요하게는, 이러한 허울이 조던이 자신의 불리한 위치를 견디지 못하기 때문에 만들어졌다는 것이 밝혀진다. 따라서 닉과의 관계에 있어서 조던이 우위에 있는 것처럼 보이는 이미지의 근원은, 그녀가 이를 유지하기 위해 병적으로 거짓말을 할 정도로 엄청났던 열등감이었음이 드러나는 것이다.

그렇지만 닉은 조던에 대한 회수의 과정을 여기서 멈추지 않고, 자신의 '분석'을 확장시키며 사건 하나를 언급하는데, 이에 대한 닉의 동기를 이해하지 못한다면 이는 앞선 내용과 전혀 관련 없어 보이는 사건에 대한 이야기로 들릴 것이다. "우리가 차를 운전하는 것과 관련해 흥미로운 이야기를 나누었던 것도 바로 그 파티에서였다. 그녀가 차를 몰다가 일하는 남자들에 너무 가까이 지나가면서 차의 펜더가 한 일꾼의 겉옷 단추를 떨어뜨린 것 때문에 이야기가 시작되었다."(59) 이 소설의 플롯을 생각했을 때, 누군가가 부주의한 운전자임을 드러내는 것은, 그 사람을 잠재적 살인자로 지목하는 것이기도 하다. 데이지가 그러하듯, 조던 역시 소설 전반에 걸쳐 자동차라는 이미지가 상징하는 지위와 권력을 타인의 존재에는 무심한 채로 자신의 욕구와 쾌락을 위해서만 아무런 거리낌 없이 사용하는 인물로 정의된다. 그렇기 때문에 데이지처럼 조던도 개츠비의 죽음 이후, 그가 떠난 자리에 떠도는 더러운 흙먼지가 된다.

조던에 대한 닉의 분석은 당연히, 아니 어쩌면 더, 조던에 대한 것만큼이나 닉 자신의 내면을 드러내고야 만다. 우리는 닉 자신이 가식의 기능에 대해 그가 남긴 격언과 같은 말에 비추어 그를 살펴볼 수 있을 것이다. 닉의 자기 비하("조던 베이커는 본능적으로 영악하고 예리한 남자들을 피했다")와 끝없는 무심한 관용 역시 조던이 꾸며 내는 싫증 난 것 같으면서도 오만한 포즈 못지않게 하나의 가식이다. 그리고 닉의 가식이 은폐하고 있는 것이 닉이 조던의 허물의 근원이라고 생각한 바로 그 필요와 정확히 같다는 점은 전혀 놀라운 일이 아니다. 즉, 그는 자신이 불리한 위치에 있는 것을 견딜 수 없으며, 그래서 그 역시 거짓말을 하는 것이다. "나는 아무래도 상관없었다. 여자가 정직하지 않다는 것은 결코 깊이 비난할 일이 아니다. 대수롭지 않게 그냥 좀 안됐다고 생각만 하고서 이내 잊어버렸다."(59) 그러나 실제로 닉은 잊지 않았을 뿐만 아니라 비난도 하고 있으며, 그에게 있어 부정직함이 문제되는 사안은 단 하나, 여성과 관련될 때뿐이다.

닉과 조던의 마지막 장면은 우위에 대한 투쟁이 극적으로 전개되는 백미 중의 백미이다. 그녀와의 마지막 만남을 회상하며 닉은 조던의 이미지에 아직 있을지 모르는 모든 힘을 완전히 박탈한다. 그는 "그녀가 멋진 삽화처럼 보인다고 생각했던 것을 기억한다. 그녀는 조금 경쾌하게 턱을 치켜들고 있었고, 머리카락은 가을 잎사귀 색이었으며, 얼굴은 무릎 위에 놓인 손가락 없는 장갑과 같은 갈색빛을 띠고 있었다"(178). 이는 처음 만났을 때 그녀의 인상 묘사와 유사함에도, 그때와는 달리 권력 구도의 변화를 암시하는 미묘한 차이가 발견된다. 이번에는 그녀의 턱이 단지 **조금** 경쾌하게 올라가 있을 뿐이고, 여기서 그녀는 그저 괜찮은 삽화 정도로 축소된다. 그녀의 가식, 비현실성, 그리고 그녀가 하나의 유형으로 손쉽게 분류된다는 점, 따라서 간단히 기각해 버릴 수 있다는 점을 동시에 암시하는 미묘한 형태의 평가 절하가 이루어지는 것이다. [개츠비의 죽음 이후 고향으로 돌아가 기로 한] 닉이 동부에서의 생활을 정리한다는 말을 끝마치자, 조 던은 이에 대해서는 '별다른 언급 없이' 자신이 다른 남자와 약 혼을 했노라고 말한다. 닉은 즉각적으로 이 말을 의심하며 아마 도 이 관계에서 우위를 선점하기 위한 거짓말일 거라고 생각하 지만 짐짓 놀란 체를 한다. 잠깐 동안 자신이 조던과 결혼하지 않은 것이 실수였다고 생각하지만, 이내 그녀에 대해 자신이 내 린 평가가 옳았음을 확신하고 (바로 조금 전 일만 하더라도 그에 대한 증거가 되지 않던가?) 자리를 털고 일어나 작별을 고한다. 이 시점에서 조던은 마지막 우위를 되찾으려 불가피하게 운전 에 대한 은유를 호출해 보지만, 역효과만 있을 뿐이다. "'당신이 말했지. 미숙한 운전자는 다른 미숙한 운전자를 만날 때까지만 안전하다고. 음. 내가 다른 미숙한 운전자를 만난 거네. 그렇죠? 그러니까 내 말은, 내가 부주의해서 사람을 잘못 봤다는 거예요. 나는 당신이 비교적 정직하고 솔직한 사람이라고 생각했거든. 그게 당신의 비밀스러운 자랑인 줄 알았지.' '내 나이 서른입니 다.' 내가 말했다. '스스로에게 거짓말을 하면서까지 그걸 자랑 이라고 할 만한 나이는 다섯 해쯤 지났습니다.'"(179) 언제나처럼 마지막 말은 닉의 차지이고, 이 기만의 허울 속에서 마지막 말은 궁극의 거짓말이 된다. 닉은 조던이 자신이 가진 열등감으로 인해 그를 부정직하다고 비방하는 데까지 이르렀음을 암시하는 것이다. 어드밴티지, 캐러웨이 씨.

V

투자/회수와 우위/열위 구도의 관계는, 피츠제럴드가 머틀 윌슨을 다루는 방식에서 가장 흥미롭게 드러난다. 조던이 데이지의 평행이라면, 머틀은 그녀의 반대 항이다. 머틀은 데이지가 궁극의 장식물로 군림하는 영역과 최대한 동떨어진 공간——하얀 궁전도 없고 다만 황무지 한가운데 자리한 차고 윗집의 작은 방——에 자리하며, 데이지와 달리 머틀은 '멋진 여자'도, 황금 소녀도 아니다. 저급하고, 천박하며, 가난한 그녀는 명백히 하층 계급이다. 그녀의 거친 목소리에는 매혹적인 속삭임이나 마법 같은 약속이라곤 전혀 담겨 있지 않다. 하얀 드레스와 반짝거리는 배경 속에서 실체 없는 이미지로 부유하는 존재가 아니라, 머틀은 '과잉되고 감각적인' 육체로서 존재한다. 만약 이상화에 저항하는 대상이 있다면, 그건 바로 머틀일 것이다. 그렇기 때문에 머틀은 아내가 아니라 정부일 뿐이며, 흰색이 아닌 파란색과 갈색 옷을 입고 성스러운 '데이지'라는 이름을 감히 입에 올렸다가 코까지 부러지는 사람이 된다.

그러나 마지막에 머틀은 다시 떠오른다. 자신만의 초록색 불빛을 향해 격정적으로 내달리는 행위와 그에 뒤따르는 그녀의 죽음은 '비극적 성취'로 기록되며 황무지 속에서 생명력과 열정, 현실성의 표상으로 부상하는 것이다. "그토록 오랫동안 간직했던 막대한 생명력을 한꺼번에 토해 내며 약간 숨이 막힌 것처럼, 입은 크게 벌어져 양 끝이 찢겨 있었다."(138) 소설의 지배적인 이미지에 대한 마지막 변주에서 머틀 윌슨의 거칠고 추한 입은 그녀가 이룬 것을 상징하며, 상실의 이미지 속에서 데이지의 입이 가진 빛나는 매력을 소거하는데, 이는 충분히 눈물이 날 만한 모습이다. 머틀과 데이지의 대립은 충돌 경로 내에 있으며 마침내 충돌이 일어나고 먼지가 걷힌 후 머틀은 이상화되고 데이지는 평가절하된다. 데이지는 사실 평범하고 흔한 꽃이었음이 드러나고, 머틀은 그 이름에 담긴 신화적 함의를 차지하게 되는 것이다.[9]

---

9) [옮긴이] 머틀(Myrtle)은 비너스/아프로디테의 신목(神木)으로, 결혼, 사랑, 성적 매력, 다산 등을 상징하는 식물이다. 데이지의 이름이 꽃 이름이자 밝음, 태양(Days eye) 등으로 유희되던 것을 참고했을 때, 머틀이라는 이름이 갖는 신화적 함의는 결국 '흔해 빠진' 꽃이 되는 데이지와 달리 죽음을 통한 신화적 승화를 암시하며 또 한번 크게 대조된다.

이러한 역전의 이유는 어렵지 않게 찾을 수 있다. 데이지에 대한 투자/회수가 그녀가 남성 권력과 맺는 관계의 결과라면, 애초에 그런 관계 자체가 없는 여성은 동일한 충동의 대상이 되지 않는다. 머틀은 처음부터 전적으로 무력하고 불리한 위치에 있었기 때문에, 끝내 초월에 이른다. 이는 우리 문학에서 '다크 레이디'와 '화이트 레이디'의 구분에 대해 분석할 때 반드시 고려해야 할 핵심적인 요소이며, 이들이 어떻게 재현되어 왔는지를 이해하는 데에도 매우 중요하다. 종종 다크 레이디를 둘러싼 신비주의는 그들이 사회적/성적/경제적으로 추방된 계급을 이루고 있고, 이렇게 파멸한 존재들이라는 바로 그 이유로 인해 남성들이 그들을 낭만화하고 궁극적으로 이상화함으로써 생겨난다. 머틀의 상승이 그녀의 죽음의 순간에 맞물려 일어나는 것은 결코 우연이 아니며, 또한 그 이상화의 원천이 그녀의 성(sexuality)에 있다는 점 또한 우연이 아니다. 여성을 성적 대상으로 이상화하는 것은 여성을 가장 의존적이고 파생적이며 무력한 존재로 만드는 것이다. 머틀의 죽음에서 『위대한 개츠비』의 심리적 행위를 지탱하는 은유적 구조는 완전한 원환을 그리는데, "신세계의 싱싱한 초록빛 젖가슴"은 남성들의 꿈을 부추기는 포주로 전락했다가 마침내 머틀 윌슨의 찢겨진 가슴 속에서 비극의 상징으로 변모하는 것이다.

VI

1934년, 『위대한 개츠비』의 모던 라이브러리 판 서문을 쓰면서 피츠제럴드는 소설을 다시 읽고 자신과 작품의 관계를 재검토하며, 자신이 무엇을 하려고 했고 또한 이 책이 무엇에 관한 것이었는지 정의하고자 했다. 이러한 재검토 작업에서 피츠제럴드는 이 책이 갖는 본질적 정직성을 주장한다. "다시 읽어 보니, 고칠 점들이 눈에 들어온다. 그럼에도, 내가 진실과 다른 이야기를 하고 있다는 죄책감을 느끼지는 않는다. 적어도 내가 바라보는 한에서, 진실 혹은 진실에 **준하는** 무언가, 상상력의 정직함에 대한 시도였으니까. … 나는 이것이 정직한 책이라고 생각한다. … 그 안에 떳떳한 양심이 있는 한, 책은 살아남을 수 있을 것이다——적어도 그렇게 느끼는 독자 한 사람의 감정 속에서는."[10] 조금 단순화해서 말하자면, 이러한 주장은 소설의 진실성에 대한 불안감을 일정 정도 암시하는 것으로 볼 수 있다. 그도 그럴 것이, 『위대한 개츠비』가 충실히 재현하고 있는 상상력은 사실 매우 부정직한 것이기 때문이다.

　『위대한 개츠비』를 둘러싼 비평적 논의에서 주요한 쟁점 중

---

10) Reprinted in *Twentieth Century Interpretations*, p. 109.

하나는 닉 캐러웨이가 신뢰할 만한 화자인지의 여부였다.[11] 이 질문은 닉의 성격과 서술에 내재한 특정한 난점에서 비롯되는데 일부 평론가들은 그 특징 중 하나를 부정직함으로 꼽은 바 있다. 그러나 그것이 의도된 것이든 아니든 닉의 부정직함이 그를 신뢰하기 어려운 화자로 만드는 열쇠가 된다는 해석은 오히려 핵심을 빗나가는 것 같다. 『위대한 개츠비』의 내러티브 구조는 "부주의한 기법이나 혼란스러운 사고"의 결과가 아니라[12] 오히려 피츠제럴드가 '어떻게 이야기를 할 것인가'라는 문제에 대해 보여 준 가장 의식적이고 성공적인 해법 중 하나라고도 할 수 있다. 또한 피츠제럴드가 닉을 신뢰할 수 없는 화자로 의도했다는 내적 근거도 없으며, 닉의 신빙성에 의문을 제기해 혼란이 빚어졌을 때 그것을 정리해 줄 대체 화자 역시 소설에는 등장하지 않는다. 그럼에도도 불구하고 닉은 부정직하다. 그렇다면 우리는 이 부정직함을 어떻게 이해해야 하며, 피츠제럴드가 자신의 소재를 통제하는 능력과 어떻게 조화시켜야 할 것인가?

---

11) 예를 들어 다음을 보라. Arthur Mizener, *The Far Side of Paradise*, rev. ed., Boston: Houghton Mifflin, 1965, pp. 185ff. ; Thomas A. Hanzo, "The Theme and the Narrator of *The Great Gatsby*," *Modern Fiction Studies* 2(1956~57), 183~190 ; Gary Scrimgeour, "Against *The Great Gatsby*," *Criticism* 8(1966), 75~86 ; R. W. Stallman, "Gatsby and The Hole in Time," *Modern Fiction Studies* 1 (1955), 2~16.
12) Scrimgeour, "Against *The Great Gatsby*," p. 85.

닉에 대한 게리 스크림저의 비판이 주로 조던과 데이지를 다루는 방식과 관련되어 있다는 사실은 이러한 연관에서 이해되어야 할 것이다. 스크림저는 닉이 "죽은 개츠비에 대한 충성심으로 인해 마지막에 범하게 되는 거짓", 즉 머틀 윌슨을 죽인 차의 운전자가 데이지라는 사실을 은폐하는 닉의 행위를 고발한다.[13] 그러나 닉의 기만은 단지 죽은 개츠비에 대한 충성심이나, 곤란을 피하고자 하는 욕망에서만 비롯되는 것이 아니다. 이와 동일하게 부유층, 그중에서도 특히 **여성**들은 도덕적 책임을 질 능력이 없다는 그의 전제에서 비롯된 것이기도 하다. 그는 스스로 여성들에 대해 남성과 다른 정직의 기준을 부여하고 있음을, 따라서 여성에게 도덕적 책임을 부과할 마음이 없음을 인정한다. 데이지에게 그녀의 범죄에 대한 결과를 직면시키는 것은 닉이 그녀를 평가한 사항과 양립 불가능한 위상을 부여하는 일이 된다는 것이다. 하지만 닉의 이러한 태도는 여성을——법적으로, 감정적으로, 심리적으로—— 어린아이로 규정하는 문화에서는 지극히 보통의 일이다. 따라서 닉이 여성을 다루는 일에서의 부정직함을 비난하거나, 그러한 부정직함을 부주의하게 다루는 피츠제럴드를 탓하는 것은 논점을 벗어나는 일이다. 닉의 부정

---

13) Scrimgeour, "Against *The Great Gatsby*," p. 81.

직함은 작가에게도, 대부분의 독자들에게도 인지되지 않은 채 지나간다. 이것이 부정직함으로 인식되지 않는 이유는 성차별적인 사회에서 이미 너무나 흔하고 만연하며 '자연스러운' 일이기 때문이다. 『위대한 개츠비』라는 소설이 부정직한 이유는 그 소설이 비롯되고 또 반영하고 있는 문화가 근본적으로 부정직하기 때문인 것이다.

이 장의 서두에서 나는 피츠제럴드 작품에 내재된 풍자와 낭만주의의 이중적 충동을 논하며 『위대한 개츠비』가 스타일과 성격의 양가성을 실현하고 동시에 해결한다는 점에서 그의 핵심적인 작품이 된다는 점을 제시한 바 있다. 나는 피츠제럴드가 자신이 인식하지도 못할뿐더러 의식적인 비판을 하지도 않는 거대한 문화적 거짓말에 의존함으로써 그 특유의 어조의 혼합을 이뤄 낼 수 있었다고 본다. 즉, 여성에게 적합한 반응과 남성에게 적합한 반응이라는 이중 잣대의 존재로써 피츠제럴드는 낭만적 상상력의 향유와 고발을 동시에 할 수 있었던 것이다.

닉은 남성과 여성의 행위를 명백히 다르게 판단 내린다는 점에서 문화적 이중 잣대를 대표적으로 보여 주는 사례다. 그는 조던의 비교적 사소한 부정직함은 비난하지만, 개츠비의 거대한 부정직함은 이해와 관용으로 받아들인다. 닉은 자기 과거의 부정직함에 대한 개츠비의 우회를 결코 위선으로 보지 않는

다. 왜냐하면 닉에게는 개츠비의 그러한 행동이 그의 거짓에의
근원에 대한 자신의 깊은 공감이라는 거친 파도에 실려 깨끗하
게 보이며, 그렇게 결점마저 정당화되기 때문이다. 하지만 그 근
원에 있어서 조던의 행동과 개츠비의 것은 별로 다르지 않다. 둘
다 자신의 열등감에서 비롯된 것이고, 따라서 둘 모두 우위를 점
하고자 하는 전략일 따름이었으니 말이다. 닉 역시 개츠비가 여
러 포즈를 취하고, 연출된 이미지를 이용해 자기 효과를 만들어
내는 인물임을 인지하고 있다. "그 이후로 나는 유럽의 수도에
서 인도의 왕처럼 살았습니다. 파리, 베네치아, 로마 같은 곳에
서…. 보석을 수집했는데, 주로 루비였고, 큰 짐승을 사냥하거나
그림도 좀 그렸습니다. 오직 나 자신만을 위한 일을 하면서 오래
전에 있었던 아주 슬픈 일들은 잊으려고 애썼습니다."(66)[14] 그러
나 닉은 개츠비가 즐겨 쓰는 '친구'(old sport)라는 말을 결코 가
식이라고 여기지 않으며 그의 단정함(correctness)을 가장한 포
즈 너머에 무엇이 숨겨져 있는지 파헤칠 필요도 느끼지 않는다.

---

14) [옮긴이] 닉에게 가족을 포함한 일가친척들이 갑자기 죽고, 자신에게 거액의 유
산이 돌아왔다는 이야기를 하면서 개츠비는 자신이 부유한 가문 출신이며, 집안
전통에 따라 옥스퍼드에서 교육을 받았음을 이야기하는데 닉은 이 이야기를 다
른 사람들처럼 어느 정도 의심을 품으며 듣고 있다가 마지막에는 "웃음이 터지
려는 것을 가까스로 참"기까지 한다. 그가 쓰는 표현들이 너무나 진부했기 때문
이다.

조던에 관해서는 그녀의 부정직함과 그녀의 싫증 난 듯한 가식적인 태도 사이의 연관에서 성격의 비밀을 찾아냈다고 강조하면서도 울프샴의 커프스 단추에 담긴 식인(cannibalism)의 암시는 외면하는데, 닉은 개츠비의 캐릭터는 단정함과 식인의 연결로 설명될 만큼 단순하지 않다고 믿는 것이다.

닉이 데이지와 개츠비를 판단하는 데 있어 보이는 명백한 불균형은 어쩌면 이 책에서 가장 핵심적인 것이다. 이 불균형 뒤에는 근본적이면서도 너무 흔해 잘 인식조차 되지 않는 문화적 이중 잣대가 자리하고 있는 까닭이다. 요약하자면, 남자는 낭만적 투자에 대한 정당한 대상이지만 여자는 그렇지 않다. 남자는 이 투자를 감당할 수 있지만 여자는 불가능하다. 데이지는 개츠비를 실망시켜야만 하지만 개츠비는 닉을 실망시키지 않아도 상관없다. 이것이 바로 소설의 불균형한 판단을 만들어 내는 **이중 잣대**이다. 예컨대 데이지의 나르시시스트적 자기애는 그녀를 비난하고 저주할 이유가 되지만 (닉은 데이지가 플라자 호텔 방에 들어서자마자 거울 앞으로 달려가는 장면을 꼼꼼히 기록한다) 개츠비의 철저한 유아론적 자기애는 음소거된 낭만적 서곡이 된다. 개츠비가 데이지 앞에 거대한 셔츠 더미를 쌓으며 찬사를 요구하는 것은 영웅적 자기확신이 되지만, 데이지가 닉에게 감정적 찬사를 요구하는 것은 싸구려 술수가 된다. 개츠비의 범죄는 그의 위대한 기획의 일부라며 옹호되지만, 데이지는 무책임한 운전자라는 거센 비난을 받는다. 데이지에 대한 개츠비의 낭만적 투자는 비극적 오류로 그려지지만 잘못은 당사자에게 있는 것이 아니라 저 '요부 같은 미국'(bitch America)에게 있다. 이에 반해, 개츠비에 대한 닉의 투자는 개츠비가 무엇을 상징하는지 알고 있음에도 불구하고 이루어진 것이며, 이는 '결국 옳았던 사람'에게 마땅히 바쳐져야 할 찬사가 된다. 그리하여 닉이 데이지를 잘못 이상화한 개츠비를 다시 한번 낭만화함에 따라 데이지는 닉과 개츠비의 사랑 이야기 중간에서 철저히 배제되어 버리는 부조리하고 부정직한 삼각관계 구조가 만들어진다.

그렇다면, 투자/회수의 패턴에는 마지막 한 단계가 더 있는 셈이다. 즉, 개츠비의 데이지에 대한 투자가 있고, 그에 이어 닉이 데이지를 회수하는 과정이 뒤따르며, 마지막으로 개츠비에 대한 닉의 투자가 이어진다.[15] 그러나 이 투자에는 더 이상 회수 과정이 뒤따르지 않거니와 그런 회수가 필요해 보이지도 않는

---

15) 『위대한 개츠비』의 심리적 행위에 대한 이러한 묘사의 정확성을 부분적으로 뒷받침하는 예로, 피츠제럴드가 소설의 초기 구상 단계에서 닉 역시 데이지를 사랑하는 것으로 의도했다는 점을 지적할 필요가 있을 듯하다. 이후 수정 과정에서 "개츠비는 피츠제럴드가 처음 구상했던 것보다 더 순수하고 공감할 수 있는 인물로 떠오르게" 되었고, 닉의 로맨틱한 관심은 데이지에서 개츠비로 옮겨 갔다. Henry Dan Piper, *F. Scott Fitzgerald: A Critical Portrait*, London: The Bodley Head, 1965, pp. 107ff. ; p. 143 참조.

다. 데이지의 경우 낭만적 상상력의 필연적 귀결이었던 것이 개츠비에게는 피할 수 있는 것이 되고, 개츠비만큼은 환멸의 과정에서 제외된다. 피츠제럴드는 그 자신도 이러한 이중성을 인지한 채로 교묘한 솜씨로 이를 구현해 낸다. "개츠비가 모호하고 조각들을 합친 듯 불균질하다는 당신의 말이 맞습니다. 나는 그를 한 번도 실체로 생각해 본 적이 없거든요. 처음엔 내가 알던 어떤 남자에서 시작했는데 점차로 내 자신으로 바뀌어 갔습니다. 그리고 제 마음속에서는 이 융합이 한 번도 완성된 적이 없습니다."[16] 닉의 회수하는 시선이 데이지에게 끈질기게 집중되는 동안, 개츠비 삶의 세부사항은 고의적으로 불분명한 채로 남겨지며, 그 이유는 짐작하기 어렵지 않다.

데이지는 감당할 수 없는 낭만적 투자를 개츠비에게만 허용하는 이중 잣대는 『위대한 개츠비』의 주제인 권력 투쟁 속에 마지막 변주를 이루는 데 기여한다. 개츠비가 내부자로서의 데이지에게 찬사를 바치고, 우위를 점한 그녀의 이미지의 환상에 대한 투자를 이루어 낸다면, 닉은 그 과정을 뒤집고 외부자의 위치를 낭만의 궁극적 대상으로 재구성한다. 저택과 차, 돈을 가진 제이 개츠비라는 인물 뒤에는, 자기 집에 들어갈 수 없어 창

---

16) Fitzgerald, *The Letters of F. Scott Fitzgerald*, p. 383.

문에 코를 꾹 눌러붙이고 있는 가난한 소년 개츠(James Gatz)의 모습이 겹쳐 있다. 그러나 닉이 마침내 그렇게 한 것처럼 외부자의 위치를 낭만화하고자 한다면, 논리적으로는 닉의 낭만적 삼단논법에서 배제된 중간 항, 따라서 진정한 의미에서 외부자인 데이지가 그 대상이 되어야 하지 않을까? 맥락상 이러한 논리가 터무니없어 보인다는 사실은 『위대한 개츠비』가 우리 '고전' 문학 속 이중 잣대, 즉 여성 인물들을 인격이 아닌 상징으로 여기며, 여성의 경험을 문학의 관심사에서 완전히 배제해 버리는 거짓에 기반해 있음을 보여 준다. 하지만 『위대한 개츠비』는 자신의 보편성을 주장한다. 다른 인물들에게는 가혹했던 도덕적 심판에서 오직 개츠비만이 면제되고, 그가 적법하게 낭만적 주인공이 될 수 있게 하는 이유는 그가 가진 비전과 자기창조(self-creation)가 상징적 차원을 획득하기 때문이다. 개츠비를 구원하는 것은 그의 동기의 순수함, 그의 추구과정에서 '개인적인 것'이 결여되어 있다는 점이다. 개츠비는 돈이나 지위 자체를 원하는 것이 아니라, 그것들이 제공하는 상상적인 유리한 위치, 예컨대 초록 불빛을 맞은편에서 바라보는 위치를 원한다. 그가 진짜 하는 일은 밀주 거래가 아니라 "경이의 젖"을 거래하는 것이었다. 그가 구상하는 삶의 기획은 단순히 자기과시가 아니라, 미국을 탐색하는 등 상상적 모험과 연결되는 상징적 구조이므로 모든 인간의 보편적 꿈을 대표한다는 말이다.

개츠비의 보편성은 작품의 비평에서 지속적으로 논의되어 온 주제다. 그래서 마리우스 뷸리는 "개츠비는 단순히 호감 가는 낭만적 영웅이 아니라, 자신의 민족이 가진 열망과 시련이 구체화된 신화적 존재"라 논평하고, 라이오넬 트릴링은 "개츠비가 충분히 신빙성 있는 인물인지 의문이 제기되지만, 그가 현실적으로 신빙성이 있느냐 없느냐 하는 문제는 그가 상징하는 거대한 의미에 비하면 지극히 사소하다. 권력과 꿈으로 분열된 개츠비는 어쩔 수 없이 미국 자체를 상징하게 되는 것이다"라고 논한다. 윌리엄 트로이는 "이것이 바로 그를 우리의 최근 문학에서 진정한 신화적 창조물 가운데 하나가 되게 한다——신화란 결국 민족의 집단의식 속에서 소망 충족이 대규모로 수행되는 과정이 아니던가?"라고 논하는가 하면, A. E. 다이슨은 "개츠비의 꿈이 가진 비루함과 화려함은 감히 인간 자체의 이야기라고 말하련다. 그의 각성에 나타난 아이러니와 심판 또한 마찬가지다"라고 적은 바 있다.[17]

---

17) Marius Bewley, *The Eccentric Design*, New York: Columbia University Press, 1963, p. 276; Lionel Trilling, *The Liberal Imagination*, 1950 ; rpt. Garden City: Anchor-Doubleday, 1953, p. 244 ; William Troy, "Scott Fitzgerald— The Authority of Failure," *Accent* 6(1945), reprinted in *F. Scott Fitzgerald: A Collection of Critical Essays*, p. 21; A. E. Dyson, "The Great Gatsby: Thirty-Six

하지만 『위대한 개츠비』를 읽는 어떤 여성이라도 과도하게 칭송받는 이러한 '보편성'을 과연 온전히 받아들이고 싶은 마음이 들 것인가. 뷸리의 말마따나 "진짜 질문은 개츠비가 데이지에게서 무엇을 보는가가 아니라, 그가 그녀로부터 취하는 방향, 즉 데이지 **너머**에서 보는 것"이고, 이 너머의 비전에서 "웅장함의 요소"가 "개츠비에게 데이지는 더 이상 그녀 자체로 존재하지 않는다"는 점이라면,[18] 수단을 정당화하는, 극도로 찬사를 받는 이 보편성은 결코 보편적이지 않으며, 이 책이 그토록 찬란하게 표현해 내는 상상의 구조는 결국 모두 **남자들**의 것일 뿐이다. 낭만적 상상력의 구조는, 그 투자의 대상이 남성이든 여성이든 결국 남성적 자아의 문제일 뿐, 여성은 그 바깥으로 밀려나 있다. 따라서 데이지를 내부자로 규정하는 시선은 개츠비를 외부인으로 보는 것만큼이나 허구다. 하얀 궁전 안에 '움직이지 못하는 상태에 갇혀 있다'(to be contained immobile) —— 이 마법 같이 형성된 구절은 동사의 도움 없이 존재한다 —— 는 말은 실질적으로 배제되어 있음을 뜻한다. 반대로, 궁전 밖에 서서 올려다보면서 그것을 규정하는 상상적 구조를 창조하는 것은 통제권

Years After," *Modern Fiction Studies* 7(1961), 38.

18) Bewley, *The Eccentric Design*, p. 278.

을 가지고 있다는 말이며, 따라서 어떤 의미에서든 내부에 있다는 뜻이다. 결국 "높은 하얀 궁전"이란 바로 개츠비/캐러웨이/피츠제럴드의 상상력이 "왕의 딸, 황금 소녀"를 가두고 싶어 하는 장소인데, 왜냐하면 그 상상력은 여성이 남성의 영웅적 행동을 위한 기회로, 또한 남성의 꿈이 실패했을 때 영원히 희생양으로 남을 수 있도록 여성들이 바깥에 머물러 있길 바라기 때문이다. 결국 개츠비의 '비인격성'(impersonality)이라는 것도 아주 개인적인(personal) 문제일 뿐이다.

보편적 의미에서 여성이 소외되는 현상은 결코 새삼스러운 일은 아니다. 그러나 『위대한 개츠비』에서의 부정직함은 특히나 악의적인데, 이 소설을 읽으면서 여성은 자신에게 실재하지도 않는 인물을 정확히 바로 그 이유에서 영웅으로 받아들이길 요청받기 때문이다. 개츠비가 자신의 상상에 대한 대가를 치른다면, 데이지는 훨씬 더 많은 대가를 치른다. 개츠비에게 꿈의 화신으로 포획되는 순간 그녀는 한 인격체로서 말소되고, 개츠비 안으로 동화되어 버리면서 그의 연장(extension)으로 존재하게 된다. 닉이 데이지에게 톰과의 삶 전체를 부정하고 마치 그 일이 없었던 것처럼 해주길 요구하는 것은 너무 심한 부탁이 아니겠느냐고 조심스럽게 의견을 말할 때, 개츠비가 그토록 믿을 수 없다는 듯 반응하는 것은 바로 그 때문이다. 그리고 마침내 데이지의 아이, 즉 자신과 상관없이 톰과의 삶을 살았다는 살아 있는 증거를 마주했을 때 개츠비가 그토록 믿을 수 없어 한 것도 같은 이유에서다. 왜냐하면 개츠비에게 데이지는 자신으로부터 떨어져서 존재하지 않으며, 자신이 구상한 바에 들어맞지 않는 그녀의 경험은 받아들일 수 없기 때문이다. 이 점은 머틀 윌슨을 죽게 한 사고 이후의 장면에서 분명히 드러난다. 닉은 뷰캐넌 저택으로 돌아와 집 밖 예의 그 자리에서 "지켜보는" 개츠비를 만난다. "데이지는 지금 방문을 잠그고 자기 방에 있는데 톰이 혹시라도 험한 짓을 하려고 한다면 불을 껐다 켰다 할 겁니다."(145) 하지만 데이지는 떨리는 가슴으로 자기 방에서 남편의 위협에 밖에 있는 연인에게 신호를 보내 자신을 구해 주길 기다리는 것이 아니다. 오히려 그녀는 남편과 함께 부엌 저장고에서 조용히 차갑게 식은 저녁을 먹고 있었다. 데이지가 개츠비를 떨쳐내기 위해 필요했던 것은 결국 **그의** 상상을 벗어나는 이야기를 그에게 들려주는 것이었다. 그의 상상력이 필요로 하는 바는 데이지가 환상으로, 즉 저 높이 하얀 궁전에 갇혀 비현실적으로, 궁극적으로 비존재로 남아 있어야 한다는 것이다. 따라서 그날 밤 닉이 개츠비를 떠나면서 그가 "아무것도 아닌 것을 지키고 있다는 생각이 들었다"고 할 때, 그 표현은 데이지를 깎아내리고 그녀의 본질적 공허함을 드러내는 것에 대한 필요를 넘어 다시 개츠비에게로 돌아와, 그가 지켜보는 '아무것도 아닌 것'은 그 자신의 유아적(唯我的) 환상이 만들어 낸 텅 빈 방임을 암시한다.

분명, 캐러웨이/피츠제럴드의 인식 속에는 개츠비적 상상력을 진정성 있고 유의미하게 비판하는 요소가 존재하며, 이는 그 상상력을 모방하기보다는 오히려 폭로한다. 톰과 개츠비가 데이지를 두고 맞붙는 장면은 '여성의 수호자'라는 낭만적 포즈를 두고 두 남자가 각자 전유하려 애쓰는 지극히 자기의식적인 폭로다. 그리고 여기에는 데이지의 선택이란 실제로는 그녀가 어떤 식으로 억압을 받을지 고르는 일에 불과하다는 점에 대한 얼마간의 인식이 존재한다. 확실히, 닉이 개츠비가 데이지에게 요구하는 바를 서술하는 방식에는 비판적인 관점이 내재되어 있다. "그가 데이지에게 바라는 것은 다름 아닌 그녀가 톰에게 가 '당신을 한 번도 사랑한 적 없었어'라고 말하는 것이었다."(111) 여기서 강조점은 데이지에 대한 이야기 대부분에서처럼 "그녀"(She)에 있는 것이 아니라 "다름 아닌"(nothing less)에 있다. 이는 곧, 개츠비의 상상력이 데이지에게 가하는 무게가 견딜 수 없을 정도이며, 꿈의 좌절이 데이지 자체에서 비롯된 것이 아니라 오히려 그녀를 꿈의 대상으로 삼는 상상력의 내적 동력의 불가피한 결과임을 적어도 어떤 층위에서는 인정하고 있음을 보여 준다. 따라서 닉의 기억을 어슴푸레하게 덮고 소설의 마지막 페이지를 지배하는 웨스트에그의 '뒤틀림'이 갖는 의미는, 닉이 데이지의 목소리에 깃든 마법을 벗기고, 조던의 이름에서 그 힘을 제거하려 했던 적개심을 온전히 드러내는 것에서 더 나아가, 실제로는 낭만적 상상력의 산물인 '더러운 흙먼지'를 기록하는 데 있다. "전경(前景)에는 정장 차림의 근엄한 남자 네 명이 들것을 들고 보도를 걷고 있다. 들것 안에는 흰색 이브닝드레스를 입은 술 취한 여자가 누워 있다. 들것 아래로 흔들리는 그녀의 손에서 보석이 차갑게 반짝인다. 남자들이 엄숙하게 어떤 집으로 들어가려고 하는데, 엉뚱한 집이다. 아무도 그 여자의 이름을 모르고 신경 쓰는 사람도 없다."[19]

---

19) [옮긴이] 이 부분은 닉의 꿈을 묘사한다. 닉은 동부를 떠난 후에도 웨스트에그가 기괴한 꿈 속에 등장한다면서, 그 꿈의 정경은 마치 엘 그레코의 야경 같다고 말한다. 음울하고 기괴한 모양의 집이 가득 찬 웨스트에그의 모습. 개츠비의 죽음 이후 동부는 그런 식으로 계속해서 닉을 떠나지 않았노라고 서술한다.

4장

『보스턴 사람들』

헨리 제임스의 영원한 삼각관계

I

『보스턴 사람들』은 페미니스트 비평가들에게 특히나 홍미로운 작품이다. 그 이유는 문학비평이 하나의 정치적인 행위라는 사실, 즉 그것이 비평가의 마음속에 대개 명시적으로 진술되지도, 성찰되지도 않은 채 존재하는 일련의 가치관들에서 비롯되고 또 거기에 의존하며, 나아가 그러한 가치들을 전파하는 기능을 수행한다는 사실을 반박의 여지 없이 입증해 주는 논평을 제공하기 때문이다. 이 점을 입증하기 위해, 나는 비평 담론에서 발췌한 장문의 '인용들'과 그에 대한 상세한 분석으로 이 장을 시작하고자 한다. 선택한 인용문을 배열함에 있어 그것이 드러내는 집합적 존재 ── 그 존재이유와 목적이 노골적으로 폭로되는 남근중심적 비평가(the phallic critic)[1] ——의 가치관, 필요성 그리고 그들의 '논리'를 선명하게 드러내고자 했다. 『보스턴 사람들』의 독해에서 이 발췌문들이 제공하는 맥락보다 더 나은 것은 아마도 없을 것이다.

비평가들

1. 헨리 제임스

책의 주제는 강하고 훌륭하며, 깊고 광범위한 관심을 담고 있다. 두 여인의 관계는 뉴잉글랜드에서 흔히 볼 수 있는 여성 간 우정의 한 양상을 연구하는 것이 되어야 한다. 전체적으로 가능한 한 지역적이고, 미국적이면서, 보스턴 특유의 정서를 가득 담고자 했다. 즉, 내가 미국적 이야기를 **쓸 수 있다**는 것을 보여 주려는 시도인 것이다. … 어쨌든, 주제 자체는 매우 국가적이면서도 또한 매우 전형적이다. 나는 우리 사회의 조건을 가장 잘 반영하는 진정으로 미국적인 이야기를 쓰고 싶었고, 우리 사회에서 가장 뚜렷하고 독특한 점이 무엇인가를 자문했다. 답은 여성의 처지,

---

1) 물론 이 남근중심적 비평가라는 존재의 발견은 메리 엘먼에게 빚지고 있다. 특히 *Thinking About Women* 2장을 참고하라.

성(性)적 감정의 쇠퇴와 그들의 입장을 반영하는 불안이었다.[2]

2. 어빙 하우

『보스턴 사람들』은 공적인 삶과 사적인 삶, 정치적 삶과 성적 삶 간의 평행적 혼란, 때로는 거의 광기 상태의 혼란까지 추적해 보여 준다. 제임스는 이 두 경험 영역이 분리될 수 없으며, 소설가가 이를 감히 시도하는 것은 치명적인 실수임을 알아볼 만큼 대담했다. 나아가, 그는 공적인 삶에 끊임없이 위협이 되는 이데올로기적 강박이 사회적 행위뿐만 아니라 사적 경험의 가장 내밀한 영역에도 영향을 미칠 것이라고 가정했다는 점에서 더욱 대담한 모습을 보였다.[3]

3. 라이오넬 트릴링

헨리 제임스가 다루려 했던 두 정치운동을 비교해 보자면,『카사마시마 공주』의 혁명적 아나키즘은『보스턴 사람들』의 전투적 여성운동보다 소설의 주제로 더 적당해 보인다. 일반적인 사회 정의를 향한 투쟁에는 자연스러운 힘과 위엄이 존재하며, 폭

---

2) Henry James, *The Notebooks of Henry James*, ed. F. O. Matthiessen and Kenneth B. Murdock, New York : Oxford University Press, 1947, p. 47.
3) Irving Howe, "Introduction," *The Bostonians*, New York : Random, 1956, xiv.

력적인 혁명적 의도 속에는 즉각적으로 비극의 가능성이 자리
하는 까닭이다. 하지만 교조적으로 성평등을 요구하는 주장은
다소 억지스럽고 한정적인 이야기, 그저 특이한 이야기로만 보
일 위험이 있는 게 사실이다. … 『보스턴 사람들』의 희극에는 분
명 불쾌한 지점이 존재하지만, 제임스는 이러한 위험을 감수하
고 '부자연스럽고' 병적이라 여겨지던 여성운동의 단면을 과감
히 파고듦으로써 오히려 『카사마시마 공주』보다 더욱 중대한 주
제를 포착했다고 할 수 있다. 사회혁명은 그 자신이 존재하는 문
화를 문제 삼을 수도 있지만, 그렇지 않을 수도 있다. 실제로 우
리는 사회혁명에 대해 그 운동의 주장과 행동이 보여 주는 것만
큼 문화를 대단히 문제 삼지는 않는다고 말할 수 있다. 반면에
성혁명은 문화가 스스로에게 던지는, 그 뿌리까지 가닿는 근본
적인 질문이다. 바로, 남성이 된다는 것은 무엇인가, 여성이 된
다는 것은 무엇인가, 즉 사람들이 갖고자 하는 존재의 질에 관한
질문이다.

그리고 남성다움을 상실하는 것에 대한 두려움은 … 『보스턴 사
람들』 곳곳에서 그 존재이유를 부여받는다. 이 책은 해롭고 낡
은 영향으로 가득 차 있으며, 또한 원초적 공포로 물든 작품이
다. … 베이질 랜섬은 올리브 챈슬러와 함께 있을 때 자신이 '안

전'하지 않다고 느끼는 점을 숨기지 않는다. 그리고 실제로 그가 처한 입장은 언제나 불안정하며 위태롭다. … 아마도 소설의 결정적인 장면은 하버드 기념관에서 펼쳐지는 것이라 할 수 있을 텐데, 여기서 랜섬은 최근 전쟁에서 죽은 젊은이들의 비극을 버리나의 상상에 각인시켜야 할 필요를 느낀다. 그 젊은이들은 그의 적이었지만, 같은 남자라는 공통점으로 인해 그들과 결속감을 느끼며, 현재 자신의 시민적 위치에서 경험하는 성적 위협에 비하면 전쟁의 위험 같은 건 아무것도 아니라고 여긴다.[4]

1883년, 헨리 제임스는 모국을 슬픈 마음으로 방문했다. 이 방문 이후 20년 동안 제임스는 미국을 찾지 않을 것이었다. 이즈음 부모님을 비롯한 제임스의 가족은 사실상 끝을 향해 가고 있었고, 그 시기에 제임스는 『보스턴 사람들』의 시나리오, 즉 내부에서 분열되어 버린 부모의 집과 그 지지대의 중심부가 떨어져 나가는 이야기, 신성한 어머니들은 그 소명을 거부하고, 신성한 아버지들은 위기에 처한 이야기의 구상을 써 나갔다.[5]

---

4) Lionel Trilling, *The Opposing Self*, New York: Viking, 1955, pp. 114~115.
5) *Ibid*, pp. 109~110.

4. 윌리엄 맥머리

올리브가 보지 못하는 것은 자신이 여성들을 위해 쟁취하고자 하는 자유가 인간 존재의 이성애적 기반을 뒤흔드는 절대적 수준에 맞춰져 있다는 점이다. … 올리브야말로 현실의 이질적 특성에 눈을 감아 버린, 경직된 자기중심성의 생물학적 증거다.[6]

5. F. W. 뒤피

그러나 올리브 입장에서 그 관계는 단순한 우정 그 이상이다. 그녀는 꽤나 분명히 일종의 도착적 성(perverse sexuality)의 사례로 보인다. 의식적이었든 아니었든, 제임스는 분명 올리브의 정신 이상 상태에 관한 어떤 실례를 흥미롭게 관찰한 것이 틀림없다.[7]

6. 찰스 R. 앤더슨

올리브 챈슬러가 자신의 성(性)을 대변하며 분투하는 심리적 동기에 대해 제임스는 이성에 대한 혐오, 혹은 적어도 두려움 — 말하자면, 초기 레즈비언주의 — 이라고 예리하게 파악

---

6) William McMurray, "Pragmatic Realism in *The Bostonians*," *19th Century Fiction*, 16 (March, 1962), 341.
7) F. W. Dupee, *Henry James*, New York : Dell, 1965, p. 131.

했다. 물론 그는 이에 대해 오직 간접적으로만, "뉴잉글랜드에서 흔히 볼 수 있는 여성들 간의 우정"이라고 표현했지만 말이다. … 당대 보스턴의 성인(聖人) 집단에 대한 대비(foil)로 제임스는 "완고하고 보수적인 성향을 지닌, 여성 참정권 및 그와 유사한 모든 변화에 단호히 반대하는" 젊은 남성이 필요하다고 보았다. 두 젊은 여성 사이의 부자연스러운 우정에 대한 반대자로서 성적 감정의 화신이 되며, 여주인공 버리나를 사랑하여 개혁가 친구의 손아귀로부터 그녀를 낚아채는 인물 말이다.[8]

7. 월터 F. 라이트

로맨스와 제임스 모두 랜섬의 편에 서 있다. 이야기를 레즈비언주의로 거추장스럽게 만들지 않더라도 올리브의 집착에서 심각한 악을 알아보는 건 어렵지 않은 일이다. 만약 버리나가 랜섬에 의해 극적으로 구출되지 않았다면, 그녀는 오히려 자신의 자유마저 잃을 위기에 처했을 것이다.[9]

---

8) Charles R. Anderson, "James's Portrait of the Southerner," *American Literature*, 27 (1955), 310.

9) Walter F. Wright, *The Madness of Art: A Study of Henry James*, Lincoln: University of Nebraska Press, 1962, p. 95.

8. 로버트 C. 매클린

버리나가 앞으로 흘려야 할 눈물은 어쨌거나 이 병든 사회에서
정상적 관계를 성취하는 대가로 치르는 아주 작은 희생에 지나
지 않는다. 봄과 여름의 구애는 영원히 지속될 수 없지만, 결혼
이라는 제도는 자연이 자신을 새롭게 갱신할 수 있음을 확인시
켜 준다.[10]

9. 찰스 T. 새뮤얼스

제임스의 탈정치화가 해로운 결과를 초래하는 것은 바로 이 지
점이다. 올리브와 다를 것 없이, 베이질 역시 사랑한다는 이유로
버리나를 자신에게 귀속시키려 한다. 제임스가 우리로 하여금
두 사람의 주장을 동등하게 가치 있는 것으로 받아들이게끔 의
도했다고는 생각지 않지만, 애초에 그런 문제는 제기될 필요조
차 없었다.[11]

대립하는 전투원들을 동일선상에 세우는 것은 가치판단상의 세

---

10) Robert C. McLean, "*The Bostonians*: New England Pastoral," *Papers on Language and Literature*, 7 (Fall, 1971), 381.
11) Charles T. Samuels, *The Ambiguity of Henry James*, Urbana: University of Illinois Press, 1971, p. 102.

련됨으로 돌릴 수 있다 하더라도, 그보다 더 심각한 것은, 베이질을 대상으로 하는 일련의 농담들이다. 이는 불필요할 뿐만 아니라 노골적으로 유치하기까지 하다.[12]

앞서 간단히 설명한바, 제임스는 대립하는 양측의 상대적 장점을 모호하게 처리하긴 했지만, 한 가지 문제에서는 결코 흔들리지 않는 태도를 보인다. 남녀는 각기 고유한 재능을 지녔고, 바로 그 이유 때문에 서로에게 사적으로 소중한 존재라는 것이다. 심지어 쓸데없이 오지랖을 부리는 사심 없는 개혁가 버즈아이 양조차 궁극적으로 가치 있는 존재다. 왜냐하면 그녀는 요즘 보스턴 사람들처럼 자신의 부인할 수 없는 자아를 잃지 않았기 때문이다. 이에 랜섬은 "버즈아이 양은 뚜렷한 인상이 부재함에도 불구하고 본질적으로 여성스러운 사람"으로 남는다고 평가한다.[13]

10. 시어도어 C. 밀러

분명한 건 베이질의 보수적 정치성이 그의 인간성을 보존시키고, 급진적 자유주의는 올리브의 개별적 존재를 침식시킨다는

---

12) *Ibid*, p. 102.
13) *Ibid*, p. 106.

것이다. 구체적으로, 베이질의 보수성은 그가 성적 감정을 유지할 수 있게 하며, 사실상 이는 심리적 거세에 대한 유일한 방어막이기도 하다. ⋯ 보수적인 베이질은 올리브와 달리 자신의 감정이 뒤집히지 않는다.[14]

하지만 문제는, 낭만적 보수주의자로서의 베이질의 이미지가 전혀 안정적이지 않다는 점이다. ⋯ 앞으로 보게 되겠지만, 그의 이미지 전반은 종종 거의 분열증의 모습을 보인다.[15]

그럼에도 베이질은 여전히 올리브보다 나은 존재로 남는다. 이 젊은 남부인은 그의 인간다움을 지켜 내지만, 그의 장점이라곤 오직 그뿐이다.[16]

11. 어빙 하우

결론적으로 랜섬의 승리다. 제임스가 랜섬에 대해 여러 가지 한계를 설정하긴 했어도 그에게는 확실한 매력과 권능이 부여되

---

14) Theodore C. Miller, "The Muddled Politics of Henry James's *The Bostonians*," *Georgia Review*, 26 (1972), p. 340.
15) Ibid., p. 341.
16) Ibid., p. 343.

어 있다. … 그러나 소설 자체의 논리는 랜섬이 이길 것을 요구한다. 만약 버리나를 둘러싼 랜섬과 올리브의 갈등이 자연적인 것과 인간적인 것을 담지한 수동적 존재인 그녀를 두고 벌이는 이데올로기 간의 투쟁이라면, 그것은 자연적인 것과 인간적인 것에 대해 동일한 정도로 대립하고 있지 않은 이데올로기 간의 투쟁이라는 뜻이다. 결국 선택의 순간에 내몰렸을 때 버리나는 올리브가 노골적으로 침해하고 랜섬이 다만 자기 필요에 따라 이용할 뿐인 삶의 리듬에 맞춰 선택한다. [17]

12. 리언 에델

독자는 어느 정도, 올리브와 랜섬의 싸움을 선과 악의 대결로 보도록 유도된다. … 그러나 제임스가 보여 준 것은 실상 서로를 비추는 거울상들 간의 투쟁이다. 랜섬과 올리브는 둘 다 중증의 자기중심적 인물들이며, 둘 중 누구도 버리나 자체를 사랑하지 않는다. 버리나는 두 사람에게 획득되고 소유됨으로써 각자의 신념을 실현할 도구가 될 뿐이다. 랜섬의 경우 올리브를 이기고자 하는 욕망은 그가 버리나와 결혼하고 싶은 욕망만큼이나 크다. 올리브는 지나치게 병적이고, 신경질적이며, 질투가 심해, 독

---

17) Irving Howe, "Introduction," *The Bostonians*, xxvii~xxviii.

자는 그녀가 진심으로 버리나를 생각하는 인물이라고 믿을 수 없게 된다. 이 소설을 '레즈비언'적으로 읽는 이들은 랜섬을 작가가 묘사하는 것보다 더 좋게 보는 경향이 있다. 왜냐하면 그들은 랜섬이 올리브의 타락으로부터 버리나를 구출하는 인물이라는 믿음으로 그를 읽기 때문이다. 그러나 사실 제임스는 그 어느 쪽에도 별 관심이 없다. 그에게 흥미로운 것은 오로지, 무자비하고 이기적이며 타인의 감정에는 무심하며 오로지 자신의 욕구밖에는 모르는 두 사람 간의 권력 투쟁 그 자체다.[18]

13. 데이비드 하워드

그렇다면 우리는 버리나와 랜섬의 사랑이 어떤 의미에서 '진정으로' 개인적인 것이라고 가정할 수 있는가? 이성애 관계가 이 소설에 묘사된 기괴한 변형들에도 불구하고 레즈비언 관계보다 더 낫다고? … 결국 문제는 그들 관계의 본질, 즉 결합의 본질로 귀결된다. 그리고 그에 대한 불확정성과 불길한 예감은 소설의 암울한 마지막 문장[19]에서 비롯되는 것만은 아니다. … 만약 이

---

18) Leon Edel, *Henry James: The Middle Years*, Philadelphia: Lippincott, 1962, p. 141.

19) [옮긴이] "그녀[버리나]가 곧 맺게 될 그 결합은 그다지 훌륭하지 않았고, 이것이 그녀가 잃어버릴 마지막 결합은 아닐 것이라는 점이 두려웠다."

것이 책 안에서 가장 실질적인 관계라 할 수 있다면(실제로는 올리브-버리나의 관계가 훨씬 더 섬세하고 자유로운 결합에 대한 합리적인 논의까지 포괄하고 있다고 봐야 할지라도), 그것은 이 관계가 결국 모든 '결합'이 가리키는 바를 집약적으로 구현하기 때문이다. 한쪽의 지배와 다른 쪽의 패배, 이는 곧 소설 속 섹슈얼리티의 힘이 작동하는 구조이기도 하다.[20]

14. 필립 라브

페미니즘의 풍자적 취급을 논하는 맥락에서, 훗날 런던 왕립미술원에 전시된 사전트(John Singer Sargent)의 그 유명한 제임스 초상화가 투사적 여성 참정권 운동가 무리에 의해 공격당하고 훼손되었을 때 혹자는 이것이 우연히 역사적 정의가 실현된 사례라고 말할 수도 있을 것이다. 이 급진적 여성운동가들은, 이 초상화 속의 저명한 신사가 자신들의 대의를 풍자한 작품을 썼다는 걸 전혀 알지 못했다. 한편 저명한 신사 본인은 분명 그들이 분노를 표출하기 위해 선택한 대상이 더할 나위 없이 적절했다고 느꼈을 것이다.[21]

---

20) David Howard, "The Bostonians," in *The Air of Reality: New Essays on Henry James*, ed. John Goode, London: Methuen, 1972, pp. 71~72.

21) Philip Rahv, "Introduction", *The Bostonians*, New York: Dial Press, 1945, ix.

II

『보스턴 사람들』에 대한 비평들을 훑어보노라면, 그 집요한 동질성에 놀라지 않을 수 없다. 『무기여 잘 있거라』와 『위대한 개츠비』에 관한 비평 역시 중대한 편견과 맹점을 공유하지만, 그럼에도 불구하고 그 안에는 일종의 지속적인 논쟁이 존재한다. 『무기여 잘 있거라』의 경우, 그 논쟁은 주로 캐서린과 프레더릭의 사랑에 대한 헤밍웨이의 태도와 평가, 그리고 프레더릭 헨리라는 인물이 제기하는 질문들에 집중된다. 『위대한 개츠비』의 논쟁은, 한편으로는 이 소설이 미국이 젊은이들에게 충분한 꿈을 제공하지 못하는 현실에 대한 비판인지, 아니면 아메리칸 드림의 본질 자체에 대한 비판인지에 관한 것이고, 다른 한편으로는 화자의 역할이 제기하는 물음에 관한 것이다. 그러나 이런 논쟁들은 사실상 두 소설 중 어느 것도 비평가로 하여금 특정 질문들을 제기하도록 강요하지 않기 때문에 가능한, 일종의 사치인 셈이다. 『무기여 잘 있거라』에서의 캐서린을 향한 적대감과 그것이 낭만적 사랑의 본질에 대해 갖는 함의를 회피하는 건 충분히 가능한 일이다. 그 적대감은 너무나 교묘하게 위장되어 있는 데다가, 그 위장 자체가 성차별적인 사회에서는 흔하디흔한 일이기 때문이다. 비슷한 이유에서, 『위대한 개츠비』에서의 이

중 잣대와 데이지의 희생양 만들기의 함의를 무시하는 것도 가능하다. 하지만 『보스턴 사람들』을 논하면서 여성이라는 주제, 여성과 사회 및 다른 여성과의 관계, 그리고 남성이 여성과 맺는 관계의 문제를 회피하는 것은 불가능하다. 왜냐하면 '여성의 처지'야말로 제임스가 공언한 소설의 중심 주제이기 때문이다. 즉, 여성이라는 회피할 수 없는 주제는 비평가들의 『보스턴 사람들』 해석을 좌우하는 열쇠가 되는 것이다. 라이오넬 트릴링이 소설의 분위기에 대해 묘사한 내용은 『보스턴 사람들』 비평에도 똑같이, 아니 어쩌면 더 정확하게 적용될 수 있다. 작품의 비평들도 실제로 '원초적인 공포로 물들어' 있기 때문이다. 제임스의 주제가 내포한 위험을 감지한 비평가들은, 트릴링이 하버드 기념관에서의 결정적 장면에서 랜섬에게 보이는 태도와 동일한 방식으로 반응한다. 공동의 적 앞에서 그들은 형제적 투쟁의 충동을 묻어 두고, 자기와 다른 성(性)에 맞서 이기기 위해 자신들이 공유하는 성별의 깃발 아래 뭉친다. '남성다움을 상실하는 것에 대한 두려움'이라는 공감대는 덜 위협적인 상황에서라면 드러나고도 남았을 수많은 차이점들을 가뿐히 덮어 버리는 것이다.[22]

---

22) 참고로, 트릴링은 '남성다움'(manhood)이 무엇이며, 자신이 우려하는 '남성다움

『보스턴 사람들』은 남근중심적 비평가들을 두렵게 한다. 필립 라브가 이 소설의 다이얼 프레스(Dial Press) 판 서문을 런던의 여성 참정권 운동가들이 제임스의 초상화를 훼손한 사건을 조롱조로 언급하며 끝마친 것은 결코 이와 무관하지 않다. 조롱을 해야 했던 필요성은, 언급을 해야 할 필요성만큼이나 똑같이 많은 것을 드러내는 것이다. 이 두려움의 이유는 앞서 발췌한 인용문들 중 하우와 트릴링, 맥머리의 비평에서 보다 분명해진다. 『보스턴 사람들』은 '존재의 이성애적 기반'의 뿌리 자체를 흔드는 질문을 던지며, '남자가 된다는 것의 의미, 여자가 된다는 것의 의미'를 묻는다. 이 두려움의 본질을 가장 정직하게 정의한 사람은 비평가 가운데 트릴링이라 할 수 있겠지만, 남성 비평가들이 『보스턴 사람들』에서 보는 것은 제임스가 만들어 낸 특정한 유형의 '거세하는 요부'(castrating bitch)에 맞서 벼랑 끝에서 저항을 벌이는 궁지에 몰린 남근적 원리임이 명백해 보인다.[23]

의 상실'이 무엇인지를, 랜섬을 서부인으로 설정하려 했던 제임스의 원래 의도를 논평하는 과정에서 비교적 명확히 밝힌다. "이런 주인공은 실제로 문화적–성적 의미(cultural-sexual point)를 강화하는 데 활용될 수 있다. 1906년 윌리엄 본 무디(William Vaughn Moody)의 『대분수령』(*The Great Divide*)에서는 서부 출신의 주인공이 뉴잉글랜드의 여주인공을, 그녀를 위한다는 명분으로 강간하며, 브로드웨이 관객들은 이러한 호의적인 폭력(benevolent violence)에 환호했다…."

23) 소설에 대한 이러한 관점은 피터 부이튼하위스(Peter Buitenhuis)가 『숨가쁜 상상력』에서 『보스턴 사람들』을 해석하는 부분에서 잘 드러난다. "물론 랜섬은 전쟁에서 살아남았지만 많은 친구들의 죽음을 목격했고, 자신 또한 패배의 상징

남근중심적 비평가에 대한 분석은 이러한 원초적 반응에서 비롯된다. 맥머리의 발언에서 우리는 이 분석의 첫 단계를 분명히 볼 수 있으며, 이후의 단계들도 충분히 쉽게 유추할 수 있다. "올리브가 보지 못하는 것은 자신이 여성들을 위해 쟁취하고자 하는 자유가 인간 존재의 이성애적 기반을 뒤흔드는 절대적 수준에 맞춰져 있다는 점이다. … 올리브야말로 현실의 이질적 특성에 눈을 감아 버린, 경직된 자기중심성의 생물학적 증거다." 맥머리는 올리브가 자신이 하는 일을 모른다는 안심할 만한 전제로 출발해, 그녀를 인간 존재의 절대적 기반——그에게는 곧 이성애——에 대한 심각한 위협으로 인식하다가, 곧 그녀를 레즈비언으로 정의한다. 그다음엔 동성애를 병리적인 것으로 간주하고, 이를 올리브의 욕망과 이해관계가 원래부터 "경직된 자기중심성"임을 증명하는 근거로 삼는다. 그리고 마침내 이것을 현실의 이질성에 대한 맹목과 동일시하더니 결국 이 맹목 역시 다시 이성애와 등치시키면서 출발점으로 되돌아간다. 이러한 일련의 '논증'에서 한 치의 의심도 없이 전제된 가정들은 실로 너

적 대표자이다. 그는 자신이 바라보는 세상에서 남성적 요소를 재구축(혹은 배상ransoming)해야 하는 모든 짐을 지고 있다. 그런 의미에서 그는 압도적인 역경에 맞서 싸운다."(*The Grasping Imagination*, Toronto: University of Toronto Press, 1970, p. 112)

무나 많아서 어이가 없을 정도다. 그러나 사실 정도의 차이만 있을 뿐이지, 이러한 비판적 성찰 없는 사고는 모든 비평에서 거의 예외 없이 작동한다. 맥머리의 예에서 볼 수 있듯, 비평가들은 레즈비언주의의 혐의를 들이대면서 그에 수반되는 온갖 의미망을 호출해 낼 때, 자신의 해석에 대한 반박할 수 없는 증거가 생겼다고 느낀다. 올리브를 레즈비언과 연관 짓는다는 것은, 비평가들의 눈에 그녀를 혐오스럽고, 비정상적이며, 불온하고, 부자연스러운, 한마디로 '악한 존재'로 규정하는 일이다. 심지어 그런 꼬리표 붙이기를 주저하는 비평가들조차도 그 가능성과 그에 내재된 공포를 더욱 강화하는 방식으로써 그 주저를 드러낸다. 올리브에 대한 이러한 관점에서 (앤더슨의 비평에서 보여 주는 것처럼) 랜섬을 반짝이는 갑옷을 입은 기사, 건강하고 이성적이며 선한 모든 것의 집약체로 보는 시각에 이르는 데 필요한 건 피할 수 없는 단 하나의 걸음뿐이다. 그리고 여기서부터 이 이야기를 멜로드라마적 통속극으로 읽는 독해, 즉 일탈, 착취, 감금, 죽음으로부터 버리나가 구원되는 이야기, 잘생긴 왕자에 의해 사악한 마녀의 손아귀로부터 백설공주가 구출되는 구원서사로 읽는 데 필요한 것도 단 한 걸음뿐이다.

　물론 비평가들 중에는 멜로드라마적 독해라는 손쉬운 전략에 저항하는 이들도 있다. 그들은 책을 읽은 누구에게라도 자명하게 보일 법한 것, 즉 제임스가 랜섬에게 상당한 양가성을 부여했다는 사실과, 그와 올리브 사이에 존재하는 평행관계 역시 분명히 인식하기 때문이다. 이러한 인식에 대한 비평가들의 반응은 각각 다를지언정, 결정적인 공통점은 존재한다. 첫째, 그들이 내리는 최종적 입장의 근거는 필연적으로 소설의 바깥에 존재하는 (혹은 더 정확히 말하자면 존재한다고 가정되는) 가치에 호소하는 데 있다. 이 견해는 외부의 지지에 지나치게 의존하고 있으며, 소설의 내적 증거는 불필요하거나 설령 소환된다 하더라도 철저히 자의적으로 취급된다. 예컨대 새뮤얼스는 [제임스가] "한 가지 문제에서는 결코 흔들리지 않는 태도"를 보였다는 자신의 견해에 대한 증거를 제시하며 "버즈아이 양조차 궁극적으로 가치 있는 존재다. 왜냐하면 그녀는 요즘 보스턴 사람들처럼 자신의 부인할 수 없는 자아를 잃지 않았기 때문"이라고 논한다. 그리고 이러한 평가의 근거로 랜섬이 보기에 버즈아이 양이 "뚜렷한 인상이 부재함에도 불구하고 본질적으로 여성스러운 사람"으로 남는다는 점을 꼽는다. 둘째, 비평가들은 모두 소설을 논하는 데 있어 동일한 구성을 채택한다. 우선 올리브를 공격하면서 시작한다. 다음에 이어지는 것은 랜섬에 대한 논의인데, 이는 주로 긍정적인 언어로 이루어진다. 설령 랜섬의 한계점을 지적하는 비평가라 할지라도 랜섬에 대해 쓰는 감정적 어조나 도덕적 가치판단은 올리브에 대한 것과 너무나 딴판이어서 비판을 의도한 것이었다는 점을 뒤늦게야 알아차릴 수 있을 정도다. 이야기를 동화적 해석으로 바라보는 버전도 어김없이 등장한다. 그리고 이러한 '소개' 절차가 모두 끝난 후에야 비로소 랜섬이라는 인물에게 심각한 문제가 있을 수 있다는 암시가 이어진다. 이러한 구성은 랜섬에 대한 비판의 효과를 무디게 만들고, 동화적 해석의 본질을 그대로 유지시킨다. 결과적으로 이 분석이 혼란스러워지는 것은 당연한 일이다.

새뮤얼스와 밀러는 랜섬이라는 인물을 둘러싼 복잡성을 제임스의 유감스러운 실수이자 미학적 통제의 실패로 보는 비평가들을 대표한다. 여기서 소설의 남근중심적 해석을 고수해야 할 필요성은, 그 모든 반대 증거에도 불구하고, 가장 조악한 형태로 드러난다. 하우는 올리브와 랜섬이 성격과 행동 면에서 서로 닮은 점이 많다는 사실을 명확히 인식하고 그 유사성을 기꺼이 인정하면서도, 그들을 평가할 때는 완전히 다르게 취급하는 비평가들을 대표한다. 따라서 올리브에게서는 병리적인 것이 랜섬에게는 기껏해야 결점에 그친다. 하우의 분석에서 랜섬은 그에게 있는 그 많은 문제들에도 불구하고 승리하는데, 이건 그가 결국 자연의 편에 있기 때문이다. 버리나는 "올리브가 노골적으로 침해하고, 랜섬이 다만 자기 필요에 따라 이용할 뿐인 삶의 리듬"에 따라 선택하는 것이다. 하우는 랜섬의 승리를 소설 자체의 논리에 따른 것으로 돌리지만, 그 논리는 결국 그 자신의 논리에 귀속되며, 고상한 수사와 애가적인 어조만 걷어 내고 나면 새뮤얼스나 매클린 같은 비평가들이 구사하는 얼빠진 '논리' 와 실상 다를 바가 없다. '자연에 근거한 논증'은 다른 그 어떤 명분에도 불구하고 그 자체로 가장 강력한 남근적 무기로 동원되며, 사실상 그것은 제임스의 글이 아니라 비평가 자신이 바라는 해석을 뒷받침할 뿐이다.

남근중심적 비평가의 분석을 암묵적으로 지배하고 있는 가치에 의문을 제기하는 유일한 비평가는 데이비드 하워드이다. 하워드는 제임스가 『보스턴 사람들』에서 이성애의 편에 서 있는 것인지, 그리고 만약 이 작품을 정말 '자연'의 힘의 승리라고 한다면, 제임스가 이러한 힘을 혐오스럽고 본질적으로 도착적인 (perverse) 것으로 여기지 않았는지에 대해 기꺼이 의문을 제기한다. (하워드가 영국인이라는 점은 아마 이와 무관하지 않을 것이다.) 열정적으로 멜로드라마적 해석을 비판한 비평가 에델조차 그러한 해석이 전제하는 가치 자체에는 문제를 제기하지 않는다. 그가 소설 독해에서 레즈비언주의를 배제하고자 하는 이유는 그것이 오독의 강력한 동기가 되기 때문이지, 제임스가 레즈비언주의에 대해 일반적인 반응과는 다른 입장을 가질 거라고 생각해서가 아니다.

그럼에도 불구하고, 하워드가 홀로 내는 목소리는 남근중심적 비평가들의 『보스턴 사람들』 해석 가운데 얼마나 많은 부분이 실제 텍스트에 근거한 것이고 또 얼마나 많은 부분이 비평가 본인들의 환상적 삶에 대한 심리적 필요에 기인한 것인지를 묻는다. 앤더슨과 같은 비평가는 『보스턴 사람들』이 무엇에 관한 소설이어야 하는지에 대한 자기 나름의 비전을 가지고 있으며, 그의 비평은 제임스가 결국 자신(앤더슨 본인)이 염두에 둔 대로 소설을 쓰지 않았다는 점을 질책하는 형태를 띤다. "작가는 남부 보수주의에 대한 논의를 남부 사회가 가족 중심으로 안정성을 유지한다는 점, 그리고 그로써 주인공이 원칙을 가진 남성으로 행동할 수 있는 명확하게 정의된 문명을 제공했다는 점을 시사하는 정도로 제한했어야 했다."[24] 이런 종류의 투사에서 뒤피나 새뮤얼스 같은 비평가들이 제시하는 미묘한 '다시 쓰기'까지는 한 걸음이면 충분하다. "그러나 올리브 입장에서 그 관계는 단순한 우정 그 이상이다. 그녀는 꽤나 분명히 일종의 도착적 성의 사례로 보인다." "연인들이 정신없이 떠나는 장면에서 제임스는 버리나가 '앞으로도 영원히 행복하게' 살 것이라는 점은 부

---

24) Anderson, "James's Portrait of the Southerner," p. 321.

인하지만, 어쨌거나 그녀는 살아남을 것이다." 사실, 『보스턴 사
람들』에 대한 비평에서 발견되는 그 집요한 동질성과 소설의 외
부적 가치에 대한 의존, 텍스트적 근거에 대한 무신경한 배제가
놀라운 만큼, 저자의 실제 발언을 근거로 삼는 비평을 찾아볼 수
없다는 점도 놀랍다. 만약 단 한 번이라도 제임스 자신이 『보스
턴 사람들』에 관해 실제로 무슨 말을 했는지 보게 된다면, 어째
서 그런지 아마도 이해할 수 있으리라.

> 책의 주제는 강하고 훌륭하며, 깊고 광범위한 관심을 담고 있
> 다. 두 여인의 관계는 뉴잉글랜드에서 흔히 볼 수 있는 여성 간
> 우정의 한 양상을 연구하는 것이 되어야 한다. 전체적으로 가
> 능한 한 지역적이고, 미국적이면서, 보스턴 특유의 정서를 가
> 득 담고자 했다. 즉, 내가 미국적 이야기를 **쓸 수 있다**는 것을
> 보여 주려는 시도인 것이다. … 어쨌든, 주제 자체는 매우 국가
> 적이면서도 또한 매우 전형적이다. 나는 우리 사회의 조건을
> 가장 잘 반영하는 진정으로 미국적인 이야기를 쓰고 싶었고,
> 우리 사회에서 가장 뚜렷하고 독특한 점이 무엇인가를 자문했
> 다. 답은 여성의 처지, 성(性)적 감정의 쇠퇴와 그들의 입장을
> 반영하는 불안이었다.

제임스의 노트에서 가장 두드러지는 점은, 그의 언급이 남근중심적 비평가의 가치 체계와 일치하지 않는다는 것이다. 어렴풋이라도 제임스는 자신의 소설에 대해 비정상, 부자연, 도착과 같은 주제를 다루고 있다는 언급을 단 한 번도 한 적이 없으며, 이야기의 드라마가 건강과 이성의 힘이 타락의 힘과 맞서 싸우는 데 있다고 암시한 적 또한 없다. 그는 『보스턴 사람들』의 내용을 상당히 구체적으로 적으면서도, 자신의 관심은 그러한 멜로드라마적 가능성들에 있는 것이 아니라 이야기의 미국성(Americanness), 그리고 실제로 자신이 그 지역의 장면들을 얼마나 잘 그려 낼 수 있는지를 증명하는 데 있음을 알린다. 그의 글에서 인물들에 대한 상대적 평가랄지 줄거리의 도덕적 입장 따위를 읽어 내기란 거의 불가능하다. 그리고 지역적 장면 묘사 중 가장 두드러진 특징을 드러내는 대목에서조차 그의 언어는 놀랍도록 중립을 지킨다. "여성의 처지, 성적 감정의 쇠퇴, 그들의 입장을 반영하는 불안." 이런 표현들은 제임스가 반(反)페미니스트였다는 해석에 자주 동원되는데, 실제로 어떻게 그런 주장이 가능한지는 이해하기 어렵다. 이 셋 중 오직 두번째 표현만이 약간의 가치 판단을 내포하지만, 이것이 다소 기이한 위치인 가운데, 즉 두 표현 사이에 있다는 점──어떤 태도의 진술로서의 효과를 확실히 약화시키는 위치── 외에는 결국 제임스가 여기서 말하는 '성적 감정'이라는 것이 무엇을 뜻하는지조차 알기 어렵다. 그리고 그 뜻을 모른다면 제임스가 그에 대해 어떻게 느끼는지도 알 수 없는 셈이다.

올리브와 버리나의 관계를 묘사하는 제임스의 언어 어디에서도 남근중심적 비평가가 내리는 해석을 정당화할 만한 근거는 찾아볼 수 없다. 제임스는 올리브와 버리나의 관계를 부자연적인 것으로 규정하기는커녕 뉴잉글랜드의 경험에서 **흔히** 나타나는 우정으로 그린다. 제임스에게 1881~1882년과 1882~1883년 두 차례의 미국 방문과 어머니의 죽음, 그리고 곧 이은 아버지의 죽음은 『보스턴 사람들』의 집필에 적지 않은 영향을 미쳤음에도, 내가 읽은 비평가들 가운데 리언 에델을 제외하고 그 누구도 이 소설에서 부모의 죽음보다 훨씬 더 중요한 의미를 지닌, 명백한 가족의 영향력, 즉 여동생 앨리스 제임스(Alice James)에 대해서는 언급하지 않는다. 앨리스는 헨리 제임스가 뉴잉글랜드 풍토에서 흔히 볼 수 있는 것으로 언급한 바로 그 우정의 한 유형에 연루되어 있었다. 1883년 두번째로 미국에서 체류하는 동안 헨리와 앨리스는 함께 살았고, 그는 런던에 있는 편집자에게 편지를 보내며 "나와 누이는 조화로운 작은 살림을 꾸려 가고 있습니다. 마치 우리가 결혼이라도 한 것 같은 기분입니다"[25]라고 썼다. [앨리스 제임스의 일기를 편집한] 에델은 이 경험을 다음과 같이 묘사한다. "결혼하지 않은 아들과 딸은 함께 지내면서 크나큰 평안과 조화를 누린 것으로 보인다. … 이들은 언제나 단순히 가족 간의 유대를 초월하는 어떤 친밀한 혈연의식을 느꼈으며, 어린 시절부터 심리적으로 강하게 서로에게 닿아 있었다. 그는 누이에게 독특하고 강렬한 애정을 느꼈고, 훗날 결코 쓰이지 않은 단편 구상을 위한 메모에 그런 애정을 묘사한 바 있다. …"[26]

이 시기에 제임스는 앨리스의 친구 캐서린 로링(Katherine Loring)을 관찰할 기회가 충분히 많이 있었고, 에델의 지적처럼 "누이에게 소중하고 영속적인 애착이 시작되고 있음을 인식"했던 것 같다.[27] 1883년 여름, 헨리가 영국으로 돌아가고 얼마 안 되어 앨리스와 캐서린도 뒤따라 영국에 왔으며, 이후 생애 마지막까지 앨리스는 헨리와 긴밀한 교류를 이어 갔다. 제임스가 『보스턴 사람들』에 대한 노트를 쓰기 시작한 날짜는 1883년 4월 8일로, 이때는 그가 앨리스와 함께 살던 시기였으며 소설 집필의 대부분도 앨리스가 영국에 정착한 처음 몇 달 동안 이루어

---

25) 다음에서 인용했다. Henry James, "Portrait of Alice James," in *The Diary of Alice James*, ed. Leon Edel, New York: Dodd, Mead, 1934, p. 9.

26) *Ibid.*

27) *Ibid.*, p. 10.

졌다. 따라서 만약 우리가 뒤피의 단평에 담긴 그 오만한 편견을 잠시 제쳐 둔다면, 제임스가 "올리브의 이상 상태에 관한 어떤 실례를 흥미롭게 관찰"했던 것이라는 그의 주장이 일견 타당해 보이기도 한다. 하지만 '정신 이상'이란 말은 제임스가 앨리스와 캐서린 로링의 관계를 보는 시각에 조금도 포함되어 있지 않다. 제임스는 캐서린 로링에 대해 "완전하고 관대한 헌신"으로 묘사하며, "신의 섭리가 내린 선물"이라고 표현한 바 있다.[28] 실제로, 제임스는 이 두 여성의 관계를 때론 비판적일지라도 진실한 공감으로 바라보았다. 따라서 『보스턴 사람들』을 둘러싼 배경과 외부적 맥락을 살핀다면, 오히려 올리브와 버리나 사이의 사랑을 정당화할 근거만을 발견하게 될 것이다. 그럼에도 이런 맥락이 『보스턴 사람들』에 대한 비판적 논의에서 일관되게 무시된다는 점, 바로 이것이 그 비평의 주관성과 그것의 근본적으로 정치적인 성격을 보여 주는 또 다른 증거다. 만일 누군가가 "'너무 늦었어. 민감하고 사려 깊은 남자를 위한 자리는 없어. 어쩌면 애초에 없었을 거야' 하는 절망적인 외침"[29]을 마음에 품는 주체성이 아니라 오히려 가부장적 문화 속에 민감하고 사려 깊은 여

---

28) James, "Portrait of Alice James," p. 13에서 인용.
29) Howe, "Introduction," p. x.

성에게 예고된 비극적 운명에 대한 감각으로부터『보스턴 사람들』에 접근한다면, 이 소설에서 발견할 수 있는 드라마와 의미는 기존 비평가들의 평가에서 구현된 것과는 전혀 다른 양상이될 것이기 때문이다.

III

제임스가 그의 아주 미국적인 이야기에 대한 본질적인 주제로 "여성의 처지"를 선택했을 때 그는 그 주제를 통해 미국 문화뿐만 아니라 미국 문학의 중심에 자리 잡은 어떤 편견에 정면으로 맞서고 있었다. 이 책의 다른 장들에서 논한 바와 같이 미국 문학은 남성적 영토로서, 여성의 처지라는 것은 설령 다루어진다해도 무엇보다 그 영향이 남성에게 미치는 양상으로만 간접적으로 다루어져 왔다. 제임스를 두고 열광적 페미니스트, 아니 그어떤 식으로든 그를 페미니스트라고 주장하는 이는 없겠지만, 그럼에도 불구하고 그는 여성의 편에 서서 그들의 관점으로 바라볼 수 있는 능력이 있다.『보스턴 사람들』이 그 대표적인 사례이다. 제임스는 1870년대 보스턴에서의 여성 권리 운동으로부터 자신의 주제와 플롯을 살찌우는 데 필요한 재료를 가지고 왔으나, 이 '살'을 둘러싼 풍자와 아이러니는 페미니즘에 대한 제임스의 감정보다는 오히려 개혁이나 개혁가들에 대한 그의 감정과 더 깊이 연결되어 있다. 사실 이 소설의 진정한 주제는 심층적으로 페미니즘적이며, 제임스는 이에 대해 지대한 관심과 함께 그의 가장 예리한 통찰들 가운데 일부를 산출해 낸 바 있다. 어빙 하우의 지적처럼 제임스는 개인적인 것과 정치적인 것 사이의 연관성을 충분히 인식하고 있었으나, 제임스의 대담함은 하우가 주장하듯 공적인 것에서 사적인 것으로 나아간 데 있다기보다 오히려 사적인 것에서 공적인 것으로 나아간 데 있다. 즉, 『보스턴 사람들』의 핵심에 있는 통찰은 "이데올로기적 강박이 … 사적 경험의 가장 내밀한 영역에 영향을 미친다"는 데 있는 것이 아니라, 사적 삶의 조건이 온전히 이데올로기의 본질을 결정한다는 데 있다. 여성이 주제가 될 때 이런 전도가 특히 더 중요한 이유는 여성은 정의상 사적 소유물(private property)이고, 경험상 사적 존재(private creatures)이기 때문이다. 따라서 여성을 정확하고 진지하게 다루고자 한다면, 무엇보다도 사적 영역에 우위를 두어야 할 것이다. 하우는 올리브의 개인적 경험을 그저 이데올로기에 대한 강박의 상흔으로 간주함으로써 그 정당성을 약화시키려 하지만 제임스는 이와 정반대로, 몹시 치열한 개인적 투쟁에 기반하여 자신의 이야기를 해나가는 가운데 그 안에서 자국의 상황과 문화의 규정적 조건을 확인한다.

사적인 것과 공적인 것, 개인적인 것과 정치적인 것의 관계에 대한 이러한 관점 속에서 『보스턴 사람들』은 페미니즘에 관한 소설이 된다. 또한, 이 소설이 실제로 다루는 주제 —— 권력과 무력함(power and powerlessness) —— 역시 노골적으로 성별과 연결되어 있다는 점에서도 그렇다. 제임스가 자신의 우화 속에 구축한 이 특별한 형태의 '영원한 삼각관계'의 핵심은 바로 여기에 있다. 남자와 여자가 또 다른 여자 하나를 두고 사랑과 소유권을 놓고 싸우고, 결국 남자가 이기며, 여기서 질문은 '왜 그가 이기는가'에 있다. 그리고 이는 제임스가 자신의 이야기를 하는데 있어 그 배경으로 남북전쟁을 호출하고 있는 이유와도 일부 연결되어 있다. 남북전쟁보다 "여성의 처지, 성적 감정의 쇠퇴"를 미국의 핵심적인 주제로 보고, 거대한 국가적 갈등보다는 보스턴 사람들에 대해 쓸 것을 선택함으로써 제임스는 남성끼리 싸우는 전쟁은 남녀 간 투쟁보다 문화적 중요성이 적을 뿐만 아니라 여성들 간의 내전보다도 덜 중요하다고 주장한다. 따라서 『보스턴 사람들』은 운동의 본질과 효과에 대한 경멸과 여성의 운명에 대한 고착된 비관론으로 가득 차 있음에도 불구하고, 페미니즘이 다루는 상황과 페미니즘적 해결책이 다루어야 할 문제들에 대한 놀라운 분석을 제시한다.

끝으로 짚고 넘어갈 서론적 논의는 올리브에 대한 제임스의 태도와 연관된 것이다. 제임스가 페미니즘이든 반(反)페미니즘이든 어느 쪽에도 명시적으로 동의를 하지 않는다는 점, 그리고 페미니즘과 남성우월주의(male chauvinism) 양쪽 모두를 동등한 수준의 진지함과 동등한 수준의 아이러니로 다룬다는 점은 사실이지만, 그럼에도 불구하고 그의 공감은 그의 아이러니가 보여 주는 것처럼 그렇게 균형 잡혀 있지 않다는 느낌이 있다. 제임스가 남성 섹슈얼리티의 좀 더 공격적인 측면에 대해 갖는 불편함은, 아마도 그 섹슈얼리티가 상징하는 종류의 권력을 갖지 못한 자들에 대한 감수성과 어느 정도 연결되어 있을 것이다. 분명, 제임스가 여성들에 대해 보이는 친연성은 부분적으로 그가 여성을 약자(underdogs)로 보는 데서 기인한다. 피츠제럴드와 달리 제임스는 미국 문화의 진정한 외부인은 여성이라는 사실을 알아본 것이다. 비록 이러한 인식이 결국 전통적 반응, 다시 말해 여성이 외부인이기 때문에 획득되는 특질로 인해 제임스가 여성을 낭만화한다는 주장으로 귀결될지라도, 그럼에도 이러한 공감은 실재하는 것이며 제임스가 올리브를 다루는 방식을 이해하는 데 반드시 고려되어야 한다. 올리브를 향해 일제히 쏟아지는 비평의 공격에서 유일하게 F. O. 매티슨(F. O. Mattiessen)만이 예외적인 입장을 보이고는 있으나 그는 제임스와 올리브 관계의 핵심을 이렇게 규정하고 있다. "여성의 권리 신장이라는 새로운 운동을 고찰함에 있어 제임스의 관심은 전적으로 올리브 챈슬러와 같은 인물에게 미치는 영향에 있었다. 작품 내에서 그녀는 가장 복합적인 내면을 갖고 있으며, 뉴잉글랜드의 전형성을 구현하고 있기 때문에 제임스에게 가장 많은 관심을 받았다. 제임스는 그녀를 풍자하지 않고 본질적으로 비극적인 인물로 본다. 비록 버리나에 대한 그녀의 소유욕이 그녀를 어쩔 수 없이 덜 매력적으로 보이게 만들지만 말이다."[30] 제임스에게 있어, 가치의 문제는 곧 관심의 문제와 동의어이다. 실제로, 제임스는 올리브의 병적인 성향이 랜섬의 관심을 일으키지 못했다고 지적함으로써, 랜섬을 일찍이 그리고 명확하게 우리 앞에 '자리하게' 한다. 남근중심적 비평가가 가장 엉뚱하게 눈이 멀어 있을 때는 제임스를 그 자신과 관심사를 공유하지 않는 인물과 동일시한다고 가정할 때이다. 비록 제임스가 랜섬이나 올리브 중 어느 누구와도 깊이 동일시하고 있다고 보기는 어렵지만, 적어도 제임스로 하여금 흥미를 불러일으키는 인물은 올리브다. 제임스에게 관심을 받는 쪽도 올리브이고, 위상을 획

---

30) Henry James, *The American Stories and Novels of Henry James*, ed. F. O. Matthiessen, 1947; rpt. New York: Knopf, 1964, xix~xx.

득하는 쪽 역시 그녀다. 좋으나 싫으나 『보스턴 사람들』은 결국 올리브 챈슬러의 이야기인 것이다.

　『무기여 잘 있거라』와 『위대한 개츠비』에서는 암묵적으로 작동하던 권력 투쟁이 『보스턴 사람들』에 와서는 서사의 심장부에 놓인다. 이는 제임스가 주인공들의 출신 지역을 선택함에 있어 남부와 보스턴[북부]으로 설정한 것에서 자명하게 드러나는데, 이 충돌은 필연적으로 오래 누적된 원한의 역사를 호출하는 것이다. 그러나 결정적으로, 제임스는 이 지역적 갈등을 더 큰 성적 대립에 종속시킨다. 그가 보기에 남녀 간의 전쟁이야말로 미국의 국가적 주제의 핵심이었다. 그리하여 두 갈등이 서로 얽혀 있거나, 어쩌면 더 정확히 말해, 성적 대립이 지역적 대립의 바탕 위에 있다는 점은 소설 전체에 걸쳐 암시된다. 『보스턴 사람들』의 '보스턴 사람들'은 곧 여성들이고, 보스턴이라는 도시는 남북전쟁을 촉발한 세력을 정점으로 세우는 데 큰 역할을 했던 개혁의 요소를 대표한다. 이러한 암묵적 연관성은 노예제 폐지를 위해 활동하면서 전국적 명성을 얻게 된 버즈아이 같은 인물을 통해 명백히 드러난다. 그런 만큼 전쟁의 근원을 방향이 잘못 틀어진 여성의 공격적인 에너지에서 찾고 현재 자신이 겪는 모든 어려움에 대한 책임 역시 여성 세력에 돌리는 것은 랜섬에게는 참으로 손쉬운 일이다. 올리브에 대한 랜섬의 투쟁은 국가적 대재앙[남북전쟁]에 대한 랜섬의 해석으로부터 자라났으며, 또한 그것을 뒤집으려는 시도이기도 하다. 만일 남북전쟁이 남녀 간 싸움에서 남성들이 패배한 전투였다면, 이번에 그는 남자가 확실히 이길 수 있는 판으로 투쟁을 재구성할 것이고, 그 과정에서 복수를 할 것이다. 랜섬의 정치성은 성적이다. 그의 섹슈얼리티가 정치적인 것만큼이나.

랜섬은 올리브와의 갈등을 남근중심적 멜로드라마로 보는 반면, 제임스는 적절한 남녀 관계에 대한 그의 견해를 뒷받침하는 정치적·경제적 토대를 마련하기 위해 상당한 노력을 기울인다. 불리한 상황에서 경제적 생존을 위해 고군분투하며, 본래 자신이 타고난 권리라고 생각했던 정치적 경력을 박탈당하고서도 여전히 남몰래 그 자리를 갈망하는("그는 항상 공적 삶에 대한 열망이 있었다. 자신의 생각을 국가적 행동으로 구현하는 것이 그에게는 인간적 즐거움의 가장 고귀한 형태로 보였다."[31]) 그는 자신이 남성의 영역이라 여기는 영역을 여성이 침범하도록 더 이상 내버려두지 않을 것이다. 랜섬에게 여성은 경제적·정치적으로 위협이 된다. 그는 법조계를 떠나 자신의 '의견'을 담은 기고문을

---

31) Henry James, *The Bostonians*, N.Y.: Random, 1956, p. 193.

써서 생계를 꾸려 보려 하지만 이내 여성들이 자신의 막강한 경쟁자임을 깨닫는다. 여성들의 글이 이미 국가적 취향을 선점한 덕에 그의 원고는 신문사에서 채택조차 되기 어렵다. ("매슈 파든이 말하길 어쨌거나 오늘날 기고문은 '여류 작가들'과의 경쟁으로 인해 곤란을 겪는다는 거였다. 때로 신문사들은 그들이 써내는 종류의 기사를 더 선호했다."(126~127)) 여성들은 강연계까지 장악하고 있는데, 이는 꽤나 쏠쏠한 돈벌이가 된다. 랜섬이 케임브리지에 있는 태런트가를 방문했을 때 거기서 '유명한 강신술사'인 아다 T. P. 포트 여사가 쓴 전기를 보는 것은 결코 우연이 아니며, 이 책은 그로 하여금 버리나가 자라 온 분위기를 멸시하게 만들 뿐만 아니라 그녀를 '구해' 내야 한다고 느끼는 직접적인 계기가 된다. 랜섬이 버리나를 구원하고 싶어 하는 욕구는 그가 그녀를 사적인 영역에 두려는 욕구처럼 경제적 맥락 속에서 이해될 수 있다. 이 맥락은 랜섬이 자신이 추구하는 공적 인물로서의 경력은 그토록 진지하게 다루면서도 버리나의 [강연자로서의] 삶은 조롱거리로 여기는 그 격차를 이해하는 데 있어 필수적이다. "때때로 자신이 여성들에게 20달러짜리 지폐를 전해 주는" 것이 그의 야망임에도, 가능하다면 여성 스스로 돈 벌 기회를 갖는 것만큼은 앞장서서 막을 것이다(194). 랜섬이 루나 부인의 돈 때문에 그녀와 결혼하고자 했던 덧없는 유혹을 '저열'하고 '남자답지 못하다'고 일축하며 간접적으로나마 인정하듯이, 돈은 곧 권력이다.

자신은 갖지 못한 경제적 독립을 여성들이 누리는 광경에 분개하며—그리하여 올리브의 상대적인 경제적 독립성은 랜섬으로부터 이 같은 말을 이끌어 낸다. "이 푹신한 여성들의 보금자리는 그로 하여금 집도 없이 굶주린 사람처럼 느끼게 했다."(17)— 랜섬은 분명 버리나와의 관계에서도 질투와 경쟁심을 드러낸다. 어쨌거나 버리나는 랜섬 자신이 그토록 열망하던 커리어와 성공을 눈앞에 두지 않았던가. 따라서 그녀의 경력이 실현되는 것을 막으려는 그의 집착적인 욕망 역시 질투에서 나온다. 그럼에도, 여성의 목소리에 대항해 일격을 가하는 것보다 그의 경제적 이익에 더 부합하는 일이 과연 무엇이겠는가? 랜섬은 버리나가 유포하는 아이디어들이 자신에게는 출판 자체가 불가능한 여론 분위기를 조성했다고 확신하고 있으므로, 버리나를 침묵시키는 것은 곧 자신의 목소리가 인정받을 가능성을 높이는 일이다. 따라서 그의 글이 게재된다는 소식은 버리나를 향한 랜섬의 구애가 전환점을 맞는 상징적인 사건이다. 이는 그가 적법하게 남성이 차지해야 할 영역에 대한 통제권을 되찾았음을 상징하는 동시에 그녀에 대한 필연적인 지배권과 그녀의 항복을 상징하는 것이다.

랜섬이 여성을 공적인 존재보다는 사적인 존재로 두고자 하는 것은 경제적 동기에서 비롯된다. 그럼으로써 경쟁을 제거하고 그의 성공 가능성이 높아지기 때문이다. 또한 그런 관계는 그에게 부가적인 경제적 기능도 있다. 여성들이 사적 영역에 남아 있을 경우, 남성들이 세상에 나가 성공을 위해 분투할 때 정서적 원조를 제공해 주는 것이다. 랜섬은 그와 결혼하게 되면 자신의 재능은 과연 어떻게 되는지 걱정하는 버리나에게 이렇게 답한다. "나에게도 매력적이고, 세상 사람 모두에게도 매력적이겠느냐고? 당신의 매력이 어떻게 될 것 같냐고? 그게 당신이 알고 싶은 거요? 그 매력은 아마 지금보다 5천 배쯤 더 커지겠지. 그렇게 되고말고. 당신을 위해 충분한 공간을 확보할 거요. 우리 존재에 윤활유가 되어 주겠지…. 앞으로 당신이 콘서트장에서 노래하지는 않겠지만, 나를 위해 노래하게 될 거요. 당신을 알고 다가오는 모든 사람에게 노래를 하겠지."(402) 남성 중심의 문화가 여성의 에너지와 재능을 기생적으로 소비하고 수탈하는 모습이야말로 곧 『보스턴 사람들』의 중심 이미지다. 랜섬은 버리나의 재능을 오직 자신만 갖기를 원하며, 거기에는 나름의 이유가 있다. 랜섬은 버리나에게 아무것도 묻지 않으며 그녀가 어떻게 생각하고 느끼는지 전혀 궁금해하지도 않는다. 사실, 그는 버리나에게 자신의 운명에 대한 비전과 그녀가 거기에 복종하기를 바라는 욕구를 떠나서는 아무런 관심도 보이지 않는다. 그에 반해 버리나는 끊임없이 랜섬이 어떻게 생각하고 느끼는지 질문하고 심지어 그가 자신을 가장 경멸하는 순간에조차 그의 출판을 격려하고 그의 성공을 고대한다. 실제로 랜섬이 출판계에서 마지막으로 성공적인 도전을 한 것은 버리나의 격려 덕분이었다.

랜섬은 여성이 경제적·정치적 권력을 갖는 것만큼이나 개인적 관계에서 권력을 갖는 것도 싫어한다. 물론 이 두 가지는 연관되어 있다. 그는 개인적인 관계에서 여성이 자신의 권력을 과잉 행사하려 드는 시도에 일관되게 경멸과 짜증을 보이며, 남성이 여성 중심적 체계의 위성(衛星)으로 전락하는 모습을 혐오한다. 그가 "조그만 여성 연기자" 얘기에 거들먹거리며 반응한 것도 그런 이유에서다. "여자는 최근에 결혼을 했는데 남편과 함께 결혼 기념 투어를 했다. 신혼여행이자 순회공연이라니, 놀라 자빠질 노릇이었다."(195) 그는 버리나가 그들의 관계에서 미미하게나마 주도권을 행사하려는 몇 안 되는 시도를 할 때마다 분노한다. "그는 이만 가라는 말이 듣기 싫어서 더 머물 구실을 생각하고 있었다." "그는 그들의 여정이 달콤하지만은 않은 이별로 끝날 수밖에 없음을 알고 있었지만, 설령 그렇더라도 자신이 바라는 대로 하고자 했다." "당신이 떠났다는 소식을 듣고 그

날 아침 나는 크게 분노했습니다."(251, 349, 459)

　여성들에게 항상 무례하게 위치와 역할을 부여하던 그이지만, 랜섬은 막상 자신이 그 입장에 처하게 되는 것은 전혀 달가워하지 않는다. 실제로, 기사도를 빌미로 그를 붙잡아 두려는 루나 부인에 대한 그의 분노는 그가 성 역할 규범에 따라 행동할 의지가 없음을 보여 준다. 여성들에게 "신의 섭리로써 수염난 성의 보호 아래 놓인 섬세하고 유쾌한 존재"(197)라는 영원한 의무를 강요하고 싶어 안달이 난 그는 자신이 여성이 부과하는 역할에 놓인다는 생각을 견딜 수 없었고, 이런 일이 벌어지고 있다는 것이 분명해지자 곧 루나 부인의 아들을 지도하던 일을 그만둔다. 이처럼 루나 부인이 랜섬을 쫓는 모습은 랜섬이 버리나를 쫓는 구도와 여러 면에서 유사하다. 그러나 랜섬은 쫓는 것은 좋아할망정 쫓기는 것은 견딜 수 없는 사람이다. 본인은 소유에 대해 강한 집착을 보이지만, 루나 부인이 자신을 소유물로 여기는 것에는 경악을 금치 못한다. 스스로 후원자를 자임하는 것은 좋아하나, 여성에게 후원을 받는 것은 혐오한다. "그녀는 몰락한 신사계급… 추락한 귀족… 몰수당한 상류층, 그러니까 고귀하고 감동적인 태도를 가진 이들을 몹시 좋아했으며, 그들에 대해서는 그 민감한 자존심에 상응하는 신중한 자선을 베풀 수 있을 것이라고 여겼다."(212)

랜섬은 자기 자신을 위한 권력에 관심이 있으며, 버리나를 두고 올리브와 벌이는 쟁탈전을 곧 권력을 두고 펼치는 경쟁으로 본다. 이 경쟁에서 랜섬의 승리는 소설 초반부터 예고되는데, 그의 심리와 자세는 누가 보더라도 명백히 승자의 것인 까닭이다. 순전히 운의 작용으로 인해 불리한 처지에 놓일지라도 세상에는 자신을 위한 자리가 있을 것이라는 확신, 자기 자신에 대한 편안함, 세상에 속해 있다는 감각——요컨대 그의 권력——은 랜섬이 올리브와 처음 만나는 소설의 시작 장면에서부터 분명히 드러난다. 몇 분 동안 거실에 두 사람만이 남아 있을 때, 랜섬은 즉시 주변을 자기 것으로 만든다. "그 신사는 흥미를 느끼기 위해 굳이 자리에 앉을 필요조차 없었다. 그는 방에 들어서자마자 탁자 위의 책을 집어 들었고, 집 안 전체를 둘러보고는 그대로 서서 책 속으로 빠져들었다."(3~4) 이 장면에서 의미심장한 점은, 랜섬이 얼마나 빠르게 상황에 편안함을 느끼며 또한 그곳을 이용하는가이다. 그에게는 바라는 것과 손에 넣는 것 사이에 어떠한 장애물도 없다. 오히려 자기 집에 있으면서도 어색하고, 낯설고, 불편해 보이는 건 올리브다. 소설 후반, 그 의미가 완전히 드러난 시점에서 이 장면은 다시 한번 되풀이된다. 올리브는 랜섬이 또다시 자신의 집, 이번에는 케이프 코드의 집을 점유하고 있는 모습을 발견한다. 그는 이 순간에도 올리브가 버즈아이 양에게 주려던 편지를 그녀의 손에서 빼앗듯 가져감으로써 또 한 번 그녀의 세계에 침투하고 그 세계를 빼앗는다.

처음부터 끝까지, 랜섬의 태도와 행동거지는 권력을 가진 자의 그것이다. 그가 남부 출신이라는 점은 비평가들이 그의 불리한 위치를 강조하기 위해 종종 환기하는 지점이지만, 오히려 이것은 제임스가 랜섬이 그가 남성이라는 사실로부터 누리는 권력의 범위를 명확히 하기 위한 것으로 읽는 편이 더 정확할 것이다. 랜섬을 남부인으로 설정함으로써 제임스는 남성성과 권력 사이의 연관성을 확립하는데, 정복당한 절반의 지역에 속하는 남부 출신이라는 이유로 랜섬이 겪는 정치적·개인적 불이익은, 그게 무엇이든 그가 남성이라는 사실로부터 얻는 엄청난 이점에 의해 상쇄되고도 남는다. 『보스턴 사람들』의 세계에서는 성별이 지역보다 훨씬 큰 정치적 범주이다. 이 점은 비평가들이 소설의 핵심적인 장면으로 자주 인용하는 랜섬과 버리나의 하버드 방문 장면에서 분명하고 통렬하게 드러난다. 대부분의 비평가들은 이 장면을 랜섬의 타고난 관대한 정신, "남성적 특성, 감히 맞서고 인내하며, 현실을 알면서도 두려워하지 않는 능력"(343)을 반영하는 것으로 보거나, 또는 트릴링의 해석처럼 공격적인 여성성이라는 공동의 위험에 맞서 본능적으로 결속하는 남성들의 유대감의 증거로 본다. 그러나 이 장면을 완전히 다르게 읽는 것도 가능하다. 권력과 무력함의 신화가 아닌 현실에 대한 진술로 보고, 그로부터 랜섬의 성격에 대한 완전히 다른 관점을 도출할 수 있는 것이다.

하버드 도서관을 거닐며 "그곳의 풍요로움과 지혜를 한눈에 담아내면서" 랜섬은 "기회를 놓쳤다는 쓰라림을 그 어느 때보다 크게 느꼈다. 하지만 그는 그 아픔을 표현하지는 않았다(꺼내 놓을 수 없을 만큼 깊은 슬픔이었기에)…"(246). 랜섬이 하버드를 놓쳤든 이루었든 간에, 어쨌든 기회로 여길 수 있다는 점이야말로 중요하다. 이 구절의 언어는 기묘하게도 첫 장면의 것과 닮아 있으며, 그 장면과 마찬가지로 랜섬이 세상이 본래 자신의 영역이라는 확신을 가지고 있음을 드러낸다. 그는 하버드를 바라보며 "매력적인 안내자" 버리나에게 말한다. "여기가 내가 있었어야 할 곳이오. … 여기서 공부할 수 있었다면 참 즐거웠을 텐데…."(245) 이 장면의 아이러니는 그의 "매력적인 안내자"로 인해 발생한다. 버리나에게 하버드 교육은 놓친 기회가 아니었다. 애초에 기회였던 적도 없었다. 실제로, 버리나가 하버드에서 차지하는 위치는 랜섬의 한탄 직후에 드러난다. "버리나는 잠시 후 랜섬에게 자신의 친구라며 젊은 여성을 소개했는데, 그녀가 설명하기를 하버드 카탈로그 만드는 일을 한다고 했다."(246) 하버드에서 여성의 역할이란 랜섬이 모든 곳에서 여자들의 역할이 그러길 바라듯 남성을 보조하는 위성 역할이며, 남자들의 지적인 삶을 가능케 하는 단순 노동자에 불과하다. 따라서 랜섬이 느끼는 배제와 상실에 대한 인식은 같은 장면에서 버리나가 겪는 배제의 차원을 함께 고려할 때 전혀 다른 성격을 띠게 된다. 이 장면에서 권력과 무력함의 현실에 대한 아이러니한 진술은 다름 아닌 버리나가 안내자이자 내부자이며, 외부인에게 자신의 세계를 보여 주고 있는 존재라는 사실에 의해 강조된다.

패배한 남부인임에도 불구하고 랜섬이 남성으로서 포함되고, 승리한 북부인임에도 불구하고 버리나가 여성으로서 배제되는 양상은 두 사람이 기념관을 방문한 상황에서 또 한번 강조된다. 랜섬은 기념관이 상징하는 경험을 하버드 남성들과 공유했기에, 이곳을 자신과 연결 지을 수 있다. 기념관은 몰락한 '적'을 기념하는 만큼이나 자신을 기리고 추모하는 공간이다. 이에 반해 버리나는 기념관이 상징하는 경험과 그 안에서 제공되는 자아실현의 가능성에서 완전히 배제되었으므로, 이 기념비에 실질적으로 아무런 공감을 하지 못한다. 그렇기 때문에 그녀는 랜섬의 감상적인 몽상과는 다소 다른 태도를 취할 수 있는 것이다. "얼마나 많은 피를 흘려야 했는데, 그걸 기념하자고 이런 건물을 세우는 건 정말이지 죄악이에요. 만약 건물이 이토록 장엄하지 않았다면 내 손으로 무너뜨리고 싶었을 거예요."(248) 랜섬은 평소와 다름없이 예의 그 비꼬는 투로 가차 없이 "참으로 멋진 여성들의 논리"라고 대답하는데, 이것은 물론 비이성적이라는 뜻이다. 그러나 버리나의 발언은 전쟁이나 기념비 건립과 아무런 관련이 없는 사람의 관점에서 충분히 논리적이고 타당한 견해다. 오히려 이는 여성이 "모든 전쟁의 원인"(92)이라는 랜섬의 관점이 얼마나 비논리적인지를 드러낸다. 버리나는 그녀 나름의 방식으로 전쟁과 그에 대한 낭만화가 자신과는 무관한 남성들만의 경험이라는 점을 인식한다. 그리고 그 안에서 그녀는 남성들이 전쟁을 여성을 위한 것이라고 가장하고 그에 대한 책임을 여성에게 돌릴 때, 그들의 환상에 등장하는 하나의 형상에 불과하다.

남성적 관점 — 남성의 가치관, 남성의 경험, 남성의 문화 — 의 절대적 우위에 대한 이러한 확신은 랜섬의 머릿속에 하버드 기념관의 거대한 구조물에 상응하는 심리적 등가물을 만들어 낸다. 랜섬은 자신이 이길 것을 알고 있기에 승리하고, 세상이 본래 그렇게 돌아가고 있으며 또한 그렇게 되는 게 옳다는 것을 알기에 승리한다. 이것이 바로 자연이 랜섬의 편에 있다는 비평가들의 주장 이면에 있는 현실이다. 랜섬의 편에 서 있는 힘은 자연이 아니라 전통이며, 이는 '세상이 돌아가는 방식'을 자신의 기반으로 삼을 수 있는 권력에서 비롯된다. 문명을 **남성**

의 권리와 이익과 동일한 것으로 가정하는 랜섬의 태도는 금주
운동에 대한 문제에서 분명히 드러난다. "이 주제에 입법적으로
간섭을 한다는 생각만으로 그는 분노가 차올랐다. 그에게는 술
맛이 여전히 좋았고, 행여나 시끄럽게 떠들어 대는 여자들 손에
들어간다면 문명 그 자체가 위험에 처할 것임을 확신했다."(50)
여성은 적법하게 남성의 소유물이라는 그의 믿음은 그가 버리
나를 처음 봤을 때부터 드러난다.

마침내 그는 더욱 초조해졌다. 설교조의 목소리가 점차 더디
게 들리는 것 때문이 아니라 … 태런트의 저 기괴한 술책 때문
이었다. 그는 마치 그것이 자기 몸에 닿기라도 한 듯 불쾌했고,
그러한 조작이 저 순진한 여인[버리나]을 모욕하는 것처럼 느
껴졌다. 그 광경은 그를 불안하고 화나게 만들었다. 한참이 지
나고 나서야 그는 스스로에게 물었다. 도대체 그것들이 자신과
무슨 상관인지, 심지어 신흥부자라 할지라도 자기 딸에게 마음
대로 할 수 있는 권리는 없지 않은가 하고.(60)

여성들이 진정으로 원하는 남자는 바로 자신 같은 사람이
라는 그의 믿음, 그리고 여성들이 자각을 하든 못 하든 간에 그
들의 운명에 대한 자신의 견해가 그들의 깊은 열망을 반영한다

는 그의 확신은, 버리나가 자신의 운동에 관심을 보이는 헨리 버리지에 대해 감탄을 표할 때 그가 하는 반문——"그런 점 때문에 그 사람이 싫지 않습니까?"(278)—— 속에 잘 드러난다.

거대한 자기중심성과 훼방받지 않는 자기확신, 그리고 자신의 권리가 항상 우선한다는 절대적 신념에서 비롯되는 권력은 실로 엄청나다. 랜섬은 스스로를 의심하는 법도 없거니와 자신이 틀릴 수도 있다는 생각을 단 한 번도 해본 적이 없다. 또한 타인의 감정이나 필요에 의미를 부여해야 한다는 생각도 해본 적이 없다. 하버드 장면에서 다만 암시적으로 드러났던 자기중심성은 소설 말미에 이르러 명시적으로 표출된다. 아무런 거리낌도 없이 그는 케이프 코드에서의 올리브와 버리나의 휴식을 "망쳐 버리겠다"고 선언하더니, 불과 몇 분 뒤에 버리나에게 자신의 "얼마 되지도 않는 안쓰러운 휴가"를 제발 "망치지" 말아 달라 애원한다.(373, 378) 랜섬은 버리나가 자신에게서 아무리 도망치려고 노력해도 거기에 일말의 신빙성을 부여하지 않으며, 그로부터 멀어지려는 그녀 자신의 감각에도 정당성을 부여하지 않는다. 올리브는 자신과 버리나의 관계가 환상 위에 세워졌을지도 모르는 가능성을 제기하고 또 어쩔 수 없이 그렇게 되기도 하지만, 랜섬은 버리나에 대한 자신의 비전이 그녀의 욕망인 만큼이나 자신의 환상일 수 있다는 것을 결코 의심하지 않는다. 랜섬의 상상력은 멜로드라마라는 단순하고 유용한 도식 위에 세워져 있다. 그는 난관──운명의 장난, 올리브의 책략, 버리나를 타락과 파멸로 몰고 가는 외부의 사악한 힘 등──을 외부로 투사하는 데 능하다. "그녀는 감동을 자아내는 순진한 희생자였고, 자신을 파멸로 내모는 악의적인 힘들에 대해서는 전혀 알지 못했다. 그 젊은이의 마음속에는 파멸이라는 생각과 함께──훨씬 더 흐릿하고 미완성의 형태이긴 했으나── 구원이라는 생각이 이미 자리 잡고 있었다."(253~254) 희생자라는 관념과 구원자(ransomer) 역할에 대한 정당화는 그의 이름이 지시하는 것처럼 직접적으로 결합되며, 사안을 이렇게까지 단순화하는 능력에서 비롯되는 권력 또한 명확히 드러난다. 그러나 해당 구절에 내포된 아이러니의 암류(暗流)가 암시하듯, 비평가들이 열광해 마지 않는 이런 동화적 공식은 어디까지나 랜섬의 것이지, 제임스의 것이 아니다.

실제로 제임스의 아이러니는 상당 부분 랜섬이 자신을 중심으로 모든 문제를 단순화하는 태도를 겨냥하고 있다. 이 중에서도 특히 기사도라는 규범과 맺는 자기만의 관계가 주요하게 지적된다. 소설에는 랜섬의 기사도에 대한 언급이 수차례 등장하며, 기사도적인 자신에 대한 인식은 그에게 자존감의 원천이 된다. 그러나 제임스는 랜섬의 기사도라는 규범이 개인의 이

익에 따라 계속해서 변한다는 점을 보여 준다. 그의 두번째 보스
턴 방문에서 버리나의 케임브리지 주소를 알아내려고 애쓸 때,
그는 올리브에게 그 주소를 직접 묻는 것이 무례한 일이라는 점
을 한참 동안 곱씹는다. 그럼에도 불구하고, 어느샌가 그녀의 문
앞에 서 있는 자신을 발견하게 되는데, "참으로 기묘하게도, 그
신비로운 교외로 가는 길목에 어쩔 수 없이 그 집을 지나야 했
기"(217) 때문이다. 바로 이때, 버즈아이 양이 나타나고, 랜섬은
잽싸게 기사도를 발휘하며 그녀를 집까지 바래다주겠다고 고집
한다. 이 훌륭한 여성은 "무려 50년 동안이나 보스턴 거리를 혼
자서도 터덜터덜 잘만 걸어 다녔던 사람"(218)인데 말이다. 랜섬
은 "제가 일부러 당신을 데려다주기 위해 열차에 탄다는 것이야
말로 당신에게 공감하고 연민을 느낀다는 증거가 아니겠습니
까?"라며 기사도라는 명분을 내세우지만, 사실 그에겐 이루고자
하는 진짜 목적이 따로 있다. "그가 그녀와 함께 열차에 탄 이유
는 바로 그녀와 말을 섞고" 그 과정에서 버리나의 주소를 알아
내는 것이었다(219, 221). 버즈아이 양에 대한 그의 기만은 그녀에
게 자신을 본 것을 아무에게도 말하지 말라는 부탁으로 인해 더
욱 심화된다. 그렇게 그는 올리브와 버즈아이 사이를 이간질하
고, 몇 시간 뒤에는 같은 식으로 올리브와 버리나 사이를 갈라놓
는데, 이 갈등으로 인해 올리브가 결국 소설 마지막에 돌이킬 수

없는 고립에 내몰리는 과정이 시작된다. "음. **당신** 사려 깊은 사람이었군요"라는 버즈아이 양의 말은 랜섬이 그녀에게 한 마지막 말만큼이나 아이러니하다. "제가 무엇보다도 당신의 약함과 너그러움이 보호받길 원한다고 생각하신다면, 그건 잘못 생각하신 게 아닙니다."(226, 412) 우리는 실제로 랜섬이 어떻게 그녀의 약함과 너그러움을 보호하는지 이미 지켜본 바 있다. 그는 남김없이 그것들을 활용하며, 이는 그에게 상당히 가치 있는 일이었다.

그러나 랜섬의 기사도가 가장 적나라하게 폭로되는 장면은 버리지의 집에서다. 여기서 제임스는 랜섬에게 기사도가 결국 자기 이익을 위한 가면에 지나지 않음을 드러낸다. 앞서 루나 부인이 랜섬의 기사도를 "불만족스럽다"고 토로한 바 있는데, 그 이유는 그것을 위해 "그가 특별히 애쓰는 게 그다지 없기 때문"(203)이다. 여기서 그녀는 자신의 판단이 정확했다는 증거를 뼈아프게 확인한다. 루나 부인이 랜섬의 기사도를 시험하는 상황, 즉 신사다워지기 위해서는 그가 원하는 무언가를 포기해야 하는 상황을 만들었을 때, 그가 아무런 죄책감도 없이 그녀를 버린다는 것을 알게 된 것이다. 그의 "체계는 이런 경우를 예견하지 못했다". 말인즉슨, 기사도는 애초에 자기 이익에 반대되는 개념이 아닌 것이다. 랜섬이 루나 부인을 만나기 바로 전에 올리

브 역시 이 사실을 정확히 지적한 바 있다. "당신은 그 사람들[그
의 어머니와 누이들]을 둘러싸고 선을 그어 놓고서는, 그게 전부
인 줄로만 안다는 거군요! … 우리를 족쇄로 묶어 놓고서는 고
통 속에서 몸부림치면, 우리가 예쁘게 행동하지 않는다고 말하
는 건가요!"(258~259)

기사도 개념을 자기 이해에 맞춰 얼마든지 조정할 수 있는
랜섬의 능력은, 소설 후반부에서도 버리나를 두고 올리브와 경
쟁하는 과정에서 자신이 올리브를 과연 얼마만큼이나 배려해야
하는지를 따지는 대목에서 다시 한번 또렷하게 드러난다.

그는 그녀에게 아무것도 빚진 게 없다는 것을 재빨리 깨달았
다. 자고로 기사도란 사랑하는 사람이 아니라 싫어하는 사람들
과의 관계에서 발휘하는 것이었다. 그는 가여운 올리브 양을
싫어하지 않았지만, 그녀가 그렇게 만들지도 몰랐다. 설령 그
녀를 싫어하게 된다 해도, 사촌에게 기사도 정신을 보여 주기
위한 명목으로 그가 사랑하는 여자를 포기해야 한다면, 그런
기사도는 허깨비 같은 일일 것이다. 기사도는 약자에 대한 인
내와 관용을 베푸는 일이거늘 올리브에게 약한 면이라고는 찾
아보려야 찾아볼 수 없었다. 그녀는 투사인바, 그와 싸우며 죽
을 때까지 단 한 치도 양보하지 않을 것이었다.(403~404)

랜섬이 올리브에게 아무것도 빚진 게 없다고 내린 결론이 허울만 그럴듯하다는 사실은 그의 추론의 비일관성에서도 명백히 드러난다. "싫어하는 사람들과의 관계"와 "약자에 대한 인내와 관용"이라는 말이 동시에 기사도에 해당한다는 점은 이해하기 어렵다. 더 중요한 점은, 랜섬이 두 정의 모두에서 올리브를 제외하고 있다는 사실이다. 즉, 기사도가 "싫어하는 사람"과 관계될 때 올리브는 가여운 사람이 되고, 기사도가 "약자"와 관계될 때 그녀는 "죽을 때까지 그와 싸우는" 투사가 된다. 두 경우 모두 올리브는 진지한 고려 대상에서 제외되는 것이다. 바로 이렇게 정의와 인식을 자유자재로 전환하는 능력은 랜섬에게 권력을 부여하는데, 그는 그 능력 덕분에 자신이 원하는 대로 행동할 수 있을 뿐만 아니라, 그러면서도 스스로에 대해 늘 좋게 생각할 수 있다. 올리브에게 분명히 드러나는 약점은 랜섬으로부터 관용이나 인내를 조금도 이끌어 내지 못하는데, 그것이 그의 힘의 정당성을 인정해 주는 성격의 약점이 아니기 때문이다. 그 약점이 그에게 위안을 주거나 자존감을 북돋아 주는 이미지를 보여 주지 않기 때문에, 마치 그것이 권력이라도 되는 듯 무자비하게 다룰 수 있다. 올리브의 말처럼, 랜섬과의 싸움은 결코 공정하지 않다.

랜섬이 갖는 권력의 근원 중 마지막, 그의 머릿속 하버드 기넘관에 놓인 마지막 벽돌은 적을 대하는 그의 태도다. 페미니즘과의 대결에서 랜섬은 여성을 경멸할 만한 존재, 무시해도 되고, 비웃어도 되는 존재로 여길 수 있다는 점에서 막대한 우위를 점한다. "맙소사, 여사님! 저는 여성이 합리적인 것과는 거리가 멀다고 생각합니다", "그것 참 멋진 여성의 논리로군요", "바로 그거예요. 당신네 여자들은 다 그래요. 언제고 자기 자신, 뭔가 개인적인 걸 염두에 두고서는 항상 다른 사람들이 그런 뜻으로 말한 거라고 생각하죠"(222, 248, 342)라고 하는 식이다. 랜섬이 여성을 겉으로 치켜세우는 듯한 태도는 그의 노골적인 독설만큼이나 경멸의 또 다른 표현이나 마찬가지다. 그는 여성들이 제자리에 있는 한 그들을 좋아하지만, 그가 여성들에게 배정하는 그 자리야말로 그가 여성을 어떻게 생각하는지를 드러낸다. 그가 정복당하고 무너진 남부를 '여성'으로 보는 것도 결코 우연이 아니다. 여성이란 본래 황폐하고, 상처 입고, 침묵의 망토에 싸인 채절실히 보호를 원하는 상태에 있어야 하는 법이니까. 만일 여성들이 그의 노선을 따르고, 스스로의 나약함을 인정하며, 그의 힘에 기대어 자신의 몸을 던지고 그의 체계 안에서 위성으로 살아간다면, 그런 여성들이라면 받아들일 만하다. 하지만 그들이 그체계에 도전하는 순간, 그들이 촉발하는 반응은 여성을 드높이고자 하는 바람 뒤에 도사린 경멸을 여지없이 드러낼 것이다.

이 빌어먹을 여성화로부터 말이오! 당신이 요 전날 밤 말한, 우리 일반 삶에 여성들이 충분히 많지 않다는 생각과 나는 멀어도 한참 멉니다. 오히려 너무 많은 게 아닌가 하는 생각을 오랫동안 해왔죠. 온 세대가 여성화되었고, 남성적인 분위기는 이 세상에서 사라지고 있습니다. 이제 여성적이고, 불안하고, 히스테리적이며, 수다스럽고 위선적인 시대, 공허한 문구와 거짓된 섬세함, 과장된 배려와 어리광스러운 예민함이 지배하는 시대죠. 우리가 주의하지 않으면, 조만간 역사상 최악으로 평범하고 나약하며 맥빠진 시대가 도래할 겁니다. 남성적 기질, 과감하게 맞서고 견디는 능력, 현실을 알고도 두려워하지 않고 세상을 직시하며 그대로 받아들이는 능력, 이 매우 기묘하면서도 부분적으로는 저속한 혼합체, 바로 이것이 내가 보존하고, 아니, 되찾고 싶은 겁니다. 그리고 말씀드리건대 내가 그런 노력을 하는 동안 여성 여러분이 어떻게 되든 그건 저와 아무런 상관이 없습니다!(343)[32]

---

32) [옮긴이] 랜섬이 이 같은 말을 하기 전 버리나와 나눈 이야기는 다음과 같다. "아, 당신은 우리를 무시하면서 침묵으로 파괴하고 싶은 거군요!" 버리나가 전과 똑같이 밝은 목소리로 외쳤다. "아니, 난 당신들을 구하고 싶지 않은 만큼이나 파괴하고 싶지도 않소. … 완전히 내버려두고 싶어요. 내 관심은 나의 성에 있죠, 당신네 성이 스스로를 잘 돌볼 수 있다는 건 잘 알겠으니. 내가 구하고 싶은 게 바로 그겁니다." … "무엇으로부터 구한다는 거죠?" 그녀가 물었다.

랜섬은 여성을 일종의 인간의 질병, 즉 인간이라는 종이 갖는 결함으로 보고, 그 치명적인 영향은 오직 여성을 가둬 둠으로써만 억제 가능하다고 생각하는 듯하다. 훌륭한 모든 자질은 전적으로 남성적 특성, 따라서 남자들에게 귀속시키고, 여성적 자질은 저주받을 만한 것이 되는 상황에서 랜섬이 어째서 여성, 특히나 버리나처럼 여성스러운 사람을 소유하길 원하는지는 이해하기 어려운데, 바로 이 점이야말로 『보스턴 사람들』의 진짜 주제가 사랑이 아니라 권력이라는 사실을 상기시킨다.

IV

랜섬이 승자의 심리를 지녔다면, 올리브의 심리는 패자의 것이다. 그의 성공이 당연한 것만큼이나 그녀의 패배도 예정된 것만 같다. 올리브의 '병적 상태'는 랜섬에게 즉각적으로 드러나지만 그는 여기에 단지 꼬리표만 붙이고 만족하는 반면, 제임스는 정말 흥미로운 문제는 바로 그 원인이라는 점을 끝끝내 주장한다. 올리브의 병적 상태를 잠재적 레즈비언주의의 결과, 그리고 이 레즈비언주의가 남성과 관계 맺지 못하는 병리적 무능력에서 비롯된 것으로 보는 것이 일반적인 견해지만, 만약 우리가 올리브의 '레즈비언주의'를 성적이냐 아니냐의 여부를 떠나 다른 여성과의 결합에 대한 정당한 욕망이자 여성 중심적이며 여성에 의해 규정되는 삶에 대한 욕망으로 정의하고 출발한다면, 전혀 다른 모습이 드러나는 것을 확인할 수 있을 것이다. 그리고 그녀의 욕망이 성취될 수 있는 가능성이 얼마나 되는지 생각해 본다면, 우리는 올리브의 병적 상태를 레즈비언주의의 결과로 보지 않고 그것을 실행할 힘이 없는 무력함의 결과임을 이해할 수 있으며, 또한 그녀의 남성 혐오를 병리적이거나 비이성적인 것으로 보지 않고 그녀의 경험적 현실에 대한 충분히 이해 가능한 반응으로 파악할 수 있다.

『보스턴 사람들』에서 올리브의 병적 상태의 핵심이 바로 그 무력함임은 명백하다. 그런 관점에서 트릴링이 소설의 분위기를 공포로 가득 차 있다고 묘사한 것은 옳다. 다만 그 공포는 랜섬의 것이 아니라 올리브의 것이다. 두 사람이 처음 만났을 때 재앙의 예감에 압도된 쪽은 그가 아니라 그녀였으며, 그녀의 두려움은 모든 행동에서 드러난다. 두려움은 그녀의 지성을 흐리게 하고, 일상을 지배하면서 그녀의 감정 가운데 가장 지속적이고 광범위한 것이 된다. 그녀는 남에게 비웃음을 사는 게 두렵고, 정당하지 않은 것이 두렵고, 말을 하는 게 두렵다 — "올리브는 모든 것이 두려웠지만, 그중에서도 가장 두려웠던 것은 두려움 그 자체였다."(14) 따라서 그녀는 자신이 두렵지 않다는 것을 증명하기 위해 재앙을 기꺼이 불러들인다. 분명, 두려움은 무력한 상태의 반영일 뿐 아니라, 그 상태를 지속시키는 구조를 만들어 낸다.

제임스가 랜섬을 남부인으로 설정함으로써 남성성과 권력 간의 연계를 확립했다면, 올리브를 보스턴 사람으로 설정함으로써 그는 여성성과 무력함 사이의 연계를 확립한다. [전쟁의] 승리로써 도덕적·경제적 이익이 정당화되고 공고해진 계층의 일원으로서 올리브는 랜섬에게는 없는 권력의 원천을 초기에 확보한다. 그녀는 패배로 인해 그 구조와 전통이 훼손되지 않은, 제대로 기능하는 사회의 일원이며, 바로 이런 점에서 그녀는 랜섬이 갖지 못한 세상 속의 자리를 차지한다. 게다가 그녀는 돈도 있다. 이러한 권력의 원천은 그녀의 성별과 결합하여 버리나를 두고 벌이는 경쟁에서 랜섬에 비해 초반에 유리한 위치를 점하게 만든다. 그녀는 당장에 버리나에게 제안할 수 있는 것이 있다. 버리나를 집으로 초대하고, 결국 그 집에 살도록 권유할 수 있으며, 그녀의 사회적 지위라는 매력과 돈이라는 막강한 힘을 이용해 그 제안을 확정할 수도 있다. 그러나 이처럼 노골적으로 권력을 행사하는 와중에도 올리브는 무력함을 느낀다. 올리브는 매년 버리나의 부모를 매수해야 하는데, 그 액수가 많든 적든 그들의 마음이 바뀔 가능성을 항상 염두에 두고 있어야만 한다. 버리나와의 관계에서 올리브는 법적·도덕적·심리적 제재가 없기 때문에 그 관계를 보장할 수 없다. 랜섬은 고작 자신의 글 한 편이 출판사에 받아들여졌다는 명분으로 버리나에 대한 권리를 강력히 요구하지만, 올리브는 그녀의 부와 지위에도 불구하고 이에 상응하는 제안을 할 수 없다. 버리지 부인이 아들 헨리를 위해 버리나를 아내로 사겠다는 제안에도 맞설 수 없으며 오히려 버리지 부인이 그녀를 버리나의 '주인'이라고 조롱하는 것을 견뎌야 한다. 여기서 남성이 여성과 맺는 관계에서 허용되는 것과, 여성이 여성과 맺는 관계에서 허용되는 것 사이의 불균형을 보지 않기란 어렵다.

올리브는 『보스턴 사람들』에서 고군분투하는 인물로, 그녀는 자신의 삶을 위해, 그리고 완전히 홀로 싸운다. 랜섬은 올리브의 비극을 "그 누구도 그녀를 도울 수 없다"는 점에서 찾지만, 사실 더 핵심적인 것은 누구도 진실로 그녀를 도와주고 싶어 하지 않는다는 점이다.(12) 겉보기에는 힘의 원천인 듯 보이는 그녀의 사회적 지위는 실상 아무런 쓸모가 없다. 왜냐하면 그녀가 속한 사회는 버리나에 대해 부모, 구혼자, 신문기자, 그리고 무엇보다 랜섬 등 다른 이들의 권리는 기꺼이 지지하면서도, 올리브의 권리만큼은 결코 인정하지 않기 때문이다. 버즈아이 양은 버리나가 잘생긴 남부인을 변화시킬 것이라는 낭만적 환상에 빠져 있고, 버리지 부인은 버리나를 아들 헨리와 맺어 주고 싶어 하며, 패린더 부인은 자신의 운동을 위해 그녀를 끌어들이고 싶어 하고, 프랜스 박사는 랜섬을 도울 수 있어 다만 기쁠 뿐이다. 그리고 루나 부인은 누가 봐도 '자매'가 아니다. 올리브는 아무런 지원도 받지 못한다. 올리브의 무력감은 그러한 고립에서 비롯하고, 이러한 상황이 올리브로 하여금 병적인 상태가 되게 하는 것은 전혀 놀랍지 않다. 올리브가 병적인 이유는 그녀가 지고 있기 때문이며, 그녀가 지는 이유는 병적이기 때문이다. 올리브와 관련된 경직성의 이미지를 만들어 내는 것은 바로 이러한 고정된 특성이다. 그녀는 드라마 속에서 실제로 많이 움직임에도 불구하고, 우리는 그녀가 늘 한 자리에 고정되어 있는 인물인 것처럼 느낀다. 결국 그녀가 자기파괴의 역학에 의해 마침내 풀려나 자신의 운명을 향한 마지막 한 번의 돌진으로 모든 움직임을 성취하는 존재가 될 때까지.

실제로 제임스의 권력과 무력함에 대한 분석에서 발휘하는 힘의 상당 부분은 인물과 맥락 사이의 연관성에 대한 그의 통찰에 있다. 랜섬이 자기가 이길 것을 알고 있기 때문에 (왜냐하면 세상은 본래 그렇게 되어 있으니까) 이긴다면, 올리브는 자신이 질 걸 알고 있기 때문에 (왜냐하면 세상은 본래 그렇게 되어 있으니까) 진다. 올리브가 랜섬이 그러하듯 그토록 손쉽게 성공의 확신을 가지고 버리나에게 말할 수 없는 것은 결국 버리나와의 관계의 정당성을 믿지 못하는 건 올리브 자신인 까닭이다. 그녀가 만약 버리나로 하여금 다른, 잠재적으로 상충할 수 있는 관계들을 맺지 못하게 막는다면 세상이 자신을 "가혹하게" 심판할 것이라는 올리브의 인식은 그녀가 버리나의 부모와 맺은 거래의 비루함에 대한 그녀의 자각에 내면화되어 있으며, 또한 버리나에게 그 거래의 진실을 직접 드러내지 못하는 태도 속에도 이미 들어 있다. 외부의 지지를 받지 못하는 상황에서 올리브는 내부로부터 잠식되고, 랜섬의 비대한 자기확신에 상응하는 것은 다름 아닌 올리브의 거대한 자기혐오다. 자신이 원하는 것을 얻으면서도 그 과정에서 스스로를 긍정하는 랜섬의 융통성 있는 마음과 달리 올리브의 마음은 무자비한 양심이 지배하며, 이 양심은 그녀 내부의 적으로 기능하면서 끊임없이 그녀와 자신의 욕망 사이를 가로막고, 스스로를 단죄할 수밖에 없는 근거들을 계속해서 들이민다. 올리브를 도덕적 명령에 지배받는 존재로 제시함으로써 제임스는 랜섬 '들'이 만들어 낸 문화 속에서 여성으로 살아간다는 것의 본질적인 결과를 포착해 낸다. 올리브의 양심은 여성은 이렇게 혹은 저렇게 살아야 한다는 랜섬의 끝 모를 명령들을 내면화한 것이자, 그러한 명령 뒤에 숨겨진 부정적인 판단을 정확히 반영한 것이다. 만약 예측 가능하지 않았다면 아이러니할 일이지만, 랜섬이 올리브에게서 가장 싫어하는 것은 바로 그녀의 양심과 그녀가 삶을 혹독하게 받아들인다는 사실이다.

양심이 실행의 기제가 된다는 점에서 올리브의 자기혐오는 그녀의 인격 전반에 걸쳐 반영되어 있다. 수줍음, 죄책감, 포기하려는 성향 ──오죽하면 『파우스트』에서 그녀가 가장 좋아하는 구절이 포기(금욕)에 관한 부분일 정도다 ──, 심지어 그녀의 페미니즘에서도 드러난다. 실현 가능한 잠재력이 다만 환경에 의해 좌절되었다고 느끼는 랜섬과는 달리, 올리브는 자신의 삶에 어떤 가치가 있다는 것을 믿지 못하기에 존재의 정당성을 증명하려 부단히 애쓴다. 그녀는 돈을 가진 것에 죄책감을 느끼고, 자기 자신을 넘어서 사용할 수 있는 용처를 찾을 때까지 멈추지 않는다. (랜섬이 부를 소유한 것에 대해 죄책감을 느끼는 모습은 상상조차 하기 힘들다. 반대로 그는, 올리브의 '쉼터'를 볼 때마다 이를 갈고, '운명의 대조'에 상처받은 감정을 곱씹는다.) 그럼에도 올리브는 그 운동에 돈 말고 자신이 기여할 수 있는 것이 아무것도 없다고 느낀다. 그녀는 그것이 더 높은 도덕적 선을 위한 것이라는 정당화 없이는 어떤 쾌락도 스스로에게 허락하지 못한다. 우리는 오직 이러한 맥락에서만 버리나가 올리브에게 갖는 의미를 온전히 이해할 수 있는데, 버리나는 올리브에게 정당화될 수 있는 쾌락, 그리고 쾌락이 될 수 있는 정당화의 가능성을 제공하는 것이다. 버리나와 함께 하는 운동은 올리브로 하여금 그 관계 자체에서 느끼는 개인적 기쁨에 사회적 당위성을 부여하게 되는데, 이는 버리나의 상대적 빈곤이 그녀를 돕는 행위가 단순한 자기만족이 아니라 사회적으로 유용한 일이라고 느끼게 만들기 때문이다. 실제로 버리나는 올리브가 자신에게 허용할 수 있는 유일한 쾌락의 비전을 실현할 수 있는 가능성을 열어 준다. "그녀가 말하는 동안, 그 앞에는 평온한 그림이 걸려 있었다. 고요한 겨울 저녁, 밖에는 눈이 내리고, 조그만 테이블에는 차가 있는, 그리고 자신의 동반자와 함께 괴테 작품을 성공적으로 번역하고 있는 모습의 그림."(87) 올리브가 버리나를 잃으면 그녀는 모든 것을 잃는다. 랜섬의 남근적 멜로드라마가 잔인한 것은, 설사 그가 진다 하더라도 이와 똑같은 말을 할 수 없기 때문이다.

올리브의 자기혐오와 그에 따른 자기파괴의 가장 중요한 징후는 아마도 그녀의 페미니즘이 향하는 초점에서 드러난다고 할 수 있을 것이다. 당장 여성의 권리를 쟁취해 내는 것이 중요한 패린더 부인과는 대조적으로, 올리브의 관심은 여성의 고통이라는 역사의 총체에 있다. 그러나 여성의 권리가 아닌 고통에 초점을 맞춘다는 것은 곧 그들의 권력에 대한 잠재력보다 무력함에 초점을 맞추는 일일 테다. 하여, 올리브가 갖는 여성 역사의 비전은 변화가 아니라 굴욕과 패배의 무한 반복을 낳는다. 그런 비전에서 생겨나는 분노는 그 어떤 효과적인 외적 표현으로도 나아갈 수 없는데, 그 이유는 그 비전에 수반되는 남성의 폭정과 권위의 이미지에 의해 길이 막혀 버리기 때문이다. 그 결과 올리브의 분노는 자기 자신으로 향하며, 그녀 자신이 그 강렬함의 희생자가 된다. 여기서 우리를 더 불편하게 하는 것은, 올리브는 여성의 조건에 대한 자신의 비전이 진실이길 원한다는 점이다. 이 비전이야말로 그녀 자신을 규정해 주고 또한 정당화해 주는 까닭이다. 올리브는 고통을 받아야만 한다. 그것이 곧 그녀의 성격이자 존재조건이 되기 때문에. 따라서 랜섬의 가학성이 그녀의 고통에 의해 자극된다면, 올리브의 피학성은 그 자극에 기생한다. 이 역학은 그들의 첫 만남에서 무슨 일이 일어나는지를 결정짓는데, 이 만남에서 올리브의 열정적인 강렬함은 랜섬이 그녀에 대해 갖는 반대의 모든 차원을 불러일으키는 데 집중되어 있다. "'우리의 해방에 반대하는 건가요?' 질문하는 그녀의 얼굴은 잠깐 동안 가로등 불빛이 비친 듯 창백했다. … '당신은 이걸 증오하는군요!' 그녀가 낮게 외쳤다."(25)

권력의 관점에서 랜섬과 올리브가 서로의 반대상이라면, 더 중요한 측면에서 두 사람은 거울상이기도 하다. 여성의 본질이나 운명에 대한 올리브의 비전은 궁극적으로 랜섬의 것과 같다. 그녀는 "세상이 돌아가는 방식"에 대해 랜섬과 다른 비전을 제시하지 못한다. 그의 주장이 그녀의 내면 깊이 자리한 신념과 공명하는 까닭이다. 올리브는 궁극적으로 자기 자신도, 여성도, 여성의 대의나 운동도 믿지 않는다. 두 사람은 단순히 소유욕이 강하고 질투심이 많으며 보수적이라는 점뿐 아니라 가부장제 질서가 불가피한 것이라고 확신한다는 점에서 서로 닮았다. 그리고 바로 이 지점에서 그 체제의 비극적인 결과가 가장 선명하게 드러난다. 올리브는 마침내 랜섬만큼이나 자기 자신의 적이 되는 것이다. 그녀는 그의 승리와 자신의 패배에 조력자가 되며, 그녀의 무력함의 무게는 다만 그의 권력의 누적된 무게에 더해질 뿐이다.

V

제임스는 소설 속 다른 여성 인물들을 다루는 방식을 통해 올리브라는 인물과 그녀의 상황에 대한 아주 중요한 논평을 제공하는데, 그중 한 명이 바로 올리브의 언니인 루나 부인이다. 비평가들은 제임스가 여성운동과 연관 지은 인물들로부터 페미니즘에 대한 그의 태도를 쉽게 추론하면서도 남녀 간 전통적 관계, 아마도 그가 '성적 감정'이라 부르는 것에 대한 그의 태도가 루나 부인을 통해 읽힐 수 있다는 점에는 전혀 주목하지 않는다. 그러나 루나 부인은 분명 '세상 돌아가는 방식'을 알리는 여성 측의 대사도(大使徒)일 뿐만 아니라, 소설 속에서 가장 경박하고 어리석은 여성 인물이다. 제임스가 루나 부인을 전통적 여성성에 대한 풍자의 대상으로 의도했는지의 여부는 분명치 않지만, 랜섬의 체계를 받아들이는 여성이 가질 수 있는 권력의 본질과 한계에 대한 논평의 대상으로 그린 것만은 분명하다. 루나 부인은 남성의 세계에서 여성이 만족스럽다는 사실을 끊임없이 선언하며, 남성에게 부여된 특권 체계가 자신에게 필요한 만큼의 권력을 충분히 보장해 준다는 자신의 믿음을 주장한다. 그러나 정작 그녀와 랜섬의 관계는 무력함에 대한 연구의 사례가 될 정도다. 루나 부인은 전형적으로 여성적인 행동만을 하고 있음에도, 랜섬의 행동에 영향을 미치거나 그로부터 자신이 원하는 것을 얻어 내지 못한다. 그녀는 그가 공개적으로 자신을 거부하는 것을 막을 수 없고, 그 모욕과 상처에 상응하는 어떤 대응도 할 수 없다. 랜섬은 남성에 대한 여성의 영향력을 강조하는 발언들을 하지만, 실제 그의 행동은 남자들은 자신이 원하는 한에서만 영향을 받으며, 자신의 결정에 따라서만 움직인다는 사실을 보여 줄 뿐이다. 게다가, 랜섬이 자신의 체계가 루나처럼 그것을 받아들이는 여성들에게 부여한다고 하는 종류의 권력을 루나 부인이 행사하려고 할 때, 그 시도는 결국 그녀를 불쾌하고 하찮은 존재로, 경멸의 대상으로 만든다. 그녀의 수줍은 암시와 아기자기한 쪽지, 그리고 '가정적인' 저녁 시간들은 기괴하다. 하지만 그것은 모든 여성의 욕망의 표현과 마찬가지로 어쩔 수 없이 간접적으로 제시되어야 하기 때문에 기괴한 것이다. 루나 부인은 자신이 원하는 것을 얻기 위해 애쓰는 과정에서 번번이 패배한다. 그녀 앞에 열린 유일한 통로는 결국 그녀의 욕구 자체를 부정하는 구조를 갖고 있기 때문이다. 정말이지 랜섬의 체계에는 버리나처럼 본질적으로 수동적이고, 자신의 의지나 욕망이 없으며, 남성의 권력에 단순히 반응하기만 하는 여성을 위한 자리만 있는 것이다.

태런트 부인도 전통적 여성의 삶에 따라오는 무력함을 보여 주는 또 다른 예이다. 그녀는 남편의 의지와 기분에 이끌려 세상 곳곳을 떠돌고(심지어 매일매일의 끼니조차 남편의 변덕에 달려 있으며), 여성의 삶의 질이 남편의 성격과 운명에 따라 얼마나 좌우되는지를 보여 준다. 노예제 폐지론자인 아버지로 인해 가능했던 약간의 사회적 지위는 남편 셀라와의 결혼으로 인해 모두 상실된다. 그리고 딸을 통해 꿈꿨던 사회적 상승에의 희망 역시 버리나가 랜섬과 결혼함으로써 사라져 버린다. 소설의 마지막에 암울하게 암시된 미래를 생각한다면, 어머니의 경험이 딸의 운명에 미치는 함의는 섬뜩하다. 그리고 두 여성의 운명 사이에 내재된 평행 구조는 계급적 동일성을 통해 개별적 차이를 말소하면서 여성의 무력함에 대한 관점을 심화시킨다. 비범한 재능과 아름다움, 매력이라는 상당한 이점을 가진 버리나이건만, 여성으로서 그녀의 운명은 평범하기 그지없는 어머니의 운명과 다를 바 없을 것이다. 두 사람 다 여성이기 때문이다. 태런트 부인 자신도 버리나가 이런 운명을 맞이하는 것을 반기지는 않는다. 올리브와 어울려 지내는 것의 이점을 꼽으며 딸을 설득한 것도 그런 이유에서였을 것이다. "결혼이 의미하는 것은 대체로 밝은 게 아니었다. 결국 지친 여자가 미지근한 공기가 나오는 난방구 위에서 아이를 안고 있는 풍경이었다."(100) 이는 실로 소설 안에서 여성의 결혼 경험을 명시적으로 언급한 유일한 대목으로서, 트릴링이 『보스턴 사람들』의 집필 동기로 파악한 관점과 현저한 대비를 이룬다. 트릴링은 제임스가 어머니에게 바친 '격정적 추모사'로 묘사한 글을 인용한 바 있다.

그것은 완벽한 어머니의 삶이자, 완벽한 아내의 삶이었다. 자녀를 세상에 내놓으며 수년 동안이나 그들의 행복과 안녕을 위해 자신을 헌신했다. 그러다가 자녀들이 장성하여 오직 자신에 대해서만 생각하게 되었을 때 점점 쇠해지는 힘 속에 자신을 내려놓고, 이토록 신성한 사명을 부여한 천상의 힘에 그녀의 순수한 영혼을 바쳤다.[33]

『보스턴 사람들』에는 전통적인 의미의 완전한 여성상은커녕 그와 비슷한 것조차 전혀 없다는 사실은, 제임스 자신이 그 관점을 얼마나 진지하게 받아들였는지에 대한 질문을 직접 제기하지는 않는다 하더라도, 적어도 이 소설에서 그의 공감이 전통적 젠더 질서를 지지하는 편에 놓여 있는지에 대해서 일말의 의구심을 제기하게 만든다.

그렇다면 소설 속에서 비전통적 삶을 택하는 여성들이 갖는 힘은 어떤가? 이 작품에서 그런 여성은 두 명, 버즈아이 양과 프랜스 박사가 있다. 버즈아이는 일생을 온갖 사회운동에 헌신하며 영웅적으로 살았지만, 그녀의 전성기 시절에조차 힘 있는 인물이었으리라 상상하기는 어렵다. 그녀는 모호하고, 넋이 나가 있으며, 정치적 권력의 현실을 전혀 인식하지 못한다. 랜섬이 "무능력함에 대한 깊은 혐오"를 표명할 때도, 그를 괴롭히는 것

---

33) Trilling, *The Opposing Self*, p. 116.

은 오로지 남성의 무능함뿐이다(17). 그러나 그가 버즈아이 양에게 호감을 느끼게 되는 것은 그녀가 넘치게 지닌 바로 그 무능함 때문이다. 그녀는 '인류'에의 봉사라는 명분하에 남겨져 연민과 시혜적 돌봄의 대상이 되는 괴짜 노처녀의 전형이며, 이는 남성의 관점에서 여성의 불운한 에너지를 안전하게 발산하는 방식이다. (트릴링이 『카사마시마 공주』와 『보스턴 사람들』의 주제적 가능성의 차이를 논한 지점을 참조하라.) 버즈아이 양은 현존 질서에 실제적인 위협을 가하지 않으며, 여성의 전통적 역할에 대해서도 의미 있는 대안을 제공하지 않는다.

표면적으로 프랜스 박사는 버즈아이와는 매우 다르다. 그녀 또한 에너지를 봉사에 쏟지만, 그 삶에는 무능력이라는 낙인이 찍히지 않는다. 프랜스 박사는 진취적이고, 목표의식이 있으며, 완전히 프로페셔널하다. 그녀가 버즈아이와 맺는 관계에서 동일시에 대한 흔적도 전혀 없다. 그럼에도 두 사람의 유사성은 그 둘의 차이보다 훨씬 본질적이다. 랜섬이 버즈아이 양에 대해 호감을 느끼는 이유가 그녀의 "본질적인 여성성", 다른 말로 그녀의 무력함을 끝까지 유지하기 때문이라면, 그가 프랜스 박사를 좋아하는 것도 같은 이유에서다. 그녀는 스스로 남성과 동일시하는 여성이며, 여성적인 버즈아이 양만큼이나 랜섬의 체제에 어떤 위협도 되지 않는 것이다. 개인으로서 자신이 원하는 것을 성취했으므로 프랜스 박사는 계급으로서의 여성이 특별히 장애를 겪거나 차별을 받는다는 문제의식이 거의 없다. 그녀는 계속해서 페미니즘의 문제를 남성과 여성이 동일하며, 동일한 욕망과 문제에 직면한다는 인본주의의 맥락으로 환원시킨다. 이 과정에서 그녀는 본인 삶의 증거, 즉 자신의 환자가 모두 여성이라는 사실과 그녀의 삶이 평범한 남성 의사의 삶과 전혀 닮지 않았다는 진실을 외면한다. 휴머니즘을 내세우는 듯하지만 사실상 그녀는 여의사라는 부가적인 짐을 스스로 짊어지며 언제까지고 자기 지하실에 머물 각오가 되어 있다. 그녀는 페미니즘의 목표를, 삶이란 것은 아무리 좋아도 본질적으로 별 가치가 없으며, 따라서 여성들이 '더 나은 삶'을 위한 투쟁에서 자신을 희생하는 것 또한 무의미하다고 단정 짓는 보수주의 관점에서 바라볼 것을 주장한다(43). 프랜스 박사는 자신의 개인적 혁명을 공론화하는 데에는 아무런 관심이 없다. 그녀는 자신만의 독특한 존재로 살다 죽는 것에 만족하며, 어떠한 정치적 함의도 없이 고립된 사례로 남는다. 랜섬이 이러한 입장을 마음에 들어 하는 것은 분명하다. 그는 그녀를 당연하게도 남자로 여기고, 그녀에게 시가를 권할 수 있었으면, 하고 생각한다. 중요한 점은, 그가 올리브에 대해 그녀가 어떤 성별에 속하는지 곱씹던 것에 반해 프랜스 박사에 대해서는 의문조차 갖지 않는다는 사실이다. 도착증에 대한 랜섬의 이론은 그의 정상성 이론만큼이나 정치적이다. 무성애는 정상이고, '레즈비언주의'는 정상이 아닌 이유는 후자는 그에게 위협적이지만 전자는 그렇지 않기 때문이다. 실제로 버즈아이 양과 프랜스 박사의 궁극의 공통점은——이는 또한 그들의 무력함을 입증하는 분명한 지표가 되기도 하지만—— 바로 각자의 목표를 달성하기 위해 섹슈얼리티를 어느 정도 포기했는지에 있다. 올리브의 잠재적 효능은 그녀가 이런 포기를 그만큼 쉽게 받아들이지 않는다는 사실에서 비로소 측정될 수 있다.

그러나 여성의 무력함에 대한 올리브의 인식과 그로 인한 병적 상태의 정당성에 대해 가장 중요한 논평을 제공하는 인물은 다름 아닌 버리나다. 버리나의 무력함 속에서 올리브는 마침내 자신의 무력함의 전모를 읽어 낸다. 물론 어떤 의미에서 버리나는 올리브나 랜섬보다 훨씬 큰 권력을 가지고 있고, 두 사람이 버리나에게 관심을 갖는 것도 바로 그 사실에 기반한다. 둘 다 그녀의 재능을 손에 넣어 자신만의 방식과 이익을 위해 활용하고 싶어 하는 것이다. 그러나 『보스턴 사람들』에서 권력과 무력함에 대한 제임스의 통찰이 가장 예리하게 드러나는 지점은 버리나를 통해서인데, 그녀의 힘이 궁극적으로 그녀를 가장 무력한 존재로 만드는 바로 그 조건들로부터 기인한다는 점 때문이다. 버리나의 힘은 그녀의 매력에서 나오고, 그 매력은 상대방을 기쁘게 하려는 욕망에 기반하며, 그 욕망은 다시 확고하게 정의되거나 주장되는 자아의 부재에서 비롯된다. 그녀의 매력은, 신체적인 것이든 수사적인 것이든, 그녀를 바라보는 이들의 투사적 환상에 얼마나 열려 있는가에 달려 있으며, 그리고 이는 다시 그녀의 성격을 특징짓는 핵심인 불안정성에 달려 있다.

버리나의 재능이 타인을 기쁘게 하려는 욕망에 기반하고 있음에도 그녀에게 의미 있는 권력을 부여하지 않는다는 것은 그녀의 인생이 일련의 착취의 연속이라는 사실에서 분명해진다. "저 여자에겐 누군가에게 돈이 될 만한 것이 있다"는 매슈 파든의 말처럼, 모두가 어떻게든 버리나를 손에 넣으려고 애쓰는 듯하다. 먼저, 신문에 이름이 실리고 싶은 욕망을 가진 아버지에게 이용당하고, 사회적 상승을 꾀하고 잃어버린 지위를 회복하고자 하는 어머니에 의해서도 똑같이 이용당한다. 또한 그녀는 매슈 파든이나 헨리 버리지, 그리고 하버드 출신 젊은이 등에게 관심의 표적이 되는데, 이때 그들의 착취방식은 다만 그들이 염두에 둔 이용 목적의 차이에 따라서만 달라질 뿐이다. 올리브는 버리나를 위한 성취를 추구하지만——그에 대한 그녀의 감각이 정확하든 그렇지 않든—— 그녀는 자신의 계획에 순순히 따를 것이 분명하고, 또한 자기 삶의 정당성과 기쁨을 제공해 줄 버리나의 선한 성품에 의존한다. 그리고 마지막으로 랜섬이 있다. 그는 가장 강력하고, 그만큼 소유욕이 강하기 때문에 가장 착취적인 인물이며, 버리나가 자신이 바라는 모습에서 조금이라도 벗어나는 것을 결코 용납하지 않는다.

아이러니하게도, 제임스가 인식하고 있는 것처럼 버리나의 재능은 그녀가 변화시키려 했던 바로 그 체제를 오히려 강화하고 영속시키는 기능을 한다. 버리나의 힘은 말[의 내용]이 아니라 목소리에 있다. 실제로 그녀의 말을 제대로 듣지 않고도 그 목소리에 감동할 수 있는 것이다. 하지만 이러한 반응은 버리나가 자신의 재능과 맺고 있는 관계와 일맥상통한다. 그녀는 자신의 재능으로부터 분리되어 있다. 그 재능을 자신의 일부로 보지 않고 분리가 가능한 무언가, 누구라도 원하는 이에게 내어 줄 수 있는 선물로 여긴다. 따라서 아버지의 영감을 받은 대변인이라는 최초의 이미지는 설령 문자 그대로는 부정확할지라도, 상징적으로는 정확하다. 그러나 제임스는 이러한 상징의 함의를 그 씁쓸한 결론에까지 밀고 나간다. 그는 페미니스트로서 버리나의 성공이 결국 그녀가 여성의 본성에 대한 전통적인 기대를 어느 정도 충족시키는가에 근거하고 있음을 분명히 하기 때문이다. 그것은 실제로 그녀의 "여성성"에 근거하고 있는 것이다. 버리나가 보여 주는 이미지는 가부장제에 대한 위협이 전혀 되지

않는다. 오히려 남성들이 그녀와 함께 있을 때 편안함을 느낀다
는 사실이 곧 그녀가 무해하다는 증거가 된다. 그녀는 수동적이
며, 제대로 기능하기 위해서는 '영감'[이라는 외부 자극]을 필요
로 한다. 그녀는 타인 지향적이며, 본질적으로 타인의 필요와 욕
구에 맞춰 행동한다. 그녀는 지적이지 않고 때로는 비이성적이
기까지 하며, 결코 공격적이지 않다. 그녀는 남자들을 즐겁게 하
기 위해 달콤한 목소리로 속삭이는, 집안의 노래하는 작은 새,
빅토리아 시대 여성의 완벽한 모범이다. 케임브리지에서 오후
를 보내던 올리브는 하버드 청년들에게 연설을 준비하는 버리
나의 바로 이 모습에 충격받고 동요하게 된다. 『보스턴 사람들』
에서 여성운동의 주된 매력이 바로 버리나라는 사실보다 여성
운동의 본질적 무력함에 대한 더 씁쓸한 진술은 없다. 그녀는
『보스턴 사람들』에 아버지에 의해 '시작'되면서 등장하고, 랜섬
에 의해 침묵당하며 퇴장하기 때문이다.

VI

올리브와 랜섬 간의 투쟁의 본질은 그 대상, 즉 버리나에 의해
규정된다. 그리고 버리나의 존재의 본질은 가장 강한 힘에 굴복

한다는 것이다. 누구든 버리나를 얻는 자가 가장 강한 사람이라는 뜻이다. 하지만 랜섬의 승리는 단순히 그가 가진 힘 때문이라기보다 올리브와 버리나의 무력함이 보태져 얻어진 결과다. 랜섬이 버리나와 갖는 관계를 설명하는 데 동원되는 용어는 그의 자아를 설명하는 말과도 같다. 즉, 지배, 소유, 젠체하기, 대상화. 버리나를 소유물로 보는 랜섬의 태도는 그들의 첫 만남에서부터 분명히 드러나는데, 아버지로부터 교묘하게 조종을 당하는 버리나를 보고 랜섬은 이 상황을 버리나 개인에 대한 침해로 느끼는 것이 아니라 본능적으로 자신의 영역에 대한 침해로 인식한다. 만약 자신이 그녀를 소유하고 있다면 그녀를 가지고 무슨 일을 할 수 있을지를 떠올리면서 말이다. 이러한 반응에서 보이는 분노는 그의 경쟁적 태도를 반영하며, 이 태도는 버리나에 대한 랜섬의 관심이 깊어질수록 자신을 버리나의 구원자로 상상하게 만든다. 버리나와의 관계에서 랜섬이 추구하는 목표는 그녀에 대한 절대적인 소유다. 그는 자신이 버리나라는 개인을 소유하는 신성한 권리를 타고났다고 믿으며, 버리나가 자신이 아닌 다른 어떤 것에 관심을 보이는 경우, 그것을 곧 자신의 권리에 대한 침해라고 느낀다. "하지만 그는 여성 대회에 다른 여자가 나타났다는 사실을 모른 채 뭔가를 잃어버린 듯한 이상한 느낌을 받았다. 속임을 당하고 우롱을 당한 듯한 모호한 감정이었

다."(210)

버리나가 랜섬이 제시하는 자기 자신의 비전에 끌린다 하더라도, 제임스는 그녀가 이끌리는 것의 본질을 완화하거나 위장하지 않는다. 랜섬은 끊임없이 버리나에게 세상 밖으로 나오기를 간청하지만, 이는 결국 그녀를 올리브의 응접실보다 더 좁은 세상으로 끌고 가기 위해서다. 그의 집안에 있는 물리적 가구들의 황량함과 삭막함은 그의 정신적 주거 공간에 대한 은유다. 즉, 그의 마음 자체가 몇 개의 조악한 생각들로 조잡하게 꾸며진 좁은 방인 것이다. 그리고 우리가 이미 보았듯, 그 정신적 가구 중 주요 품목이 바로 여성에 대한 경멸이다. 버리나와의 관계에서 이 경멸의 힘을 완화시키는 것은 아무것도 없다. 랜섬과 결혼함으로써 버리나는 어떤 관점에 헌신하게 되는데, 그 견해에 대해 처음 들었을 때 버리나는 "춥고, 약간 메스꺼웠고 … 동반자가 고백한 신념의 추악함은 그녀로 하여금 몸을 떨게 만들었다. 그녀로서는 이보다 더 노골적으로 불경한 이야기를 상상조차 하기 어려웠다"(343~344).

버리나를 말해 주는 데 있어 더욱 의미심장한 것은 바로 랜섬의 잔혹함이다. 그는 자신의 이익에 부합한다면 그녀를 불행하게 만드는 데 전혀 주저함이 없고, 그녀로부터 가장 굴욕적이고 고통스러운 항복의 조건을 끌어내고자 하며, 그녀의 고통에 쾌감을 느끼기까지 한다. 제임스가 남성성의 잔혹함을 성차별적 체제가 남성에게 허용하는 과도한 권력과 연관시키고 그것이 '좋은 남자'의 외양을 하고서도 얼마든지 나타날 수 있음을 드러낸 것은 매우 인상적인 통찰이다. 하버드에서 랜섬이 버리나와 올리브 사이를 이간질하며 버리나가 어쩔 수 없이 친구에게 상처를 줄 수밖에 없는 상황을 만들 때, 제임스는 이렇게 쓴다. "그는 이런 식으로 문제를 가지고 놀면서, 그녀가 명백하게 주저하는 모습을 즐기며 남자의 잔인함을 살짝 의식하고 있었다. 한계가 없어 보이는 그녀의 선량함을 시험하려는 충동에 밀려 행동하는 것 말이다."(250) 버리나의 무력함에 대한 인식, 즉 그 상태에 대한 그녀 특유의 적응방식인 무한한 선의에 대한 바로 그 인식이 랜섬으로 하여금 자신이 가진 권력의 잔인한 얼굴을 한계 없이 드러내고자 하는 욕망을 일으킨다. 그리고 이런 욕망은 그가 버리나와의 관계를 생각할 때 사용하는 언어에도 반영된다.

만약 그가 그녀의 남편이 된다면, 그녀가 멍청해 보일 수 있는 방법을 알아야 할 테다.(329)

할 수만 있다면 분명히 망쳐 놓을 것이다. (373)

그는 그녀의 약혼, 운동, 혹은 친구들의 기대 따위에는 관심이
없었다. … 그 모든 것을 단번에 '억누르는' 것만이 그의 간절한
소망이었다. 그에게 이것은 자신의 성공을 의미하며, 그의 승
리를 상징할 것이었다. (405)

떠나기로 결심한 것은 자신에게 얼마나 안전하다고 느끼는지,
그녀가 그의 손아귀에서 어떻게 비틀고 움직이더라도 그녀를
단단히 잡고 있다는 확신을 증명해 보여 주었다. (414)

남성 권력의 전형적인 표현인 가학성(트릴링의 호의적인 강
간[폭력]에 대한 논의 참조)은 결말 장면에서 랜섬이 버리나를
올리브로부터 떼어 놓을 때 극명히 드러난다. 올리브의 고통을
바라보면서 버리나는 언젠가 자신이 랜섬이 자신에게 '그어 놓
은' 경로를 벗어나려고 할 때 어떤 운명을 맞이하게 될지 예감
한다. 랜섬이 그녀를 강당에서 어둡고 음침한 어둠 속으로 내던
지는 행위가 상징하는 것처럼, 버리나는 그와 함께 그의 좁은 세
상을 살아가기 위해 치러야 할 대가——바로 자기 정체성의 소
멸——를 읽어 내는 것이다.

제임스는 올리브와 버리나의 관계 조건이 랜섬의 것과 유
사하다는 점을 주의를 기울여 암시한다. 랜섬과 마찬가지로 올

리브가 버리나를 보는 시각은 낭만적인 환상과 투사로 특징지어진다. 랜섬처럼 올리브도 버리나를 자신의 욕구와 필요의 관점에서 바라보며, 자기중심주의라는 비난에서 결코 자유로울 수 없다. 그처럼 올리브도 소유욕이 강하고 질투심이 많으며 지배적인 인물이다. 두 사람을 묘사하는 데는 동일한 은유가 사용된다. 올리브의 성격은 버리나를 제한하며, 버리나는 올리브의 불안이라는 좁은 울타리에 맞춰 자신의 삶을 맞춰야 한다. 그리고 랜섬과의 관계와 마찬가지로, 두 사람의 관계의 시작과 지속을 좌우하는 힘은 올리브에게 있다. 그러나 이 두 관계가 서로 너무나 유사함에도 불구하고 차이점들이 존재하며, 이 차이점들은 유사점들만큼이나 제임스의 관심을 끈다. 무엇보다도, 랜섬이 버리나와의 관계에서, 특히나 마지막 장면에서 분명히 드러내는 노골적인 힘의 과시 욕망을 올리브에게서 찾기는 어렵다. 애초에 올리브에게는 그렇게 전시할 수 있는 힘 자체가 없고, 또한 올리브가 버리나와 맺는 관계가 지배하고자 하는 욕망으로 특징지어질지언정, 랜섬처럼 그것이 관계를 결정짓지는 않는다. 랜섬이 여성을 대하는 태도와 그의 근본적인 가학성을 고려할 때, 버리나를 향한 그의 관심은 사실상 올리브로 인한 산물이며, 만약 버리나가 올리브의 욕망의 대상이 아니었다면 그에게도 욕망의 대상이 되지 않았을 것이라는 결론은 피하기 어렵다. 버리나에 대한 사랑보다는 자신의 힘을 과시하고 올리브를 말살시키고자 하는 욕망이 곧 랜섬의 동기이며, 이는 곧 그가 경멸해 마지않는 계급에서 유일한 예외인 버리나 한 사람을 골라내는 원인이 된다. 따라서 올리브와의 관계에 대한 전망은 버리나를 때때로 두렵게 하기는 하지만, 랜섬이 진짜로 무슨 생각을 하는지를 알게 되었을 때 그녀가 느낀 감정을 불러일으킬 만한 것은 거기에 없다.

아마도 두 관계의 차이는, 유사한 두 장면 ─ 케임브리지에서 올리브가 버리나로부터 결혼하지 않겠다는 약속을 받아내는 장면과, 소설 마지막에 랜섬이 버리나를 데리고 떠나는 장면 ─ 을 비교해 보면 가장 잘 이해될 수 있을 것이다. 두 경우 모두 버리나는 동일한 상징적 행위를 받는 인물이지만, 그 행위를 묘사하는 언어는 미묘하게 다른 함의와 효과를 담고 있다.

그리고 올리브는 그녀를 자기 곁으로 바싹 끌어당기며, 한 손으로는 자기의 마른 몸을 충분히 덮을 만한 외투 자락을 그녀 위에 휙 덮어 주고, 다른 손으로는 그녀를 꼭 붙들었다. 그러는 동안 올리브는 간청하는 듯, 그러나 반쯤은 주저하는 눈길로 그녀를 바라보았다. (136)

랜섬은 그곳을 떠나면서 버리나의 긴 외투에 달린 후드를 잽싸
게 그녀의 머리 위로 씌워 얼굴과 정체를 가렸다. 사람들은 그
녀를 전혀 알아보지 못했다. (463~464)

올리브의 행동은 보호적이고 구속적이지만 동시에 따뜻하
고 애정 어린 몸짓이기도 하다. 그녀는 버리나가 추위에 떨지 않
도록 지켜 주고 싶어 한다. 그리고 버리나에게 '약속'을 요구하
면서 올리브가 보이는 압박은 그녀의 애원하는 자세로 인해 완
화된다. 반면 랜섬의 행동은 순진히 소유욕에 불과하다. 그는 버
리나의 정체를 숨겨 자신 외에는 누구도 그녀에게 접근할 수 없
도록 하는 것이며, 이는 버리나의 정체성 소멸을 암시한다.

올리브가 랜섬의 방식으로 버리나를 지배하지 않는 것은,
부분적으로는 그녀의 상대적 무력함에서 비롯되는 필연적 결과
이다. 제임스가 분명히 밝히고 있듯, 한 여성이 다른 여성을, 남
성이 하는 것만큼 지배하기란 불가능하다. 여성에게는 그에 합
당한 자아상도, 사회적 권위도 없기 때문이다. 그러나 랜섬과 올
리브의 차이는, 설령 올리브가 그런 권력을 가졌다 하더라도 그
녀는 그런 권력을 행사하는 것에 저항한다는 점에 있다. 버리나
를 지배한다는 생각과 올리브가 갖는 관계의 복잡성은 버리나
에게 결혼하지 않겠다는 약속을 요구하는 장면을 통해 보다 심

도 있게 드러난다. 처음에 그 약속을 요구한 것은 올리브 자신의 엄청난 고통에 대한 반응이면서, 버리나에게 지속적인 상냥함이라는 보상을 약속하는 조건이기도 했다. 그러나 올리브는 바로 다음 날 이 요구를 철회한다. "버리나, 너는 안전해야 해, 그리고 구원받아야만 해. 하지만 그 안전이 네가 스스로 자기 손을 묶어서 얻는 것이어서는 안 돼. 그것은 반드시 너의 인식의 성장에서 오는 것이어야 해. 네가 사물과 너 스스로를, 내가 그것들을 볼 때처럼 진실하고 확신을 가지고 보는 것에서 비롯되어야 한다는 말이야."(140) 그러나 이어지는 대목에서 올리브의 양가성이 드러난다. "'약속은 하지 마, 약속은!' 그녀는 말했다. '차라리 약속하지 않는 편이 훨씬 좋을 거야. 하지만 날 실망시키진 마—나를 저버린다면, 나는 죽어 버릴 거야!'"(140~141) 랜섬처럼 올리브도 역시 버리나를 구속하기를 원하지만 랜섬과 달리 올리브는 버리나가 자신의 자유의지로 얽매이길 바란다. 이러한 입장이 버리나에게 그런 유대를 요구할 권위도, 설령 요구한다 해도 그것을 강제할 힘도 없다는 두려움에 어느 정도 근거하고 있는지, 그리고 그 입장이 그들 관계의 의미에서 자유라는 성질이 본질적인 것이라는 인식에 얼마나 근거하고 있는지는, 버리나를 둘러싼 투쟁의 최종 국면에서 분명해진다.

그녀는 그것[잃어버린 약속]에 대해 쓰라림과 분노로 후회했다. 그리고 더 절박하게 스스로에게 물었다. 설령 그 약속을 지킨다 해도, 실제로 복잡한 상황에 직면했을 때 그것을 감행할 용기가 자신에게 있을 것인지에 대하여. 만약 그녀가 "안 돼. 널 보내 줄 수는 없어. 네가 엄숙하게 맹세했으니, 나는 절대 못 해!"라고 말할 힘이 있다면, 버리나는 그 정도까지는 받아들이며 자신의 곁에 남아 줄 거라고 믿었다. 하지만 그녀의 영혼에서 마법은 영원히 사라졌을 것이고, 두 사람의 우정의 다정함도, 함께하는 일에 있어서의 효능도 사라졌을 것이다. (392~393)

올리브와 버리나의 관계에는 랜섬의 관계와 뚜렷하게 구별되는 마지막 측면이 있다. 버리나의 배신이 불러일으킨 고통과 분노에도 불구하고 올리브는 버리나를 자신과 분리해서 바라보고, 버리나의 관점에서 상황을 바라볼 수 있다. 올리브는 버리나 자신이 해석하고자 하는 방식으로 그녀의 행복을 이해할 수 있다. 랜섬과 대조적으로 올리브는 버리나를 자신에게서 멀어지게 하고 랜섬에게로 끌어당기는 힘들을 받아들이고, 이해하고, 공감하며, 랜섬에 대한 끌림과 싸우려는 버리나의 고군분투에 대해서도 깊이 공감한다. 올리브의 소유욕처럼, 그녀의 자기중심주의 역시 사랑으로 정당화되며, 그 결과 올리브는 버리나에게 존재로서의 기회를 랜섬보다 더 많이 제공한다.

제임스는 올리브와 버리나의 관계에서 이 점을 특히 주의 깊게 강조한다. 올리브의 지도와 영향 아래, 그리고 올리브가 버리나에게 열어 준 가능성 ── 랜섬과 함께라면 결코 누릴 수 없는 기회들이자, 버리나 자신도 분명히 기쁨을 느낀 것들 ── 을 통해 버리나는 성장했다. 랜섬이 그 여름밤 케이프 코드에서 들은 목소리는 두 해 전 버즈아이 양의 집에서 들었던 것과는 전혀 다르고, 올리브와 함께 수치스러운 긴 침묵의 밤을 견뎌 낸 여성으로서의 변화도, 처음 올리브를 만난 날 차비가 부족해 걸어왔던 소녀와는 구분될 만큼 성숙해진 결과이다. 버리나는 올리브의 후원과 애정을 수동적으로 받아들이는 것에서 벗어나 그들 관계에서 점차 완전한 동반자로 성장했다. "모든 것이 처음부터 올리브의 주도로 시작된 일이고, 자신은 그저 엄청난 호소에 일종의 매력적인 예의로 응했을 뿐이라고 스스로에게 말하는 것은 소용없었다. 그녀는 올리브에게 자신을 온전히 내어 주었다. 완전히."(398)

제임스는 올리브와 버리나의 관계를 가치 있게 여긴다. 그는 두 사람의 깊은 애정과 두 사람이 함께하는 일에서 드러나는 자매애적 이상주의, 그리고 함께하는 경험의 아름다움을 반복해 강조한다. 제임스의 손길을 거쳐 이 관계는 완전히 실현된 인간적 유대로 형상화되고, 우리는 그 운명에 깊은 관심과 애정을 갖게 된다. 소설의 마지막 페이지를 지배하는 파괴의 은유들을 통해 그 운명을 읽어 내지 않기란 어렵다. 아름다운 삶의 천을 찢으며 이상적 세계를 무너뜨리는 '파괴자' 랜섬의 모습은, 제임스가 묘사하는 마지막 사건들의 핵심이다.

그렇다면, 『보스턴 사람들』이 사악한 마녀, 위기에 빠진 처녀, 그리고 때맞춰 그녀를 구출하는 영웅적 왕자에 대한 동화가 아니라는 것은 명백하다. 오히려 정반대로, 이 책은 아름다운 어떤 것이 필연적으로 파멸로 내몰리는 비극에 더 가깝다. 이 소설의 거대한 숙명론은 버리나가 랜섬에게 궁극적으로 굴복하는 장면에서 가장 분명히 표현된다. 제임스의 플롯은 세상은 원래 이렇게 돌아간다는 랜섬의 세계관을 뒷받침하고, 그의 어조는 올리브가 이 사실을 공포로 느끼는 감각에 공감한다. 바로 그렇기 때문에 랜섬은 승리와 권력을, 올리브와 버리나는 약함과 패배를 타고난 존재다. 왜냐하면 그게 세상이 돌아가는 방식이고, 또 세상은 언제고 그렇게 돌아갈 테니까. 그리고 세상이 그렇게 돌아갈 수밖에 없는 이유는 세상의 그 어떤 운동으로도 결코 바꿀 수 없는 남성성과 여성성이라는 것이 존재하기 때문이다. 만약 랜섬이 "억압하고, 억압하고, 항상 억압하고자 하는" 욕망으로 인해 본질적으로 남성적이고, 버리나가 타인을 기쁘게 하려는 욕망으로 인해 본질적으로 여성적이며, 이런 것들이 불변의 사실이라면 여성은 결국 착취당할 운명이고, 그들의 재능 역시 사회의 공적 이익을 위해 쓰이는 대신 남성 개인의 사적 필요 속으로 흡수되어 사라질 수밖에 없다.

그러나 제임스의 숙명론에서 도출되는 비전은 이보다 훨씬 더 씁쓸하다. 여성들이 남성에게 굴복할 운명이라는 것뿐만이 아니라, 바로 그 굴복 속에서 자신의 성취와 행복을 발견하도록 운명 지어져 있다는 것이다. 버리나가 랜섬에게 굴복하는 이유는 자신을 성적으로 자극할 수 있는 남자가 오직 랜섬뿐이기 때문이다. 만약 여성이 남성의 성이 권력과 공격성, 가학성으로 표현될 때만 반응한다면, 여성의 성적 욕망은 그들의 해방에 정면으로 대치되며, 여성의 조건은 절망적으로 정체되고 자기파괴적이 된다. 여성은 고통 속에서만 쾌락을 경험하는 마조히스트로서의 운명에 묶이는 것이다. "그녀는 (그 당시 황량하고 메말랐던) 그의 삶에 몸을 던지는 것만이 자신의 행복을 위한 조건이라고 생각했지만, 그 장애물들은 끔찍하고 잔인했다."(397) 버리나가 여성을 경멸하고 욕지기를 느낄 만한 관점의 소유자일 뿐 아니라 자신의 정체성을 말살하려는 남자와 함께 떠나는 것은, 올리브가 보스턴 청중의 집단적 분노 속으로 자기 몸을 내던지는 행위에 상응하는 마조히즘이다. 제임스는, 태런트 부인의 경우처럼, 올리브와 버리나는 개별적 차이보다 여성으로서 경험하는 공통된 조건에 의해 더 강하게 결속됨을 주장한다. 그렇다면 그 공통의 경험이란 무엇인가? "나는 수치와 파멸 외에는 아무것도 보지 못할 것이다."(412) 여성들은 남성이 모든 권력을 쥐고 있음으로써 저마다의 굴복 조건을 설정할 수 있기 때문에, 서로를 배신할 수밖에 없는 운명에 놓인다. 그들의 공통된 경험은 다름 아닌 고통과 수치인 것이다. "그것은 일종의 수치였다, 자신의 나약함, 빠른 항복, 그리고 아침에 다시 찾아든 자신의 광기 어린 선회에 대한 수치였다. … 분명히, 그것은 일종의 수치심이었다."(425)

어떤 면에서 제임스의 이야기는 지극히 관습적이다. 그는 구애하는 남성과 굴복하는 여성이라는 전통적인 낭만적 패턴을 불러오고, 남성과 여성의 본성에 대한 몹시도 관습적인 가정을 전면에 호출한다. 그러나 이 소재가 뜻하는 바를 해석하는 제임스의 태도만큼은 결코 관습적이지 않다. 그는 여성적 성취가 남성의 지배나 통제, "몸값으로 얻은"(ransomed) 것에서 필연적으로 얻어지는 기쁨이라는 식의, 여성 성취의 신비에 대한 관습적인 궤변을 다루지 않는다. 여성의 운명에 대한 그의 관점은 극도로 비통한데, 그는 그것이 여성의 운명이라고 단언할지언정, 결코 그것이 바람직하다고 주장하지는 않는다. 제임스는 자신의 숙명론에도 불구하고 세상이 원래 그렇게 돌아가는 방식에 무언가 근본적으로 잘못된 것이 있으며, 여성의 지위가 몇 마디 농담으로 가볍게 무시될 수 있는 사소한 '세부사항'에 불과한 체제 자체에 뭔가 기괴함이 있다는 감각을 전한다. "'그럼 집이 없는 사람들(아시다시피 수백만 명이죠), 그들을 어떻게 할 건가요?'… '아' 랜섬이 말했다. '그건 좀 세부적인 얘기네요! 고백하건대 저 개인적으로는 여성에 대한 무한한 애정을 가지고 있기 때문에 남자 하나가 아내를 여섯쯤 두자는 의견에 기꺼이 찬성할 수 있습니다.'"(344) 제임스는 개혁의 충동을 일관되게 여성에게서 찾음으로써, 여성들이 느끼는 무용함, 봉사를 통해 자기 존재를 정당화하려는 욕구, 그리고 여성들이 자기 자신과 그 에너지를 어떻게 사용할 것인가 하는 더 큰 문제에 주목한다. 제임스가 제시하는 여성운동에서 너무나 풍부하지만 비효율적으로 분출되는 그 에너지, 버리나의 웅변으로 터져 나오고, 올리브의 고통스러운 강렬함 속에서 스스로를 소진하며, 프랜스 박사의 강박적 프로페셔널리즘과 버즈아이 양의 끝없는 여정에 불을 지피는 그 에너지, 그리고 셀라 태런트 같은 사기꾼의 '서비스'를 찾는 여성들의 불안함으로 표출되는 그 에너지 말이다. 랜섬의 체제는 이러한 에너지를 담아 낼 자리가 없으며, 오직 억누르고 마비시키는 방식으로만 이를 다룰 뿐이다.

자신이 그토록 분명히 포착한 그 고통에 대한 반응으로 할 수 있는 최선이 그것을 낭만화하고 미화하며 비극적인 것으로 격상시키면서 더욱 미묘한 성차별주의를 채택하는 것이라 하더라도, 『보스턴 사람들』에는 잠재적으로 혁명적인 메시지가 담겨 있다. 올리브라는 인물 속에서 제임스는——그가 이를 의식했는지 여부와 무관하게, 또 이에 대해 어떻게 느꼈는지와 관계없이—— 급진적 페미니즘의 핵심 요소를 포착했다. 올리브의 페미니즘은 남성들이 개별적 차이보다 공통점이 훨씬 더 중요하게 작용하는 한 계급을 형성한다는 인식에 기반한다. 또한 그녀의 레즈비언주의, 즉 여성과의 관계를 삶의 우선순위로 두려는 욕망에 기반한다. 올리브라는 인물 속에는 레즈비언주의가 페미니즘에서 핵심 의제가 된다는 인식이 내포되어 있는데, 레즈비언에게는 사적인 영역과 공적인 영역, 즉 랜섬이 무엇보다도 여성들에게서 분리해 두고 싶어 한 두 영역이 결합되며, 또한 레즈비언주의 안에서는 여성의 섹슈얼리티가 지닌 강력한 힘이 여성에 **맞서기**보다 자신을 **위해** 쓰이기 때문이다. 올리브와 버리나의 운명 속에서 우리는 급진적 페미니즘의 핵심 명제를 읽어낼 수 있다. 즉, 여성은 남성에 대한 의존에서 벗어날 때까지, 서로가 서로에게 기본적인 유대임을 알 때까지, 자신들을 '저열하게 담보'(basely ransom)로 삼으려는 남성들이 아니라 서로에게 우선적으로 헌신하는 법을 배울 때까지, 결코 자신을 실현하고 온전히 자기 자신이 될 자유를 얻지 못한다는 것이다.

5장 『미국의 꿈』

"훌라, 훌라" 마녀들이 말했다

I

소설의 클라이맥스에서 십 대 소년 둘이 등반해 북극권 안으로 들어갈 때, 우리는 『넌터킷의 아서 고든 핌 이야기』의 마지막 페이지 이후 미국 문학에서 가장 충격적인 절대자의 비전을 마주치게 된다. 이는 북극권 전체가 '꿈의 자력-전기적 영지'로 드러나는 환각처럼 펼쳐지는 환상인데, 즉 북아메리카 대륙 주민들의 일상과 좌절에서 생성된 모든 진동과 욕망, 본능, 유해한 에너지를 흡수하고 저장하며, 다시 그것을 불결한 꿈과 무의식적 충동의 형태로 되돌려 보내는 거대한 정신적 결정체가 되는 것이다. 요컨대, 이는 지구 자체의 몸에 대한 것으로, 메일러가 개인 몸의 심리경제에 대해 제시했던 비전과 유사하다.[1]

[메일러의 소설] 『우리는 왜 베트남에 있는가?』(*Why Are We in Vietnam?*)에 대한 제임슨의 독해는 우리가 『미국의 꿈』을 읽는 데 하나의 모델을 제시한다. 북극권이 지구의 몸에, 그리고 암세포가 인간 신체에 그러하듯, 『미국의 꿈』은 성 정치의 본체에 있어서도 같은 방식으로 작용한다. 즉, 성차별적 사회의 심장부에 자리한 모든 증오와 두려움, 거짓과 위선, 폭력과 잔혹함, 죄책감과 공포가 고스란히 축적된 저장소인 것이다. 이는 또한 수 세기에 걸쳐 가부장제가 만들어 낸 불결한 꿈이다. 통제불능이 되어 광란에 이른 성차별주의로서, 문화적 신화의 풍부한 맥락에서 자양분을 얻어 폭력적으로 만개한 꽃이다. 그것은 앞서 존재해 온 모든 것에 대한 정교한 주해처럼 읽히며, 그 반향은 끝도 없다. 『미국의 꿈』에는 성 정치 체계에 내재한 사랑＝전쟁, 섹스＝권력이라는 등식이 완벽하게 관철되며 로맨스라는 가식조차 남아 있지 않다. 제임슨의 말처럼, 메일러의 작업에서 "섹스는 … 언제나 권력관계를, 당신의 자아를 타인에게 강요하는 것을 의미한다. 그리고 이는 패배했을 때 당신의 자아에 일어날 수 있는 일의 핵심적인 지점이므로 이 세계에서 자아의 손상

---

1) Fredric Jameson, "The Great American Hunter, or, Ideological Content in the Novel," *College English* 34 (1972), p. 190.

은 곧 성적 기능의 장애로 번역된다".[2] 여기서는 또한 '당신'이 남성과 등치되는 공식이 완성된다. 『미국의 꿈』에는 여성이 인간이라는 어떠한 암시도 존재하지 않으며, 여성은 그야말로 철저히 '타자', 곧 '당신'이 자기 '자신'을 규정하기 위해 맞서야 할 '적'으로만 제시될 뿐이다.

　　물론 메일러는 남성성 자체에 대한 페티시가 있다. 그러나 그의 페티시즘이 독특한 것은, 도대체 어디까지가 패러디이고 어디까지가 지지이자 승인인지 도무지 가늠할 수 없다는 점에 있다. 메일러는 자신이 비판하는 것을 체현한 존재이자, 자신이 체현하고 있는 것에 대한 비판 그 자체이다. 사실상 그는 남자를 흉내 내는 사람이 됨으로써, 더 이상 소생할 수 없는 것을 되살리고 구제가 불가능한 것을 구원하려는 막바지 광적인 시도로 "죽은 의견에서 마치 응고된 피와 같은 어떤 활력을 뽑아내는 방식"을 제시한다.[3] 그는 마치 멸종위기종이 사라져 가는 야생에 몸을 숨기듯, 자기 산문 속에 숨어들어 비평의 행위를 숨바꼭질 놀이로 만든다. 모든 것은 반대가 되고, 그 반대도 다시 반대가 되며, 분석은 믿기 어려울 만큼 복잡하고 좌절스럽다. 이러

---

2) *Ibid.*, p. 186.

3) Mary Ellmann, *Thinking About Women*, p. 73.

한 스타일상의 책략이 갖는 자기방어적 의도는 분명하지만, 그 끝없는 맴돌기와 은폐의 결과, 결국 그 자신이 도주로에 갇혀 버린다. "마치 … 메일러는 지배적 가치체계를 거부하기보다, 오히려 갓 개종한 자처럼 광신적인 과장으로 그것을 받아들이고, 그 가치를 궁극적인 실존적 한계의 극점까지 살아 내려는 것 같다. … 자기 인격을, 어떤 의미에선 이질적인 힘처럼 보일 수도 있는 가치에 일종의 상징적으로 빙의해서는 자신의 삶과 작품을 다른 방식으로는 결코 몰아낼 수 없는 신성한 재연으로 바꾸어 버리는 것이다."[4]

실존적 용기의 위대한 전달자 메일러는, 과시적 남성성(machismo)의 인격 구조를 포기하는 데 따르는 실질적인 공포를 직면할 의지가 없다. 그는 진정한 문화 혁명에 내재된 공포 ―메리 데일리는 『하나님 아버지 너머』에서 바로 이것이 공포에 직면하는 현대 페미니스트들의 삶을 구조화한다고 본다―, 즉 한 형태의 자아가 죽고, 또 다른 자아로 다시 태어날 것을 요구하는 공포와 마주하려 하지 않는다. 그리하여 그는 진짜 공포를 가리기 위해 거짓 공포를 정교화하고, 자신의 세계를

---

4) Jameson, "The Great American Hunter, or, Ideological Content in the Novel," p. 193.

여성의 권력과 남성의 무력함이라는 신화, 즉 거세하는 요부, 이빨 달린 자궁, 살인하는 여성들, 그리고 언제나 파괴될 위기에 처한 연약한 발기와 같은 형상들로 채운다. 최종적으로 그가 제시하는 것은 자신의 병리성에 점점 더 의존하게 된 정신의 이미지, 즉 "남성적 감수성에서 가장 위험한 것이 무엇인지 지적으로는 이해하고 있으면서도, 병적 상태에 대한 집착이 자신의 이해를 능가해 버린 남자의 곤경"이다.[5]

메일러의 작품은 성차별주의가 더 이상 나아갈 수 없는 일종의 종착점을 보여 주는데, 그 까닭은 아이러니하게도 그 논지를 너무나 충실히 따름에 따라 결국 그 끝에 가서 자신의 반대물로 전도되기 때문이다. 그렇기 때문에 이 연구에서 메일러는 논리적 결론을 제공하는 인물이 된다. 가부장제와 남성우월주의 신화에 대한 고수는 메일러의 손에서 일종의 전도된 페미니즘이 된다. 본 연구에서 논의된 작가들 중 가장 노골적이고 헌신적인 남성우월주의자인 그는, 또한 무의식적으로 가장 페미니스트이기도 하다. 약간의 재조정을 거친다면 그의 작품은 혁명적 여성주의 선언문으로 읽힐 수도 있다. 성 정치 체제의 악몽 같은 내용을 끊임없이 제시하고, 그 내용을 포용하며, 궁극적인 실존

---

5) Kate Millett, *Sexual Politics*, p. 314.

까지 살아 내고, 이를 도덕적 용기의 소재로 삼겠다는 결단을 통해 그는 우리 속에 있는 걸 다 게워 낼 만큼의 메스꺼움을 유발한다. 그가 벌이는 게임은 남성 권력의 이익을 위해 고안된 것임에도, 쉽게 거꾸로 자신에게 돌아와 그 권력을 종식시키기 위한 증거와 정당화, 전략으로 활용될 수 있다. 만일 『미국의 꿈』이 끝도 없이 뒤얽힌 패러디와 헌신의 연쇄 속에서 기록하고 있는 드라마가 남성의 무력함과 여성의 권력이라는 이중 신화에 기반하고 남성이 여성의 권력을 탈취함으로써 가능해진 남성 생존을 위한 투쟁이라면, 페미니스트 비평의 드라마는 그 뒤얽힘을 풀고, 신화를 폭로하며, 그 의도를 명확히 밝힘으로써 그것들이 여성으로부터 빼앗아 간 권력을 일부나마 되찾으려는 노력이다. 이는 메일러의 비전을 탈취하여, 그 비전이 이끌어 내는 행동이 더 이상 남성에 의한 여성 살해가 아니라, 무력함으로 위장한 권력에 의해 이용당하고 학대당하는 것에 대한 여성의 저항이 되게 하려는 시도다. 이는 또한 메일러가 여성을 몰아내려는 기획에 맞서 외려 그를 몰아냄으로써 맞대응하고자 하는 노력이기도 하다. 만약 성공한다면 우리는 진정한 용기, 그리고 진실로 새로운 무언가의 탄생을 위한 조건을 마련하게 될 것이다.

II

『미국의 꿈』은 150년 후의 「립 밴 윙클」이다. 환상은 같고, 줄거리만 약간 다르다. 자연이 사라졌고, 시간이 빠르게 많이 흘렀으며, 여성은 그 위에 누워 잠들기에는 지나치게 위협적인 존재로 인식된다. 이제 남자 주인공이 자연 속에서 한가롭게 시간을 보내는 동안 밴 윙클 부인처럼 '자연스러운' 죽음을 맞이해 자멸하도록 그녀들을 내버려둘 수는 없다. 그 대신, 그녀들은 아주 폭력적으로, 철저하게, 반복해서 죽임을 당해야 한다. 그리하여 주인공이 자유롭게 서부로 향할 수 있도록. 이제 이상적인 공동체는 더 이상 고향 마을처럼 편리하게 단순화된 곳이 아니다. 마침내 진정한 자기 자신으로 자유롭게 살 수 있는 장소는 점점 더 멀어져, 유카탄 어딘가 혹은 과테말라 정글 속에서 정체불명이지만 분명히 남성인 친구 한 명이 기다리고 있는 곳이 된다. 그리하여 남성이 여성의 권력을 탈취하는 드라마는 더 이상 책의 제사나 각주의 영역으로 치부되거나 은근한 암시로만 다루어지지 않는다. 『미국의 꿈』에서 이 드라마는 무대의 중앙으로 옮겨지고, 죽은 아내의 시체를 탐색하는 자신의 환상에 대한 공포에 사로잡힌 주인공의 행동이 소설의 핵심적인 상상적 행위가 된다.

환상이 취하는 형식에서 폭력성이 증가함에 따라, 그 환상을 문자 그대로의 것, 프로그램화 된 것, 다시 말해, 그것이 바람직한 행동양식을 기술하고 또 처방하도록 만들고자 하는 전념 또한 강화된다. 독자의 상상력, 나아가 행동에까지 미칠 수 있는 잠재적 영향에도 불구하고 「립 밴 윙클」은 분명 환상이다. 나른하고 화창한 오후의 백일몽을 소재로 삼고, 어떤 면에서는 자신이 표현하는 소망 자체를 은근히 조롱하는 환상. 그러나 『미국의 꿈』은 아무리 환상적으로 보일지라도 단순히 환상이 아니다. 그렇다고 어떤 의미에서도 사실주의 소설은 아니지만, 사회적 현실의 세부 사항에 단단히 뿌리내리고 있기 때문에 순전히 환상의 창조물이라고만 볼 수도 없다. 이 작품은 현실을 참조하는 동시에 현실에 영향을 미치고자 한다. 메일러의 예술과 삶 모두에 드러나듯, 패러디적 헌신과 헌신적인 패러디가 결합된 회피적인 문체의 특징 중 하나는 상징과 행위가 만나는 지점, 은유가 현실로 융합되는 기묘하고도 어두운 경계를 예술을 통해 탐구하고자 한다는 것이다. 이러한 탐구의 예는 1957년에 「화이트 니그로」(The White Negro)라는 제목으로 발표한 에세이와 1960년 두번째 아내에 대한 그의 공격, 그리고 1964~65년에 집필된 『미국의 꿈』 사이의 잠재적 상호 연관성에서 찾아볼 수 있다. 「화이트 니그로」는 자기 안의 사이코패스를 격려하면서 필요하다면 살인을 저지르도록 부추기는 일종의 격문인데, 이는 오직 살인만이 인간을 창조와 사랑 속으로 해방시킬 수 있는 용기 있는 행위라는 주장에 기반한다. 메일러가 아내 아델 모랄레스를 칵테일파티가 끝나고 칼로 찌른 사건은 그 에세이의 불가피한 실행, 즉 그 글을 단순한 말장난이나 은유의 연장 이상으로 만들기 위해 필요한 행위였다고 볼 수 있다. 그리고 그의 에세이가 단순히 말장난에 불과하지 않다는 것을 입증해야 하는 이유는 '의식의 혁명'이라는 것이 그가 끊임없이 조롱하고 폭로해 온 대선 캠페인과 광고슬로건의 세계를 특징짓는 언어적 속임수보다 더 견고한 무언가로 이루어져야 하기 때문이다. 만약 메일러가 폭력을 도덕화하고 그것을 사회적 건강에 기여하도록 만들고자 한다면, 그리고 이를 실행할 용기가 바로 우리 국가의 생명을 국가적 암으로부터 구원할 필수적인 행위라고 본다면, 그는 당연히 자신의 신념에 대한 용기를 가져야 한다. 그리하여 그는 자신의 정직과 용기를 증명하기 위해, 그리고 "다른 남자들이 두려워하는 경험의 영역을, 제정신을 가진 사람으로서 탐험할 수 있다는 … 자부심"을 보여 주기 위해 아내를 찌른 것이다.[6]

그러나 정말 중요한 것은 이 에세이의 불가피한 결과로 나

---

6) *Time*, 5 December 1960, p. 17.

타난 행위의 본질이다. 무기(펜나이프), 시간과 장소(다른 사람과 함께 있던 자신의 아파트), 그리고 형식(앞뒤로 두세 차례, 심장 가까이를 찌르되 치명적인 부위는 피해 찌름)의 선택은 모두 이 공격을 실패한 살해 시도로서가 아니라 폭력의 상징으로 규정한다. 사람을 죽이는 일은 그리 어렵지 않다. 만약 살해가 목적이었다면 굳이 아슬아슬하게 빗나갈 이유가 없었을 것이다. 하지만 메일러의 행위에서 핵심적인 특징은 바로 이 아슬아슬하게 빗나감 그 자체에 있다. 형식이 곧 내용이므로. 그 행위는 바로 그 좁은 영역 ──『미국의 꿈』에서 켈리의 난간[7]으로 상징되는 영역, 즉 은유적인 것과 축자적인 것이 거의 맞닿아 있는 영역 ──을 탐색하는 것으로, 은유가 문자 그대로 변환되는 지점에 이르러 멈추는 행위이다. 이렇게 최종적으로 후퇴를 하는 이유는 분명하다. 일단 변환이 이루어지고 나면 행위의 본질이 바뀌어 버리고 그 의미에 대한 통제를 상실하게 된다. 상징적 행위는 '일탈적'이고 '반사회적인' 행동에 대응할 권한을 부여받은 기관의 소

---

7) [옮긴이] 여기서 '켈리'는 작품 속에서 스티븐 로잭이 죽인 아내 데버라 켈리(Deborah Kelly)의 아버지 바니 켈리(Barney Kelly)를 지칭하는 것으로 그는 막대한 부를 쌓고 정계를 비롯한 사회 전반에 강력한 힘을 휘두르는 인물이다. 자신의 딸이 사위에 의해 살해당했다는 것을 알고 그를 불러들인 켈리는 로잭에게 바깥 난간을 걷도록 강제한다. 무엇이든 할 수 있는 권력자인 켈리의 명령을 거부할 수 없는 로잭은 그의 말에 따라 창문 밖으로 나가 아슬아슬하게 난간을 걷는다.

유가 되고, 살인자는 정신이상으로 판정되거나 수감된다. 메일러가 체포되어 관찰을 위해 벨뷰 병원에 구금되었을 때 그가 느낀 공포는 자신이 단순히 정신이상자로 간주되어 자기 행동의 의미에 대한 통제력을 상실할지도 모른다는 데 있었다. 무엇보다도 메일러는 자신의 행위와 사회 건강의 전달자로서 예술가의 기능에 대한 자신의 비전 사이의 관계를 명확히 하기 위하여 상황에 대한 통제력을 유지하고자 했다. 예술이 행위로 융합되듯, 행위 역시 예술로 융합되며 그 결과가 바로 『미국의 꿈』이기 때문이다. 이 작품의 은유적 광기는 마치 중단된 행위의 후유증 같아 보이며, 은유가 확장되는 정도는 행위가 제한된 정도와 정확히 비례하는 것처럼 보인다.

하나, 그 과정이 어디에서 끝날지 누가 예측할 수 있겠는가? 조지 슈레이더가 주장하듯, "메일러는 예술의 형식 속에서 그 급진적 가능성을 제시하기 위해서는 먼저 스스로 그것을 경험해야 한다고 믿는 게 분명해 보인다"[8]면, 마찬가지로 그 역도 동일하게 성립할 것이다. "그 이전 작가가 다룬 것보다 조금 더 멀리, 조금 더 깊이 인간 자아라는 신비 속으로 들어가는 고독

---

8) George Alfred Schrader, "Norman Mailer and the Despair of Defiance," *Yale Review* 51(1961); reprinted in *Norman Mailer: A Collection of Critical Essays*, ed. Leo Braudy, Englewood Cliffs : Prentice-Hall, 1972, p. 83.

한 인간적 선택의 가능성"[9]을 제시하는 것은 단순히 소설을 읽는 경험을 넘어서는 인간적 행위의 모델을 제시하는 것이다. 그렇다면, 과연 우리로 하여금 『미국의 꿈』을, 「화이트 니그로」보다 더 심각한 살인의 설계도로 보지 못하게 막을 것은 무엇인가? 『미국의 꿈』은 바로 그 에세이와 그 이후의 사건들이 생성해 낸 에너지를 발판 삼고 있는데 말이다. 『미국의 꿈』에서 살인은 본질적으로 가치 있는 것으로 제시되며, 로잭이 악의 세력으로부터 자신을 해방시키려는 투쟁 속에서 우주적 의미를 부여받는다. 더 나아가 메일러는 작가이자 한 남자로서 자신의 용기를 8부작 연재물의 첫번째 편에서 자신의 주인공이 아내를 죽이도록 한 사실에서 찾을 수 있다고 주장한다.[10] "[그것은] 마치 메이시스 백화점 쇼윈도에서 옷을 벗는 것과도 같다. 그 다음엔 뭘 하겠는가? 하지만 결국 내가 미국에서 그것을 할 수 있는 유일한 남자라는 것을 깨달았다. 나는 내가 다른 남자들만큼 육체적으로 용기를 가졌다고는 생각하지만, 도덕적 겁쟁이가 되는 것은 마음속 깊이 두렵다. 이것이 나에 대한 단서이다."[11] 폭력

---

9) Schrader, "Norman Mailer and the Despair of Defiance," pp. 82~83에서 인용.

10) [옮긴이] 이 작품은 단행본 출간 전 1964년에 먼저 『에스콰이어』(*Esquire*)지에 연재 형식으로 게재되었다.

11) Brock Brower, "Always the Challenger," *Life*, 24, September 1965, p. 102에서 인용.

에 대한 환상을 구체화하고 도덕화하며, 그것을 현실화하려는 삼중의 헌신은 메일러를 작가로서 독특하게 만들어 주는 것이자 성 정치 체제와 독특한 예술적 관계를 형성하는 것이다. 그러나 이러한 헌신이 도덕적 용기의 전형으로 제시된다 할지라도, 그는 결코 그 정도의 찬사를 받을 만한 자격은 없다. 보통 결말에나 등장할 법한 위기 장면으로 소설을 시작하기로 한 그의 결정이 용기 있는 행동일 수는 있다(물론 다른 소설에서도 있는 일이긴 하다). 그러나 아내를 칼로 찌른다는 상징적 행위에 용기가 없듯이, 그가 위기를 선택하는 것에도 마찬가지로 용기는 없다. 이는 지극히 평범하고 예견 가능한 행위의 전형이며 「립 밴 윙클」의 환상을 반복한 것에 불과하고, 미국 문학과 문화 전반에서 이미 수없이 변주된 요소일 뿐이다. 지극히 관습적인 것을 도덕적 용기와 혼동하는 습성은 메일러 작품에서 고질적으로 나타나는 현상으로, 그로 하여금 자신에 대한 최악의 두려움을 스스로 실현하게 만든다. 그는 질병 자체에 대한 치료법을 전혀 생각하려 들지 않는데, 이것이야말로 심각한 도덕적 비겁함의 행위라 할 것이다.

그럼에도 불구하고, 자신의 병이 되기로 한 결정, 즉 폭력적인 문화 속에서 과잉폭력성을, 성차별적인 사회 속에서 과잉남성성을 실천하겠다는 그의 결정은, 그 병을 분석할 수 있는 조건과 진정한 용기를 실현할 수 있는 조건을 제공한다. 비록 「화이트 니그로」와 같은 에세이는 질병을 질병으로 치유하려는 성차별주의의 절정을 보여 주지만, 이를 페미니스트의 관점에서 읽고 몇 가지 단순한 대체를 거친다면 혁명적인 작품이 될 수도 있다. 이 글의 모든 단어는 성차별이 자신의 삶에 미치는 영향을 막 자각한 여성, 그리고 "순응과 우울의 세월"이 낳은 "지독한 두려움"을 극복하기 위해 고군분투하는 여성, "개인으로서 존재하고, 자신의 목소리로 말할 용기"를 위해 싸우는 여성에게, 틀림없는 명징함과 엄청난 힘으로 말을 건넨다.[12] 이런 여성이야말로 이 에세이의 이상적인 독자이다. 왜냐하면 그녀야말로 인류 문화 전체에서 가장 억압적이고 전체주의적인 제도, 곧 '남성성'과 '여성성'이라는 개념에 맞서야 하며, 동시에 불안감에 가장 크게 휩쓸리고 절망적으로 분열증적이며 정신병적이라고 느끼면서 자신의 본성을 바꿀 방법을 필사적으로 찾고 있는 존재이기 때문이다. 내면의 사이코패스를 격려하고 자아의 반항적인 사명을 향한 미지의 여정을 시작하라는 그 명령은 그녀의 가장 깊은 욕구를 향해 있는 것이다. 실제로 「화이트 니그로」는 메

---

12) Norman Mailer, *Advertisements for Myself* (1959), rpt. New York: Berkley-Putnam, 1966, p. 312.

일러가 아내를 찌르는 것보다는 아내가 그를 찌르는 상징적인 행위로 이어지는 편이 훨씬 더 논리적이다.

이 주장의 진실성, 그리고 메일러가 갖는 혁명적 여성주의와의 아이러니한 친연성은 그가 아내를 찌른 사건과 가장 유사한 동시대 사건을 살펴보면 알 수 있다. 이는 다름 아닌 1968년 6월 3일, 밸러리 솔라나스(Valerie Solanas)가 앤디 워홀(Andy Warhol)을 총으로 쏜 사건이다. 두 사건 사이의 유사성은 상당히 크고 흥미롭다. 남성을 제거해야 할 필요성을 주장하는 『S. C. U. M. 선언』(*SCUM Manifesto*)을 쓴 솔라나스는 워홀과 함께 그의 팩토리 사무실에 들어가 그를 총으로 쏜다. 메일러처럼 그녀도 자신의 선동을 몸소 실천하며 자신의 언어가 가진 함의를 끝까지 밀어붙이고, 은유를 행위로 번역했다. 그러나 또한 메일러와 마찬가지로 그 변환을 완전히 완료하기 직전에 멈춤으로써 상징적 행위라는 중간지대에 머문다. 솔라나스는 메일러가 아내를 찌른 횟수만큼 워홀을 쏘았지만, 그 역시도 얼마든지 할 수 있었음에도 그를 죽이지 않는다. 메일러처럼 그녀도 위험을 감수하지만 그것은 치밀하게 계산된 위험이었으며, 은유가 문자 그대로의 행위에 거의 도달하면서도 끝내 그것이 되지 않는 좁은 영역을 탐구하려는 의도였다고 할 수 있다. 그녀가 한 일의 의미는 살인이라는 폭력적 사실에 있지 않고, 폭력의 상징적 행위에 있었다. 그것은 자신의 『선언』과 개인적 삶에서 필연적으로 파생된 결과물로서, 여성의 분노에 대한 진술이자 남성 기득권에 대한 경고이며, 다른 여성들에게 자신들의 분노를 자각하고 표출할 것을 촉구하는 신호였다. 이후 그녀는 이렇게 말한다. "어쨌든 이제 끝났다. 다시 할 필요는 없다."[13] 그녀의 행동은 그 원천과 본질이 메일러의 것과 유사할 뿐만 아니라, 그 결과에 대한 반응 또한 그렇다. 그와 마찬가지로, 그녀는 기관들이 그녀의 행위를 장악하고 그 의미를 탈취하려는 시도에 격렬히 저항한다. 그녀는 변호인을 거절하며 사안이 심각한 만큼 이 문제는 "유능한 손에 맡기고 싶다"고 설명한다. 또한 자신이 단순히 정신이상으로 치부되는 것에 반대하면서 이렇게 말한다. "내가 매일같이 사람을 쏘는 게 아니지 않나. 나는 이 일을 이유 없이 한 게 아니다."[14] 그리고 메일러처럼 그녀는 자신의 글과 행동을 직접적이고 대중적으로 연결 지으며 자신을 변호하기 위한 증거로, 말하자면 자신의 변론요지서로 『S. C. U. M. 선언』을 법정에 제출할 계획을 세웠다. 솔라나스만큼 메일러의 힙스터[15]를 잘

---

13) *New York Times*, 5 June 1968, p. 50.

14) *Ibid*.

15) [옮긴이] 「화이트 니그로」에서 메일러는 흑인의 실존적 태도를 차용한 '힙스터' 라는 용어를 사용하는데, 이는 사회적 순응을 거부하고 무절제할 정도로 강렬한 현재성을 추구하는 미국적 실존주의자를 일컫는다. 2차 세계대전 이후 냉전과

보여 주는 사례는 없다. 메일러의 자기집착적, 따라서 자기파괴적 비전의 본질, 그리고 병을 병으로 치유하겠다는 그의 집념을 입증하는 더 나은 증거는 바로 그러한 사례가 그에게는 상상조차 불가능하다는 점이다.[16]

그러나 메일러가 여성주의와 맺는 친연성에는 또 다른 차원이 존재한다. 『미국의 꿈』과 『S. C. U. M. 선언』을 나란히 읽어 보면, 두 텍스트는 평행한 문서처럼 보인다. 두 작품 모두 남성 경험의 본질과 남성이 된다는 것이 무엇을 의미하는지에 주

매카시즘 등으로 '순응'이 지배적 태도가 된 상황 속에서 힙스터는 이에 맞서 (재즈처럼) 즉각적·즉흥적으로 위험 속의 삶을 선택하는 인간 유형이다.

16) 우리 사회의 성차별은 두 사건에 대한 신문 및 언론 보도, 두 가해자에 대한 법적·제도적 처우를 비교해 보면 분명히 드러난다. 예상대로, 두 경우 모두에서 남성 쪽이 언론의 동정과 관심을 압도적으로 많이 받았다. 메일러의 행위를 흥미롭게 만들고, 그를 이해하고자 하는 욕구를 불러일으키는 요소들이 솔라나스의 경우에도 똑같이 적용될 수 있음이 자명함에도, 그녀가 워홀을 공격한 사건에 관한 언론 보도는 예외 없이 워홀에게 초점을 맞추었고, 솔라나스는 다만 배경 속에서 희미하고, 거의 실체가 드러나지 않은 그림자 같은 인물로 남았다. 그리고 메일러가 벨뷰 병원에서 17일간의 정신 감정 관찰을 마치고 "아무리 멍청하고 어리석다 하더라도, 사회는 우리를 돌봐 주기는 한다. 끔찍한 점은 벨뷰가 전혀 끔찍하지 않았다는 것이다"라고 항변하며, "그곳이 디킨스적인 지옥이었다면 나는 그 어느 때보다 강해져서 나왔을 텐데, 너무 일찍 나와서 온화해졌다"고 한탄한 반면, 솔라나스는 재판을 받을 능력이 없다고 판정되어 정신이상 범죄자들을 수감하는 매터완 주립 병원(Mattawan State Hospital)에 4개월 동안 수감되었는데, 그곳은 메일러의 상상을 훨씬 뛰어넘는 디킨스적 지옥이었다. 또한, 메일러의 아내가 기소를 거부했기 때문에 그는 집행유예와 보호관찰 처분만 받았지만, 솔라나스는 매터완에서 풀려난 뒤 5만 달러의 보석금을 내지 못해 구금되었고, 결국 최대 3년에 달하는 징역형을 선고받았다.

목한다. 솔라나스가 자신의 비전이 함축하는 의미에 대해 "제거하라"라는 응답을 내놓는다면, 메일러는 "어떤 대가를 치르더라도 살아남을 방법을 찾아라"라는 응답을 내놓는다. 이들의 평행적 탐구가 산출하는 결과는 본질적으로 동일한 것이다. 두 사람 모두 남성이 연약하고 멸종 위기에 처해 있으며, 그리고/따라서 위험한 종이라는 데 동의한다. 메일러는 당연히 이러한 비전에 대해 책임을 지고 싶어 하지 않는다. 그의 신념은 늘 의심의 대상이며, 그의 회피적인 문체에 의해 끊임없이 보호받는다. 그러나 은유와 행동 사이 그 가느다란 선을 탐구하는 데에 대한 그의 투자는, 회피적인 스타일에 대한 그의 투자처럼, 자신의 작품의 의미에 대한 통제력을 궁극적으로 상실하게 만든다. 만약 『미국의 꿈』의 은유적 광기가 살인이라는 행위로 향한다면, 누가 누구를 살해하도록 이끌었는지는 전혀 확실하지 않다. 『S. C. U. M. 선언』은 『미국의 꿈』에 대한 주석으로 읽을 수 있으며, 『미국의 꿈』은 『S. C. U. M. 선언』에 명시된 입장을 뒷받침하는 증거로 제시될 수 있다. 메일러는 여성에 대한 남성의 폭력을 작품의 중심으로 삼음으로써 여성이 남성에 대한 폭력을 표출할 수 있는 조건 역시 만들어 내고 있는 것이다.

『미국의 꿈』은 거대한 남성 권력 연합의 이미지로 포화되어 있다. 마피아, 중앙정보국(CIA), 경찰, 정부기관과 대기업, 언론 매체, 대학 기득권이 있고, 그 모든 배후에는 남근적 타워에 자리한 바니 켈리가 있다. 그는 제국 건설자이자, 권력 연합, 제도적 권력의 궁극적 상징이다. 이 책은 또한 여성에게 폭력을 행사하는 개별 남성들의 이미지로도 가득 차 있다. 로잭의 데버라 살해, 아내의 머리를 망치로 내리쳐 죽이는 해병대 군인, "퀸즈에서 뚱뚱한 계집이랑 동거"하다가 "6주 뒤 그녀를 부지깽이로 살해하는" 헨리 스틸스,[17] 아내를 구타하는 로버츠와 체리(Cherry)의 살해 등. 권력은 분명 남성적인 것이며, 남성의 손에 쥐어져 있는 것처럼 보인다. 그러나 로잭이 말하는 인간, 즉 남성의 본성에 관한 명제는, "마법, 공포, 그리고 죽음의 인식"(15)이 동기의 원천이며, 비겁함이 신경증의 근원이라는 것인데, 이는 권력을 가진 자가 제시할 것이라고 예상하기 어려운 주장이다. 실제로 『미국의 꿈』은 『보스턴 사람들』의 비평적 해석을 산출한 바로 그 동일한 남성적 환상의 정교화로 읽을 수 있으

---

17) Norman Mailer, *An American Dream*, N. Y.: Dell, 1965, p. 81.

며, 이는 제임스가 소설 속에서 제시한 사회적 현실과는 정반대
의 것이다. 메일러가 갖는 여성의 권력과 남성의 무력함에 대
한 환상은, 공포에 사로잡힌 포위된 남성이 마녀 같고 공격적인
(witchy, bitchy) 여성의 유독한 영향력에 맞서 싸우는 남근중심
적 비평가들의 신화와 놀라우리만치 유사하다. 이 신화의 기능
은 분명하다. 자신이 전도시키는 바로 그 현실을 위장하고, 그럼
으로써 그 현실을 영속화하는 것.

우리가 로잭을 처음 보게 되는 장면은 상징적이다. 그는 거
리 위 10층 높이 발코니 난간에 매달려 있으며, 뛰어내리고 싶은
충동과 자신 사이를 가로막는 것은 위태롭게 난간을 잡고 있는
오른쪽 네 개의 손가락뿐이다. 위태로운 존재감은 로잭의 주된
자기규정이다. 서른두 시간에 걸친 꿈/악몽 속에서 그가 경험하
는 모든 것은 하나의 시험이 되고, 그 시험을 통과함으로써 그는
잠시나마 자신의 존재를 입증한다. 이 작품의 클라이맥스는 로
잭의 정체성과 존재의 위태로운 본성을 가장 정교하게 표현한
다. 켈리의 발코니 난간을 도는 그의 여정은 이에 대한 빼어난
은유로, 생과 사 사이에서 아슬아슬하게 균형을 잡은 채로 외부
의 힘에 의해 위협과 지지를 번갈아 받는 사람의 모습을 보여 준
다. 로잭의 존재는 결코 그냥 주어진 것이 아니라 끊임없이 증명
되고, 주장되고, 창조되어야만 하는 것이다. 단순히 말하자면 그

는 그저 있는 존재가 아니라, 무언가가 되어야만 하는 존재에 속한다.

죽음에 대한 로잭의 강박 속에서 우리는 그의 자기규정이 지닌 전적인 힘을 느낀다. 그가 처음 난간에 매달리기에 앞서 떠올리는 기억이 보름달 아래에서 자기 손에 죽어 가던 네 명의 독일인 병사라는 것은 결코 우연이 아니다. 그를 "죽음의 사적인 만화경" 속으로 몰아넣는 네번째 병사의 눈 뒤에 있는 환영은 단순히 죽음이 "삶보다 더 위험한 창조물"이라는 인식에 그치는 것이 아니라, 로잭 자신이 죽음의 대리인이며, 오직 죽음만이 자신의 창조 방식이자 힘의 원천이라는 사실이다.[14] 결국 로잭의 자아 패러다임은 "나는 살인자였다"라는 규정이며, 바로 이 자기 비전이 그로 하여금 이에 부합하는 죽음을 찾아 밤의 할렘 거리를 거닐게 만든다.[123]

그러나 로잭은 단순히 자신을 죽음의 대리인으로 규정하는 것을 두려워하는 것이 아니다. 더 중요한 것은, 그가 사실 이미 죽어 있는 건지도 모른다는 두려움이다. "본능이 내게 죽으라고 말하고 있었다. … '넌 아직 죽을 수 없어.' 내 공식적 뇌의 부분이 말했다. '너는 아직 네 일을 다하지 않았어.' '그래.' 달이 말했다. '아직 할 일을 끝내지는 않았지만, 네 삶은 다 살았고, 너는 그것과 함께 죽었어.' '나를 완전히 죽게 내버려 두지 마.' 나는 속으로 울부짖었다."(19) 하지만 달의 편에 있는 증거는 섬뜩하다. 로잭은 자신의 중심이 비어 있다는 감각, 곧 자신의 인격이 "공허 위에 세워져 있다"(14)는 확신에 사로잡혀 있기 때문이다. 그는 자신에 속하지 못하고, 자기가 아닌 다른 외부의 힘에 의해 침범당하고 점유당한다는 느낌에 압도되어, 결국 그의 정신과 육체가 어떤 이질적인 외부 세력의 대리자라고 믿게 된다.

바니 켈리는 이러한 공포를 예리하게 불러일으키는 인물이다. 로잭이 어디를 가든 그는 켈리가 이미 그곳에 있었고, 자신은 사실상 그의 대체물임을 깨닫는다. 그는 자신이 단지 켈리의 욕망을 실현하는 존재, 그에게 조종당하는 존재에 불과하다고 느낀다. 이러한 대체의 감각은 데버라의 살해를 둘러싼 일련의 사건들을 지배한다. 자아의 명령에서 비롯된 사적인 행위로 시작된 것이 곧 국제 스파이 활동, TV 프로그램 제작자와 방송사 간의 관계, 대학 내 정치까지 얽히는 공적 행위로 급속히 변모한다. 아파트 건물을 나서면서 로잭은 신문 기자들에게 둘러싸이고, 경찰서에 들어서서는 그의 개인적 행동이 그곳에서 벌어지는 권력 게임에 묻혀 사라진다. 경찰에서 풀려나는 마지막 순간조차 이는 실질적으로 그 자신, 또는 그가 가진 행위의 의미에 대한 비전과는 무관하며, 이는 다만 로잭이 자신을 위해 일을 해준 거라는 믿음에서 켈리가 은밀히 물밑에서 손을 쓴 결과였다.

그러나 로잭으로 하여금 자신을 주변적 존재이자 위협받는, 죽음에 내맡겨진 존재로 가장 뚜렷하게, 또 지속적으로 느끼게 하는 것은 여성이다. 너는 이미 죽었다고, 달로부터 그에게 들려오는 목소리는 여성의 것이며, 바로 이 목소리가 그에게 자신을 포기하고, 데버라의 살인을 자백하고, 죽으라고 부추긴다. 체리와 처음으로 잠자리를 갖기 전, 그녀 곁에서 그는 이렇게 생각한다. "여자와 함께 침대에 있을 때, 나는 내가 생명을 만들고 있다는 느낌보다는 오히려 생명을 약탈하는 해적처럼 느끼곤 했다. 그래서 내 안 어딘가에는——그렇다, 그 두려움의 상당 부분에는—— 반드시 여성의 자궁 뒤에 자리하고 있을 심판에 대한 공포가 있었다."(115) 데버라를 살해한 것은 결국 자신에 대한 최악의 두려움을 실현한 것이었고, 훼손된 그녀의 시신이 보내는 사악한 눈빛은 그에게 끔찍한 심판을 되돌려 준다. 여성은 또한 로잭으로 하여금 그에게 중심이 없으며, 자신을 소유하지 못하고 있다는 두려움에 직면하게 한다. 데버라를 죽이기로 한 충동은 그녀가 "공허를 열었다"는 감각에서 시작된다. "나는 다시 달을 생각했고, 내게 내려온 소멸의 약속을 떠올렸다. … 나는 이제 중심이 없다. 이해할 수 있는가? 나는 더 이상 나 자신에게 속하지 않는다. 데버라가 내 중심을 차지했다."(32) 이후 그는 체리와 함께 있을 때도 비슷한 경험을 한다. "그리고 나 자신에게 속하지 않는 그 감각, 내 중심이 데버라의 소유가 되는 느낌—내가 그녀를 죽이기 불과 5분 전에 느꼈던 그것—이 다시 되살아났다."(166)

자아에 대한 환영을 이끌어 낼 수 있는 여성의 이러한 능력은, 궁극적으로 여성이 남성보다 강력하다는 믿음에서 비롯된다. 로잭은 『미국의 꿈』 속 풍경을 지배하는 제도들의 진짜 권력은 여성이며, 최종적인 조종은 남성이 아니라 여성에 의해 수행되는 것임을 확신한다. 스티븐 로잭의 정계 입문 후견인으로 언급되는 인물은 루스벨트 부인이고, 샤고 마틴(Shago Martin)에게 자신의 제안을 거절당한 후, 그의 운명을 결정짓는 것도 데버라와 그녀의 친구들이다. 그가 "더 이상 전국적인 인물로 성장할 위험이 없도록" 말이다.(172)[18] 로잭은 사회면 부고란에서 데버라가 속했던 단체 목록을 읽으며 "수년간 향기로운 정오마다 그녀가 사라졌던, 끝도 없이 이어지던 여자들의 사적인 점심모임—그곳에서는 어떤 왕자들이 선출되고, 어떤 왕위 계승자들이 단두대에 올랐을까. 어떤 결혼이 그들로 인해 방향이 바뀌었

---

18) [옮긴이] 데버라는 유명하고 재능 있는 흑인 재즈 가수 샤고 마틴의 열성적인 팬이었고, 그가 자신의 사업적 측면에 도움을 주기를 바랐으나, 그는 이를 단번에 거절한다. 이에 데버라는 자신이 가진 인맥과 힘을 활용해 그가 좋은 공연 기회를 얻지 못하도록 막는다.

을까. … 내 목을 조른 그 모임의 여자들, 바로 그들이거나 혹은 그녀의 어머니들이 아마도 18년 전 나를 정계에 진출시키기 위해 그토록 애썼던 사람들이겠지"(129) 하고 회상한다.

심지어 남성 권력 카르텔의 궁극적 상징인 켈리조차, 로잭의 눈에는 여성 권력의 그늘 아래 사는 인물로 비친다. 이는 단지 데버라와의 관계 때문이라거나, 그녀가 아마추어 스파이 행위로 남긴 결과가 사후적으로 그를 곤혹스럽게 만들었기 때문만은 아니다. 더 중요한 것은, 켈리의 행동을 제어할 수 있는 정보를 가진 유일한 인물인 루타(Ruta)와의 관계이다. 남성과 여성 권력의 관계에 대한 이러한 시각은 로잭이 켈리를 보러 가는 길에 월도프 타워에 들어서는 길목에서 적절히 기록된다. "측면 출입구 밖에는 리무진 세 대가 이중주차 되어 있었고, 출입문 앞에는 오토바이를 탄 경찰 부대가 있었다. … 현관에는 … 180센티 넘는 남자 여덟이, 시험관에서 길러 낸 황소처럼 멋진 모습을 하고 서 있었다. … 어떤 기관에서 대단히 높은 자리를 차지한 듯한 여성이 막 내려오려는 참이었다."(193~194) 여성들이 궁극적 권력을 대변하고 소유하며, 그들의 요구를 수행하기 위해 줄지어 선 종마 같은 남성들의 이미지는 『미국의 꿈』 신화의 핵심이다.

로잭이 데버라에게 끌리는 이유는 이러한 관점에서 나온다.

로잭은 개츠비가 데이지를 보듯, 데버라를 한 사람이 아니라 지위의 상징이자 권력으로 향한 통로로 본다. 그녀와의 관계에서 자신의 자격을 확립하고자 하는 욕구는 즉각적으로 드러나며, 이는 로잭을 특징짓는 위태로운 정체성, 즉 형성 중인 정체성을 반영한다. 그리고 그의 정체성이 형성되는 방식 중 하나는 권력 있는 여성과의 관계를 통해서라는 사실도 마찬가지로 분명하다. 그날 밤의 '성공' 여부는 단순히 유혹에 성공했느냐가 아니라 누구를 유혹했느냐에 달려 있다. 데버라를 정복할 만한 가치가 있는 대상으로, 그리고 그날 밤을 "아름다운" 밤으로 만드는 것은 그녀가 부유하고 권력 있는 여성이라는 점, 또한 그녀가 바니 켈리의 딸이자 코글린 망가라비디(Caughlin Mangaravidi) 가문 출신이라는 점, 그리고 심지어 잭 케네디(Jack Kennedy)나 스콧 피츠제럴드 같은 비범한 남성들의 구애조차 지루해할 만큼 세련된 여성이라는 사실 때문이다. 그녀를 유혹함으로써 로잭은 자신이 정말 특별한 "칼"(sword)임을 입증한다.

두 사람 관계 전반에 걸쳐 로잭은 데버라를 그녀와의 관계에서 얻는 지위와 그녀가 접근을 제공하는 권력의 렌즈를 통해 바라본다. "나는 … 상속녀의 남편이 되었다", "마침내 데버라 코글린 망가라비디 켈리와 결혼 생활을 했던 남자가 되었고, 그녀는 수많은 연인들 가운데에서 남자를 골라 선택하면서 한때

악명이 높았으며 … 그녀는 나를 빅 리그로 진입시켜 주는 입구였다", "나는 또한 정계로 복귀하고 싶은 비밀스러운 야망이 있었다. … 그녀가 내 곁에 있으면 영향력이 생겼고, 나는 도시에서 가장 활동적인 인물 가운데 하나가 되었다―― 아무도 나로부터 궁극적으로 큰 것이 나올 거라고 확신할 수 없었다."(15, 23, 23~24)

그러나 데버라가 단순히 제도적 권력을 대표하거나 정치 권력에 대한 접근을 제공하는 게 전부는 아니다. 그녀는 또한 로잭이 개인적 권력을 실현하는 능력과 긴밀히 연결되어 있다. 그녀는 그의 자아를 지탱하는 '뼈대'이며, 그는 자신에게 그녀 없이 '혼자 설 수 있는 힘'이 없을까 봐 두려워한다. "그녀가 나를 사랑할 때 … 그녀의 힘이 내게로 전이되는 것처럼 느껴졌고, 나는 재치를 지니고 살 수 있었고, 활력이 있었으며, 체력도 믿을 만했고, 나만의 스타일이 있었다. … 그녀가 나를 사랑하지 않기 시작하는 순간 … 내 정신은 무대에서 끌려 내려와 구석에 처박혔다."(24) 로잭은 데버라에게 자신의 존재와 정체성에 대한 전적인 통제권을 부여하며, 그녀가 자신을 성공하게 하거나 무너뜨리고, 권력으로 해방시키거나 무(無)로 만들 수 있다고 본다. 데버라가 그의 자아상에 대한 열쇠를 쥐고 있음은 그들의 관계 초반부터 분명히 드러난다. "'당신, 가톨릭이 아닌가?' '아니.'

'혹시라도 폴란드계 가톨릭이길 바랐는데. 이름도 로잭이잖아.' '절반짜리 유대인이지.' '나머지 절반은?' '프로테스탄트. 사실 아무것도 아닌 거지.' '아무것도 아니구나.' 그녀가 말했다. '어서, 집에 데려다줘요.' 그리고 그녀는 우울해졌다.″(37) 이 우울함에 대해 로잭은 나중에, 데버라가 자신에게 종교적 은총이 부족하다고 믿기 때문이라고 설명하지만, 그가 두 사람의 대화를 기록한 방식을 고려할 때, 그녀의 실망은 그가 데버라가 생각하는 흥미로운 사람에 대한 기준에 부합하지 못했기 때문이라고, 즉 데버라가 자신을 아무것도 아닌 사람으로 본 데서 비롯되었다고 보는 편이 타당해 보인다. 그녀가 가진 데버라 코글린 망가라비디 켈리라는 풍부한 정체성과 대조적으로, 그의 이름에서 그녀가 얻어 낸 것은 결국 '아무것도 아니'라는 것뿐이었다. 데버라는 로잭이 자신에 대해 아무것도 아니라고 생각하는 이 관점을 계속해서 자극한다. 그녀는 그가 아무것도 아니고 그저 폭력배나 겁쟁이에 불과하다고 말하며, 그가 자신의 아버지도, 첫번째 남편도, 진정한 애인도 아니라는 사실을 상기시킨다. 따라서 로잭과 데버라의 관계에서 살인의 잠재성은 이중적이다. 그녀는 그를 무언가가 되게 해주는 존재인 동시에 그가 아무것도 아님을 확인시켜 주는 존재인 것이다.

이처럼 남성의 자아상에 대한 권력을 여성에게 귀속시키는 설정은 로잭과 체리의 관계를 구조화한다. 그는 데버라에게서 그랬듯 체리에게서도 자신에게 힘과 통제력을 부여할 자아상을 찾는다. 그녀 눈에 멋져 보이고, 그녀가 자신에게서 본다고 믿는 모습을 구현하고 싶은 욕망이, 로잭으로 하여금 경찰에 굴복해 버리고 싶은 유혹에 저항하도록, 따라서 그가 두려워하는 자아상을 확인하도록 한다. 데버라가 그의 파멸에 직접적인 책임이 있듯, 체리는 그의 '구원'에 책임이 있다. 하지만 여전히 요점은 같다. 로잭은 데버라로부터 필요로 했던 것, 그러나 데버라가 더 이상 제공하지 않는다는 이유로 그녀를 죽이기까지 한 바로 그것을 체리에게서도 필요로 하는 것이다. 그의 정체성과 권력은 여성과 불가분하게 연결되어 있다. 여성은 그의 운명을 결정하는 심판자인 것이다.

로잭으로 하여금 여성이 자신의 삶을 통제하고 있다고 확신하게 만드는 것은 『미국의 꿈』 전반에 스며들어 있는 하나의 신화이며, 그 신화의 핵심 전제는 여성은 여성이라는 이유만으로 근원적인 힘을 소유하고 있고, 제도적·정치적·개인적 권력은 단순히 그 힘의 표지에 불과하다는 믿음이다. 『미국의 꿈』은 여성을 '심령적'(psychic) 존재로 보는 신비주의에 기반한다. 금발의 미녀 체리는 라스베이거스 도박판에서 누가 이길지 알 정도로 심령 능력이 있고, 마피아로 하여금 그녀가 귀신이 되어 괴롭힐 거라는 생각을 갖게 만듦으로써 그를 물리칠 수도 있다. 자신이 잠재적 살인자가 됨으로써, 그녀는 다른 사람들을 죽게 만드는 유형의 권력을 획득한다. 심령 능력의 소유는 켈리의 [전 연인] 베스(Bess)에게도 핵심적이다. "우리가 만날 때마다 나는 마치 열린 돼지 저금통 같았지. 그녀가 내게 떨어뜨리는 것은 무엇이든 받아야 했으니까. 그녀가 떨어뜨리는 동전은 곧 힘이었어. 주식시장에 대한 내 감각은 정확해졌지."(228) 여성의 심령 능력과 그녀들의 제도적·정치적·개인적 권력의 접근성 사이의 연결은 베스를 통해 드러난다. 그녀가 가진 바로 그 능력이 주식시장뿐 아니라 켈리까지 장악할 수 있게 해주었기 때문이다. "나는 그녀의 망할 손아귀 안에 있었어. 견딜 수 없었지. 나는 그녀가 두려웠어. 누군가를 이렇게 두려워한 적은 없었어."(228)

로잭과 데버라는 켈리와 베스의 더블이다. "나의 데버라, 그녀는 힘이 있었다. 그녀의 심령 능력은 최악의 형태였고, 다른 사람에게 저주를 내릴 수도 있었다."(27) 데버라의 심령 능력은 로잭과 그녀의 관계를 규정하듯 그녀 자신을 규정하며, 로잭으로 하여금 자신이 데버라의 통제하에 있고 그녀의 충동과 메시지, 명령에 따라 행동하는 존재, 그녀의 보이지 않는 실에 매달린 꼭두각시라는 감각을 갖게 한다. 하지만 데버라의 마법이 통제하는 것은 비단 로잭의 행동만이 아니다. "나는 은총과 그 부재, 하나님의 긴 손가락과 악마의 속삭임을 믿게 되었고, 마녀의 실재를 과학적으로 이해할 수 있게 되었다."(38) 데버라의 힘이 충분히 크고 또한 로잭의 불안정함 역시 충분히 크기 때문에 사실상 데버라는 그의 정신을 온전히 장악해 버린 상태다.

여성을 심령적 존재로 보는 이러한 신비주의는 『미국의 꿈』의 드라마와 정치학의 중심을 이루는 생물학적 신화에 뿌리를 두고 있다. 이 신화에 따르면, 여성의 힘은 자궁이라는 "내부의 신비한 공간", "살로 된 주머니"를 소유한 데서 비롯되며, 그 안에는 "심령적 촉수, 생명을 잉태할 수 있는 어떤 근원과 소통하는 파동, 피안으로부터 인간에게 들어오는 생명의 발현"이 있다.[19] "세상은 자기 것이라는 여성의 관점" 이면에는 이러한 생물학적 사실이 있으며, 그것이 여성 자신과 근원적 힘 사이를 잇는 끈이 되어 여성 정체성의 본질을 형성한다(48). 여성은 고정되고 안정된 정체성, 존재에 대한 확신, 그리고 생명의 편에 서 있다는 자기확신에서 비롯된 힘을 갖는다. 이러한 생물학적 신화를 고려할 때, 자신의 존재를 위태로운 것으로 느끼고 여성들이 그들 자신 안에, 그리고 그에 대하여 권력을 지니고 있다고 느끼

---

19) Norman Mailer, *The Prisoner of Sex*, New York: Signet-New American Library, 1971, p. 47.

는 로젝의 감각이 여성과의 성적 관계 속에서 가장 분명하게 드러나는 것은 이해할 만하다. 여성이 섹스를 사용하는 방식에 대한 로젝의 관점은, 두번째 연인에게 "상당한 첫날밤"을 제공함으로써 첫번째 연인에 대해 논평하는 것이 된다는 인식이다. 따라서 여성들과 함께 침대에 있는 남성은, 이러한 불륜의 열정을 통해 모욕을 당하는 다른 남성보다 더 중요하지 않으며, 남자는 어떤 역할을 맡든 결국 패자가 된다. "이제 나는 왜 여성들이 섹스에 관해 진실을 말하지 않는지 다시금 알 수 있었다. 그들이 진실을 말할 때 그것은 너무나 끔찍하기 때문이다."(186) 그러나 여성들이 섹스를 통해 말할 수밖에 없는 그 끔찍한 진실이란 로젝을 끊임없이 괴롭히는 두려움에 다름 아니다——즉, 그 안에 아무것도 없다는, 그의 존재에 중심이 없다는 두려움, 자신에게 의미가 없고, 따라서 존재하지 않는다는 두려움, 자신이 생명이 아니라 죽음의 대리인이라는 두려움. 데버라의 불륜에 대해 생각하는 일은 그의 중심부에 있는 공허를 드러내며, 그로 하여금 뛰어내리고 싶게 만든다. 마찬가지로, 데버라가 더 이상 성적으로 자신을 필요로 하지 않는다고 말하는 순간, 그는 살인 충동에 사로잡힌다.

체리와의 관계에서 로젝은 여성과의 성적 경험의 본질과 자기 정체성에 대한 두려움 사이의 연관성을 가장 명확히 표현한다. "우리가 사랑을 나눌 때 느꼈던 감각이 오직 나만의 것일지 모른다는 가능성은 내 안의 살인 충동을 일으켰다."(166) 남성과 여성의 성적 경험이 서로 분리되어 있다는 두려움, 그가 경험하는 것이 **그녀**가 경험하는 것과 같은지 결코 알 수 없다는 두려움 뒤에는, 여성의 성적 쾌락에 자신이 필요하지 않을지도 모른다는 두려움이 있다. 이 두려움의 민낯이 드러나는 순간은, 체리가 그와 함께 있을 때 처음으로 남성이 삽입한 상태에서 오르가슴을 느꼈다고 말할 때다. 비록 이것이 그의 능력을 입증하는 진술처럼 제시된다 하더라도, 그녀의 말은 남성이 여성에게 성적 쾌락을 주는 일은 얼마나 드문가를 상기시킬 뿐이다. 따라서 그녀가 자신에게 거짓말을 하고 있으며, 결국 자신 역시 그녀가 함께했던 다른 모든 남성들처럼 반드시 그녀의 쾌락에 필요한 존재가 아니라는 두려움이 생겨난다. 로잭의 성적 신화에서 질 오르가슴이 갖는 결정적 의미는 바로 이러한 두려움의 맥락에서만 이해될 수 있다.

　　로잭이 느끼는 무의미함은 그 자신이 이미 죽어 있을지도 모르는 죽음의 대리자라는 두려움을 낳는데, 이는 비단 여성의 성적 쾌락에서 자신이 어떤 역할을 하는지에 대한 의문에만 국한되지 않는다. 그를 더욱 두렵게 하는 것은 자신이 [생명] 창조에 필수적이지 않다는 생각이다. 여성이 스스로 재생산을 할 수 있다는 믿음은 오랫동안 남성 상상력에 유령처럼 머물러 왔으며, 성모 마리아를 둘러싼 정교한 신화에서부터 "그 여자 임신했대"[20]라는 표현까지 다양한 방식으로 나타난 바 있다. 이 두려움에 무게를 더하는 것은, 어떤 남성도 자신이 한 여성의 아이의 아버지인지 확실히 알 수 없다는 불가피한 사실이다. 아버지됨이라는 건 기껏해야 하나의 가설에 불과한 것이다. 아비가 되는 것에 대한 로잭의 강박——피임 도구에 대한 혐오, 체리가 피임용 페서리를 뺄 때까지 사랑을 나누기를 거부한 것, 그리고 아이의 아버지가 샤고인지 토니인지 알 수 없다는 이유로 체리가 아이를 낙태한다는 생각에 느끼는 공포——은 이 사실을 지시하는 동시에, 그것을 보상하고 극복하려는 시도이다. 바로 이 사실 속에 로잭이 여성의 본성이라고 느끼는 신비의 기원이 있으며, 로잭은 바로 이 때문에 여성을 증오하고 두려워한다. 다른 모든 미지의 것들은 바로 이 하나의 미지의 것에서 비롯된 화신에 불과한 까닭이다. "그가 말했다. '그녀가 우리를 위해 일을 좀 했다는 건 알고 있나?' 그는 내가 절대 확실히 알 수 없는 방식으로 말했는데, 그의 목소리에는 내가 결코 부인할 수 없는 무언가가 담겨

---

20) [옮긴이] 원문 표현은 "she's gotten herself pregnant"로, 직역하면 "그녀는 자신을 임신시켰다"라는 뜻이 된다.

있었다."(246)

　　남성은 되어야 하는 존재이고 여성은 그냥 존재한다는 패러다임의 성적 차원은, 여성의 권력과 남성의 무력함이라는 신화의 생물학적 맥락을 강화한다. 『미국의 꿈』에서는 남성 존재의 불안정성이 남성의 성적 불안정성과 동일시된다. 이러한 연관성은 32시간 동안 로잭이 꾸는 꿈/악몽 구조를 통해 극적으로 드러난다. 그가 겪는 일련의 시험들은 궁극적인 성적 시험의 은유로 기능한다. 그리고 마지막 시험에서 그 은유는 문자 그대로 구현되며, 여기서 질문은 "내가 설 수 있는가?"(Can I get up?)가 된다. 로잭이 켈리의 발코니 난간을 도는 행위는 얇게 가려져 있을지라도 발기(erection)의 유사물이 되는 것이다. 『성의 포로』(The Prisoner of Sex)는 『미국의 꿈』 속 남성의 성에 대한 태도에 유용한 해석을 제공해 준다. 『성의 포로』에서 메일러는 여성운동에 대한 자신의 적대감의 주요 원인을, 그것이 "섬세한 남성에게 단단한 발기는 자아와 용기의 모험적 결합"이라는 점을 깨닫지 못한 데서 찾고 있으며, 또한 "남성의 성적인 힘을 그의 가장 훌륭한 도덕적 산물이 아니라 단지 출생의 행운이라고 보는 [그 운동의] 둔감한 가정"에서 찾는다.[21] 이와 동일한 시각은 메

---

21) Mailer, *The Prisoner of Sex*, pp. 35~36.

일러의 D. H. 로런스에 대한 언급에서도 드러난다. "그는 여성의 성적 삶을 가졌을지도 모르는 자신의 자연스러운 운명에서 벗어나 스스로를 끌어올렸으며, 자기 두뇌의 정력을 필수불가결한 최소한의 남근적 힘으로 전환시켰다. 그러니 그가 남근을 숭배한 것은 당연한 일이다. 그는 누구보다도 그 뿌리에서 솟아오르는 것, 연약한 기반 위에 당당히 설 것을 주장하는 것이 어떠한 성취인지 알고 있었기 때문이다."[22]

그러나 로런스에 대한 이러한 분석은 남성의 성적 불안정성에 또 다른 차원이 있음을 시사한다. 남성이 되고자 하는 투쟁은 자신의 본래 운명, 즉 여성이 되는 운명을 피하려는 시도라는 것이다. 『미국의 꿈』 곳곳에서 다양한 형태로 반복되는 남성 동성애에 관한 언급들은 그 자체로 로잭에게 지니는 중요성을 드러낸다. 그러나 여기서 핵심은 로잭이 동성애적 욕망을 얼마나 가지고 있느냐가 아니라, 남성이 그 욕망에 굴복한다는 것을 그가 어떻게 해석하는가 하는 것이다. 이에 대한 단서는 독일군 살해 장면에 관한 로잭의 초기 서술에서 제시된다. "피투성이가 된 사랑스러운 독일인의 얼굴, 건강하지만 지나치게 응석받이로 자란 젊고 아름다운 얼굴, 온통 어머니의 사랑으로 빚어진

---

22) *Ibid.*, pp. 111~112.

얼굴, 사춘기부터 항문을 조율하고 즐겁게 해준 뚱뚱하고 사랑
스러운 젊은 호모 자식들만 가질 수 있는 지나치게 굽은 입술을
한 남자가 울면서, 미끄러지면서, 미소를 지으며 구멍 가장자리
로 기어올라 왔다.”(11) 로잭에게 있어서도 메일러와 마찬가지로
(『성의 포로』에서 장 주네에 대한 그의 언급을 참고하라) 남성 동성
애를 규정하는 행위는 항문 성교이며, 남성 동성애자는 성적으
로 여성화된 어머니의 아들이다. 남성 동성애는 두 남성 간의 동
등한 성관계라기보다 한 남성이 다른 남성에 의해 여성으로 이
용당하는 상황으로 여겨진다. 이러한 태도는 물론 메일러가 성
을 오로지 권력의 기능으로만 보는 관점에서 필연적으로 도출
되는 결과일 것이나 그 함의는 이보다 더 깊다. 이 주제에 대한
그의 모든 논평에서 메일러는 여성이 된 남성에 초점을 맞춘다.
메일러에게서 여성이 되는 것은 동성애 욕망의 본질이다. 왜냐
하면 남성 동성애가 그에게 상징하는 바, 따라서 저항해야만 하
는 이유가 바로 남성 내부에 자리 잡은 여성이 되고자 하는 경향
이기 때문이다. 메일러가 가진 남성 동성애에 대한 관점 이면에
는 인간 성의 원초적 상태는 여성이며, 남성의 성은 만들어진 것
이라는 확신이 있다. 남성은 이 상태에서 벗어나기 위해 끊임없
이 싸워야 하며, 또한 끊임없이 자신을 남성으로서 성적으로 창
조해야 한다. 본성을 거슬러 어긋나게 성취될 경우 남성의 섹슈

얼리티는 항상 사라질 위험에 처한다. "프로이트 양성성 이론에 숨어 있는 기만, 즉 육상경기에서 무릎이 굳어져 경기를 포기하듯 남성 안의 여성성에 패배하는 것이다."[23] 남성 동성애는 여성-존재/남성-되기라고 하는 패러다임의 타당성을 증명함으로써 그 결과 발생하는 두려움을 지속시킨다는 점에서 그 독특한 의미를 지닌다. 남성 동성애자는 여성이 되고자 하는 경향에 굴복한 남자이며, 그 결과 존재를 중단한 자다.[24]

로잭이 자기 안의 성적으로 여성화되는 경향을 두려워하며, 이 두려움이 부분적으로 그의 비존재에 대한 공포의 근원이 된다는 점은 여러 방식으로 암시된다. 예를 들어 애널링구스[analingus: 항문을 핥는 성행위]에 대한 그의 선호를 생각해 보라. 이는 자신이 삽입을 당하고, 이로써 그가 '여성'이 되는 경험이다. 따라서 데버라가 이 행위를 다른 남자들과도 했노라고 밝혔을 때 로잭이 살인 충동에 휩싸이는 것은 당연하다.[25] 또는, 그

---

23) Millett, *Sexual Politics*, p. 327.
24) 메일러의 저작은 동성애에 대한 문화적 강박관념이 지닌 정치적 기능을 명확히 보여 준다. 여성으로서의 남성이라는 '호모'[faggot, 남성 동성애자에 대한 멸칭] 이미지를 문화적 의식의 최전선에 둠으로써 메일러는 이러한 유도된 두려움에 대한 필수적인 해독제로서 과도한 남성성을 정당화할 수 있는 것이다.
25) 로잭과 데버라 사이에서 문제가 되는 것이 애널링구스라는 사실은 메일러가 『성의 포로』에서 한 『미국의 꿈』에 대한 논평에서 명확히 드러난다. "바람이 불고 등불이 마지막 불꽃의 흔들림으로 깜빡일 때면, 사람들은 아직도 케이트 밀렛에 대한 이야기를 한다. 마녀들의 치맛자락이 심지를 휘감으며 펄럭일 때 사람들은 케

가 침투당하고 점유되는 데에 대한 특별한 취약성, 그리고 자신이나 다른 남성들 속에서 이 취약성을 직면할 때 느끼는 공포를 생각해 보라. 켈리가 자신을 베스의 힘이라는 동전을 받기 위해 열려 있는 돼지 저금통으로 묘사하는 장면은 남성을 "살로 된 주머니"로 형상화한다. 혹은, 샤고 마틴(체리의 약간 여성스러운 흑인 연인)을 향한 로잭의 극단적인 폭력성과 그의 공격의 본질을 생각해 보라. "나는 그를 뒤에서 붙잡았다. … 그리고 결국 샤고는 웅크린 자세가 되었고, 나는 무릎을 꿇고 그의 뒤에 있었다. 내 팔은 숨을 쉴 수 없을 정도로 그의 가슴을 꽉 조였고, 그를 들어 올렸다가 내리치고, 다시 들어 올렸다가 내리쳤다."(181) 동성애적 강간에 대한 은유인 이 공격은 다른 누군가에게 동성애적 가능성을 행동으로 옮기도록 강제함으로써 로잭 안의 여성이 되는 공포를 몰아내는 기능을 한다. 샤고를 말살함으로써 자

이트의 논문에 대한 논의 자리에서 한 학식 있는 교수가 케이트에게 이의를 제기했다는 이야기를 전한다. 케이트의 주장은 주인공 로잭의 아내가 남편뿐만 아니라 애인들과 남색행위(sodomy)를 했다는 것이었다. '아니요, 아니요.' 교수가 외쳤다. '나는 저자를 알고 있습니다. 잘 알 뿐만 아니라 그 장면에 대해 여러 번 이야기하기까지 했습니다. 그녀가 저지른 것은 남색이 아니라 애널링구스입니다. 그녀가 살해당한 건 바로 그 때문인데, 정신적인 관점에서 그게 더 끔찍한 범죄이기 때문이죠!'(Mailer, *The Prisoner of Sex*, p. 71) 데버라가 로잭에게 그 행위를 했다는 것은 그녀가 다시는 그와 그런 짓을 하지 않겠다고 말하는 것에서 분명해진다. "생각만 해도——적어도 당신과 그런다는 생각만 해도, 자기야—— 내 잇몸을 과산화수소로 닦고 싶어져."(Mailer, *An American Dream*, p. 34)

기 안의 여성을 말살하고자 하는 것이다. 의미심장하게도, 샤고는 끝내 굴복하지 않고, "네가 죽인 건 내 안의 작은 여자일 뿐"이라며 최종적으로 그를 조롱하는데(183), 이로써 로잭 내부의 공포의 홍수를 막고 있던 댐이 무너진다.

성적으로 여성이 되는 것에 대해 갖는 로잭의 두려움은, 그의 여성 권력 신화를 이해하는 데 핵심적인 열쇠가 된다. 여성의 성은 주어진 것이고, 자신의 성은 그에 맞서 끊임없이 창조해야 하는 것이라면, 여성은 존재 자체에서 유래하는 힘과, 자신이 남성이 되기 위해 그들을 필요로 하는 데서 비롯되는 힘을 모두 갖는다. 그리고 여성과 사랑을 나누는 행위에서 여성화에 대한 충동이 남성화의 욕망만큼이나 강하게 유발될 가능성이 있는바, 여성들은 그의 가장 깊고 비밀스러우며 가장 두려운 욕망——즉 여성이 되는 것——을 대표함으로써 파생되는 권력을 손에 쥐고 있는 셈이다.

IV

『미국의 꿈』을 여성은 강하고 남성은 무력하다는 관점에 대처하는 일련의 전략들로 읽을 수 있지만, 이 관점 자체가 가부장제를 생존의 논리로 정당화하는 이 소설의 주요 전략임을 잊어서는 안 될 것이다. 어쨌거나 소설의 마지막에서 살아남는 것은 로잭이고, 죽는 것은 여성들이다. 로잭의 전략은 두 부분으로 나뉜다. 하나는 여성 권력의 원천과 강력한 여성 이미지에 대한 일련의 공격이고, 다른 하나는 자신을 강력한 존재로 재정의하며 여성의 힘을 자신과 통합시키는 방식이다. 로잭이 가진 이러한 전략의 복합성을 응축해 하나로 보여 주는 장면이 있는데, 바로 새벽녘에 경찰 심문을 받고 나와 체리가 노래하는 클럽으로 가서 그녀의 노래를 듣는 장면이다. 로잭은 그녀가 부르는 노래 중 한 부분에서 완벽함을 느끼고 감탄한다. "체리가 노래하고 있었다. '짙은 보라색 황혼이 나른한 정원 벽으로 떨어질 때…' 그녀는 '나른한 정원 벽으로'라는 구절을 부를 때 다섯 개 음을 완벽하게 냈다. 다섯 개. 마치 폭탄이 터진 후 천사가 친 다섯 번의 종처럼, 맑고, 내가 들어 본 중 가장 아름다운 소리의 집합체였다."(96) 그러나 그녀가 다음 곡을 부를 때 그는 그녀가 리듬에 맞춰 발을 구르고 있다는 사실과 그녀의 발톱이 칠해져 있다는 것을 알아차린다. "나는 이 허영심에 사로잡혔고, 그야말로 여기에 몰두했다. 대부분의 매력적인 여성들이 그렇듯, 그녀의 발가락은 몸에서 가장 못생긴 부분이었다."(96~97) 완벽함의 인식은 그것을 깎아내리려는 욕구를 불러오며, 체리의 매력은 그녀의 못생김을 규정하기 위한 괄호 안 지시 정도로 축소된다. 로잭에게 체리의 발가락이 추한 이유는 그것들이 "탐욕스럽고" "자기만족적이며" "자아도취적으로" 보이기 때문이다(97). 그녀를 허영심 많다고 부르는 것은 그가 그녀의 자기만족감, 즉 "세상이 자기 것인 모습"을 감지했음을 뜻한다.

그녀에게서 이러한 특질을 알아차린 그는 그녀를 지켜보는 동안 우울해졌고, 자동적으로 죽음을 떠올렸다. "나는 매 순간, 죽음으로 향하는 터널에서 들리는 중얼거림에 점점 더 가까워졌다."(97) 앞서 논의된 여성 권력의 모든 신화에 뿌리를 둔 여성의 자기만족과 독립성에 대한 관점은 로잭에게 자신의 정체성이 위태로우며, 죽음을 향하고 있다는 필연적인 관점을 불러낸다. 그러나 이 죽음의 예감에서 즉각 파생되는 치명적인 역전이 있다. "우리가 여성을 온전히 소유하지 않는 한, 그들은 우리를 죽일 것이다."(97) 그의 자기 인식에서 비롯된 죽음의 암시는 구체적인 대상, 장소, 그리고 행위 주체를 부여받아 그의 두려움이 곧 여성에 대한 살의가 되도록 한다. 이 전도의 기능은 명백하다. 로잭 자신의 살인 충동을 외부의 여성에게 투사함으로써 '여성을 온전히 소유'하고자 하는 그의 욕망이 정당화되는 것이다. 따라서 자살 충동은 살인 행위로 전환되고, 정당방위라는 명분을 얻는다.

로잭이 이런 유형의 투사적(projective) 변환을 수행할 수
있는 능력은 소설 전반에 걸쳐 분명히 드러난다. 이는 그의 주요
생존 전략 가운데 하나인데, 이렇게 함으로써 자아와 그 충동의
본질을 은폐하고, 따라서 재정의할 수 있는 엄청난 가능성을 제
공하기 때문이다. 예를 들어, 루타와의 성관계 후 돌아와 데버라
의 시체를 마주한 순간 그는 "그녀를 다시 죽이고 싶다, 이번에
는 제대로, 진짜 확실히 죽이고 싶다"는 압도적인 욕망을 느낀
다. "나는 이 욕망의 힘에 몸서리치며 그 자리에 서 있었고, 이것
이 내가 골목에서 얻은 첫번째 선물임을 깨달았다. 오, 맙소사,
그리고 루타가 내게 보내 준 새로운 욕망을 길들이기 위해 의자
에 앉았다."(52) 이로써 로잭은 자신의 살의를 루타의 책임으로
깔끔하게 전가한다. 또 다른 예로, 경찰이 그가 전쟁 영웅이자
살인자임을 알게 되어 그에 대한 태도를 바꾸는 바로 그 순간 그
가 "나는 모든 여성이 살인자라는 결론에 아주 오래전에 이르렀
다"(81)라고 항변하는 아이러니가 있다.

투사(Projection)는 또한 희생양 만들기의 장치이기도 하다.
로잭은 데버라를 살해함으로써 그녀를 자신의 희생양으로 삼고
자기 정화를 위한 의식을 완수한다. 소설의 첫 부분에서 그가 거
의 성공할 뻔한 자살은 몇 시간 후 그가 데버라를 통해 연출하
는 가짜 자살에 나란히 대응한다. 사실상 데버라가 그를 위해 자

살하고, 끌려가는 그를 대신해 뛰어들며, 그를 벼랑 끝으로 몰고 간 그 정신을 함께 가지고 떠난다. 경찰에게 데버라의 '자살'을 설명하는 과정에서 그가 묘사하는 경험은 사실 자신의 것이다. 그는 데버라에게 자신이 가장 두려워하는 진실을 투사하고, 그녀를 죽임으로써 그 자신을 죽이고 새 사람으로 다시 태어난다. "내 육신이 새롭게 느껴졌다." "데버라의 죽음은 내게 새로운 삶을 주었다."(36, 91)

로잭이 이렇게 살인적인 공포를 여성에게 투사하고, 그럼으로써 여성을 온전히 소유하려는 욕망을 자기방어로 정당화할 수 있다면, 그는 또한 소유되는 것에 대한 여성의 저항을 곧 악(evil)과 등치시킬 수 있다. 로잭은 어느 시점에서 결혼이 파탄난 책임을 데버라의 폭군적인 의지 탓으로 돌리는데, 그녀의 의지를 그에게 굽히지 않는 바로 그 점으로 인해 그의 눈에는 데버라가 악한 사람으로 보이는 것이다. 겉보기에 체리가 소유되는 것을 기꺼이 받아들이는 듯하다는 사실에도 불구하고——어쨌거나 그녀는 결국 남자들을 섬기며 세상에서 자신의 자리를 만들어 온 창녀 아니던가—— 그녀 역시 알려지는 것에 저항하고(로잭이 "사실 그녀가 우리를 위해서도 일했다는 거 알고 있었어?"라는 로버츠[경찰]의 마지막 비아냥을 끔찍하게 여긴 것도 바로 그 때문이다), 소유당하는 것에 저항한다. "나는 이제 무대 위의 가

수가 두려웠다. 그녀의 얼굴 때문에. 그렇다. 어쩌면 내가 그 모든 걸 소유할 수 있을지도 모른다. 어쩌면 그 얼굴이 나를 사랑할지도 모른다. 하지만 그녀의 엉덩이! 나는 그 엉덩이를 가질 수 없었다. 누구도 가져 본 적 없었고, 어쩌면 앞으로도 그럴 것이다. 그래서 모든 어려움은 그녀의 발로 내려갔다. 그렇다. 다섯 개의 매니큐어 칠해진 발가락이 이 여자가 얼마나 나쁜지를 말해 주었다."(97) 그녀는 그렇게나 나쁘기 때문에 죽어야 하는 것이다. 그녀의 죽음만이 그녀를 온전히 소유할 수 있는 방법이고, 로잭이 그녀에게 사로잡히지 않도록 스스로를 지킬 수 있는 유일한 방법이다. 물론 이 보호라는 것은 특정 투사 행위의 기능이다. 여성이 소유당하는 것에 거부하는 것이 로잭의 눈에 악으로 보이는 정도는, 그가 그녀들에게 소유당할 위험을 얼마나 크게 느끼는지에 비례한다. 그들이 소유당해야만 그가 소유당하지 않을 수 있으며, 그 자신의 자아감 핵심에 놓인 공포는, 그에게는 죽음인 것을 여성에게는 좋은 것으로 전환함으로써 몰아내야 한다.

로잭이 여성의 성적 본성에 대해 가진 관점을 고려할 때, 소유되기를 거부하는 체리의 저항이 악으로 제시되는 것이 성적 용어로 이루어지고 있다는 점은 당연해 보인다. 또한, 그녀가 얼마나 나쁠 수 있는지를 깨달은 뒤 필연적으로 뒤따르는 공격적 충동이 그녀의 성적 측면을 향하고, 그것이 궁극적으로 그녀의 것임을 인식하게 된다는 점도 이해할 만하다.

나는 화살 한 발을 쏘아 체리의 자궁 한가운데 꽂았고, 그것이 들어가는 게 느껴졌다. 상처 같은 무언가가 그곳에 자리 잡는 게 느껴졌다. 그녀는 거의 노래를 망칠 뻔했다. 음 하나가 깨졌고 박자가 흔들렸지만 그녀는 노래를 이어 갔다. 그러다 나를 돌아보았고, 그 순간 그녀에게서 병 같은 게 흘러나왔다. 간에서부터 부서지고 죽어 버린 무엇, 이미 썩고 닳아 없어진 그것이 역병처럼 내 테이블까지 떠밀려 왔다. 그것이 내 곁으로 와 자리를 잡자 나는 메스꺼워졌다. 그녀가 내쉬는 한숨에는 마치 그 병적인 기운을 누구에게도 퍼뜨리지 않기 위해 여태껏 애써 간직해 왔으며, 병을 남에게 옮기느니 자기 혼자 간직하는 게 그녀의 자존심이었던 듯, 약간의 후회가 묻어났다.(97~98)

실상은 자신도 병에 시달리고 있으면서, 로잭은 다시 한번 자신의 고통의 기원을 위장함으로써 생존을 구매한다. 그 조건이 얼마나 잔혹하고 부정직하든, 그리고 그 기반이 얼마나 위태롭든 말이다. 로잭의 공격 행위는 교묘하게 전환되며 그는 자신의 부상의 원인을 체리에게 돌리는데, 이로써 체리는 그에게 침투해 그를 병들게 한 역병을 퍼뜨린 침략자가 된다. 놀라운 상상적 전환 속에서 로잭은 자신을 그녀의 병이 흘러들어 와 정화되어 나가는 통로로 제시한다. "내 몸의 모든 관에 모인" 것들로 인해 메스꺼움을 느낀 로잭은 급히 뛰쳐나가 세상의 토사물을 토해 내듯 구토함으로써 세계를 정화하려 한다. "살인자가 지금 내 안에 풀려나 있다면, 일종의 성인(saint)도 함께 풀려났다. 두말할 것도 없이 미미한 종류의 성인일 테지만, 마침내 자유로워져 남의 병을 흡수하고 토해 낼 수 있는 성인일 테다."(98)

이런 전환 전략의 탁월함은 로잭이 자신을 성인의 이미지로 제시하는 것의 함의를 고찰할 때 분명해진다. 첫째로, 이런 구상은 남성적 자아상에 긍정적 형상을 부여한다. 이는 바니 켈리 같은 인물의 비난에 맞서고, 남성이 된다는 것의 의미에 대한 로잭의 두려움을 누그러뜨릴 수 있다. 켈리가 로잭이 되기 가장 두려워하는 남성을 대표한다면, 성인의 이미지는 자아를 위한 긍정적 가능성을 나타낸다. 로잭의 충절을 놓고 벌이는 싸움에서 이기는 쪽은 켈리 신부가 아니라 로버츠 신부인데, 부분적으로는 그가 아일랜드계 경찰이자 "세상의 더럽고 오염된 피를 위해 우는 법을 아는 유일한 민족"의 일원이라는 사실 때문이다.(247) 둘째로, 성인의 이미지는 그리스도로부터 파생되며, 그리스도는 로잭의 생존 전략의 핵심인 투사와 탈취 과정에서 기원한다. 그리스도는 고대의 탈취, 즉 남신이 여신을 대체하고 여성의 창조력을 남성 신에게 부여한 것의 결과다.[26] 우주의 창조주인 하나님 아버지의 아들로서, 그리고 인간의 모습 속에서 자신의 갈빗대로 여자를 낳음으로써 천상의 자기-생성 행위를 복제한 그리스도는, 여성의 성 및 그것이 남성 정체성의 본질에 갖는 함의를 극복하기 위해 현실을 재배치하려는 궁극적 전략의 신화 한가운데에 있다. 동성애와는 대조적으로, 이것은 남성이 남성이기를 멈추지 않고도 여성이 될 수 있는 방법이다.

로잭이 타인의 병을 떠맡아 세상을 정화한다고 표현하는 이미지는 바로 이런 과정을 반영한다. 켈리가 베스와의 정신적 관계를 묘사할 때 사용한 이미지처럼 로잭이 불러일으키는 이미지는 그릇이다. 그는 자신을 세계의 죄악으로 임신한 존재로 보고, 그것을 출산에 비견되는 행위로서 토해 내어, 세상에 새로운 가능성을 부여하는 창조 행위로 전환한다. 따라서 이 패턴은 완전해진다. 생물학적으로 창조 능력을 가진 사람들이 지닌 정체성의 중심이 결여된 탓에 소유당하고 죽을 것을 두려워하고, 그 두려움 때문에 살인을 하는 로잭은 자신의 살인 충동을 여성에게 투사하며 이렇게 전략적으로 창조된 귀속을 이용해 여성

---

26) 이야기에 대한 전체 설명은 다음을 보라. Daly, *Beyond God the Father*.

에 대한 공격을 정당화하는 것이다. 여성을 죽임으로써 그는 자신에게 가해지는 위협을 제거하는 동시에 그들의 창조적인 힘을 흡수해 마침내 여성 되기에 성공한다. 그리고 이는 데버라와의 관계가 작동하는 방식——죽이고, 먹고, 흡수하고, 되기——과 동일하다.

체리가 로잭에게 좋은 이유는 비록 그것이 잠시일지언정 그녀가 남성의 여성 권력 탈취를 기꺼이 지지하기 때문이다. 체리는 분명 자신의 힘의 가능성에 대해 불편함을 느낀다. 소설 속 또 다른 '선한' 여성 인물인 디어드리(Deirdre), "너무 오래 들여다보면 당신에 대해 모든 것을 알게 되리라는 약속을 담은 눈을 가졌으나, 그래서 차라리 보지 않기로 선택한 연약하고 섬세한 소녀"처럼 체리는 켈리와의 관계로 인해 자신이 얻게 된 힘을 부정하고 싶어 한다.(28) 그녀는 마녀가 되기를 원치 않는다. 나이트클럽에서 마지막 곡을 마친 뒤 체리는 로잭의 테이블에 앉고, 로잭은 체리에게 자신의 시 한 편을 읊어 주겠다고 한다. "마녀에겐 지혜가 없다고, 약한 마법사가 말했다. … 훌라, 훌라, 마녀들이 말했다."(109) 이 시에 대한 응답으로 체리는 자리에서 일어나 찬송가를 부른다. "예수님은 구원하시고 지키시네. 내가 기다리는 이는 예수님. 예수와 함께하는 매일은 어제보다 더 달콤하네."(111) 그녀의 반응의 특이함(정말이지 기이한 반응이다)

은 로잭의 생존 전략이라는 관점에서 바라볼 때만 이해될 수 있다. 그리스도를 찬양하는 노래를 부름으로써, 체리는 자신에게는 마녀가 되고 싶은 욕망이 없음을 명시적으로 선언한다. 권력의 이미지를 남성으로 찬양함으로써 그녀는 남성이 여성 권력을 탈취하는 드라마를 재연하고, 생존을 위한 로잭의 전략에 자신의 에너지를 기꺼이 바친다. 게다가 그녀가 택한 바로 그 찬송가는 자신이 소유당하길 기꺼이 원하며 또한 남성에게는 소유할 권력이 있음을 넘치게 증언한다. 그러니 로잭이 그녀에게서 구원의 가능성을 느끼는 것은 어쩌면 당연한 일이다.

V

로잭의 생존 전략에는 여성 권력의 원천과 힘 있는 여성 이미지에 대한 공격도 포함되어 있다. 이러한 공격은 여러 방식으로 이루어진다. 예를 들어, 로잭에게는 데버라의 첩보 활동이 본질적으로 아마추어적이고, 근본적으로 단순히 성적이며, 주로 아버지를 당황하게 하고자 하는 욕망에서 비롯된 것으로 규정하는 일이 중요하다. 그는 또한 타치먼 부인이 이론으로 내세우는 "사람이 죽기 전에 먹는 마지막 식사가 그 영혼의 이동을 결정한다"는 여성의 마법을 조롱하는 데도 크나큰 즐거움을 느낀다.(138) 그러나 그녀의 이론이 그의 것과 과연 어떻게 다른지 이해하기란 어려운 일이다. 이와 비슷하게 그는 체리가 마법, 근친상간, 권력이라는 주제에 대해 심오하게 접근하려는 시도를 경멸한다. 체리의 생각은 놀랍도록 켈리의 것과 비슷함에도, 이 둘은 전혀 다른 대우를 받는다. 로잭이 데버라의 피상적인 음악 지식을 빈정거리는 것은 샤고에 대한 그녀의 관심을 하찮은 것으로 만들며 그 관심을 단순히 변덕스럽고 악의적인 수준으로 축소시킨다. 샤고의 음악 자체가 일종의 마법이므로, 데버라가 그에 대한 진정한 통찰을 갖지 못하는 것, 그리고 오직 그만이 이해할 수 있는 것으로 여겨지는 것이 로잭에게는 중요하다. 물론 샤고가 데버라에게 굴욕을 안긴 후 샤고의 노래에 대한 로잭의 관심은 더욱 커진다.

여성의 힘에 대한 공격은 또한, 여성을 그들의 성(性)과 동일시한 뒤 그 성을 비하하는 방식으로 이루어진다. 체리의 인격은 결국 그녀의 엉덩이에 귀속되고, 루타와 데버라 사이의 계급적 차이는 그들이 공유하는 여성적 육체의 악취 속에서 지워진다. "그들은 정부(情婦)와 하녀였고, 사향을 각자 다른 주머니에 넣었다."(54) 이러한 공격은 특히 루타와의 만남에서 가장 두드러진다. 월도프 타워에 있는 켈리의 스위트룸 문 앞에 선 루타를 본 로잭이, 현재 그녀의 세련된 모습에 "전에 내가 이렇게 가까이 있던 때"의 기억을 기어이 덧붙이는 건 불가피해 보인다. 그때 "루타의 머리카락은 반쯤 목덜미까지 내려와 뿌리가 드러나 있었고, 립스틱은 반쯤 지워져 있었다. 옷은 모두 벗겨져 있었고, 내 손은 그녀의 몸을 움켜쥐고 있었다"(197).[27] 마찬가지로 그가 루타를 나쁘게 대할수록 그녀가 더 좋아한다는 그의 믿음도 똑같이 불가피하다. 로잭이 루타의 자위를 방해하고 그녀에게 "진짜"를 줄 때 그녀는 마구 헤집는 것에서 쾌락을 느끼는 "나치 돼지"로 불린다. 그것은 금지될수록, 또 깊이 저항할수록, 그녀가 진정으로 더 원하게 된다고 로잭은 믿는다. 그는 루타를 비하함으로써 그녀를 "어떤 여자도 갖지 못했던 나의 것, 단지 내 의지의 일부가 되기를"(48) 원한 사람으로 만든다. 이러한 성공적인 비하의 기능은 명백하다. 여성을 남성의 가학적 변덕에 기대야만 비로소 자신을 해방시킬 수 있는 무력한 마조히스트로 드러내 보임으로써, 여성의 성적 욕망이 여성을 남성으로부터 독립적으로 만들지 않을까 하는 두려움을 제거하는 것이다.

그러나 여성의 힘의 원천과, 여성이 강력한 존재라는 이미

---

27) [옮긴이] 로잭이 아내 데버라를 살해한 후, 데버라의 입주 가정부로 일하던 루타의 방으로 가서 성관계를 맺을 때의 기억이다. 루타가 바니 켈리의 정부였음을 로잭이 알게 되는 건 이후의 일이다.

지에 대한 가장 주요한 공격은 로잭이 체리의 자궁에 상상적으로 상처를 입히는 행위를 문자화하는 과정에서 수행된다. 『미국의 꿈』을 읽노라면 자궁에 대한 거대한 공격을 마주하게 되며, 여기서 여성 창조의 성취가 성공적으로 이루어지는 일은 단한 번도 없다. 그 대신 『미국의 꿈』은 "복수의 심장부" "텅 빈 성(城)" "실망의 창고" "묘지" 등 시들고 죽은 자궁에 대한 표현들로 가득 차 있다. 데버라는 제왕절개로 아이를 하나 낳았지만, 이어진 유산에서 아이는 "형체를 갖추며 태어나려다 부서진 채…, 자궁의 공포 속에서" 나왔다(31). 애초에 기형 자궁을 가진 데버라는 이 유산으로 다시 아이를 가질 수 있는 가능성을 박탈당한다. 루타의 자궁은 "회랑에 초라한 꽃 한 송이만 자라고 있는" 묘지이며, 임신을 시도할 때마다 "불타는 듯하다"(48, 215). 리어노라(Leonora)는 난임이며, 마침내 임신에 성공했을 때에도 제왕절개로 출산을 하게 된다. 체리는 낙태를 두 번 했고, 켈리가 보낸 의사가 "뭔가 잘못된 것 같다는 암시"를 한 후 자신은 절대 아이를 가질 수 없다고 믿는다(167). 체리가 마침내 오르가슴을 느끼고, 낳고 싶은 아이를 잉태했다고 확신하는 순간 그녀는 임박한 죽음의 예감에 휩싸인다. 여성들이 자신의 섹슈얼리티를 발견하는 것과 죽음에 대한 확신과의 연결, 즉 "섹스의 힘을 발견한 여성은 결코 자살로부터 멀리 있지 않다"(57)는 믿음은 투사와 희생양 만들기 패턴의 일부다. 만약 여성들이 로잭 자신이 느끼는 성에 대한 두려움, 즉 죽음의 감각을 표현하도록 만들 수만 있다면 그와 연관된 죽음소망까지도 여성들에게 떠맡길 수 있을 것이다. 그러나 이 연결은 여성 권력에 대한 공격의 최종 단계이기도 하다. 이로써 자궁은 창조와 생명의 원천에서 죽음의 행위자로 전환되기 때문이다. 따라서 『미국의 꿈』의 신화에서 여성 권력의 궁극적 원천인 여성의 성은 재정의되고, 그 위협은 제거된다.

자궁에 대한 공격의 필연적인 귀결은 여성으로부터 빼앗은 힘을 남성에게 재분배하는 것이다. 이러한 재분배는 로잭이 자신을 성인으로 제시하는 신화의 변주이며, 남성에 의한 여성 권력 탈취극의 일부다. 남성 의사들은 여성의 자궁 상태와 임신 가능성을 진단하고, 낙태를 통해 임신을 중절하며, 제왕절개를 통해 여성의 창조력이 실현되는 유일한 매개자가 된다. 남성들은 여성 창조성의 모든 단계에 개입하고, 여성의 힘을 자신들에게 전환시킴으로써 결과적으로 자신들이 여성 창조성의 창조자 역할을 맡는다. 루타와의 성교에서 로잭은 그녀의 자궁을 "버려진 창고"에서 아늑한 벽과 달콤한 향이 나는 "단정하고 품위 있는 장소"로 변화시켜, "초라하게 피어 있는 꽃 한 송이"가 수정될 기회를 가질 수 있게 한다. 이후 그는 루타가 자신에게 보이는 냉담함을, "아이를 만들어 주겠다고 반쯤 약속해 놓고… 결국 그러지 않은 것"(215)에 대한 그녀의 분노 탓으로 돌린다. 마찬가지로, 체리의 임신 가능성 역시 오로지 로잭만이 줄 수 있는 오르가슴과 연결되어 있다. 엄청난 어려움에도 불구하고 켈리는 끝내 아내 리어노라를 임신시키는 데 성공하며, 이는 모름지기 좋은 남자가 수정시키지 못할 만큼 불임인 자궁은 없다는 격언을 입증한다. 바로 그 남성 씨앗의 신비는 루타로 하여금 "아내한테 좋은 걸 다 줘 버리지 말아요"(51)라고 간청하게 만들고, 로잭으로 하여금 "악마의 부엌에서 사라지는"(52) 자신의 정자에 대한 저주를 두려워하게 만든다.

남성이 여성 창조성의 창조자가 되는 이러한 관점은 창조에 반드시 남성이 필수적이지 않다는 공포를 달래는 안정제가 되어 주기는 하지만, 소설 말미에 이르러 마지막 반전을 맞는다. 켈리의 난간을 처음 마주 선 로잭은 "갑작스러운 생각이 들었다. '체리를 사랑했다면, 뛰어내렸을 거야.' 이것은 더 긴 생각의 축약형이었다. 체리가 아이를 가졌고, 죽음, **나의** 죽음, 나의 폭력적인 죽음이 방금 잉태된 태아에게 더 나은 심장을 줄 수 있을 것이며, 그렇게 되면 내가 과거로부터 자유롭게 다시 창조될 수도 있을 것이라는 생각"(210). 이 "갑작스러운 생각"은 로잭의 전체 사고 과정을 압축한 것에 다름 아니다. 이는 소설 첫 장면에서 드러난 자아상을 다시금 불러오며, 죽음은 "생명보다 더 위험한" 창조라는 그의 믿음, 그리고 데버라를 살해함으로써 자신이 이 부정적 창조에 참여하게 됐다는 의식을 호출한다. 그러나 이 "갑작스러운 생각"은 이러한 공포를 변형시키고, 로잭과 죽음의 관계의 본질을 재정의함으로써 자아를 재정의한다. 자신의 폭력적인 죽음을 그가 체리의 아이를 출산할 수 있는 방법으로 여김에 따라 죽음은 그에게 생명의 행위자가 된다. 이 "갑작스러운 생각"이 상징하는 자아의 재정의는 이렇게 하면 "과거로부터 자유롭게 다시 창조"될 수 있다는 그의 마지막 생각에 함축되어 있다.

그러나 로잭은 결국 자신의 사유의 논리에 저항하고 그 결론을 거부한다. 그는 태아에게 심장을 줄 수 있는 도약을 하지도, 체리의 목숨을 구할 수 있을지도 모르는 두번째 난간 걷기를 하지도 않는다. 바로 이 지점에서 『미국의 꿈』의 정치학이 분명해진다. 겉으로는 그 반대를 자처하지만, 통제권을 쥐고 있는 건 로잭이라는 사실이 명백하며, 남성의 무력함에 대한 그의 믿음 역시 여성 권력에 대한 믿음과 마찬가지로, 사실은 소설 속에서 결코 언급되지 않는 남성 권력을 영속시키기 위한 구상임이 드러난다. 『미국의 꿈』은 위태로운 정체성에 대한 감각이 아니라, 거대한 권력 카르텔의 이미지와 개별적인 폭력 행위의 패턴에

내재된 남성 권력이라는 사실에 대한 철저한 헌신에서 비롯된
다. 로잭의 자아에 대한 신화는 남성성을 낭만화하고, 여성에 대
한 증오와 공격을 정당화하며, 그 증오와 폭력을 실행하는 남성
권력 체제를 유지한다. 끊임없이 [남성이] 되기 위해 고군분투하
고, 정체성을 얻기 위해 끊임없이 싸우는 "위태로운" 남성에게
는 관용과 이해, 동정, 지지, 영웅적 위상이 부여된다. 그리고 우
리는 이러한 관점이 사실, 그 전략적 유용성 때문에 진화했음을
알게 된다.

사실 『미국의 꿈』은 남성의 약함에 대한 숭배를 만들어 내
고 남성을 멸종 위기에 처한 종으로 보는 신화에 대한 긍정적 리
비도 위에 세워져 있다. 만약 남성이 그렇게 약하다면, 그들이
여성에게 하는 모든 행위는 단순히 조건을 평등하게 만들려는
시도로 설명될 수 있을 것이다. 이러한 '논리'야말로 폭정을 위
한 완벽한 토양이 되어 준다. 메일러가 『성의 포로』에서 로런스
를 "여성에 대한 지배는 폭정이 아니라 평등"이었다고 말하는
사람으로 묘사할 때, 혹은 밀러(Henry Miller)가 "남성 섹슈얼리
티에서 이전에는 전혀 보지 못한 무언가를 포착했는데, 바로 남
성이 여성 앞에서 느끼는 경외감, 영원에 한 걸음 더 가까이 있
는 여성의 위치에 대한 두려움(그 한 걸음 속에 여성의 힘이 있었
기 때문에)이 남성으로 하여금 여성을 혐오하고, 비난하고, 욕보

이고, 상징적으로 여성에게 배설하게 만든다"고 할 때 바로 이 논리가 사용된다.[28] 여성 권력의 신화는 약한 남성에 대한 신화와 마찬가지로 성 정치학에서 가장 귀중한 구성물 가운데 하나임이 분명하다.

로잭의 신화는, 메일러의 문체와 마찬가지로 근본적으로 진정성이 없다. 로잭은 어느 정도 자신의 상상적 논리가 허위임을 인식하고 있다. "마녀에겐 지혜가 없다고, 약한 마법사가 말했다." 남성이 약하다는 신화를 통해 마녀에게서 지혜를 빼앗는 것은 단지 사악할 뿐 아니라, 궁극적으로 딱한 일이다. 그러니 로잭이 여성의 심판을 두려워하는 것은 당연하다. 문명의 역사가 남성에 의한 여성 권력 탈취의 드라마라면, 로잭이 그 드라마를 신화로, 그리고 신화를 통해 재연하는 행위는 태고부터 있었던 범죄의 한 버전에 다름 아니다. 신들의 비밀을 훔친 인간처럼 로잭은 "정확히 정의하기는 어렵지만 엄청난 재앙이 우리를 기다리고 있다"(150)는 감각과 함께 살아야 한다. 로잭이 느끼는 공포는 수 세기에 걸친 절도의 누적된 무게이며, 그것은 그가 자신의 권력과 그것을 지탱하는 신화를 위해 치르는 대가이다. "훌라, 훌라" 마녀들이 말했다.

---

28) Mailer, *The Prisoner of Sex*, pp. 112, 86.

네 편의 단편

[부록 일러두기]

부록에 수록된 네 편의 단편소설은 이 책의 1장에서 다루고 있는 작품들이다. 원서에는 수록되지 않았지만, 한국 독자들의 편의를 위하여 한국어판에서는 부록으로 수록했다. 번역은 모두 옮긴이의 것이다.

립 밴 윙클 Rip Van Winkle

워싱턴 어빙

디드리히 니커보커의 사후 저술

다음의 이야기는 뉴욕 출신의 노신사, 고(故) 디드리히 니커보커(Diedrich Knickerbocker)의 유고에서 발견된 것으로, 그는 이 지역의 네덜란드 역사와 초기 정착민들의 후손들에게서 이어진 풍속에 대단한 호기심을 품었던 인물이다.[1] 그러나 역사에 관한 그의 연구는 책보다는 사람들 속에서 이루어졌다. 책들은 그가 그 무엇보다도 몰두한 주제들을 다루기에 지나치게 빈약했으나, 그가 찾아낸 옛날 주민들과 특히 그들의 아내들은 진짜 역사

---

1) [옮긴이] 뉴욕의 원래 이름은 '뉴암스테르담', 즉 '새로운 암스테르담'이라는 뜻으로 1624년 네덜란드가 건설한 식민지이다. 이후 1664년에 영국 함대가 점령한 후 요크 공의 이름을 따서 '뉴욕'이 되었다.

에 있어 너무나 중요한 전설적인 지식의 보고(寶庫)였다. 따라서 그가 무성한 플라타너스 그늘 아래 나지막한 지붕의 아늑한 농가에 사는 진짜배기 네덜란드 가정을 만날 때마다, 마치 그들이 흑색 활자로 인쇄된 장서인 양 열렬한 책벌레의 열정으로 그것을 탐독했다.

이러한 연구의 결과는 네덜란드 식민지 시절의 역사였으며, 그는 그로부터 몇 년 후 이를 출판한 바 있다. 작품의 문학성에 대해서는 평이 분분했지만, 사실대로 말하자면 비슷한 유의 책보다 조금도 낫다고 할 수는 없었다. 다만 가장 큰 공적이라고 한다면 그 치밀한 정확성에 있었는데, 그나마도 초판이 나올 당시 일말의 의혹이 제기되었으나 이후 완전히 검증되어, 오늘날에는 의심할 여지 없는 권위를 지닌 저작으로서 모든 역사서 모음집 속에 포함되고 있다.

이 노신사는 책을 출간하고 얼마 지나지 않아 세상을 떠났다. 이미 죽고 없으니 이런 말을 한다 한들 그에게 크게 누가 되지는 않을 것 같아 한마디 하자면, 그의 시간을 더 중요하고 가치 있는 일에 쏟았어도 좋았겠다는 생각이다. 하지만 그는 언제나 자신이 좋아하는 주제를 놓지 않는 사람이었다. 그것이 이따금 주변 사람들을 불편하게 하거나 자신이 깊이 존경하고 사랑하던 벗들을 걱정시키기도 했으나, 그의 실수와 잘못들은 '분노라기보다는 슬픔 속에서' 기억되고 있다. 이제는 그가 본디 남을 해치거나 모욕하려는 의도는 없었다는 사실이 서서히 받아들여지고 있는 듯하다. 그러나 비평가들에 의해 그가 어떻게 평가되든지 간에 여전히 그를 애틋하게 기리는 사람들이 적지 않은데, 그중에서 몇몇 제과제빵사들은 신년을 축하하는 비스킷에 그의 초상을 새겨 넣기까지 했으니, 이는 그에게 워털루 전투 메달이나 앤 여왕의 기념동전 화폐에 얼굴을 남기는 것에 거의 필적할 만한 불멸의 명성을 안겨 준 셈이었다.

*　*　*

오딘(Woden), 색슨족의 신이여, 수요일(Wednesday)의 이름은 그대
로부터 비롯되었으니, 본디 그것은 오딘의 날(Wodensday)이라 불리
었도다. 내가 무덤 속으로 기어들어 가는 그날까지 내가 지킬 것은
바로 진실이어라. ─ 카트라이트(Cartwright)

허드슨강을 따라 올라가 본 이라면 누구라도 캐츠킬(Catskill)
산맥을 기억할 것이다. 거대한 애팔래치아산맥에서 갈라져 나
온 그 능선은 강 서쪽에 장대하게 솟아올라 주변의 시골 마을을
굽어본다. 계절이 바뀌고 날씨가 달라질 때마다, 심지어 하루에
도 매 시간마다 이 산맥은 신비로운 빛깔과 형상을 달리하는데,
일대의 마음씨 좋은 아내들에게 이것은 완벽한 기압계(氣壓計)
로 여겨졌다. 날씨가 좋고 잔잔하면, 산은 청색과 자주색의 옷을
걸치고 그 힘찬 윤곽선을 맑은 저녁 하늘 위에 찍어 낸 듯 드러
낸다. 그러나 때로 다른 쪽 하늘에는 구름 한 점 없는데도 이 산
만큼은 정상에 잿빛 안개를 띠 모양으로 두르고, 지는 해의 마지
막 햇살을 받아 영광스러운 왕관처럼 빛나기도 한다.

　이 신비로운 산기슭에서 여행자는 때때로 지붕 널빤지가

나무들 사이로 슬쩍슬쩍 보이는 작은 마을에서 옅게 피어오르는 연기를 보았을지도 모른다. 저편 고원의 푸른 빛깔이 이쪽 편 들판의 신록으로 녹아드는 지점에 자리 잡은, 그런 마을 말이다. 이 작은 마을은 선량한 페터르 스타위베산트(Peter Stuyvesant)——부디 평안히 잠드소서!——가 통치하기 시작할 무렵부터 네덜란드 이주민이 정착하기 시작한 유구한 역사를 지니고 있었다. 불과 몇 해 전까지만 해도 초기 정착민들의 집 가운데 일부가 여전히 남아 있었는데, 격자무늬 창에 풍향계가 달린 박공 지붕, 그리고 네덜란드에서부터 실어 온 작은 황색 벽돌로 지어진 집들이었다.

바로 그 마을의 그런 집들 가운데 하나(솔직히 말하자면 슬프게도 세월과 날씨에 낡을 대로 낡은 집)에서, 이 나라가 아직 대영제국의 식민지일 때부터 그곳에서 살아온 단순하고 성정이 좋은 립 밴 윙클이라는 사람이 살고 있었다. 그는 그 옛날 기사도적 용기로 명성을 떨치며 스타위베산트와 함께 크리스티나 요새 공성에도 참전한 밴 윙클 가문의 후손이었으나, 선조들의 전투적인 면모라고는 거의 물려받은 바가 없었다. 앞서 말했듯 그는 단순하고 성정이 좋은 사내였고, 또한 다정한 이웃이자 아내에게 바가지 긁히는 고분고분한 남편이었다. 그가 온 마을의 인기를 얻었던 것은 그의 온순한 성격 덕이었는데, 그것은 바로 다음의 사정 때문에 가능한 것이었는지도 모른다. 모름지기 집 안에서 잔소리꾼 아내의 훈련을 받는 남자들이 집 밖에서는 더욱 아첨하며 남의 비위를 맞추게 마련인 법이다. 가족 내 고난의 화로에서 매번 단련되는 탓에 성격은 한없이 유순해지고, 세상 어떤 설교보다도 아내의 장광설이야말로 인내와 참고 견딤의 미덕을 가르치는 최고의 강론이 되곤 한다. 그러니 바가지 긁는 아내라는 존재는 어떤 의미에서는 축복이라 할 수 있으며, 그렇다면 립 밴 윙클은 세 배로 축복받은 자였다.

그가 마을의 모든 여자들에게 사랑받았음은 틀림없다. 언제나 그렇듯 인정 많은 여자들은 집안에 싸움만 났다 하면 모두 그의 편을 들어 주었고, 저녁에 모여 수다를 떨 때마다 그들은 어김없이 모든 허물을 밴 윙클 부인 탓으로 돌리곤 했다. 마을 아이들도 그가 오기만 하면 좋아서 소리를 질렀다. 그는 아이들과 함께 뛰어놀아 주었고, 장난감을 만들어 주었으며, 연 날리는 법과 구슬치기를 가르쳐 주었고, 귀신이나 마녀, 인디언에 대한 긴 이야기를 들려주곤 했다. 마을을 돌아다니고 있을라치면 그는 아이들 무리에 둘러싸이기 일쑤였다. 그의 옷자락에 매달리거나 등에 올라타며 그에게 온갖 장난을 친다고 해서 아이들이 혼나는 일은 없었다. 마을 안에서는 심지어 개조차도 그를 보고 짖지 않았다. 립의 본성에서 가장 큰 흠이라고 한다면, 그건 바로 돈이 되는 일이라면 그게 뭐든 질색을 한다는 거였다. 이는 근면성이나 인내가 부족하다거나 하는 문제는 아니었다. 그는 타타르족이 전장에서 쓰는 긴 창만큼이나 길고 무거운 낚싯대를 들고 젖은 바위 위에 앉아 입질 하나 없는 와중에도 불평 한마디 없이 낚시를 할 수 있는 사람이었으니 말이다. 그는 몇 시간이고 엽총을 둘러메고 숲과 늪지대를 헤치고 다니고 산을 오르내리면서도 겨우 다람쥐나 야생 비둘기 몇 마리를 잡을 뿐이었다. 또한 그는 이웃의 힘든 일을 돕는 데 있어 절대로 빼는 법이 없었고, 옥수수 껍질을 벗기거나 돌담을 쌓는 등 마을의 일에는 빠짐없이 앞장섰다. 마을의 여자들은 남편들이 못마땅해하며 해주지 않는 심부름이나 자질구레한 허드렛일을 그에게 부탁하곤했는데, 말하자면 립은 자기 일만 빼고 남의 일이라면 무엇이든 기꺼이 도울 준비가 되어 있었다. 하지만 본인이 해야 하는 집안일이나 농장 일만은 도저히 할 수가 없었다.

사실, 그는 자신의 농장을 일구는 일은 아무짝에도 쓸모없는 일이라고 공표하기까지 했다. 자기 농장이야말로 마을 전체에서 가장 척박한 땅이라고 말이다. 그가 무엇을 하더라도 일은 항상 틀어졌다. 울타리는 무시로 무너져 내렸고, 소들은 엉뚱한 곳으로 가거나 배추밭으로 들어가기 일쑤였다. 잡초는 다른 어느 밭보다 빠르게 자랐고, 바깥일을 하려 들면 때마침 비가 쏟아졌다. 그래서 조상에게 물려받은 농토는 그의 손에서 시나브로 줄어들어 결국 남은 건 달랑 옥수수 몇 줄과 감자밭뿐이건만, 그나마도 온 동네에서 가장 엉망으로 방치된 농장이었다.

그의 아이들 또한 천애고아처럼 누더기를 걸치고 제멋대로 사방을 뛰어다녔다. 아들 립은 어찌나 아버지를 꼭 빼닮았는지, 제 아비의 오래된 옷과 함께 버릇까지도 고스란히 물려받은 것처럼 보였다. 그는 아비의 큼지막하고 해진 바지를 입고 망아지처럼 어머니의 꽁무니를 쫓아다니곤 했는데, 그럴 때면 흘러내리지 않도록 한 손으로는 바지를 붙잡고 다녔으니, 이는 마치 궂은 날씨에 긴 치맛자락을 잡고 걷는 상류층 숙녀의 모습과도 같았다.

립 밴 윙클로 말하자면, 그는 바보처럼 보일 정도로 세상일이 어찌 돌아가든 크게 개의치 않는 천하태평인 행복한 인간들 무리에 속했다. 어수룩하고 기름칠이라도 된 듯 미끈한 성격으로, 그는 일이든 빵이든 그저 더 수월하게 얻어지는 쪽을 선택했고, 차라리 한 푼이 없어서 굶주릴지언정 1파운드를 벌자고 일을 하지는 않는 자였다. 그냥 두었더라면 평생 휘파람이나 불며 아주 속 편하게 살다 갔을 것이다. 하지만 그의 아내는 끊임없이 그의 귀에다 대고 그가 게으르고 칠칠맞지 못해서 집안을 아주 말아먹고 있다고 소리를 질렀다. 아침이건 낮이건 저녁이건, 그녀의 혀는 쉬지 않고 잔소리를 퍼부었고, 그가 무슨 말이나 일을 할라치면 홍수 같은 장광설이 쏟아지는 건 당연지사였다. 여기에 그가 대처하는 방법이 딱 하나 있었는데 그나마도 너무 많이 쓰다 보니 이제는 버릇 같은 게 되어 버린 지경이었다. 그 방법이란 어깨를 한번 으쓱하고 고개를 저으며 눈을 치뜨되 입은 꾹 닫는 것이었다. 그런데 이 방법은 항상 아내의 집중포화를 더 불러내고야 말았으므로, 그는 부대를 철수시켜 집 밖으로 몸을 피할 수밖에 없었다. 아내에게 잡혀 사는 남편이 진정으로 속한 곳은 집의 바깥뿐인 까닭에.

집에서 립이 유일하게 마음 붙일 수 있는 존재는 그의 개 울프뿐이었는데, 그 녀석도 주인 못지않게 욕을 얻어먹었다. 립 밴 윙클의 부인은 그의 개를 남편의 게으른 친구 정도로 여겼고, 심지어 남편이 번번이 집을 떠나 돌아다니는 이유가 바로 그 개 때문이라는 듯 매서운 눈초리로 노려봤다. 사실 훌륭한 개의 자질을 놓고 보자면 울프의 용맹함은 숲을 달리는 그 어떤 동물 못지않았지만, 여인의 혀끝에서 솟아나는 끝없는 잔소리의 공포 앞에서 그 어떤 용맹한 자가 버틸 수 있겠는가? 집 안에 들어서는 순간 울프는 의기소침해져서는 꼬리가 바닥으로 툭 떨어지거나 아니면 다리 사이에 말려 들어갔고, 도둑마냥 어슬렁거리며 밴 윙클 부인의 눈치를 살피다가 빗자루나 국자를 집어 드는 기미만 보여도 깨갱거리며 문밖으로 내달리는 것이었다.

결혼 생활이 지속될수록 립 밴 윙클의 삶도 갈수록 고달파졌다. 아내의 불같은 성질은 세월에 따라 무뎌지는 법이 없었고, 그 뾰족한 혀는 어째 쓰면 쓸수록 더 날카로워졌다. 오랫동안 립은 집에서 쫓겨날 때마다 일종의 상설 모임을 이루고 있던 마을의 현자, 철학자, 그 밖의 할 일 없는 사람들의 클럽에서 자신을 위로하곤 했고, 모임은 혈색 좋은 조지 3세 폐하의 초상화가 걸린 작은 여관 앞 벤치에서 열렸다. 이곳에서 사람들은 한가로운 여름날 긴 오후 내내 나무 그늘에 앉아 마을의 소문들을 두서없이 지껄이거나 아무것도 아닌 졸린 이야기를 끝도 없이 나눴다. 그러나 이따금 어떤 정치가라도 돈을 내고 들을 만한 심오한 논쟁이 일어나기도 했는데, 바로 지나가던 여행자가 두고 간 낡은 신문이 수중에 떨어질 때였다. 작은 체구에 글깨나 배운 학교 선생 데릭 밴 버멜이 사전에서 가장 어려운 거창한 단어조차 막힘 없이 읽어 내려가면 사람들은 모두 정중히 귀를 기울였다. 그러고는 이미 몇 달 전에 일어난 일을 가지고 마치 현자라도 되는 양 토론을 벌이는 것이었다.

이 모임에서 모든 의견을 관장하는 인물은 마을의 원로요, 여관 주인이었던 니컬러스 베더였다. 그는 아침부터 해 질 때까지 여관 입구에 앉아 딱 햇볕을 피할 만큼만 조금씩 움직이며 큰 나무 그늘 아래에 머물렀으니, 이웃들은 그의 움직임만 봐도 해시계를 보듯 시간을 알 수 있을 정도였다. 그는 말을 하는 법이 거의 없었고, 대신 끊임없이 파이프담배를 피웠다. 그러나 그의 추종자들은 (모든 위대한 인물에게는 추종자가 있게 마련이다) 그의 뜻을 완벽히 이해하고 그의 의견이 어떨지 짐작할 수 있었다. 읽거나 전해 들은 내용이 심기를 거스르는 게 있으면 파이프를 뻑뻑 빨아 연기를 짧고 거칠게 내뿜었고, 마음에 들 때는 느긋하고 평온히 담배를 빨면서 옅고 잔잔하게 연기를 피워 올렸다. 때로는 파이프를 입에서 떼고는 연기가 코에서 새어 나오게 하면서 완벽한 동의의 표시로 그윽하게 고개를 끄덕이기도 했다.

하지만 불행히도 립은 이 견고한 피난처에서도 결국 드센 아내에 의해 쫓겨나고 마는데, 아내가 모임에 불쑥 나타나 평온함을 깨뜨리고 다른 사람들까지 닦아세운 탓이었다. 그 점잖은 니컬러스 베더 씨조차 이 사나운 여인의 무시무시한 혀로부터 안전하지 못했다. 그녀는 남편한테 게으른 버릇을 들이게 했다며 베더 씨를 대놓고 비난했다.

가엾은 립은 거의 절망에 이르렀고, 이제 농장일과 아내의 잔소리를 피할 유일한 방도는 총을 들고 숲으로 가는 것뿐이었다. 이곳에서 그는 나무 밑동에 앉아, 울프와 함께 가죽 주머니 속의 음식이나 나눠 먹으며 박해받는 동지로서 서로의 불행을 나누곤 했다. "가여운 울프. 너의 여주인이 너를 기어이 개처럼 살게 만드는구나! 하지만 걱정 말거라. 내가 살아 있는 한 네 녀석은 곁에 다른 친구를 둘 필요 없을 게다." 그러면 울프는 꼬리를 흔들며 애절하게 주인의 얼굴을 쳐다보았다. 만약 개에게 동정이란 것이 있다면, 그는 진심으로 그 마음을 표현한 것이라고 믿는다.

이렇게 오래도록 정처 없이 돌아다니던 어느 맑은 가을날, 립은 무심결에 캐츠킬산맥의 가장 높은 봉우리에 이르렀다. 그가 제일 좋아하는 다람쥐 사냥을 하는 중이었는데, 주변이 어찌나 적막한지 총성이 메아리에 메아리를 거듭하며 울려 퍼졌다. 숨도 차고 지친 그는 절벽 꼭대기, 풀밭이 펼쳐진 푸른 둔덕에 몸을 던졌다. 늦은 오후였다. 나무 사이사이로 몇 마일 너머의 울창한 숲과 그 아래로 펼쳐진 저지대가 한눈에 보였다. 멀리서 장대한 허드슨강이 조용하지만 웅장하게 흐르고 있었고, 그 수면 위로는 보랏빛 구름이 비치거나 느리게 항해하는 돛배가 그림자처럼 잠들어 있다가 마침내 푸른 고지대 속으로 사라졌다.

건너편으로는 깊숙한 협곡이 내려다보였다. 험하고 외딴 골짜기의 바닥은 주변 절벽에서 떨어진 바위 부스러기로 가득했고, 지는 해의 빛조차 간신히 닿을 만큼 음울했다. 립은 한동안 이 경치를 보며 사색에 잠겼다. 점차 저녁이 가까워 오면서 산의 푸르고 긴 그림자가 골짜기에 드리우기 시작했다. 마을에 닿기 도 전에 깜깜해질 것을 깨닫고 그는 무시무시한 아내를 생각하며 무거운 한숨을 내쉬었다.

그가 산을 막 내려가려고 하는데 멀리서 "립 밴 윙클! 립 밴 윙클!" 하고 부르는 소리가 어렴풋이 들려왔다. 주위를 둘러 봤지만 홀로 날아가는 까마귀 말고는 아무것도 보이지 않았다. 환청이겠거니 하고 다시 발걸음을 옮기는데 또다시 고요한 저녁 공기를 뚫고 같은 외침이 울려 퍼졌다. "립 밴 윙클! 립 밴 윙클!" 울프는 털을 곤두세우고 낮게 으르렁대며, 주인 곁에 붙어서 두려운 듯 협곡 아래를 바라보았다. 립도 이제 막연한 불안감에 사로잡혔다. 불안한 마음으로 같은 방향을 바라보는데, 무거운 짐 때문에 허리가 굽은 채로 바위 위를 천천히 기어오르는 낯선 형체가 보였다. 그는 이토록 외진 곳에 사람이 있다는 사실에 놀라면서도 도움이 필요한 마을 사람이겠거니 하고 서둘러 내려갔다.

가까이에서 보니 낯선 이의 외양은 더욱더 놀라웠다. 키가 작고 몸이 단단한 노인이었는데, 덥수룩한 머리카락에 거친 수염은 희끗희끗했다. 옷차림은 옛 네덜란드풍으로, 허리에 두르는 천으로 만든 저고리에 반바지를 여러 겹 입었는데, 바깥쪽 바지는 큼직한 품에 옆면에는 단추가 줄지어 달려 있었고, 무릎 부분은 주름으로 장식되어 있었다. 그가 어깨에 지고 있는 나무통은 필경 술로 가득 차 있는 것일 텐데, 그는 립에게 와서 좀 들어 달라는 손짓을 해보였다. 처음 보는 낯선 사람을 조금 경계하긴 했지만 립은 늘 하듯이 민첩하게 움직여 짐을 나눠 들었다. 두 사람은 말라 버린 좁은 골짜기 바닥을 함께 기어 올라갔다. 올라가면서 립은 가끔씩 멀리서 요란한 천둥 같은 것이 길게 울리는 소리를 들었는데, 그들이 가고 있는 험한 골짜기, 아니 바위틈에서 나는 소리 같았다. 그는 잠시 멈칫하다가, 높은 해발에서 흔히 있는 천둥번개를 동반한 소나기려니 하고 다시 가던 길을 갔다. 골짜기를 지나자 절벽으로 둘러싸인 작은 원형 극장 같은 공간이 나타났는데, 우듬지가 무성해 하늘과 석양의 구름은 다만 어렴풋이 보일 뿐이었다. 오는 내내 립과 그 일행 사이에는 한 마디 말도 오가지 않았다. 립으로서는 도대체 이 깊은 산속에서 왜 술통을 메고 가고 있는지 그 목적이 몹시도 궁금했지만, 설명하기 힘든 어떤 위압감 때문에 차마 물어보지 못했다.

원형 광장에 들어서자, 더 놀라운 광경이 펼쳐졌다. 광장 중앙 평평한 곳에서 이상하게 생긴 한 무리의 사람들이 나인핀을 치고 있었다. 그들은 기이한 의상을 입고 있었는데, 어떤 이들은 옛날식 짧은 더블릿을 입었고, 어떤 이들은 조끼를 입고서 허리띠에는 긴 칼을 차고 있었는데, 대부분의 사람들은 그와 함께 온 남자의 것과 같은 통이 넓은 바지를 입고 있었다. 그들의 생김새도 마찬가지로 기괴했는데, 어떤 사람은 머리가 크고 넙데데한 얼굴에 눈은 돼지처럼 작은가 하면, 또 다른 사람은 얼굴 전체가 다 코로만 이루어진 듯했고, 머리 위로는 닭벼슬 같은 깃을 꽂은 새하얀 뾰족 모자가 얹혀 있었다. 모두 수염이 있었는데 그 모양과 색은 제각각이었다. 무리 중 우두머리로 보이는 사람은 풍상에 시달린 듯한 용모의 건장한 노인이었다. 그는 줄로 묶는 더블릿을 입고 넓은 허리띠에는 단검을 차고 있었으며 깃털 꽂은 높은 모자, 붉은 스타킹, 장미로 장식된 하이힐을 신고 있었다. 전체적인 무리의 모습은 립으로 하여금 마을의 도미니 밴 샤이크 목사 응접실에 걸린 그림을 떠올리게 했다. 그가 이주 당시 네덜란드에서부터 직접 들고 왔다는 플랑드르풍 그림 말이다.

그러나 립이 더 기이하게 여긴 것은, 이 사람들은 즐기고 있는 게 분명함에도 침통한 표정을 하고 불가해한 침묵 속에서, 그가 본 중 가장 쓸쓸하게 놀이를 하고 있더라는 점이었다. 정적을 깨는 것은 오로지 공이 굴러가는 소리뿐이었고, 공이 구를 때마다 나는 소리는 천둥처럼 산 전체에 메아리쳤다.

립과 남자가 무리에 다가가자 사람들은 급히 놀이를 멈추고는 석상 같은 눈빛으로 그를 응시했다. 어찌나 삭막하고 무심하게 보던지, 립은 심장이 덜컥 내려앉고 무릎이 후들후들 떨려

왔다. 함께 온 남자는 술통의 술을 큰 병에 옮겨 담더니 립에게 무리의 사람들에게 술을 돌리라는 눈짓을 했다. 두려움에 떨며 립은 순순히 명령을 따랐다. 사람들은 침묵 속에서 잔을 비우고는 하던 놀이를 계속했다.

점차로 립의 놀라움과 두려움도 잦아들었다. 심지어 사람들이 안 볼 때는 그 술을 슬쩍 맛보기도 했는데, 아주 훌륭한 네덜란드산 풍미임을 알 수 있었다. 타고난 술꾼인 그는 곧 또 한 모금 마시고 싶다는 유혹에 빠졌다. 한 모금이 두 모금이 되고, 그렇게 계속 마시다 보니 이내 그의 감각은 마비되고 눈이 아득해졌고, 마침내 고개가 점점 떨구어지면서 깊은 잠에 빠졌다.

깨어나 보니 처음 그 작은 노인을 마주쳤던 풀밭 언덕이었다. 립은 눈을 비볐다. 밝은 햇살이 가득한 아침이었다. 새들은 숲 덤불 속에서 지저귀며 날아다녔고, 독수리 한 마리가 산바람을 타고 창공을 가로지르고 있었다. "분명히…" 립은 생각했다. "밤새 여기서 잠을 잔 건 아니야." 그는 잠들기 전의 일들을 떠올려 보았다. 술통을 멘 웬 이상한 남자, 산과 협곡, 암벽 속 은둔처, 우울한 나인핀 경기, 그리고 술병… "아, 술병! 그 망할 놈의 술병!" 립은 생각했다. "대체 밴 윙클 부인에게 무슨 변명을 해야 하지?"

그는 총을 찾으려고 주위를 둘러보았지만, 기름칠 잘되어 깨끗이 닦여 있던 총이 있던 자리에 있는 것이라고는 녹이 슬어 총신이 부식되고 방아쇠는 떨어져 나간 데다가 개머리판은 벌레가 다 파먹은, 낡아 빠진 화승총뿐이었다. 이제와 생각해 보니 산에서 만난 그 사람들이 술로 그를 취하게 만든 다음에 총을 훔쳐 간 게 아닌가 의심스러웠다. 울프도 사라져 보이지 않았는데, 아마 다람쥐나 자고새를 쫓아 헤매고 있으리라. 그는 휘파람도 불어 보고 이름도 불러 봤지만 헛수고였다. 돌아오는 건 메아리뿐, 개는 어디에도 보이지 않았다.

립은 어젯밤 놀이가 벌어졌던 곳으로 다시 가서, 만약 무리 중 누구라도 만나게 된다면 자신의 개와 총을 내놓으라고 할 작정이었다. 그러나 그가 일어나 걸으려고 할 때 몸의 관절이 뻣뻣하고 평소의 기민한 기운이 사라졌다는 것을 깨달았다. "산에서 자는 건 역시 맞지 않는군." 립은 생각했다. "만에 하나 내가 관절염이라도 걸리면 또 얼마나 밴 윙클 부인과 축복의 시간을 보내겠어." 그는 힘겹게 골짜기로 다시 내려갔다. 전날 일행과 함께 올랐던 협곡을 찾았는데, 놀랍게도 지금은 산의 물줄기가 계곡 아래로 거품을 내며 흘러내리고 바위에서 바위로 뛰어오르며 웅얼거리는 물소리로 계곡을 가득 채웠다. 그는 자작나무, 사사프라스, 풍년화 덤불을 헤치고 힘들게 길을 뚫고 가장자리로 기어 올라갔고, 때로 이 나무 저 나무를 감아 올라 그가 가는 길에 일종의 그물을 펼쳐 놓은 야생 포도나무 덩굴에 걸려 넘어지거나 몸이 얽히기도 했다.

마침내 협곡이 절벽 사이로 열리며 작은 원형 공간이 있던 곳까지 이르렀으나 그 입구는 흔적도 없이 사라져 있었다. 절벽에는 높고 굳건한 암벽이 가로놓여 있었고, 그 위에서 물줄기가 하얀 거품을 내며 곤두박질쳐 검푸른 숲 그림자에 잠긴 넓고 깊은 못으로 떨어지고 있었다. 이제, 우리의 불쌍한 립은 여기서 멈출 수밖에 없었다. 그는 다시 한번 개의 이름을 부르고 휘파람을 불어 보았지만 돌아오는 대답은 절벽 끝에 걸린 마른나무 주위를 도는 까마귀 떼의 까악까악 소리뿐이었다. 그들은 높은 곳에 있어서 그의 곤경을 구경하며 비웃어도 안전하다고 여기는 듯했다.

이제 어떻게 하지? 아침 시간이 흘러가고 있었고, 립은 밥을 먹지 못해 배고파 죽을 지경이었다. 개와 총을 잃은 것은 뼈아픈 일이었고, 무엇보다 아내를 만날 생각을 하면 끔찍했다. 그렇대도 산에서 굶어 죽는 것보다는 나을 것이었다. 그는 고개를 가로젓고는 녹슨 화승총을 어깨에 둘러메고 무겁고 불안한 마음으로 집을 향해 발걸음을 돌렸다.

마을에 가까워지면서 사람들을 여럿 마주쳤지만, 하나같이 모르는 사람들이었다. 그는 자신이 마을 사람을 전부 알고 있다고 생각한 터라 좀 의아했다. 심지어 사람들의 옷차림마저도 눈에 설었다. 사람들은 모두 그를 신기한 눈초리로 바라보았고, 그러다 시선이 닿으면 어김없이 턱을 쓰다듬었다. 이러한 반응이 반복됨에 따라 립도 그 몸짓에 이끌려 무심코 턱을 쓰다듬었는데, 놀랍게도 턱수염이 한 자나 자라 있는 게 아닌가!

그는 이제 마을 가장자리에 들어섰다. 처음 보는 아이들이 무리 지어 그의 뒤를 쫓으며 그의 회색 수염을 가리키고 놀려 댔다. 개들 역시 그가 전에 알던 녀석은 한 마리도 없었고, 그가 지나갈 때마다 컹컹 짖어 댔다. 마을 자체가 달라져 있었다. 전보다 크고 번화해졌다. 처음 보는 집들이 줄지어 있었고, 그가 종종 방문하던 곳들은 사라졌다. 대문 문패에 붙은 이름들은 낯설고, 창에 비친 얼굴도 죄다 처음 보는 얼굴이다. 모든 것이 낯설었다. 그는 슬슬 불안해지기 시작했다. 혹 자신과 이 세상이 모두 마법에 걸린 건 아닐까 의심스러웠다. 분명 이곳은 자신이 전날 산을 오르기 위해 떠났던 고향 마을이 맞았다. 저기엔 여전히 캐츠킬산맥이 있고, 허드슨강도 저 멀리서 은빛으로 빛나고 있다. 언덕과 계곡도 한치도 다름없이 그대로였다. 립은 몹시 혼란스러웠다. "어젯밤 그 술 때문이야." 그는 생각했다. "술이 내 머릿속을 온통 뒤흔들어 놓은 게구나!"

그는 어렵사리 집을 찾아갔고, 찢어질 듯한 밴 윙클 부인의 목소리가 언제 들려와도 이상하지 않다고 생각하며 조용히 집 쪽으로 다가갔다. 그러나 집은 썩어 무너져 있었다. 지붕은 내려앉고, 창문은 다 깨진 데다가 문짝마저 떨어져 나간 채였다. 꼭 울프같이 생긴 반쯤 굶어 죽어 가는 늙은 개 한 마리가 주변을 어슬렁거렸다. 립은 울프의 이름을 불러 보았지만 녀석은 으르렁대며 이를 드러내 보이고는 이내 그를 지나쳐 갔다. 이건 정말이지 너무 심한 것 아닌가. 가여운 립은 한숨을 내쉬며 말했다. "내 개조차 나를 잊었구나!"

그는 집 안으로 들어갔다. 사실대로 말하자면 밴 윙클은 언제고 집 안을 깔끔히 정리해 두었더랬다. 이제 집은 텅 빈 채로 황량한 것이 버려진 게 분명했다. 이 쓸쓸함은 아내에 대한 두려움마저 떨쳐 내게 했다. 그는 목청껏 아내와 자식들을 불렀다. 그 목소리는 빈 방들에서 순간 울렸다 사라질 뿐, 이내 다시 정적이 찾아왔다.

그는 서둘러 자신의 피난처였던 여관으로 가 보았지만, 그곳 또한 사라져 있었다. 대신 그 자리에는 허물어져 가는 큰 목조 건물이 들어서 있었는데, 커다란 창문은 입을 벌린 듯 열려 있었고 몇 개는 부서져서 오래된 모자나 치맛자락으로 대충 덧씌운 채였다. 문간 위에는 "조녀선 둘리틀의 유니언 호텔"이라고 쓰여 있었다. 소박한 네덜란드식 여관 앞 쉼터 역할을 해주던 큰 나무가 있던 자리에는 이제 꼭대기에 붉은 나이트캡처럼 생긴 뭔가가 달린 높은 장대가 서 있었는데, 그 위에서 별과 줄이 요상하게 배열된 웬 낯선 깃발이 펄럭이고 있었다. 모든 것이 낯설고 도무지 이해할 수가 없었다. 그러나 그는 간판만큼은 알아보았다. 조지 3세의 불그스름한 얼굴 아래에서 그는 얼마나 많은 담배를 피웠던가. 그렇지만 심지어 이것마저도 독특하게 변해 있었다. 붉은색 옷은 담황색과 푸른색 군복으로 바뀌었고, 홀 대신에 칼을 들고 있었으며 머리에는 비스듬히 모자가 쓰여 있었다. 무엇보다 그 밑에 큼지막한 글씨로 "워싱턴 장군"이라고 쓰여 있는 게 아닌가.

여느 때처럼 문 주위에는 군중이 모여 있었으나, 립이 아는 얼굴은 없었다. 사람들의 성격도 바뀐 듯했다. 예전의 그 친근하고 느긋하며 졸릴 정도의 평온함이 아니라, 분주하고 소란스럽게 논쟁하는 느낌이었다. 그는 현자인 니컬러스 베더를 만나기 위해, 넙데데한 얼굴과 두 겹으로 접힌 턱, 말보다는 담배 연기를 내뿜던 긴 파이프를 가진 노인을 찾았지만 헛수고였다. 예전에 오래된 신문을 읽어 주던 선생 밴 버멜도 없었다. 그들이 있던 자리에는 늘씬하고 성마른 사내가 주머니 가득 전단을 넣고 시민의 권리, 선거, 의회 의원, 자유, 벙커힐, 1776년의 영웅들 따위의 말들로 열변을 토하고 있었다. 얼이 빠진 밴 윙클에게 이 모든 말들은 마치 바벨탑의 언어처럼 도무지 알아들을 수 없는 것이었다.

길고 헝클어진 수염에 이상한 옷차림, 낡은 총을 멘 그의 행색과 여자들과 아이들에게 둘러싸여 있는 모습은 곧 선술집 정치인[2]들의 관심을 끌었다. 사람들은 신기해하며 그를 둘러싸고는 머리끝에서 발끝까지 훑어보았다. 연설가는 성큼 그에게 다가와서는 살짝 그를 옆으로 끌어내며 물었다. "어느 쪽에 투표를 하셨소?" 립은 멍한 눈으로 그저 바라만 볼 뿐이었다. 또 다른 키 작은 사내가 재빨리 그의 팔을 잡아당기며 까치발을 들어 그의 귀에 속삭였다. "민주인지 연방인지 말입니다." 립은 질문이 의미하는 바를 도통 이해하지 못했다. 그때 삼각모를 쓴 박식해 보이는 자신만만한 노신사가 군중을 밀치며 다가와서는 한 팔은 허리에 얹고, 다른 팔은 지팡이를 짚은 채 립 앞에 서서 매서운 눈초리로 영혼까지 꿰뚫어 보듯 물었다. 근엄하고 강력한 목소리였다. "대관절 누구시길래 어깨에 총을 걸치고 저 무리까지 우르르 몰고 이 선거장까지 오나? 마을에 폭동이라도 일으킬

---

2) [옮긴이] 18~19세기 미국에서 선술집과 주점은 정치 회의 및 투표, 정치적 선동을 위해 사용되는 주요 장소였다. 이곳을 기반으로 강한 정치적 견해를 가지고 주변 사람들에게 영향을 미치는 이들을 '선술집 정치인'(tavern politician)이라고 불렀던 바, 이 장면에서 립이 겪는 일들은 이 장소의 역사적 맥락 속에서 더 잘 이해될 수 있을 것이다.

심사요?” 립은 믿을 수 없다는 듯 소리쳤다. “맙소사, 여러분. 나는 그저 조용하고 불쌍한 한 사람일 뿐이오. 이곳 토박이이자 폐하의 충성스러운 신민이올시다. 폐하 만세!”

그러자 구경꾼들 사이에서 한꺼번에 외침이 터져 나왔다. “왕당파다! 왕당파야! 첩자에 추방자야. 잡아다 족치고 내쳐라!” 삼각모를 쓴 노신사가 겨우 군중을 진정시키기는 했으나 결코 쉽지 않았다. 그러고는 다시 근엄한 얼굴로 신원불명의 사내에게 이곳에는 무슨 일로 왔고 누구를 찾고 있는지 물었다. 가여운 립은 공손히 대답하며 자신은 해를 끼칠 뜻은 전혀 없다고 재차 말했다. 단지 이 여관 부근에서 함께 어울려 지내던 이웃들을 찾으러 온 것뿐이라고.

“자, 대체 그 사람들이 누구요? 이름을 대보시오.”

립은 잠시 생각하다가 물었다. “니컬러스 베더 씨는 어디 있소?”

한동안 정적이 흐른 뒤, 한 노인이 가늘고 새된 목소리로 말했다. “니컬러스 베더? 그이는 죽은 지 벌써 18년이 됐지! 그 사람에 대한 온갖 것을 적어서 교회 묘지에 나무로 된 비를 세워 뒀는데, 그마저도 이제 썩어 문드러졌소.”

“그럼 브롬 더처는요?”

“아, 그 사람은 전쟁 초반에 입대를 했지. 스토니 포인트 전투에서 전사했다는 말도 있고, 앤토니스 노즈 기슭에서 돌풍에 휩쓸려 죽었다는 말도 있네. 나도 잘 모르겠소만 어쨌든 다시는 돌아오지 않았다우."

"그럼 밴 버멜은? 학교 선생 말이오."

"그이 또한 전쟁에 나가 민병대 장군이 되었고, 지금은 의회에 있소."

이 소식에 립의 가슴 한구석이 죽은 것 같았다. 고향과 벗들이 이토록 서글프게 달라졌다는 것을 알게 된 것이요, 이제 자신이 세상에 홀로 남겨졌음을 깨달았기 때문이다. 대답 하나씩을 들을 때마다 엄청난 시간이 흘렀음을 시사하는 데다가 전쟁이니 의회니, 스토니 포인트니 하는 말들을 도통 이해할 수 없어 립은 몹시 혼란스러웠다. 다른 벗들에 대해서는 더는 물을 엄두가 나지 않아 그는 절망에 찬 목소리로 외쳤다. "대관절 이곳에 립 밴 윙클을 아는 자가 아무도 없단 말입니까?"

"립 밴 윙클이라!" 두어 사람이 소리쳤다. "아, 당연히 알지! 저기 있잖소, 저 나무에 기대어 선 사내가 바로 립 밴 윙클이 아니오."

립이 그쪽을 바라보니, 산에 올라갈 때의 자신과 꼭 닮은 남자의 모습이 보였다. 그와 똑같이 게으르며, 확실히 남루한 옷차림이었다. 립은 완전히 얼이 빠지고야 말았다. 그는 자신이 누구인지, 과연 자신이 맞는지, 아니면 다른 사람인 건지 의심이 일었다. 당황해서 쩔쩔매고 있는 그에게 삼각모를 쓴 노신사가 다가와 도대체 그는 누구이며 이름이 무엇이냐고 물었다.

"누가 안답니까." 그는 정신줄 끝을 붙잡고 외쳤다. "나는 내가 아니오. 나는 다른 사람… 그렇지, 저기 저쪽에 있는 게 나요. 아니지, 다른 사람인데 내가 된 것 같소이다. 분명 어젯밤까지만 해도 나는 나였는데, 산에서 자고 일어났더니 총도 달라졌고, 모든 게 달라졌소. 심지어 나조차도 달라졌는데 나는 이제 내 이름이 무언지도 내가 누군지도 알 수 없습니다."

일이 이쯤 되자 구경꾼들은 서로 마주 보며 고개를 끄덕이거나 눈짓을 주고받거나, 손가락으로 이마를 두드리기 시작했다. 이상한 사람이 무슨 짓을 할지 모르니 총을 압수해야 하는 거 아니냐는 속삭임이 오갔다. 이 말을 들은 삼각모 쓴 노인은 황급히 자리를 피했다. 바로 이 결정적 순간에 한 여인이 회색 수염의 남자를 보기 위해 군중을 밀치고 들어왔다. 여자의 품에는 통통한 아이 하나가 안겨 있었는데 아이는 남자의 용모를 보고는 놀라 울음을 터뜨렸다. "쉿, 립." 여자는 말했다. "조용히 해, 애야. 저 사람이 너를 해칠 일은 없단다." 아이의 이름, 아이 엄마의 느낌, 목소리의 어조 같은 것이 립의 마음속에서 일련의 기억을 되살려 냈다.

"부인, 이름이 무엇이오?"

"주디스 가드니에예요."

"그럼 부친은?"

"아, 딱한 양반, 제 아버지 이름은 립 밴 윙클이었죠. 스무 해 전에 총을 들고 집을 나가서는 소식이 끊겼어요. 개만 혼자 돌아왔는데, 아버지가 총에 맞았는지, 아니면 인디언에게 잡혀갔는지, 아무도 모른답니다. 그때 전 어린아이였으니까요."

립은 한 가지 더 물어볼 것이 있었다. 그는 떨리는 목소리를 간신히 입 밖에 냈다.

"그렇다면 모친은 어디 계시오?"

"아, 어머니도 그 뒤로 오래지 않아 돌아가셨지요. 뉴잉글랜드 행상인을 상대로 화를 벌컥 내다가 혈관이 터져서⋯."

이 소식에는 한 줌의 위안 비슷한 것이 있었다. 이 솔직한 남자 립은 더 이상 참지 못하고 딸과 손주를 품에 안았다. "내가 네 애비다!" 그는 외쳤다. "한때는 젊은이였지만 지금은 늙은이가 된 립 밴 윙클! 정녕 아무도 이 가여운 사람 립 밴 윙클을 알아보지 못하는 것인가!"

모두가 어안이 벙벙한 채로 서 있는 와중에 군중 속에서 한 나이 든 여자가 걸어 나와서는 이마에 손을 얹고 가만히 그의 얼굴을 들여다보다가 이렇게 외쳤다. "참말이네! 틀림없는 립 밴 윙클이야. 정말 그 사람이야. 아유 어서 와요, 어서 와. 그나저나 이 긴 세월 20년 동안 도대체 어디서 무얼 하다 오셨소?"

곧 립이 이야기를 시작했는데, 20년이란 시간이 어떻게 그에게 다만 하룻밤 새에 지나갔는지에 대한 것이었다. 사람들은 이야기를 들으면서 뚫어져라 그를 바라봤고, 몇몇은 서로 슬쩍 윙크를 주고받으며 입안에서 혀를 굴렸다. 삼각모 쓴 노인은 놀라움이 가신 후에 자리로 돌아와 입가를 비죽거리다 이내 고개를 가로저었다. 사람들도 모두 이를 따라 고개를 내저었다.

그러나 결국 마을 사람들은 천천히 길을 걸어 올라오고 있는 나이 많은 페테르 벤더동크의 결정을 따르기로 했다. 그는 이 지방 초기의 역사에 대한 기록을 남긴 역사학자의 후손이었다. 그는 이 지역에서 가장 오래전부터 살았던 데다가 주위의 기묘한 사건들과 고장의 전설들을 속속들이 아는 인물이었다. 그는 단번에 립을 알아보고, 모두가 이해할 수 있게 설명을 하면서 그의 이야기를 확증해 주었다. 그가 역사학자 선조들로부터 전해 들은 바에 따르면 캐츠킬산맥에는 언제나 정령들이 살고 있는 바 립이 만난 사람들은 실재한다는 것이었다. 이곳 강과 땅의 발견자인 헨드릭 허드슨이 20년에 한 번씩 자신의 하프문호 선원들과 함께 돌아와 자신이 발견한 곳을 다시 살펴보고 이제 자신과 같은 이름으로 불리는 강과 도시를 보살핀다는 것. 그의 아버지도 옛 네덜란드 복식을 갖춘 사람들이 산골짜기에서 나인핀 치는 것을 직접 보았으며, 그 자신도 여름날 오후 천둥같이 울리는 공 굴러가는 소리를 들은 적이 있다고 했다.

각설하자면, 결국 무리는 해산하여 더 중요한 사안인 선거 문제로 돌아갔다. 립의 딸은 그를 데려가 함께 살았다. 그녀는 아늑하고 살림살이 깔끔한 집에서 활달한 농부 남편과 살고 있었는데, 립은 그가 옛날에 자신의 등에 올라타던 아이 중 하나였음을 알아보았다. 자신을 꼭 빼닮은 립의 아들, 나무에 기대어 서 있던 립 밴 윙클은 농장에 고용되어 일하기는 했으나 자기 일은 제쳐 두고 딴짓만 하고 돌아다니는 것을 보아 립의 아들임이 확실했다.

립은 이제 다시 예전의 일상으로 돌아와 오랜 벗들을 몇 명 만났다. 세월에 장사 없다고, 다들 폭삭 삭아 버린 모습이었다. 그는 사실 새로운 세대의 젊은이들 만나는 걸 더 좋아했는데, 그들도 곧 립을 좋아하게 되었다. 집에서 할 일도 없을뿐더러 이제는 아무것도 하지 않아도 아무도 뭐라 할 사람이 없는 나이에 이른 그는 다시 여관 앞 벤치에 앉아 지내면서 마을의 원로인 동시에 '전쟁 이전' 시절의 삶에 대한 산증인으로 존경받았다. 오랫동안 그는 마을의 새로운 소문에 끼어들거나, 자신이 잠든 사이 일어난 이상한 사건들을 이해하기 힘들어했다. 미국이 영국의 멍에를 벗어던지게 해준 독립전쟁이 있었고, 이제 그는 더 이상 국왕 조지 3세의 신민이 아니라 다만 자유로운 미국의 시민이 되었다는 사실 같은 것들 말이다. 립으로 말하자면 사실 그는 정치와는 거리가 먼 사람이었다. 국가와 제국의 흥망은 그에게 별다른 영향을 주지 못했다고 하나, 그는 단 하나의 전제 정치하에서 아주 오랫동안 고통받은 바 있으니, 그건 바로 페티코트 정부, 밴 윙클 부인이었다. 천만다행으로 이제 그것도 다 끝이 났다. 그는 혼인의 멍에에서 드디어 목을 뺄 수 있었고, 더 이상 밴 윙클 부인의 폭정에 몸서리치는 일 없이 집 안팎을 맘 편히 오갈 수 있었다. 그럼에도 불구하고 그녀의 이름이 나올 때면 그는 고개를 젓고 어깨를 으쓱하며 눈을 치뜨곤 했다. 그것이 자신의 운명에 대한 승복의 표현인지, 해방의 기쁨의 표현인지는 알 수 없는 노릇이었다.

그는 닥터 둘리틀 호텔을 찾는 모든 방문객에게 그의 이야기를 들려주곤 하였다. 처음에는 그가 이야기를 새로 할 적마다 몇몇 달라지는 점들이 있었으니, 이는 필시 깨어난 지 얼마 안 된 탓이었으리라. 결국 이야기는 굳어져서 이제 내가 전하는 바와 같이 정형화되었고, 그리하여 마을에 사는 사내며 아낙이며 어른 아이 할 것 없이 모두가 다 외우다시피하였다. 물론 이야기의 진위 여부를 의심하는 이들도 항상 있었던바 그들은 립이 정신이 나간 거라고 주장했는데, 사실 이것은 마을 사람들 사이에서는 꾸준히 있었던 의심이었다. 그러나 오래된 네덜란드 정착민들은 거의 모두 이 이야기를 진실로 믿었다. 오늘날까지도 여름날 오후 캐츠킬산맥에서 천둥소리가 들려올라치면 사람들은 헨드릭 허드슨과 선원들이 나인핀 게임을 하고 있다고 말하는 것이다. 그리고 마을에서 아내에게 쥐여사느라 인생이 고달픈 남편들이 공통적으로 갖는 소망이란 다만 립 밴 윙클이 마셨다는 술을 조용히 한잔하는 것이었다.

주(註).

혹자는 위의 이야기를 두고 니커보커 씨가 독일의 옛 전설, 즉 프리드리히 황제와 키프호이저산에 얽힌 전설에서 빌려 온 것이 아니냐고 의심할 수도 있겠다. 그러나 그가 이야기 끝에 덧붙인 후기에서 이 내용은 절대적으로 사실임을 밝히고 있다.

"립 밴 윙클의 이야기는 많은 이에게는 믿기 어려울지라도, 나는 그 이야기의 신빙성을 전적으로 신뢰하는 바이며, 이는 옛 네덜란드 정착촌 부근은 예로부터 기이한 사건과 모습을 자주 겪어 왔음을 내가 아는 까닭이다. 실로 허드슨 연안 마을들에서 일어난 일보다 더 기묘한 이야기들도 왕왕 들어 왔던바, 그 모두가 한 치 의심의 여지 없이 분명한 진실이었다. 본인은 실제로 립 밴 윙클과도 이야기해 본 적이 있다. 마지막으로 그를 보았을 때 그는 인자한 노인의 모습이었고, 여타 모든 점에서 지극히 온전한 이성과 일관성을 지니고 있었다. 그렇기에 자고로 의식 있는 사람이라면 그의 이야기를 마다할 방도가 없으리라. 아니, 내가 직접 법정 서기 앞에서 이에 대한 증명서까지 받아 본 적이 있는데, 거기에는 판사가 친필로 새긴 십자가와 서명이 뚜렷하였다. 그런고로 이 이야기는 의심의 여지가 추호도 없는 것이다. —D. K."

후기.

아래는 니커보커 씨의 비망록에서 발췌한 여행 기록이다.

카츠베르흐, 혹은 캐츠킬산맥은 예로부터 전설로 가득한 땅이었다. 인디언들은 그곳을 날씨를 주재하는 정령들의 처소라 여겼고, 태양이나 구름을 드리우거나, 사냥철의 풍흉을 결정한다고 믿었다. 정령들을 지배하는 이는 나이 든 인디언 노파로, 그들의 어머니라 일컬어졌다. 그녀는 캐츠킬의 가장 높은 봉우리에 거처하며 낮과 밤의 문을 열고 닫았으며, 하늘에 새 달을 걸고, 낡은 달은 오려서 별로 만드는 일을 했다. 가뭄이 들었을 때 적절하게 제를 올릴 경우 그녀는 거미줄과 새벽이슬로 여름 구름을 자아내어 산봉우리에 흩날리게 했다. 한 겹 한 겹, 실처럼 만들어진 구름이 공기 중을 떠다니다가 태양의 열에 녹아 부드러운 소나기로 내려오면 풀이 자라고 과일이 익었으며 옥수수가 시시각각 자라는 것이었다. 그러나 그녀를 언짢게 한다면, 잉크처럼 새까만 구름을 짜 올려 그 한가운데에 거미처럼 앉아 있었다. 혹시라도 이 구름이 부서지기라도 한다면 골짜기에 덮쳐올 참혹한 운명이란!

옛날에는, 그러니까 인디언 전통에서 이르길, 캐츠킬산맥에 매니투라고 하는 장난꾸러기 영이 있어, 산맥 깊숙한 곳에 살면서 인디언들에게 온갖 악행과 장난을 친다고 했다. 이따금 곰, 혹은 표범이나 사슴의 모습으로 사냥꾼을 미혹시켜 덤불과 바위 사이로 끝도 없는 추격을 하게 하다가 "호! 호!" 하는 커다란 웃음소리와 함께 아찔한 벼랑이나 급류 앞에 버려 둔다는 것이다.

매니투가 가장 좋아하는 거처라고 전해지는 땅이 있다. 산맥에서 가장 외진 곳에 우뚝 솟은 바위 절벽인데, 넝쿨이 그 주위를 오르고, 들꽃이 무성하여 '가든 록'(정원 바위)이라고 불린다. 그 발치에는 작은 호수가 있어 외로운 해오라기가 깃들고, 수면에 떠오른 연꽃잎 위에서는 물뱀이 햇볕을 쬐곤 한다. 이곳은 인디언들에게 두려움의 땅이어서 가장 용맹한 사냥꾼조차

이 안으로는 사냥감을 좇아 들어가지 않았다. 그러나 아주 옛날, 한 사냥꾼이 길을 잃고 가든 록에 이르렀고, 나무 등치에 놓인 박 몇 개를 발견했다. 그는 그중 하나를 집어 들고서 급히 빠져나오다가 그만 돌 틈에 그것을 떨어뜨렸는데, 그때 엄청나게 큰 물줄기가 솟구쳐 나왔다. 사냥꾼은 급류에 휩쓸려 절벽 밑으로 떨어져 산산조각이 났고, 그 물줄기는 허드슨강으로 흘러가 오늘날까지도 흐르며 캐터스킬 폭포라고 불린다.

이유를 알고 싶다 I Want to Know Why

셔우드 앤더슨

동부에서의 첫날, 우리는 새벽 네 시에 일어났다. 그 전날 저녁, 마을 가장자리 즈음에서 올라탔던 화물열차에서 뛰어내렸고, 켄터키 사내의 본능으로 마을을 가로질러 달려가 경마장 트랙과 마구간을 단숨에 찾아냈다. 그러고 나자 우리는 모든 게 다 괜찮아졌음을 알았다. 헤인리 터너는 금세 우리가 아는 검둥이 하나를 찾아냈다. 빌대드 존슨이었다. 그는 겨울이면 우리 동네 베커스빌에 있는 에드 베커의 임대 마구간에서 일하곤 했다. 동네 검둥이들이 대체로 다 그렇듯 빌대드 역시 솜씨 좋은 요리사였고, 켄터키에서도 우리 지역 사람들이 다 그런 것처럼 그 역시 말을 좋아했다. 봄이 되면 빌대드는 이리저리 기웃거리기 시작한다. 우리 동네 검둥이들은 누구라도 말로 구슬리고 감언이설로 꾀어서 기어이 원하는 일을 얻어 낼 줄 안다. 빌대드는 렉싱

턴 근처 목장의 조련사들이나 마구간 잡부들을 구워삶는 재주
가 있다. 조련사들은 저녁이면 읍내로 나와 돌아다니며 이야기
를 하거나 포커판에 끼는데, 빌대드는 어김없이 그 사람들에게
들러붙는다. 그는 언제고 사람들 잔심부름을 해주고, 팬에 노릇
하게 지져 낸 닭고기랄지, 고구마랑 옥수수빵을 어떻게 하면 맛
있게 구울 수 있는지 따위의 이야기를 한다. 그러면 이야기를 듣
는 것만으로 입에 침이 고이고 마는 것이다.

경마철이 다가오면 말들이 경주장에 나가고 저녁이면 거리
에서 새로운 망아지 이야기가 끊이지 않고, 사람들은 저마다 언
제 렉싱턴으로 간다느니, 처칠다운스 봄 경기, 아니면 라토니아
에 갈 거라고 말하기 바쁘다. 뉴올리언스나 아마도 쿠바 아바나
겨울 경기에 다녀온 기수들이 다시 출발하기 전 일주일을 머물
기 위해 집으로 돌아오는 바로 그런 때, 베커스빌에서는 온통 말
에 대한 이야기뿐, 다른 건 입에 올리지도 않으며 사람들이 떼로
떠난 후 들이쉬는 모든 숨마다 경마의 냄새가 배어들 때, 빌대드
는 어떤 팀이든 붙잡아 기어이 그들의 요리사가 된다. 가끔, 빌
대드가 철마다 내내 경주를 쫓아다니는 것이나, 겨울이면 말이
있을 뿐만 아니라 남자들이 찾아와서는 말에 대해 이야기하는
마구간에서 일한다는 걸 생각할 때면, 차라리 내가 검둥이였으
면 싶다. 머저리 같은 소리란 것쯤은 나도 알지만, 내가 말에 둘

러싸여 있을 때는 자연히 그렇게 돼 버리는 것을 어쩌랴. 미치겠다. 나도 어쩔 수가 없다.

음, 이제 우리가 무슨 일을 했는지, 내가 당최 무슨 말을 하려는 건지 털어놓아야겠다. 우리 네 사람은 모두 베커스빌 출신으로, 백인에, 베커스빌에 사는 아버지를 둔 아들들이었는데, 우리도 경주를 보러 가자고 결심을 한 참이었다. 렉싱턴이나 루이빌 같은 데를 말하는 게 아니었다. 베커스빌 남자들이 하도 입에 달고 사는 통에 우리도 귀에 딱지가 앉도록 들었던 바로 그 동부의 큰 경마장 새러토가 말이다. 그때 우리는 다 조금 어렸다. 나는 막 열다섯이 되었고, 넷 중에서는 가장 나이가 많았다. 모든 건 다 내 계획이었다. 그건 나도 인정한다. 그리고 다른 친구들을 부추겼다. 패거리는 헤인리 터너와 헨리 라이백, 그리고 톰 텀버튼과 나, 이렇게 넷이었다. 나한테는 겨울 방학 동안 이녹 마이어네 식료품 가게에서 밤낮으로, 게다가 토요일까지 바쳐가며 일해서 번 37달러가 있었다. 헨리 라이백은 11달러가 있었고, 헤인리와 톰이 가진 건 고작 일이 달러뿐이었다. 우리는 모든 채비를 마치고서 켄터키 봄 경기가 끝날 때까지 눈에 띄지 않게 지냈다. 우리 동네에서 가장 날렵한 남자들, 그러니까 우리가 제일 부러워한 사람들이 하나둘 떠나기 시작했을 때 우리도 잽싸게 마을을 나섰다.

화물 열차를 무임승차하며 겪었던 개고생 같은 건 굳이 말하지 않겠다. 우리는 클리블랜드와 버펄로를 지나 다른 도시들도 거쳤는데 가는 중에 나이아가라 폭포도 보았다. 거기서 우리는 누이들과 어머니에게 줄 생각에 기념품을 좀 샀는데, 숟가락, 카드, 폭포 그림이 그려진 조개껍데기 같은 것들이었다. 그렇지만 분명 집으로 보내지 않는 게 나을 거라고 생각했다. 우리가 어디로 갔는지 흔적을 남겨서 식구들이 찾아내 붙잡혀 가고 싶지 않았기 때문이다.

우리가 새러토가에 도착했을 때는 아까 말한 것처럼 밤이었고, 우리는 곧장 트랙으로 갔다. 빌대드가 먹을 걸 챙겨 줬다. 그는 우리가 헛간 위쪽 건초 속에서 잘 수 있는 자리를 알려 줬고, 자신은 잠자코 있겠다고 약속했다. 이런 일에 있어서 검둥이들은 다 괜찮다. 꼰지르는 법이 없다. 백인 남자는 집에서 도망쳐 나온 우리 같은 꼬라지를 보면 겉으로는 괜찮다고 하면서 한두 푼 쥐어 주기도 하지만 금세 가서 일러바치는 것이다. 백인 남자들은 그런 짓을 하지만 검둥이는 안 그런다. 믿을 만한 사람들인 거다. 특히 애들한테는 더 정직하다. 왜 그런지는 나도 모르지만.

그해 새러토가 대회에는 우리 고향 출신 사람이 많았다. 데이브 윌리엄스와 아서 멀포드, 제리 마이어스 등등. 루이빌과 렉싱턴에서 온 사람들도 많았는데 헨리 라이백은 알았지만 나는 몰랐다. 그 사람들은 직업 도박사들이었고, 헨리 라이백의 아버지도 그랬다. 그는 이른바 장부 서기라 불렸고, 한 해의 대부분을 경마장을 떠돌며 살았다. 겨울에 베커스빌로 돌아올 때도 집에 오래 붙어 있지 않고 도시들을 다니며 카드 게임을 했다. 헨리네 아버지는 좋은 사람이었고, 후하기도 해서 언제고 아들에게 자전거나 금시계, 보이스카웃 제복 같은 선물들을 보내왔다.

나의 아버지로 말하자면 변호사다. 괜찮은 사람이지만 돈을 잘 벌지는 못하고 나한테 이런저런 물건을 사 주지도 못하는데 나는 어쨌거나 이제 나이를 먹어 가니까 그런 건 딱히 기대하지도 않는다. 아버지는 나한테 헨리에 대해 뭐라 말한 적이 한 번도 없지만 헤인리 터너와 톰 텀버튼네 아버지는 안 그랬다. 걔네 아버지들은 아들들에게 그렇게 번 돈은 하나 좋을 게 없는 거고, 당신네 자식이 도박꾼들이 하는 이야기나 듣고 허파에 바람이 들어서 그런 일을 하게 되는 건 원치 않는다고 했다.

뭐 괜찮다. 어른들이니 자기네가 무슨 말을 하는 건지 알겠거니 하기는 하지만, 그게 헨리나 말들이랑 무슨 상관이 있다는 건지는 통 알 수 없었다. 내가 이 이야기를 쓰는 것도 바로 그런 이유에서다. 나는 혼란스럽다. 나는 남자가 되어 가고 있는 중이고, 똑바로 생각하고 제대로 살고 싶은데 그 동부 경마장에서 내가 본 어떤 일이 계속 마음에 걸린다.

나 자신도 어찌할 수 없을 정도로 나는 순혈 경주마에 미쳐 있다. 항상 그랬다. 열 살 때 내가 기수가 되기엔 키가 너무 커지고 있다는 걸 알았을 때 나는 너무 괴로워서 정말로 죽을 뻔했다. 베커스빌의 해리 헬린핑거는 우체국장의 아들이었는데, 다 커서도 일하기 싫어하는 게으른 놈팡이로, 거리를 돌아다니면서 애들한테 장난치는 걸 좋아했다. 이를테면 애들을 철물점에 보내 사각형 구멍을 내는 송곳을 사 오라거나 하는 식이었다. 그 사람은 나한테도 이런 장난을 친 적이 있다. 시가를 절반 정도 먹으면 키 자라는 게 멈춰서 기수가 될 수 있을지도 모른다는 소리를 한 것이었다. 나는 그 말대로 했다. 아버지가 안 보는 틈을 타 호주머니에서 시가 하나를 꺼내 목구멍에 욱여넣었다. 이로 인해 나는 말도 못하게 크게 아팠고, 의사까지 불러야 할 지경이었지만 달라지는 건 없었다. 나는 계속해서 자랐다. 장난이었던 거다. 내가 무슨 짓을 했는지, 그리고 왜 그랬는지를 말했을 때 다른 아버지들이라면 회초리를 들었겠지만 나의 아버지는 그러지 않았다.

뭐, 결국 나는 작아지지도 않았고 죽지도 않았다. 해리 헬린핑거 놈아, 꼬시다. 그다음으로 나는 마구간지기가 되겠다고 마음먹었지만 그 역시 포기해야 했다. 그건 대체로 검둥이들이 하는 일이었고, 우리 아버지라면 절대 못 하게 할 게 틀림없었다. 물어보고 자시고 할 필요도 없는 것이다.

순혈 경주마에 미쳐 본 적 없다면, 그건 단지 그런 말들 옆에 있어 본 적이 없거나 잘 알지 못하기 때문일 거다. 그 말들은 무척 아름답다. 경주마처럼 우아하고 깨끗하며, 활기에 차 있으면서도 정직한 생명체는 아마 없을 거다. 우리 동네 베커스빌 근처에는 대형 말 농장들이 즐비한데, 트랙이 있어서 새벽이면 말들이 달린다. 내가 동트기도 전에 일어나 걸어서 2~3마일 거리의 트랙에 간 건 천 번도 넘을 거다. 엄마는 언제고 나를 못 가게 했지만 아버지는 매번 "그냥 둬요"라고 했기 때문에 나는 빵에 버터와 잼을 발라 꾸역꾸역 입에 밀어 넣고는 부리나케 집을 빠져나온다.

트랙에 가면 백인 흑인 할 것 없이 다른 남자들과 어울려 울타리에 걸터앉고, 그들이 담배를 씹으며 이런저런 이야기를 하고 있는 사이에 말들이 밖으로 나온다. 아직 이른 시간이라 풀밭엔 아침이슬이 반짝거리고, 다른 편에서는 밭을 가는가 하면 마구간지기 검둥이들이 지내는 헛간에서는 음식을 하는지 기름 냄새가 난다. 이곳 검둥이들은 어찌나 잘 웃고 다른 사람까지 깔깔 웃게 만드는 말들을 잘도 하는지. 백인 남자들이 이런 걸 흉내 낼 수 없는 건 당연하고, 흑인이라고 다 이렇게 할 수 있는 건

아니다. 오로지 마구간지기 흑인들만 언제나 할 수 있는 일인 것
이다.

그렇게 망아지들이 나올 때 어떤 경우는 마구간에서 일하
는 소년들이 몰면서 달릴 때도 있지만, 대부분은 아침마다 뉴욕
에 산다는 부자가 소유한 큰 트랙에 거의 매일, 망아지 몇 마리
와 나이 먹은 경주마, 거세한 말과 암말을 풀어놓는다.

말이 달릴 때면 내 목구멍에는 뭔가 덩어리 같은 게 올라왔
다. 모든 말이 달릴 때 그런 건 아니지만 어떤 말들은 그랬다. 그
런 말들을 거의 항상 알아볼 수 있다. 경마장 흑인들과 조련사들
핏속에 흐르는 것과 같은 게 내 속에서도 흐르는 거다. 어린 흑
인 아이가 말에 올라타 설렁설렁 달리고 있을 때조차 나는 우승
마를 집어낼 수 있었다. 내 목구멍이 꽉 차서 아프고 침 삼키기
도 힘들다면, 바로 그 말이었다. 그런 말들은 일단 경주만 시작
했다 하면 마치 샘 힐(Sam Hill)처럼 달릴 것이다. 그 말이 매 경
기에서 이기지 않는다면, 그것이야말로 귀신이 곡할 노릇인 건
데, 만에 하나 진다면 그건 분명 출발할 때 다른 말 뒤에 갇혔거
나, 혹은 시작할 때 잘못했기 때문일 거다. 만일 내가 헨리 라이
백의 아버지처럼 도박사가 되고 싶었다면, 나는 분명 돈을 잘 벌
었을 것이다. 나는 내가 그럴 수 있다는 걸 알고 있고, 헨리도 그
렇다고 말했다. 내가 할 일은 내 목을 아프게 하는 말을 기다렸

다가 나에게 있는 모든 돈을 거는 걸 테다. 내가 도박사가 되고 싶다면야 그렇게 하면 되겠지만, 내가 되고 싶은 건 그게 아니었다.

아침 여명이 트랙을 비출 때, 물론 경주 트랙이 아니라 베커스빌 근처 훈련 트랙에서 내가 말한 것 같은 그런 말을 매일같이 볼 수 있는 건 아니었지만, 아무래도 좋았다. 제대로 된 혈통에서, 좋은 암말에게서 태어나 제대로 된 사람한테 훈련받은 경우, 그런 말은 정말 잘 뛴다. 그렇지 않다면 그 말이 밭을 갈지 않고 바로 거기 있을 이유는 없으니까.

음, 저 마구간에서 말들이 나오고 소년들이 말 등에 올라타고 있을 때, 그때는 정말이지 그 자리에 있다는 게 너무나도 좋다. 울타리 위에 몸을 웅크리고 있지만 속 안은 근질거리고 있다. 저쪽 헛간에서는 검둥이들이 깔깔대며 노래를 한다. 베이컨을 튀기고 커피를 끓인다. 모든 냄새가 다 끝내준다. 그런 아침이면 문밖으로 풍겨 나오는 커피 냄새, 거름이랑 말 냄새, 검둥이, 베이컨 튀기는 냄새, 담배 냄새보다 더 좋은 건 없다. 이런 냄새야말로 사람을 사로잡는 냄새다.

그러나 이제 무엇보다 새러토가 이야기를 해야겠다. 우리는 6일 정도 머물렀고, 동네 사람 중에 아무도 우리를 보지 못했다. 날씨도 좋고 말도 좋고 경기도 다 좋고 우리가 원하는 대로 착착 이루어졌다. 우리가 집으로 다시 돌아가는 길에 빌대드가 튀긴 닭과 빵이랑 다른 먹거리들을 바구니에 넣어서 챙겨 주었고, 베커스빌에 돌아왔을 때 내 수중에는 18달러가 남아 있었다. 엄마는 떽떽거리며 울고불고했지만 아버지는 말이 없었다. 나는 딱 한 가지만 빼고서 있었던 일을 다 이야기했다. 나 혼자서 보고 겪은 일이었다. 내가 지금 이걸 쓰는 게 바로 그거 때문이다. 그 일이 내 마음을 상하게 했다. 밤이면 그 일에 대해서 생각한다. 바로 이런 일이었다.

새러토가에서 우리는 빌대드가 알려 준 헛간 건초 더미에 누워 밤을 보냈고, 흑인들과 함께 이른 아침, 그리고 경마장 사람들이 다 떠난 늦은 밤에 식사를 했다. 고향에서 온 남자들은 대부분 관중석이나 베팅장 근처에만 머물렀고, 경주 직전 말에 안장을 얹을 때 방목장에 와 보는 것 외에는 말이 있는 곳으로 오는 법이 없었다. 렉싱턴이나 처칠다운스 같은 우리 고장 경마장에서는 헛간 아래에서 안장을 얹는데, 새러토가는 말들이 나무 아래 고르게 깎인 잔디, 마치 베커스빌 은행장 보혼 씨네 앞마당처럼 곱고 부드러운 잔디밭에서 안장을 얹었다. 환상적이었다. 말들은 땀에 젖어 있고, 신경이 바짝 선 데다가 반짝거렸다. 남자들은 밖에 나와 시가를 피우며 말들을 구경했는데, 거기엔 조련사들도 있고 말의 주인들도 있었다. 그러면 내 심장은 미친 듯이 쿵쾅거려서 숨을 쉴 수도 없게 되는 것이다.

그리고 출발을 알리는 나팔이 울리면 실크로 된 유니폼을 입은 기수 소년들이 달려 나오고, 그러면 우리도 얼른 자리를 잡으려고 검둥이들이랑 같이 울타리를 향해 뛴다.

나는 언제나 조련사나 마주가 되고 싶었으므로, 설령 들켜서 붙잡혀 집으로 끌려갈 위험이 있다 하더라도 매 경기마다 방목장에 갔다. 다른 애들은 안 갔지만 나는 갔다.

우리가 새러토가에 간 건 금요일이었고, 그다음 주 수요일에 큰 멀퍼드 핸디캡 경기가 예정되어 있었다. 미들스트라이드와 선스트릭이 출전하는 경기였다. 날씨는 좋았고, 트랙은 탄탄했다. 전날 밤 나는 도무지 잠을 이룰 수 없었다.

이 두 말로 말하자면 내가 보기만 해도 목구멍이 아파 오는 부류였다. 미들스트라이드는 길쭉하고 생긴 게 영 어설픈 데다가 거세마였다. 주인은 조 톰슨으로, 그는 우리 마을에서 기껏해야 여섯 필 정도의 말을 소유한 마주였다. 멀퍼드 핸디캡은 1마일 경기인데 미들스트라이드는 출발이 빠르지 못하다. 느리게 출발해서는 항상 절반 정도는 계속 뒤쪽에 처져 있다가 갑자기 본격적으로 달리기 시작한다. 만약 경기가 1마일 하고도 4분의 1이 더 길다면 그때는 모든 걸 집어삼키며 결승선에 들어설 것이다.

선스트릭은 다르다. 종마에, 예민하며 우리 마을 가장 큰 목장의 말로, 뉴욕에 사는 밴 리들 씨의 소유다. 선스트릭은 그러니까, 가끔 생각은 하지만 실제로는 한 번도 본 적 없는 여자애 같다. 온몸이 탄탄하면서 사랑스럽기까지 하다. 머리만 봐도 입을 맞추고 싶어진다. 선스트릭의 조련사는 제리 틸포드인데, 제리는 나를 잘 알고 있는 데다가 나한테 엄청 잘해 주는 사람이다. 말 있는 데까지 가까이 가서 보게 해주기도 하고 말이다. 그 말보다 사랑스러운 건 세상에 없다. 선스트릭은 출발선에서 조용히 서서 내색은 하지 않지만 속으로는 활활 타오르고 있다. 그리고 차단봉이 올라가면 선스트릭은 그 이름[햇살]처럼 튀어 나간다. 그를 보고 있으면 아려 온다. 아플 정도다. 선스트릭은 몸을 낮추고 마치 새 사냥개처럼 달린다. 내가 기억하는 한, 그렇게 달리는 건 미들스트라이드가 경주에서 몸을 쭉 뻗을 때밖에 없다.

세상에! 나는 그 경주와 두 말이 달리는 걸 보고 싶어 몸이 근질근질했다. 너무 보고 싶으면서도 동시에 두렵기도 했다. 둘 중 어느 쪽이든 지는 걸 보고 싶지 않았기 때문이다. 그렇게 훌륭한 말을 두 마리나 경기에 내보낸 적은 이전에는 없었다. 베커스빌의 나이 든 아저씨들도 그렇게 말했고, 검둥이들도 그렇다고 했다. 그러니 분명 사실이었다.

경주가 시작되기 전에 나는 방목장으로 갔다. 마지막으로 미들스트라이드를 보는데, 거기에 서 있을 땐 대단치 않아 보였다. 그러고서는 선스트릭을 보러 갔다.

그날은 그야말로 선스트릭의 날이었다. 딱 보자마자 바로 알았다. 내가 들킬지도 모른다는 생각은 전연 못 하고서 말 있는 곳으로 곧장 걸어갔다. 베커스빌에서 온 남자들이 죄다 거기 있었는데 제리 틸포드를 빼고는 아무도 나를 알아보지 못했다. 그가 나를 보았고, 무슨 일이 생겼다. 그게 뭔지는 곧 이야기해 주겠다.

나는 말을 바라보며 아파하고 있었다. 설명할 수는 없지만, 나는 선스트릭이 속으로 뭘 느끼는지 정확히 알 수 있었다. 선스트릭은 조용했다. 검둥이들이 다리를 문질러 주고, 밴 리들 씨가 직접 안장을 얹어 주었지만 선스트릭의 속은 요동치는 강물처럼 격렬했다. 마치 나이아가라 폭포에서 아래로 떨어지기 전의 강물 같았다. 그 말은 달리는 것에 대해서는 생각하고 있지 않았다. 그럴 필요도 없으니까. 그는 출발신호가 울리기 전까지 자신의 몸뚱이를 어떻게 붙잡아 둘까만 생각하고 있었다. 나는 그걸 알았다. 말하자면 말의 속을 그대로 들여다볼 수 있다는 말이다. 그는 엄청나게 달릴 참이었고, 나는 그걸 알았다. 그는 으스대거나 요란하게 굴지도, 난리를 피우지도 않고 그저 기다리고 있었다. 나도 알았고, 그의 조련사 제리 틸포드도 알았다. 고개를 들었을 때 그 남자와 나는 서로 눈을 마주쳤다. 나에게 뭔가가 일어났다. 아마도 나는 그 남자를 말만큼이나 사랑했던 것 같다. 왜냐하면 그 남자는 내가 알고 있는 것을 알고 있었으니까. 이제 나한테는 세상에 그 남자와 말, 그리고 나 이렇게 셋밖에 없는 것같이 느껴졌다. 나는 눈물이 났고, 제리 틸포드의 눈도 반짝였다. 그러고는 울타리로 가 경기가 시작되기를 기다렸다. 나는 그 말이 나보다 더 나을 뿐만 아니라 더 한결같다는 걸 안다. 그리고 이제 나는 말이 제리보다 낫다는 것도 안다. 그는 세상 조용했고, 오로지 앞으로만 달려갈 뿐이었다.

선스트릭은 당연히 가장 빨랐고, 1마일 세계 기록을 깼다. 내가 평생 아무것도 못 본다 해도, 이 대단한 것만큼은 봤으니 여한이 없다. 모든 건 예상한 대로였다. 미들스트라이드는 출발선에서 밀려 한참 뒤에 있다가 결국 2등으로 들어왔다. 역시나 내가 예상했던 대로다. 언젠가 미들스트라이드도 세계 기록을 깨는 날이 올 것이다. 베커스빌만큼 말을 잘 기르는 곳은 없다.

나는 경주를 침착하게 지켜봤는데 왜냐하면 무슨 일이 벌어질지 알고 있었기 때문이다. 꽤나 확신하고 있었다. 헤인리 터너와 헨리 라이백, 그리고 톰 텀버튼은 나보다 더 흥분하고 난리였다.

나한테 좀 이상한 일이 생겼다. 나는 경기를 보는 내내 조련사 제리에 대해, 그리고 그가 얼마나 행복한 사람인지에 대해 생각했다. 그날 오후만큼은 그를 내 친아버지보다도 더 좋아한 것 같다. 온통 제리에 대해 생각하다가 말에 대해서는 잠시 잊기까지 했다. 그건 바로 경기 전에 선스트릭 옆에 서 있던 그의 눈에서 내가 보았던 것 때문이다. 나는 제리가 선스트릭이 망아지였을 때부터 돌보면서 달리는 법과 참는 법, 힘을 터뜨리는 법, 무슨 일이 있어도 절대, 절대 포기하지 않는 법 등을 가르쳤다는 걸 알았다. 그에게는 이게 그러니까, 마치 자기 아이가 용감하게 멋진 일을 하는 걸 보는 어머니의 심정 같았을 거란 걸 나는 알았다. 내가 남자에게 이런 감정을 느끼는 건 처음 있는 일이었다.

경주가 끝나고 그날 밤, 나는 톰과 헤인리, 헨리를 떼어 놓고 몰래 빠져나왔다. 나는 혼자 있고 싶었고, 가능하면 제리 틸포드와 가까이 있고 싶었다. 그다음 생긴 일은 다음과 같다.

새러토가의 경마장은 도시 외곽에 있다. 반질반질하게 잘 관리되었고, 주변은 상록수로 둘러싸여 있었으며 풀밭도 좋고 모든 게 페인트칠이 잘 되어 깨끗하고 보기 좋았다. 경마장을 지나면 자동차용 아스팔트 길이 있었고, 그 길을 따라 몇 마일 가다 보면, 마당 한 편에 자리 잡은 허름한 농가가 나타난다.

경주가 끝난 날 밤 내가 그 길을 따라 간 것은 제리와 다른 남자들 몇몇이 차를 타고 그쪽 길로 가는 걸 봤기 때문이다. 그 사람들을 찾을 수 있을 거라는 기대는 애초에 없었다. 한참 걷다가는 울타리 옆에 앉아서 생각했다. 그 사람들이 간 방향이 문제였다. 나는 제리와 최대한 가까이 있고 싶었다. 나는 그와 동질감을 느꼈다. 이윽고 샛길로 들어서서는 왜인지도 모른 채 그 허름한 농가에 다다랐다. 어린애가 밤에 아버지를 보고 싶어 하는 것처럼 나도 제리가 너무 보고 싶었다. 바로 그때 자동차 한 대가 천천히 들어왔다. 제리와 헨리 라이백의 아버지, 같은 동네 사람인 아서 베드포드와 데이브 윌리엄스, 그리고 나는 알지 못하는 남자 둘이 더 타고 있었다. 사람들은 차에서 내려서 그 집에 들어갔는데, 오직 헨리 라이백의 아버지만이 안으로 들어가지 않겠다고 남자들과 옥신각신하다가 밖에 남았다. 겨우 밤 9시 정도밖에 안 되었는데 사람들은 거나하게 취해 있었고, 그 허름한 농가는 나쁜 여자들이 머무는 곳이었다. 사실이 그렇다. 내가 울타리 옆으로 몰래 기어가 창문 틈으로 다 봤다 이 말이다.

나를 안절부절못하게 한 게 바로 그거다. 나는 도무지 이해를 할 수가 없었다. 그 집 안에 있는 여자들은 죄다 못생기고 못되게 생겼고, 보기에 좋지도 않고 영 가까이하고 싶지도 않았다. 다들 몸집이 통통하기까지 했는데, 그래도 한 명은 키가 크고 아

주 조금 미들스트라이드를 닮았다. 물론 그처럼 깨끗하지도 않
았을뿐더러 못생긴 입을 가진 여자였다. 그 여자는 빨간 머리였
다. 나는 모든 걸 분명히 보았다. 열린 창문 옆 오래된 장미 덤불
옆에서 똑똑히 올려다봤다. 여자들은 헐렁한 드레스를 입고 의
자에 앉아 있었다. 남자들이 들어왔고, 몇몇은 여자들 무릎에 앉
았다. 그곳은 썩은 내가 진동했고, 썩은 말들이 오갔다. 겨울에
베커스빌 마구간 주변에서 아이가 주워듣게 되는 말이지만, 여
자들이 있는 데서는 절대 하지 않는 종류의 말이었다. 역겨웠다.
검둥이라면 절대 그런 데는 가지 않을 텐데.

나는 제리 틸포드를 봤다. 선스트릭이 세계 기록을 깬 그 경
주 바로 직전에 그 속에서 무슨 일이 일어나고 있는지를 제리는
알고 있었다는 점에서 내가 그를 어떻게 생각하고 있는지에 대
해서는 이미 말한 바 있다.

제리는 그 나쁜 여자들이 있는 집에서 으스대고 허풍을 떨
었다. 선스트릭이라면 절대 하지 않을 짓이었다. 그가 말하길 바
로 자신이 그 말을 그렇게 만든 거고, 그러니 경주에서 이긴 것
도 기록을 깬 것도 다 자신이 한 셈이라고 뻐겼다. 그는 바보처
럼 허풍을 떨고 거짓말을 했다. 그렇게 바보 같은 말은 들어 본
적이 없었다.

그러고서 그가 뭘 했는지 상상이나 할 수 있겠는가! 그 집에

있던 마르고 입이 걸고 미들스트라이드를 닮았지만 그처럼 깨 끗하지는 않은 여자를 바라보는데 그의 눈은 아까 오후 방목장 에서 선스트릭과 나를 볼 때처럼 빛나고 있었다. 나는 창문 옆에 서서, 맙소사, 그냥 경기장을 떠나지 말걸, 다른 애들이랑 검둥 이들이랑 말들이랑 그냥 같이 있을걸 하고 생각했다. 그 키 크고 볼품없게 생긴 여자가 제리와 나 사이에 있으니, 마치 오후에 선 스트릭과 방목장에 있을 때 같았다.

문득 나는 그 남자가 미워졌다. 소리 지르며 그 방으로 들어 가서 죽여 버리고 싶었다. 이런 느낌이 든 것도 처음이었다. 어 찌나 미친 듯이 화가 나는지, 나는 손톱이 살에 파고들 정도로 주먹을 꽉 쥔 채로 울었다.

제리의 눈은 계속 빛났고 앞뒤로 손짓을 하더니 그 여자한 테 가서는 키스를 했고 나는 기어 나오듯 해서 빠져나와서는 경 기장으로 돌아와 잠자리로 갔지만 잠은 거의 못 잤고, 다음 날 친구들한테 집으로 가자고만 하고 내가 본 것에 대해서는 아무 말도 하지 않았다.

그 이후로 나는 내내 생각한다. 도무지 이해할 수 없다. 봄이 다시 돌아왔고 나는 거의 열여섯이 되었고, 예전처럼 아침마다 트랙에 간다. 거기에는 선스트릭, 미들스트라이드, 그리고 스트 라이던트라는 새 망아지가 있는데, 나는 그 녀석이 다 이길 거라

확신하지만 이렇게 생각하는 건 오직 나와 다른 검둥이 몇 명뿐이다.

하지만 전과는 많이 다르다. 트랙의 공기가 예전처럼 맛있지도 않고 냄새도 전처럼 좋지 않다. 제리 틸포드 같은 남자가, 그러니까 자기가 뭘 하는지 아는 남자가 선스트릭 같은 말이 달리는 걸 보고도 같은 날에 여자한테 키스를 하기 때문이다. 정말이지 이해를 못 하겠다. 망할 제리 같으니, 그 사람은 왜 그런 짓을 한 거야? 나는 그 일에 대해 계속 생각하는데, 그것 때문에 말을 보는 거나 냄새를 맡는 것, 검둥이들의 웃음소리를 듣거나 하는 모든 것이 다 전과 같지 않다. 때로는 그게 너무 화가 나서 아무나 붙잡고 드잡이를 하고 싶다. 불안하고 혼란스럽다. 그 사람은 대체 왜 그런 짓을 한 거지? 이유를 알고 싶다.

모반 The Birthmark

너새니얼 호손

지난 세기 말엽, 자연 철학의 모든 분과에 정통한 과학자가 살았으니, 우리 이야기가 시작되기 얼마 전에 그는 그 어떤 화학적 친화력보다도 더 강한 영적 친화력을 경험한 바 있었다. 그는 실험실을 조수에게 맡기고, 준수한 얼굴에서 실험용 화로 연기의 그을음을 닦아 내고 손끝에 남은 산(酸)의 얼룩을 깨끗이 씻어 낸 뒤 아름다운 여인을 아내로 맞는 데 성공하였다. 당시만 하여도, 전기라든가 그와 유사한 자연의 신비에 대한 비교적 최신의 발견이 기적의 영역으로 통하는 새로운 길을 열어 주는 듯 보였으므로, 과학에 대한 사랑이 여성에 대한 사랑과 깊이와 몰입의 측면에서 견줄 만한 경우가 드물지 않았다. 고등한 지성이나, 상상력, 정신, 심지어는 심장마저도, 그 열렬한 신봉자 중 일부가 믿었던 것처럼, 강력한 지성의 한 단계에서 또 한 단계로 나아가 마침내 철학자가 창조의 비밀을 발견하고 그 스스로가 새로운 세계를 창조하는 데 이르기까지, 이러한 추구의 과정에서 각각에 맞는 자양분을 찾을 수 있었던 것이다. 우리로서는 인간의 궁극적 자연 지배에 대해 에일머에게 그 정도까지의 신념이 있었는지는 알 수 없다. 그러나 그는 과학 연구에 남김없이 모든 것을 헌신하였고, 다른 어떤 것으로도 그의 열정을 돌릴 수는 없었다. 젊은 아내에 대한 사랑이 둘 중에 아마도 더 강렬한 열정임을 증명할 수 있을 것이라 하더라도, 그것은 오직 과학에 대한 사랑의 힘과 얽히고설켜 그 힘을 자신의 힘과 하나로 결합할 때뿐일 것이다.

그리하여 그러한 결합이 실제로 일어났으며, 진정 주목할 만한 결과와 감명 깊은 교훈을 수반하였다. 두 사람이 혼인한 지 얼마 되지 않은 어느 날, 에일머는 수심이 가득한 얼굴로 아내를 바라보고 있었는데, 그 근심 어린 표정이 점점 심해지더니 마침내 입을 열었다.

"조지아나." 그가 말했다. "당신 뺨의 그 반점을 지울 수 있다는 생각을 해본 적이 있소?"

"아니요, 한 번도 없어요." 조지아나는 미소 지으며 대답했으나, 그의 심각한 태도를 눈치채고는 얼굴이 붉어졌다. "사실을 말하자면, 사람들로부터 너무 자주 그 점이야말로 저의 매력이라는 말을 들어와서, 순진하게도 정말 그런 줄로만 생각했어요."

"글쎄, 다른 얼굴이었다면 그럴 수도 있겠지." 그녀의 남편이 대답했다. "허나, 당신 얼굴로는 결코 그리될 수 없소. 사랑하는 조지아나, 당신은 자연의 손에서 거의 완벽하게 빚어져서, 이 작디작은 흠이, 아니 이것을 내 굳이 결점이라고 불러야 할지 아름다움이라고 불러야 할지도 모르겠지만, 여하튼 그것이야말로 지상의 불완전함을 상징하는 것만 같아서 내게는 충격을 주지 뭐요."

"충격을 받으셨나요, 남편?" 깊이 상처 받은 조지아나가 외쳤다. 처음에는 순간적인 분노로 얼굴이 붉어지더니 이내 눈물이 터져 나왔다. "그렇다면 어찌하여 어머니 곁에 있던 저를 데리고 와 결혼을 한 것이죠? 충격을 주는 사람을 사랑할 수는 없는 법인걸요!"

이 대화의 자초지종을 설명하기 위해서는 먼저 조지아나의 왼뺨 한가운데에 그 얼굴의 살결에 마치 깊게 짜 넣어져 있는 것처럼 보이는 독특한 반점이 있다는 사실을 먼저 언급해야 할 것이다. 평상시 그녀의 안색은 좀 연하기는 해도 건강한 혈색을 띠고 있는데, 그 반점은 그보다 더 진한 진홍색으로 빛나며 그녀의 얼굴을 둘러싼 장밋빛 홍조 속에 희미하게 형상을 드러냈다. 그러나 그녀가 얼굴을 붉힐 때면 그 반점은 점차로 흐릿해지다가 마침내 온 뺨을 환하게 물들이는 의기양양한 피의 흐름 속에서 자취도 없이 사라지곤 한다. 반면에 혹시라도 어떤 갑작스러운 일로 얼굴이 창백해진다면, 그 반점은 다시 떠올라 하얀 눈 위에 붉은 자국을 남기는데, 에일머는 이것을 거의 두려울 정도의 뚜렷함이라고 여겼다. 그 형태는 인간의 손과 적잖이 비슷했으나, 가장 작은 피그미족의 손 정도라고 생각하면 될 것이다. 조지아나를 사랑하는 이들은, 그녀가 세상에 태어날 때 요정이 그 조그만 손을 아기의 뺨에 얹어 장차 사람들의 마음을 사로잡게 될 마법적 힘의 증표를 남긴 것이라고들 했다. 그 신비로운 손자국에 입을 맞추기 위해서라면 목숨마저 내던질 각오가 되어 있던 구애자들도 많았다. 그러나 이 요정의 손자국이 주는 인상은 보는 사람의 기분이나 기질에 따라 무척이나 달랐음을 아울러 밝혀야 할 것이다. 예컨대 성미가 까다로운 어떤 사람들(거의 언제나 여자들)은 그 핏빛 손자국——그 사람들은 이렇게 부르길 좋아한다——이 조지아나의 아름다움의 효과를 파괴해서 그녀의 얼굴이 흉측하게 보인다고 주장했다. 그러나 이런 주장은 가장 순도 높은 대리석상에 드물게 나타나는 푸른 반점이 파워스의 「이브」 같은 작품도 괴물로 만들어 버린다고 하는 것과 다를 바가 없다. 남성 관찰자들은, 설령 그 모반이 그들의 선망을 더 부추기지는 않는다 하더라도, 그녀가 이 세상에 흠이라곤 전혀 없는 이상적인 아름다움의 살아 있는 표본이 될 수 있을 거라는 생각에 그저 그 반점이 사라지기를 바라는 정도였다. 에일머는 혼인을 하고 나서야 비로소—전에는 그 문제에 대해 생각해 본 적이 없으니— 자신 역시 바로 그런 부류였음을 깨달았다.

만일 그녀가 덜 아름다웠더라면, 그래서 시기심이 조롱할 다른 대상을 찾을 수 있었더라면, 그녀의 감정이 요동칠 때마다 희미하게 나타났다 사라졌다 하는 그 손 모양의 어여쁨이 도리어 그의 애정을 더 깊게 했으리라. 그러나 그녀가 반점 외에 다른 면에서 워낙 완벽하다 보니, 그들이 함께 있는 모든 순간마다 이 단 하나의 결함이 점점 참을 수 없을 정도로 크게 느껴지는 것이었다. 이는 인간성의 치명적 결함으로 자연이 어떤 형태로든 모든 피조물에 지울 수 없는 흔적을 새겨 둔 것이었으니, 곧 피조물이 유한하고 일시적인 것임을 알리고 완전함이란 오로지 노고와 고통을 통해서만 얻을 수 있음을 암시하는 것이었다. 이 진홍빛 손자국은 인간의 가장 고귀하고도 순수한 육체를 사로잡고는 그것을 가장 저열한, 심지어 짐승 같은 비열한 것으로 타락시켜 결국 그 모습이 흙으로 돌아가게 하는 인간의 한계를 상징했다. 이와 같이, 아내의 반점을 죄와 슬픔, 쇠락과 죽음에의 속성을 드러내는 상징으로 보게 된 에일머의 우울한 상상력은 머지않아 그 모반을 두려움의 대상으로 만들었으니, 그것이 영적인 것이었든 감각적인 것이었든 간에 이제는 조지아나의 아름다움으로 인해 그가 누리던 기쁨보다 더 큰 불안과 공포가 찾아왔다.

가장 행복한 시절이 되었어야 마땅한 모든 순간마다 그는 번번이, 그러한 의도가 없이도, 아니, 오히려 애써 피하려고 했음에도 불구하고 이 끔찍한 주제로 돌아오곤 했다. 처음에는 사소하게 보였던 것이 생각과 감정의 무수한 고리들과 연결되어 마침내 모든 것의 중심이 되고야 말았다. 새벽 여명에 눈을 뜨자마자 에일머는 아내의 얼굴에서 불완전함의 상징을 알아봤고, 저녁 화로 앞에 둘이 앉아 있을 때에도 그의 시선은 아무도 모르게 그녀의 뺨을 서성이며, 그가 기꺼이 경배하고자 했던 곳에 필멸을 기록한 유령 같은 손이 장작불 불빛에 따라 일렁거리는 것을 바라보았다. 곧 조지아나도 이 눈길에 몸서리치게 되었다. 남편 얼굴에서 자주 나타나는 그 특유의 표정으로 한번 쳐다보기만 해도 그녀의 장밋빛 뺨은 시체처럼 창백해지고, 그 가운데 진홍색 손은 마치 새하얀 대리석에 새겨진 루비의 부조처럼 강하게 도드라져 보였다.

어느 늦은 밤, 등불이 점점 희미해져 불쌍한 아내 뺨의 얼룩이 거의 보이지 않게 되었을 때 조지아나가 처음으로 먼저 그 이야기를 꺼냈다.

“여보, 기억해요?” 말하면서 그녀는 어렵사리 미소를 띠어 보려고 애썼다. “간밤에 이 흉측한 손에 대해서 꾼 꿈 내용 말이에요.”

“아니오! 그런 일은 전혀 없었소!” 에일머는 서둘러 대답하기는 했으나, 곧 진짜 감정의 깊이를 숨기기 위해 짐짓 메마르고 냉랭한 어조로 한마디를 덧붙였다. “꿈을 꾸었을지도 모를 일이긴 하지. 잠이 들기 전에 내 생각을 아주 강하게 붙들고 있었던 것이니 말이오.”

“그럼 정말 꿈을 꾼 것이로군요?” 조지아나는 급히 말을 이었는데, 이는 곧 눈물이 터져서 자신이 하고픈 말이 끊길까 염려한 탓이다. “끔찍한 꿈이었죠! 그런 걸 어떻게 잊겠어요. ‘지금은 그녀의 심장 안에 있어. 반드시 이걸 없애야 해!’라고 했는데, 그런 말을 잊는다는 게 가당키나 한가요? 잘 한번 생각해 봐요, 여보. 무슨 수를 써서라도 어떤 꿈이었는지 기억해 보세요.”

모든 것을 삼키는 잠조차 자신의 어두운 영역 안으로 그 유령들을 가두지 못하고, 필경 더 깊은 곳에 속할 것이 분명한 비밀들을 기어이 이 현실에 풀어놓을 때, 마음은 참으로 비참한 상태에 빠진다. 에일머는 이제야 자신의 꿈을 기억해 냈다. 그는 조수 아미나답과 함께 그 모반 제거 수술을 하는 자신의 모습을 상상했다. 그러나 칼이 깊이 들어갈수록 그 손은 더 깊이 파고

들어가, 마침내는 그 작은 손이 조지아나의 심장을 움켜쥐는 것처럼 보였다. 그럼에도 남편은 그것을 가차 없이 잘라 내거나 잡아 뜯고야 말리라 결심했던 것이다.

자신의 기억 속에 꿈의 내용이 또렷하게 떠오르자, 에일머는 아내 앞에 앉아 죄책감에 사로잡혔다. 진실은 때로 잠의 옷자락에 싸인 채 마음속을 파고들어, 우리가 깨어 있는 동안에 무의식적으로 자기기만을 수행하는 일들에 대해 타협 없이 직설적으로 이야기해 주는 법이다. 지금까지 그는 한 가지 생각이 자신의 마음을 얼마나 강력히 지배하게 되었는지, 그리고 마음의 평화를 위해 어디까지 갈 수 있는지를 깨닫지 못하고 있었다.

"에일머." 조지아나가 엄숙하게 다시 말을 꺼냈다. "이 치명적인 모반을 없애기 위해 우리가 얼마나 큰 대가를 치러야 하는지 나는 알지 못해요. 혹 그걸 없애다가 평생 치유할 수 없는 흉터가 생길지도 모르고, 어쩌면 그 얼룩이 생명이 있기라도 한 것처럼 깊이 뿌리내리고 있는 건지도 모르겠어요. 그러니 다시 묻겠어요. 제가 세상에 나오기도 전에 새겨져서는 아주 꼭 쥐고 있는 이 작고 단단한 손을 펼 가능성이, 어떤 식으로든 있긴 한 건가요?"

"사랑하는 조지아나, 나는 이 문제에 대해 참으로 오랫동안 생각해 왔소." 에일머가 다급하게 말을 받았다. "나는 그 반점을 완벽하게 없애는 것이 실현 가능하다고 확신한다오.”

“아주 희박한 가능성이 있다 하더라도, 어떤 위험을 감수하더라도 반드시 해주세요.” 조지아나가 말했다. “위험 따위는 제게 아무것도 아니에요. 이 미운 자국 때문에 당신에게 공포와 혐오의 대상이 된 채로는 이 삶조차 기꺼이 내다 버릴 수 있는 짐일 뿐이에요. 이 끔찍한 손자국을 지워 주시든지, 아니면 저의 비참한 생을 끝내 주세요! 당신은 학식이 깊으시잖아요. 그건 세상 사람들이 다 아는 바이지요. 그간 위대한 일들을 이루셨잖아요. 그런 당신이 이 조그만, 제 손가락 끝 두 개로도 다 가려질 정도로 조그만 얼룩 하나 없애는 걸 못 하시겠어요? 당신의 평안을 위해, 그리고 당신의 가련한 아내가 미쳐 가는 것을 막기 위해, 이것이 과연 당신이 할 수 없는 일일까요?”

“고귀하고, 사랑스럽고, 다정한 나의 아내여.” 에일머는 열정적으로 외쳤다. “내 능력을 의심치 마시오. 나는 이미 이 문제에 대해 아주 깊이 생각을 했소. 당신에 버금가는 존재를 만들어낼 수도 있었을 만큼 말이오. 조지아나, 당신은 나로 하여금 그 어느 때보다도 과학의 심장으로 가까이 가게 만들었소. 나는 당신의 사랑스러운 뺨을 다른 쪽만큼이나 흠결 없는 모습으로 바꿔 낼 수 있다고 자신하오. 그렇다면, 당신, 한번 생각해 보시오. 자연이 자신의 가장 아름다운 작품에 남긴 불완전함을 바로잡았을 때, 내가 느낄 승리감이 어떨지 말이오! 자신이 조각한 여인이 살아났을 때 피그말리온이 느꼈을 황홀감이 어디 내 것만 할까."

"그러면 이제 결정된 거예요." 조지아나는 힘없이 미소 지으며 말했다. "그리고 에일머, 부디 주저하지 마세요. 그 반점이 끝내 제 심장에 숨어 버린다 해도 말이에요."

남편은 진홍색 손자국 낙인이 찍히지 않은 아내의 오른쪽 뺨에 애틋하게 키스했다.

다음 날, 에일머는 수술에 대해 철저한 검토와 지속적인 주의가 필요한 계획을 세웠음을 아내에게 알렸다. 조지아나 역시 수술의 성공에 필수적인 절대 안정을 취해야 할 것이었다. 그들은 에일머가 실험실로 쓰던 넓은 방으로 들어가 칩거하기로 했다. 이곳은 에일머가 젊은 시절, 자연의 본원적 힘에 대한 발견을 하여 유럽의 모든 학술단체로부터 찬탄을 자아내게 한 곳이기도 했다. 실험실에 차분히 앉아서 이 창백한 철학자는 가장 높은 구름층과 가장 깊은 광맥의 비밀을 탐구했고, 화산 작용을 일으키는 원인을 찾아내면서 스스로 만족을 얻기도 했다. 그리고 그는 샘의 신비를 밝혀내기도 했는데, 맑고 깨끗한 물, 또는 약효가 있는 물이 어떻게 대지의 어두운 품에서 솟아나는지, 그 원리를 알아낸 것이다. 조금 더 젊은 시절에 그는 역시 이곳에서 인간 육체의 신비를 연구하며, 어머니 자연이 그녀 최고의 걸작인 인간을 창조하고 기르기 위해 땅과 공기와 영적 세계에서 온갖 소중한 영향을 어떻게 융합시키는지 그 과정을 파헤치는 시도를 하기도 했다. 그러나 에일머는 결국 이 시도를 오래전에 접었으니, 이는 탐구자라면 언젠가는 부닥치게 마련인 진실, 즉 우리의 위대한 창조주 어머니께서는 밝은 햇빛 속에서 작업을 하며 우리를 기쁘게 해주는 듯 보이지만 실은 자신의 비밀을 철저하게 감추며, 겉으로는 다 보여 주는 척하면서도 결국 우리에게 오직 결과만을 보여 줄 뿐이라는 사실을 어쩔 수 없이 받아들일 수밖에 없었기 때문이었다. 그분은 정말이지 우리에게 망칠 권리는 주면서도, 고칠 권리는 아주 드물게 주고, 질투심 많은 특허권자처럼 결코 창조를 허하는 법이 없었다. 그러나 이제, 에일머는 반쯤 잊어버리고 있던 연구를 다시 시작하였으나, 물론 처음에 그가 품었던 희망이나 소망에서 비롯한 것은 아니었다. 이는 그 연구가 수많은 생리학적 진리와 연관되어 있는바, 조지아나의 치료를 위한 궤적에 놓여 있기 때문이었다.

그가 아내를 실험실 문턱으로 이끌었을 때, 조지아나는 한기를 느끼며 몸을 떨었다. 에일머는 그녀를 안심시키려 애써 밝은 표정으로 그녀의 얼굴을 바라보았으나, 그 창백한 뺨 위에서 타오르듯 빛나는 모반을 보고는 어찌나 놀랐던지 그만 참지 못하고 발작처럼 몸서리를 치고야 말았다. 그의 아내는 실신했다.

"아미나답! 아미나답!" 에일머는 발을 쾅쾅 구르며 소리쳤다.

곧 안쪽 방에서 키는 작지만 체구가 육중한 남자가 화로의 증기에 그을린 얼굴을 헝클어진 머리카락으로 가린 채로 나타났다. 이 인물로 말하자면, 에일머의 학문적 여정 동안 내내 그를 보필해 왔으며, 기계를 다루는 솜씨가 빼어나고, 비록 과학적 원리는 단 하나도 이해하지 못할지언정 주인의 실험에 주어진 세부사항을 빈틈없이 실행하는 솜씨가 탁월한 조수의 역할에 꼭 맞는 사람이었다. 엄청난 힘과 덥수룩한 머리, 그을린 얼굴 등, 말로는 차마 표현하기 어려운 대지의 느낌이 물씬 묻어나는 그는 인간의 육체적 본질의 화신 같았고, 그에 반해 에일머의 가느다란 체격과 창백하고 지적인 얼굴은 그에 못지않게 인간의 정신적 요소의 한 전형처럼 보였다.

"어서 내실 문을 열어, 아미나답." 에일머가 말했다. "그리고 향료를 태우도록 해."

"예, 주인님." 아미나답은 혼절한 조지아나를 잠자코 지켜보다가는 혼잣말을 중얼거렸다. "저 여자가 내 아내였다면, 반점을 없애는 일 같은 건 절대 하지 않을 텐데."

조지아나가 의식을 회복했을 때 그녀는 자신이 강렬한 향기가 퍼져 있는 공기 속에서 숨을 쉬고 있음을 알아차렸다. 그 향기의 은은한 힘이 그녀를 죽음 같은 실신 상태에서 깨어나게 한 것이었다. 주변 모습은 마치 마법에 씌어 있는 듯했다. 에일머는 자신이 학문적 탐구의 가장 눈부신 시절을 보낸 바 있는 그 연기에 찌들고 어둡고 칙칙한 방을 아름다운 여인이 은거할 거처에 맞춤하도록 바꾸어 놓은 것이었다. 벽에는 화려한 커튼이 늘어져 웅장함과 우아함을 두루 갖추었는바, 천장에서 바닥에 이르며 방의 모든 각진 부분과 직선을 가리는 두툼하고 풍성한 주름은 마치 무한한 공간에서 그 장면을 가두는 듯했다. 조지아나가 아는 한, 구름 속에 정자가 있다면 바로 이런 것이리라. 또한 에일머는 화학 처리 과정이 햇빛에 의해 방해받을 것을 우려해 빛을 차단했는데, 그 대신 향이 나는 램프를 여러 개 두었다. 그 램프들은 저마다 여러 색깔의 불꽃을 냈지만 모두 부드러운 보랏빛이 도는 광채 하나로 합해졌다. 그는 이제 아내 곁에 무릎을 꿇고서 진지하게 그녀를 바라보았다. 불안의 기색은 없었다. 자신의 과학에 대한 확신이 있는 그로서는 그녀 주위에 그 어떤 악도 침범할 수 없는 마법의 원을 그어 놓을 수 있다는 믿음이 있었던 까닭이다.

"여기가 어디죠? 아, 기억나요." 조지아나는 희미한 목소리로 말하며 남편의 눈에 끔찍하게 보일 반점을 가리기 위해 손을 뺨에 갖다 댔다.

"여보, 두려워하지 말아요!" 그가 외쳤다. "내게서 멀어지려 하지도 말아요! 조지아나, 날 믿어도 좋소. 이 단 하나의 불완전 함을 바로잡을 감격을 생각하니, 난 오히려 기쁘지 뭐요."

"아, 제발!" 그의 아내가 슬프게 대답했다. "부디 다시는 보지 말아 주세요. 당신이 발작하듯 몸서리치던 그 모습을 전 평생 못 잊을 거예요."

조지아나를 달래기 위하여, 그리고 현실의 실제적 부담으로부터 그녀의 마음을 벗어나게 하기 위하여 에일머는 과학이 그에게 가르쳐 준 심오한 지식 중에서 가볍고 장난스러운 비밀 몇 가지를 선보였다. 공기 같은 형태, 형체 없는 생각, 실체 없는 아름다움의 형상이 나타나 그녀 앞에서 춤을 추다가 그 덧없는 흔적을 빛줄기에 남기고 사라졌다. 이러한 착시 현상의 방법에 대해 그녀도 짐작하는 바는 있었으나, 남편이 정신의 세계에 대한 통제력이 있다는 믿음을 보증할 수 있을 정도로 환영은 거의 완벽했다. 또 그녀가 은둔하고 있는 곳으로부터 벗어나 어딘가를 바라보고픈 마음이 들라치면, 곧바로, 마치 그녀의 생각에 답이라도 하듯이 건너편 장막 위로 외적 존재의 행렬이 흘러가는 것이었다. 여기에는 실제의 풍경과 삶의 모습이 완벽히 재현되기는 하였으나, 언제나 그 그림이나 이미지는 실제보다 더 매혹적으로 보인다는 점에서, 딱히 뭐라 표현하기 어려운 차이가 있었다. 이 놀이에 싫증이 날 때쯤 에일머는 조지아나에게 흙이 담긴 그릇을 한번 보라고 일렀다. 그녀는 처음에는 심드렁하게 그릇에 눈길을 주었으나, 곧 흙에서 식물의 새싹이 돋는 것을 보고 놀랐다. 그러더니 가느다란 줄기가 자라나고, 잎이 점차 펴지면서 그 가운데에서 완벽하게 아름다운 꽃 한 송이가 피어났다.

"마법 같아요!" 조지아나가 외쳤다. "전 차마 손도 댈 수 없어요."

"아니, 한번 꺾어 봐요." 에일머가 대답했다. "꺾어서 그 향기가 있는 동안 만끽해 봐요. 꽃은 곧 시들어 갈색 씨방만이 남겠지만, 거기서 그처럼 덧없는 하루살이 종자도 세대를 이어 가는 것이라오."

그러나 조지아나가 꽃에 손을 댄 순간, 식물 전체가 바싹 마르면서 잎사귀가 마치 불에 타기라도 한 듯 까맣게 변했다.

"너무 강한 자극이었던가 보오." 에일머가 생각에 잠겨 말했다.

이 실험의 실패를 만회하고자 그는 자신이 고안한 과학적 방법으로 초상화를 만들어 볼 것을 제안했다. 그 방법이란 바로 광이 나는 금속판에 강력한 빛을 쏘이는 것이었다. 조지아나는 이 제안을 따르기는 했지만, 결과를 보고서 경악하지 않을 수 없었다. 초상화의 윤곽은 흐릿하고 불분명했는데, 뺨이 있어야 할 자리에 자그마한 손 형상이 나타났던 것이다. 에일머는 금속판을 낚아채 부식성 산이 든 통에 던져 버렸다.

그러나 얼마 안 가 그는 이런 굴욕적인 실패들을 다 잊어버렸다. 연구와 화학 실험 틈틈이 그는 상기되고 몹시도 지친 모습으로 아내 곁에 다가왔는데, 그러면 그는 그녀의 존재만으로 곧 기운을 되찾으면서 자신의 기술적 자원에 대해 흥분해서 이야기하곤 했다. 그는 온갖 불순한 것들에서 황금의 원리를 끌어낼 만능 용매를 찾는 데 오랜 세월을 바친 연금술사들의 긴 역사를 들려주었다. 에일머는 아주 명확한 과학적 논리하에, 궁극의 용매를 찾아내는 것은 얼마든지 가능한 일이라 믿었으나, 그는 다음의 말을 덧붙였다. "그러나 그 힘을 얻을 만큼의 경지에 이른 철학자라면, 그 힘을 행사하기 위해 아래로 내려가기엔 이미 너무 높은 지혜의 경지에 있을 거요." 불로장생의 영약에 대한 그의 견해도 기묘하긴 마찬가지였다. 사람의 생명을 몇 년씩, 어쩌면 영원히 늘일 수 있는 용액을 제조하는 일은 자신의 선택에 달려 있다고 암시하는 것 이상이었던 것이다. 하지만 그것은 자연에 크나큰 불협화음을 일으킬 것이며 특히나 불멸의 만병통치약을 마시게 된 당사자들은 필시 그것을 저주할 것이라고 했다.

"에일머, 당신 진심으로 하는 말이에요?" 조지아나는 놀람과 두려움으로 남편을 바라보며 물었다. "그런 힘을 가진다는 것, 아니, 갖게 되는 상상만으로도 끔찍해요."

"여보, 두려워 말아요." 남편이 말했다. "우리 삶에 그런 불협화음을 가져올 생각은 추호도 없소. 나는 다만, 그런 힘과 비교하자면 이 작은 손자국을 없애는 데 필요한 능력이란 건 얼마나 대단찮은 것인지 당신에게 알려 주고 싶었던 것뿐이오."

모반에 대한 언급에 조지아나는 여느 때처럼 벌겋게 단 인두가 뺨을 스치기라도 한 듯 움찔했다.

다시금 에일머는 실험에 몰두했다. 조지아나는 멀리 떨어진 화로방에서 아미나답에게 명령하는 남편의 목소리와 그에 대답하는 거칠고 투박하며 거의 짐승 소리처럼 들리는 아미나답의 목소리를 들을 수 있었다. 한참 동안 자리를 비운 후 다시 나타난 에일머는 조지아나에게 자신의 화학 약품들과 귀한 천연물질을 보관하는 진열장을 구경하지 않겠느냐고 제안했다. 먼저 그는 조그만 약병 하나를 보여 주며 설명하기를, 여기에는 한 왕국 전체에 부는 바람에 배게 할 정도로 부드럽고도 강한 향기가 들어 있다고 했다. 그 조그만 약병에 든 것은 값을 매길 수 없을 정도로 귀중한 것이라 말하면서 그는 그 향을 공기 중에 조금 뿌렸는데, 그러자 방은 산뜻하고 활력 넘치는 쾌감으로 가득 찼다.

"이건 뭐예요?" 조지아나는 황금빛 액체가 담긴 구체의 크리스털 병을 가리키며 물었다. "보기에 너무 아름다워서 생명의 영약일 거라고 상상하게 돼요."

"어떤 의미에서는 그렇소." 에일머가 대답했다. "혹은 불멸의 묘약이라 할 수도 있겠지. 그건 지금까지 세상에서 만들어진 것 중 가장 귀한 독약이오. 이 약으로 나는 그대가 손가락으로 누구를 가리키든 단숨에 그 사람의 수명을 좌지우지할 수 있소. 어느 정도 쓰느냐에 따라 몇 해를 더 살게 할 수도, 숨을 잘 쉬다가도 갑자기 죽게 할 수도 있으니 말이오. 제아무리 호위가 잘된 왕좌에 앉은 왕이라 해도, 만약 내가 수백만 백성의 안녕을 위하여 그 생명을 빼앗고자 한다면, 그는 내 손에서 벗어날 수 없을 거요."

"그토록 끔찍한 약을 왜 갖고 있는 거죠?" 공포에 떨며 조지아나가 물었다.

"여보, 나를 의심하지는 마시오." 남편은 미소 지으며 말했다. "그 약은 해로움보다는 이로운 효능이 더 크다오. 자, 이걸 보시오. 강력한 화장용 제품도 된단 말이지. 이 약을 물병에 한두 방울 타게 되면, 주근깨 같은 것은 손을 씻듯이 쉽게 닦을 수 있다오. 더 진하게 쓰게 되면 뺨의 혈색마저 씻어 내어 장밋빛 아름다움도 창백한 유령의 모습으로 만들어 버리지."

"이 약으로 제 뺨을 씻으려는 건가요?" 조지아나는 불안해하며 물었다.

"아, 아니오." 남편이 급히 답했다. "이것은 단지 표면적인 것을 다룰 뿐이오. 당신의 경우는 좀 더 깊이 들어갈 수 있는 치료가 필요하오."

조지아나와 대화를 나누며 에일머는 그녀의 감각에 대해 세밀한 질문들을 했고, 방의 밀폐 상태와 온도, 전반적인 분위기가 그녀에게 잘 맞는지를 살폈다. 이런 질문들이 구체적인 의도 하에 이루어진다고 느껴졌기 때문에 조지아나는 어떤 향을 담은 공기나 음식을 통해서든지 자신이 이미 특정 물리적 영향 아래 놓였다고 짐작하기 시작했다. 그녀가 그렇게 생각하긴 했지만 어쩌면 완전히 환상일지도 모른다. 그녀는 온몸이 뒤흔들리는 느낌이 들었는데, 정체 모를 이상한 감각이 혈관을 타고 스며들어 심장이 반쯤은 아프고 반쯤은 쾌감으로 욱신거렸다. 그러나 겨우 용기를 내 거울을 볼 때마다 그녀는 거기에서 하얗고 창백한 장미 같은 자신의 모습과 뺨에 선명히 찍힌 진홍색 반점을 보았다. 이제는 에일머조차 그녀만큼 반점을 미워할 수는 없었다.

그녀의 남편이 배합과 분석의 과정에 몰두하는 오랜 시간 동안 조지아나는 지루함을 달래기 위해 그의 과학서적들을 뒤적였다. 아주 오래되고 거무스름한 두꺼운 책들 속에서 낭만과

시정이 가득한 장들을 우연히 찾아내기도 했다. 그 책들은 알베르투스 마그누스, 코르넬리우스 아그리파, 파라셀수스, 그리고 예언하는 놋쇠머리를 만들었던 그 유명한 수도사와 같은 중세 철학자들의 것이었다. 이 고대 자연주의자들은 모두 자기 시대를 앞선 이들이기는 했으나, 동시에 무엇이든 쉽게 믿어 버렸던 당대 사람들은 그들이 자연을 탐구함으로써 자연을 초월하는 힘을 얻었다고, 또 물리학을 통해 영적 세계를 지배할 수 있는 힘을 얻었다고 믿었으며, 그들 역시도 그렇게 생각한 것 같았다. 왕립학회의 초기 기록들 역시 대체로 그에 못지않게 기이하고 상상력이 넘쳤으니, 회원들은 자연현상의 한계를 거의 알지 못한 채로 경이로운 일들을 기록하거나 혹은 그러한 경이를 일으킬 수 있는 방법들을 제시하고 있었다:

　　그러나 무엇보다도 조지아나를 사로잡은 것은 남편이 손수 쓴 커다란 2절판 책이었다. 그는 그 책에 자신의 학문적 경력에서 행했던 모든 실험을 기록하며 본래의 목표, 실험 전개를 위해 채택한 방법, 최종 성공 여부, 그리고 결과를 좌우한 조건들을 세세하게 써 두었다. 이 책이야말로 열정적이고, 야심과 상상력이 넘치면서도 현실적이고 근면한 그의 삶의 역사이자 상징이었다. 그는 마치 그 너머에 아무것도 없는 듯이 물리적 세부사항을 다루면서도, 그 모든 것을 영성화하고 무한을 향해 강렬하고 열렬한 열망을 가짐으로써 그 자신을 물질주의로부터 구원할 수 있었다. 그의 손에 들어가기만 하면 하물며 한 덩이 흙도 영혼을 지니게 되는 듯했다. 조지아나는 책을 읽는 동안 에일머에 대한 존경과 사랑이 그 어느 때보다 깊어졌으나, 그의 판단에 대해서는 예전만큼 전적으로 의존하지 않게 되었다. 그가 많은 업적을 이룬 것만큼이나, 그의 가장 찬란한 성공마저도 그가 지향하는 이상과 비교하면 거의 예외 없이 실패나 다름없다는 사실을 알아차리지 않기란 어려웠던 것이다. 그의 가장 빛나는 다이아몬드는 그의 손에 닿지 않는 곳에 숨겨진 귀한 보석들에 비하면 다만 조약돌에 불과했고, 그 자신도 그렇게 느끼고 있었다. 그 책은 그러니까, 저자에게 명성을 가져다준 업적들로 가득함에도 불구하고 필멸의 존재인 인간이 쓴 가장 우울한 기록이기도 했다. 그것은 복합적인 인간의 약점, 즉 육체라는 짐에 짓눌린 채 물질 속에서 일하는 정신, 그리고 속세의 것에 의해 한없이 좌절당하는 고차원적 인간 본성을 향한 절망에 대한 슬픈 고백이자 끊임없는 예증이었다. 어떤 분야에서든 천재성을 지닌 사람이라면 누구나 에일머의 기록에서 곧 자신의 경험을 떠올릴 수 있었으리라.

이러한 생각들은 조지아나의 마음을 깊이 흔들어, 그녀는 펼쳐진 책 위에 얼굴을 묻고 눈물을 쏟았다. 바로 이때 남편이 그 모습을 보았다.

"마법사의 책을 읽는 건 위험한 일이오." 그는 미소를 띤 채 말하긴 했지만 그 얼굴은 불안하고 못마땅해 보였다. "조지아나, 그 책에는 나조차 읽고 나서 온전한 정신을 유지하기 어려운 부분들이 있소. 당신에게도 해가 되지 않도록 주의해야 할 것이오."

"이 책을 읽고 당신을 전보다 더 존경하고 숭배하게 되었어요." 그녀가 말했다.

"아, 이번 일이 성공할 때까지 기다려 보시오. 그때 가서도 그럴 만하다면 마음껏 그래도 좋소. 나 역시 그때쯤엔 자격이 없지는 않다고 여길 것 같으니. 그건 그렇고, 내가 온 건 그대의 아름다운 목소리를 듣고 싶어서였소. 나를 위해 노래 하나 불러 주겠소?"

그리하여 그녀는 흐르는 물 같이 청량한 목소리로 남편의 영혼의 갈증을 씻어 주었다. 그는 소년같이 들떠 기뻐하며 그녀에게 곧 이 고립이 끝날 것이며, 그 결과는 명약관화하다는 말을 남기고 떠났다. 그가 떠나자마자 조지아나는 그를 따라가고 싶다는 억누르기 힘든 충동을 느꼈다. 두세 시간 전부터 자신의 주의를 끌기 시작한 증상이 있었는데, 그것을 에일머에게 알리는 것을 잊어버린 것이다. 그 증상이라 함은 치명적인 모반에서 느껴지는 감각으로, 고통스럽지는 않았지만 전신을 통과하는 어떤 불안한 느낌이었다. 그녀는 서둘러 남편을 뒤쫓아 처음으로 실험실에 발을 들이게 되었다.

가장 먼저 그녀의 눈에 들어온 것은 강렬한 불빛을 이글거리며 뜨겁게 열심히 일하고 있는 화로였다. 그리고 그 위의 그을음과 더께를 보건대, 아주 오랜 세월을 태워 온 듯했다. 증류 장치도 한창 가동 중이었다. 방 안에는 증류기, 시험관, 실린더, 도가니를 비롯한 기타 화학 연구 장비들이 있었다. 전기 기구도 즉시 가동할 수 있게 준비되어 있었다. 실내 공기는 숨이 턱 막힐 정도로 답답했고, 여러 실험 과정에서 나온 가스 냄새도 심하게 섞여 있었다. 벽과 벽돌 바닥에 맨살을 드러내고 있는 실험실 내부의 엄격하고 투박한 모습은, 자신이 머무는 내실의 환상적인 우아함에 익숙해진 조지아나에게 더욱 낯설게 보였다. 그러나 진정으로 그녀의 관심을 끈 유일한 대상은 바로 에일머의 모습이었다.

그는 시체처럼 창백한 얼굴로 화로에 몸을 기울인 채 불안하게 몰두하고 있었는데, 거기서 증류해 내는 액체가 불멸의 행복이 될지, 불행이 될지는 마치 그것을 지켜보는 그의 철저한 감시 여하에 달려 있기라도 한 것 같았다. 이는 조금 전 조지아나를 안심시켰던 낙관적이고 쾌활했던 태도와 얼마나 다른 것인지!

"조심조심, 아미나답! 조심스럽게. 인간기계여! 조심 또 조심, 진흙 인간이여!" 조수에게 말하고 있다기보다는 자기 자신에게 하는 에일머의 혼잣말이었다. "생각이 많아도, 너무 부족해도 모두 끝장나는 거야."

"오! 오!" 아미나답이 웅얼거리며 말했다. "보세요, 주인님! 저기요!"

에일머는 급히 시선을 들어 올렸고, 처음에는 벌겠던 그의 얼굴이 조지아나를 발견하고 그 어느 때보다도 창백해졌다. 그는 조지아나에게 황급히 달려가 손가락 자국이 남을 정도로 그녀의 팔을 세게 움켜잡았다.

"이곳엔 왜 온 것이오? 그렇게도 당신 남편을 믿지 못하오?" 그가 격정적으로 외쳤다. "나의 노고에 그 치명적 반점의 저주를 드리울 셈이오? 이건 잘못됐소. 가시오, 엿보는 일 같은 건 그만두고 어서 가란 말이오!"

"아니요, 에일머." 조지아나가 단호하게 말했고, 이는 그녀에게 결코 부족함 없는 자질이었다. "불평할 권리가 있는 쪽은 당신이 아니에요. 당신은 아내를 불신했고, 실험을 지켜보며 당신이 느끼는 불안감을 숨겨 왔죠. 여보, 나를 그처럼 못난 아내로 만들지 말아요. 우리가 어떤 위험을 감수해야 하는지 모두 말해 주세요. 혹 제가 물러설까 두려워 마세요. 그 위험에서 감당하는 제 몫은 당신 것보다 더 훨씬 적으니까요."

"아니, 아니요, 조지아나!" 에일머가 조급하게 말했다. "그래서는 안 되오."

"전 다 따를 생각이에요." 그녀가 평온하게 답했다. "에일머, 당신이 주는 약이라면 어떤 것이든 마실 거예요. 같은 이치로, 설령 당신이 내게 독을 준다 해도 전 마실 거예요."

"고귀한 나의 아내여." 에일머가 깊은 감동에 차 말했다. "내 이제껏 당신의 그 높고 깊은 성품을 알아보지 못했소. 이제 아무것도 숨기지 않으리다. 그렇다면 이제 당신도 알아야겠지. 이 진홍색 손이 겉으로 보기에는 대단찮은 것 같지만 내가 추측한 것 이상으로 훨씬 강하게 당신 몸을 움켜쥐고 있소. 이미 당신의 신체 체계 전체를 바꾸는 것 빼고 무엇이든 할 수 있을 정도로 강력한 약제를 써 보았소. 이제 시도해 볼 수 있는 것은 딱 하나 남았지. 그것마저 실패하면 이제 방법이 없소."

"왜 제게 이 사실을 말하길 주저하셨나요?" 그녀가 물었다.

"그건…" 에일머가 낮게 말했다. "위험하기 때문이지."

"위험이라고요? 제게 위험은 단 하나뿐이에요. 바로 이 끔찍한 낙인이 제 뺨에 계속 남아 있는 것 말이에요!" 조지아나가 소리쳤다. "없애 주세요, 없애요, 제발. 그 어떤 대가를 치러야 한다고 해도. 그렇지 않으면 우리 둘 다 미쳐 버리고 말 거예요!”

"당신 말이 진실이라는 건 하늘도 알 거요." 에일머가 슬프게 말했다. "이제 내실로 돌아가요. 조만간 모든 시험이 끝날 거요."

그는 그녀를 내실로 안내하며 엄숙한 다정함으로 작별을 고했는데, 그것은 말보다 훨씬 더 많은 것을 말해 주었다. 바로, 지금이 얼마나 위태로운 상황인지. 그가 떠난 뒤 조지아나는 깊은 생각에 잠겼다. 그녀는 에일머의 성격에 대해 생각했고, 그 어느 때보다 완벽한 공정함으로 그것을 평가했다. 그의 고결한 사랑을 생각하며 그녀의 마음은 떨리면서도 한편으로는 희열을 느꼈다. 그의 사랑은 너무나 순수하고 고귀해서 완벽함에 이르지 못한 것은 받아들이지 않았고, 자신이 꿈꾸던 것보다 더 세속적인 본성에 미적지근하게 만족하지도 않았다. 그녀는 그러한 감정이, 그녀 자신을 위해 불완전함을 참고 완전한 이상을 현실의 수준으로 떨어뜨리는 굴욕으로써 거룩한 사랑을 배반하는 죄를 범하는 하찮은 종류의 사랑보다 얼마나 더 소중한 것인지를 깨달았다. 그리고 온 마음을 다해 기도하기를, 단 한 순간이라도 그의 가장 높고 깊은 이상을 충족시킬 수 있게 해 달라고 빌었다. 그러한 충족이 한 순간보다 길게 이어질 수 없다는 것을 그녀는 알고 있었는데, 그의 정신은 항상 앞으로 나아가고 또한 위로 올라가니, 매 순간은 그 순간의 범위를 넘어서는 무언가를 항시 요구하는 까닭이었다.

남편의 발소리에 그녀는 사색에서 빠져나왔다. 그는 물처럼 무색이지만 불멸의 생수처럼 밝게 빛나는 액체가 담긴 크리스털 잔을 들고 왔다. 에일머의 얼굴은 창백했으나, 이는 공포나 의심에서 비롯된 것이 아니라 마음과 영혼이 극도로 고양되어 있기 때문이었다. "용액 제조는 이제 완벽하오." 그는 조지아나의 시선에 대한 답으로 이렇게 말했다. "나의 과학과 연구가 나를 기만한 것이 아니라면, 이건 실패할 리가 없소."

"사랑하는 에일머, 당신이 아니었다면…" 조지아나가 말했다. "저는 다른 어떤 방법보다도 차라리 필멸의 운명에 항복함으로써 이 필멸의 낙인을 지우려고 했을 거예요. 지금의 저처럼 어중간한 도덕적 단계에 와 있는 사람들에게 삶이란 건 슬픈 소유물일 뿐이죠. 차라리 제가 더 약하거나 맹목적이었다면 더 행복했을지도 몰라요. 제가 더 강했다면 희망을 품고 견뎠을 거고요. 하나 지금 내 자신을 보면, 죽기에 가장 알맞은 인간 같아요."

"당신은 죽음을 맛보지 않고도 천국에 들어갈 자격이 있는 존재요!" 남편이 답했다. "그런데 왜 죽음을 이야기하는 거요? 이 약은 실패할 수가 없소. 이 식물에 미치는 그 효과를 한번 보시오."

창가 자리에는 잎사귀 전체가 누런 얼룩으로 뒤덮인 병든 제라늄이 놓여 있었다. 에일머는 그 화분의 흙에 약을 약간 부었다. 식물의 뿌리가 수분을 빨아들이고 얼마 지나지 않아, 보기 흉한 얼룩이 사라지고 생생한 초록색으로 되살아났다.

"증거 같은 건 필요 없어요." 조지아나가 조용히 말했다. "잔을 주세요. 당신 말을 믿고 기꺼이 제 모든 걸 맡기겠어요."

"자, 그럼 마셔요. 고귀한 존재여!" 에일머는 열렬히 감탄하며 외치듯 말했다. "당신 영혼에는 불완전함의 흠이 단 하나도 없으니, 당신 육체도 곧 완전해질 것이오."

그녀는 약을 들이켜고서 남편의 손에 잔을 건네주었다.

"좋네요." 그녀는 평온하게 미소 지으며 말했다. "마치 천상의 샘에서 떠온 물 같아요. 은은한 향과 감미로움이 담겨 있네요. 한동안 저를 괴롭혔던 조갈증이 이제야 해소되는 것 같아요. 여보, 이제 저 잠 좀 자야겠어요. 마치 해 질 녘 장미꽃 잎이 한가운데로 오므라지듯, 제 육체의 감각이 영혼을 감싸며 닫히고 있어요."

그녀의 마지막 몇 마디는 마지못해 내뱉는 것 같았다. 마치 그 희미하고 가늘게 이어지는 음절을 입 밖에 내는 데 자신이 가진 것보다 더 많은 에너지가 필요하기라도 한 듯이. 그 몇 마디 말이 그녀의 입술 속에서 기웃거리다 사라지자마자 그녀는 바로 잠에 빠졌다. 에일머는 그녀 곁에 앉아, 이번 시험의 과정에 자기 존재의 모든 가치가 달려 있는 사람이 느낄 법한 심정으로 아내의 모습을 바라보았다. 그러나 그런 심정 가운데에서도 그는 과학자 특유의 철학적 탐구정신을 잃지 않았다. 그 아무리 사소한 증상이라 해도 그의 시선을 벗어나는 법이 없었다. 점점 붉어지는 뺨의 홍조, 약간 불규칙한 호흡, 눈꺼풀 떨림, 몸의 미세한 경련 등, 그야말로 세세한 모든 내용을 그는 매 순간 자신의 2절판 책에 기록했다. 그가 이전에 써 둔 페이지마다에는 강렬한 사색의 흔적이 또렷했지만, 오랜 세월에 걸친 그의 모든 생각들은 바로 이 마지막 페이지에 집중되어 있는 것이었다.

그렇게 일하는 와중에도 그는 이따금 치명적인 손을 응시했는데, 그때마다 여전히 몸서리를 쳤다. 한번은, 뭐라 설명할 수 없는 이상한 충동으로 그 자국에 입을 갖다 대었다. 그러나 바로 그 행동으로 인해 그의 영혼은 몸서리치며 뒤로 물러났고, 조지아나는 깊은 잠 속에서 몸을 뒤척이며 무언가 항의라도 하듯 중얼거렸다. 에일머는 관찰을 계속했고, 보람이 아주 없는 것은 아니었다. 이윽고, 처음엔 대리석 같은 창백한 뺨에 강렬하게 드러났던 진홍색 손의 윤곽이 점차 희미해진 것이다. 그녀는 여전히 창백했으나, 그녀가 숨을 내쉴 때마다 모반은 예전의 뚜렷함을 점점 잃어 갔다. 반점의 존재도 끔찍했지만 그것이 사라지는 모습은 더욱더 끔찍했다. 하늘에서 무지개의 흔적이 사라지는 것을 본 사람이라면, 그 신비한 상징이 어떻게 소멸하는지 알 수 있으리라.

"맙소사! 이제 거의 사라졌군!" 에일머가 억누르기 어려운 희열을 느끼며 혼잣말을 했다. "이제 거의 흔적을 찾을 수 없군. 성공이야! 성공! 지금은 아주 옅은 장밋빛 정도이니, 뺨에 피가 아주 조금만 돌더라도 완전히 가려져 안 보일 테지. 그런데 왜 이토록 창백하담?"

그는 커튼을 젖히고, 자연광이 방으로 들어와 그녀의 뺨에 닿도록 했다. 바로 그때 거칠고 쉰 웃음소리가 들려왔다. 오랫동안 조수 아미나답이 기쁠 때 내는 소리로 익히 알던 바로 그 소리였다.

"아, 저 녀석! 지상의 흙덩이!" 에일머 자신도 광란의 웃음을 웃으며 외쳤다. "너도 참 수고가 많았다! 물질과 영혼—지상과 하늘— 모두 제 몫을 했어! 그래, 웃자. 감각의 존재여! 너는 웃을 자격이 있다."

이 소란에 조지아나가 잠에서 깨어났다. 그녀는 천천히 눈을 뜨고, 남편이 바로 이 한 가지 목적을 위해 준비해 둔 거울을 들여다보았다. 한때는 모든 행복을 쫓아낼 만큼 재앙 같은 광채로 빛나던 그 진홍빛 손자국이 이제 거의 사라진 것을 확인하자,

그녀 입가엔 희미한 미소가 스쳤다. 그러나 그녀의 눈은 에일머가 도저히 설명할 수 없는 불안과 걱정을 담은 채 그를 찾고 있었다.

"불쌍한 에일머!" 그녀가 중얼거렸다.

"불쌍한? 아니, 가장 부유하고, 가장 행복하고, 가장 복받은 사람이지!" 그가 외쳤다. "비할 데 없는 나의 신부여, 성공하였소! 당신은 완벽하오!"

"불쌍한 에일머." 그녀는 인간의 다정함 이상의 것을 담아 다시 한번 말했다. "당신은 높은 목표를 세웠고, 그 일을 훌륭히 해냈어요. 그러니 그렇게 고귀하고 순수한 마음으로 이 땅이 당신에게 줄 수 있는 최상의 것을 거부했다고 해서 결코 후회는 하지 마세요. 사랑하는 에일머, 나는 죽어 가고 있어요!"

아뿔싸! 그건 사실이었다! 그 숙명의 진홍색 손은 삶의 신비를 풀기 위해 씨름했고, 천사 같은 영혼과 필멸의 육신이 하나가 되도록 묶어 주는 끈이었다. 단 하나의 인간적 불완전함을 상징하던 그 진홍색 모반이 그녀의 뺨에서 사라지자, 이제는 완벽해진 여인의 마지막 숨결이 공기 속으로 흩어졌고, 그녀의 영혼은 남편 곁에 잠시 머물다 하늘 높이 날아올랐다. 그때 또다시 껄껄거리는 쉰 웃음소리가 들렸다! 이처럼 지상의 비대한 숙명은 변함없는 승리를 자축하며, 이 완전히 발달하지 못한 어두운 영역에서 보다 높은 상태의 완전함을 요구하는 불멸의 본질을 지배하는 것이다. 하지만 에일머가 더 깊은 지혜에 이르렀다면, 자신의 삶을 천상의 삶과 똑같은 천으로 짜 놓은 행복을 그토록 허투루 내던질 필요는 없었을 것이다. 그 찰나의 상황이 그에게 너무나도 강렬했던가 보다. 그는 시간이라는 그늘 너머를 미처 바라보지 못했고, 영원 속에서 단 한 번 사는 삶을 살면서 현재 속에서 완전한 미래를 보는 데 실패했다.

에밀리에게 장미를A Rose for Emily

월리엄 포크너

1

에밀리 그리어슨 양이 죽었을 때, 온 마을 사람들이 그녀의 장례식에 참석했다. 남자들은 쓰러진 기념비에 대한 일종의 경건한 애정에서, 대체로 여자들은 근 십 년 동안 정원사와 요리사를 겸한 나이 든 남자 하인 말고는 아무도 보지 못했던 그녀의 집 안을 보고 싶다는 호기심에서였다.

그 집은 한때 흰색이었으나 이제는 빛이 바랜 커다란 정방형 주택으로, 둥근 지붕과 첨탑, 곡선형 발코니는 1870년대 특유의 화려한 스타일로 장식되어 있었고, 당시 우리 마을에서 가장 고급스러운 주택가에 자리하고 있었다. 하지만 주유소와 조면기(繰綿機)가 밀려들어 오면서 그 동네의 위풍당당하던 이름들마저 지워진 지 오래였으니, 오로지 에밀리 양의 집만이 남아 목화 수레와 주유기 펌프 위에 우뚝 솟은 채 고집스럽고 도도하게 그 몰락을 드러냈다. 흉물 중의 흉물이었다. 그리고 이제 에밀리 양은 삼나무 향 가득한 묘지에서, 제퍼슨 전투에서 죽어 간 연방군과 남부연합군 장교와 무명 병사들 무덤 가운데 잠들어 있는 그 유서 깊은 이름들 대열에 합류하게 되었다.

생전에, 에밀리 양은 전통이자, 의무이며, 돌봄의 대상이었다. 이는 마을에 대물림되는 일종의 책무 같은 것으로, 흑인 여성은 앞치마를 두르지 않고 거리를 다닐 수 없다는 법령을 창시한 바 있는 시장 사토리스 대령이 1894년 그녀의 부친이 사망한 날로부터 그녀의 세금을 영구적으로 면제하겠다고 공표하면서 시작되었다. 에밀리 양이 자선을 받을 리는 없으므로, 사토리스 대령은 궁리 끝에 에밀리 양의 부친이 시 정부에 돈을 빌려주었는데 이런 방식으로 상환하는 편이 당국 입장에서 사업상 더 이로운 선택이라는 식의 복잡한 이야기를 지어냈다. 사토리스 대령 정도의 세대나 사고방식을 가진 사람만이 생각해 낼 수 있는, 그리고 오직 여자만이 믿을 수 있는 이야기였다.

좀 더 현대적인 생각을 가진 새로운 세대의 사람들이 시장과 의원이 되자, 이 조치는 다소간 불만을 일으켰다. 새해 첫날 그들은 그녀에게 납세고지서를 우편으로 보냈다. 2월이 될 때까지 회신은 없었다. 그들은 그녀에게 공식 서한을 보내어 편한 시간에 보안관 사무실로 방문해 줄 것을 요청했다. 일주일 후 시장은 그녀에게 자신이 직접 방문하거나 아니라면 그녀가 타고 올 수 있게 차를 보내겠노라고 서신을 보냈고, 그에 대한 답으로 고풍스러운 모양의 얇은 종이에 더 이상 바깥출입을 하지 않는다는 취지의 내용을 색 바랜 잉크로 흘려 쓴 짧은 메모를 받았다. 별다른 설명 없이 납세고지서도 동봉되어 있었다.

그들은 시의회 특별회의를 소집했다. 대표단은 8년 전인가 10년 전쯤 도자기 채색 수업이 중단된 이래 그 누구도 발을 들인 적 없던 그 집 문을 두드리며 그녀를 기다렸다. 나이 든 흑인의 안내를 받아 들어선 침침한 복도는 더한층 컴컴하게 그림자 진 계단으로 이어지고 있었다. 가까이서 먼지와 오랜 세월 방치된 퀴퀴한 냄새가 났다. 흑인은 그들을 응접실로 안내했다. 응접실은 가죽으로 덮인 묵직한 가구들로 꾸며져 있었다. 흑인이 창문 한쪽의 덧문을 열자 그들은 그 가죽이 찢어져 있는 걸 볼 수 있었다. 그리고 그들이 자리에 앉자 허벅지께에서 희미하게 피어오른 먼지가 한 줄기 햇살 속에서 느릿하게 소용돌이쳤다. 벽난로 앞에 세워진 빛바랜 금박 이젤에는 에밀리 양의 부친을 그린 크레용 초상화가 세워져 있었다.

그녀가 방으로 들어서자 모두가 자리에서 일어섰다. 검은 옷을 입은 그녀는 작은 체구에 살집이 있었고, 가느다란 금 사슬이 허리까지 늘어지며 벨트 안으로 사라졌으며, 그녀가 몸을 기대고 있는 흑단 지팡이는 금색 머리 장식이 다 닳아 있었다. 그녀의 골격은 작고 가는 편이었다. 다른 사람이었다면 통통하다고 할 정도일 것이 그녀의 경우 비만으로 보인 것은 아마도 그 때문일지 모른다. 그녀는 마치 고인 물 속에 오래 잠겨 있던 시체처럼 불어 있었고, 낯빛은 파리했다. 통통한 얼굴의 능선에 파묻힌 두 눈은 마치 반죽 덩어리에 박힌 조그만 석탄 쪼가리처럼 생겨서는 방문자들이 용건을 말하는 동안 찬찬히 이 얼굴에서 저 얼굴로 옮겨 가며 훑어보았다.

그녀는 그들에게 앉으라고 권하지도 않았다. 문간에 선 채 대표단이 어물거리며 말을 중단할 때까지 조용히 듣고 있을 뿐이었다. 그제서야 그들은 보이지 않는 시계가 금 사슬 끝에서 똑딱 소리를 내는 것을 들었다.

그녀의 목소리는 메마르고 싸늘했다. "나는 제퍼슨에 낼 세금이 없습니다. 일전에 사토리스 대령이 설명해 주었습니다. 아마도 여러분 가운데 한 분이 시청 기록을 열람해 보시면 알게 되지 않겠습니까."

"이미 확인했습니다. 에밀리 양, 저희가 바로 시 당국입니다. 보안관이 서명해서 보낸 고지서를 받지 못하셨습니까?"

“종이 한 장이라면 받았지요.” 에밀리 양은 대답했다. “그이가 자기를 보안관이라고 생각한다면야… 나는 제퍼슨에 낼 세금이 없습니다.”

“하지만, 기록 어디에도 그런 내용이 없습니다. 우리는 절차상…”

“사토리스 대령을 찾아가세요. 나는 제퍼슨에 낼 세금이 없습니다.”

“그러나, 에밀리 양…”

“사토리스 대령을 찾아가세요.” (사토리스 대령이 죽은 지는 근 10년이 되어 간다.) “나는 제퍼슨에 낼 세금이 없습니다. 토베!” 흑인이 나타났다. “이 신사분들께 나가는 길 안내해 드려요.”

2

그렇게 그녀는 마치 삼십 년 전 악취 문제로 찾아온 그들의 아버지들을 물리쳤던 것처럼, 그들을 말 그대로 패퇴시켰다. 그 사건은 그녀의 아버지가 죽은 지 2년 정도 후에, 그리고 마을 사람들 모두가 그녀와 결혼할 거라고 믿어 의심치 않았던 연인이 그녀를 버리고 떠난 지 얼마 안 되었을 때의 일이다. 아버지의 죽음 이후 그녀는 바깥출입을 거의 하지 않았고, 연인마저 떠나가자 사람들은 그녀를 거의 보지 못했다. 무모한 몇몇 부인들은 방문을 시도했으나 받아들여지지 못했고, 그 집에 생명의 징후라고는 그 흑인 남자, 그때는 젊은이였던 이가 장바구니를 들고 드나드는 모습이 전부였다.

"남자가, 그게 누가 됐건, 부엌일을 퍽이나 제대로 하겠어." 부인들은 말했다. 그런 까닭에 악취가 진동하기 시작해도 그들은 놀라지 않았다. 그것은 비루하고 번잡한 세상과, 드높고 장엄한 그리어슨가를 연결 짓는 또 다른 고리였다.

이웃에 사는 여자 하나가 이제 그의 나의 여든인 시장 스티븐스 판사에게 민원을 제기했다.

"부인, 제가 그에 관해 뭘 어떻게 하길 바라시오?" 판사가 물었다.

"아니, 냄새가 그만 나게 하라고 전하면 되죠." 여자가 말했다. "그런 법도 있지 않아요?"

"굳이 그것까지야 필요하겠소." 스티븐스 판사가 말했다. "아마도 하인이 마당에서 뱀이나 쥐라도 잡아 죽인 걸 테죠. 내가 그이하고 이야기해 보리다."

다음 날 그는 두 건의 민원을 추가로 접수했는데, 민원인 중 하나는 매우 조심스럽게 간청했다. "판사님, 우리가 정말 어떻게 든 해야만 해요. 에밀리 양을 성가시게 하고 싶은 마음은 털끝만 큼도 없지만, 그래도 우리가 뭔가 해야 할 것 같습니다." 그날 밤, 턱수염이 희끗한 원로 셋과 떠오르는 세대의 일원인 젊은 의원 이 다시 모였다.

"간단하지 않습니까." 그가 말했다. "사람을 보내 집을 치우 라는 말을 전하면 되잖아요. 기한을 주고, 그때까지 하지 않으 면…."

"제기랄, 여보게 자네." 스티븐스 판사가 말했다. "숙녀 면전 에 대고 고약한 냄새가 난다고 말하란 건가?"

그리하여 다음 날 밤, 자정이 지난 시각에 네 명의 남자는 에밀리 양의 앞마당을 가로질러 도둑처럼 집 주변을 살금살금 돌았고, 벽돌 바닥과 지하실 입구 냄새를 맡으려 킁킁대는 가운 데 그중 한 명은 어깨에 멘 자루에 규칙적으로 손을 넣었다 빼며 씨를 뿌리는 것 같은 동작을 반복했다. 그들은 지하실 문을 뜯고 그 안과 바깥채 건물들에 전부 석회를 뿌렸다. 그들이 다시 앞마 당을 가로지를 때 내내 어두웠던 창문 하나에 불이 켜지면서 에 밀리 양이 빛을 등지고 앉아 있는 게 보였는데, 움직임 하나 없 이 상체를 꼿꼿이 세운 모습이 마치 조각상 같았다. 그들은 조용 히 잔디밭을 가로질러 거리를 따라 늘어선 아카시아 나무 그림자 속으로 들어갔다. 한두 주쯤 지나 악취는 사라졌다.

이즈음부터였을 것이다, 사람들이 그녀를 진심으로 불쌍히 여기기 시작한 것은. 우리 마을 사람들은 그녀의 대고모 와이엇 노부인이 마침내 완전히 미쳐 버렸던 것을 기억하며, 그리어슨 집안은 실제보다 자신들을 지나치게 높이 생각한다고 믿었다. 젊은 남자 중에 에밀리 양의 배필이 될 만큼 충분히, 혹은 그 비슷하게라도 출중한 사람은 없었다. 오랫동안 우리는 그들을 한 장의 그림으로 생각해 왔다. 그림의 후경에는 하얀 옷을 입은 날씬한 모습의 에밀리 양이, 전경에는 그녀의 아버지가 말 채찍을 꼭 쥐고 그녀에게 등을 보인 채 서 있는데, 두 사람은 활짝 젖힌 앞문의 틀 속에서 테가 둘러진 한 장의 그림 같았던 것이다. 그래서 그녀가 서른이 되도록 여전히 독신으로 있을 때, 우리도 딱히 유쾌한 건 아니었지만 우리의 정당성이 입증된 기분은 들었다. 그 집안에 아무리 광기가 내력이라 해도 정말로 기회가 현실화된 적이 있다면 그녀가 그 모두를 다 거절할 리는 없었을 테니까.

아버지의 죽음 이후 그녀에게 남은 건 집 한 채가 전부였고, 어떤 의미에서 사람들은 기뻐했다. 마침내 에밀리 양을 진정으로 동정할 수 있게 되었으니까. 고립되고 빈궁해진 그녀는 비로소 인간적인 존재가 되었다. 이제 그녀 역시, 돈 한두 푼 가지고 벌벌 떠는 그 오랜 떨림과 절망을 알게 될 터였다.

아버지의 죽음이 있은 다음 날, 부인들은 마을 관습에 따라 그녀의 집을 방문해 위로와 도움을 전하고자 했다. 에밀리 양은 평소 옷차림 그대로, 얼굴엔 그 어떤 비탄의 흔적도 없이 문가에 서서 그들을 맞았다. 그녀는 아버지가 죽지 않았다고 말했다. 그녀는 사흘간 목사와 의사 들이 찾아와 시신을 처리하도록 설득하는 내내 똑같았다. 이제 남은 건 법적 강제뿐일 때 그녀는 무너져 내렸고, 그들은 서둘러 시신을 매장했다.

그 당시에 우리는 그녀가 미쳤다고 말하지 않았다. 우리는 그녀가 그렇게 해야만 했을 거라고 믿었다. 우리는 그녀 아버지가 쫓아낸 모든 젊은 남자들을 기억했고, 아무것도 남지 않은 그녀로서는, 대개의 사람들이 그러하듯 자신을 약탈해 간 바로 그것에 매달릴 수밖에 없음을 알고 있었다.

3

그녀는 오랫동안 앓았다. 그녀를 다시 봤을 때는 머리를 짧게 잘라 소녀처럼 보였고, 어딘가 묘하게 교회 색유리창의 천사들을 닮은 모습은 비극적이면서도 평온해 보였다.

마을은 이제 막 보도 포장에 대한 계약을 마친 참이었고, 그녀 아버지의 죽음 이후 이어진 여름에 공사가 시작되었다. 공사 업체는 흑인들과 노새, 각종 장비와 호머 배런이라는 양키를 현장 감독으로 데려왔다. 덩치가 크고 가무잡잡한 피부에 목소리가 큰 그 수완 좋은 남자는 낯색보다 더 옅은 눈동자를 지니고 있었다. 꼬마들은 떼 지어 그를 따라다니며 그가 흑인들한테 욕하는 소리를 들었고, 흑인들은 곡괭이가 오르내리는 장단에 맞춰 노래를 불렀다. 얼마 안 가 그는 마을 사람 모두를 알게 되었다. 광장 근처 어딘가에서 한바탕 웃음소리가 난다 하면, 언제나 호머 배런이 사람들 한가운데 있었다. 곧 우리는 일요일 오후마다 그와 에밀리 양이 마구간에서 빌린 황갈색 바퀴 마차에 말 두 마리를 몰고 나들이하는 모습을 보게 되었다.

처음에 우리는 에밀리 양에게 뭔가 관심 가는 일이 생겨 기뻐했는데, 왜냐하면 부인들이 전부 하는 말이 "그리어슨 집 딸이 진심으로 북부 남자를 만날 생각을 할 리야 있나. 것도 날품 파는 일꾼을"이었기 때문이다. 하지만 다른 사람들, 더 나이 든 사람들은 아무리 슬픈 일이 있다 해도 진정한 숙녀라면 '노블레스 오블리주'를 잊어선 안 된다고 말했다. 물론 그들은 그것을 노블레스 오블리주라고 부르지는 않았지만 말이다. 그들은 그저 "딱한 에밀리. 친척들이라도 와 주면 좋으련만"이라고 말할 뿐이었다. 그녀에게는 앨라배마에 친척이 있긴 했으나, 수년 전 그 정신 나간 대고모 와이엇의 유산 문제로 아버지와 사이가 벌어지고 나서는 두 집안 사이에 왕래가 끊겼다. 심지어 장례식에도 나타나지 않았다.

나이 든 사람들이 "불쌍한 에밀리"라고 말하자마자 수군거림이 시작되었다. "정말 그런 것 같아?" 그들은 서로에게 물었다. "당연하지. 다른 이유가 뭐가 있겠어…" 손으로 입을 가린 채, 일요일 오후의 햇볕을 가리는 차양 뒤에서 고개를 길게 빼고 지켜보는 가운데 실크와 새틴이 스치는 바스락거림 속에서 한 쌍의 말이 다그닥 다그닥 소리를 내며 지나갈 때 들려오는 말. "불쌍한 에밀리."

그녀는 고개를 한껏 높이 들고 다녔다. 심지어 여자로서의 그녀의 품위가 실추되었다고 사람들이 생각할 때조차 그랬다. 그녀는 그 어느 때보다도 마지막 그리어슨가 혈통으로서 자신의 존엄성을 인정받기를 요구하는 듯했고, 그 어떤 것에도 휘둘리지 않는 자신의 불굴의 의지를 재확인시켜 줄 속된 손길을 바라는 듯도 했다. 쥐약으로 비소를 샀던 일도 그랬다. 때는 사람들 입에서 "불쌍한 에밀리"라는 말이 나오기 시작한 지 1년이 넘은 시점으로, 두 명의 여성 사촌이 그녀의 집에 머무르고 있었다.

"독약을 좀 사려고 해요." 그녀가 약사에게 말했다. 당시 그녀는 서른이 넘은 나이였고 여전히 마른 체형이었지만 유난히 야위어 전보다 더 앙상했으며, 관자놀이와 눈두덩이에 살이 팽팽히 붙어 있는 얼굴에선 차갑고 오만한 검은 눈동자가 도드라져 보였다. 등대지기가 이렇게 생겼을까 싶은 얼굴이었다. "독약을 사려고요." 그녀가 말했다.

"예, 에밀리 양. 무슨 종류요? 쥐약 같은 것 말인가요? 추천을 드리자면…"

"제일 센 걸로 주세요. 종류는 상관없습니다."

약사는 몇 가지 이름을 댔다. "이런 것들이면 코끼리도 죽일 겁니다. 그런데 에밀리 양이 원하는 건…"

"비소라는 건" 에밀리 양이 말했다. "괜찮은 건가요?"

"비… 비소요? 예. 그렇죠. 하지만 원하시는 건…"

"그럼 비소를 주세요."

약사가 그녀를 내려다봤다. 그의 시선을 똑바로 마주 보는 그녀의 얼굴은 팽팽하게 당겨진 깃발 같았다. "아, 아무렴요." 약사는 말했다. "필요하신 게 그거라면요. 그렇지만 법적으로 용도를 확인하게 되어 있어서요."

에밀리 양은 빤히 그를 바라보았고, 그와 눈을 마주치기 위해 그녀는 머리를 뒤로 기울이고 있었는데 결국 약사는 시선을 돌려 안으로 들어가 잠자코 비소를 포장했다. 배달하는 흑인 소년이 그녀에게 꾸러미를 내왔고, 약사는 다시 나오지 않았다. 그녀가 집에 와 꾸러미를 열었을 때 상자 위에는 해골과 뼈다귀 그림 아래 '쥐약'이라고 쓰여 있었다.

4

그래서 그다음 날 우리는 모두 "자살하겠군" 하고 말하며 그게 제일 나은 것 같다고 했다. 처음 그녀가 호머 배런과 함께하는 모습이 보이기 시작했을 때 우리는 "저 남자와 결혼하겠네"라고 했다. 또 우리는 "남자를 곧 설득해 내겠지"라고 했다. 왜냐하면 호머는 남자들과 어울리길 좋아하고, 엘크 클럽에서 젊은 남자들과 함께 술 마시는 것으로 유명한 데다가 본인 입으로 직접 자기는 결혼 같은 걸 할 사람이 아니라고 말했으니까. 이후에 우리는 일요일 오후, 반짝이는 마차를 타고 지나가는 그들을 차양 뒤에서 바라보며 "불쌍한 에밀리"라고 수군거렸다. 머리를 높이 치켜든 에밀리 양 옆에는 모자를 비스듬히 눌러쓰고 잇새에 시가를 문 채로 노란 장갑을 낀 손으로 고삐와 채찍을 쥔 호머 배런이 함께였다.

그러더니 몇몇 부인들이 그것을 보고 마을의 수치이자 젊은 사람들에게 안 좋은 본보기가 된다는 말을 하기 시작했다. 남자들은 엮이고 싶지 않아 했지만, 부인들은 끝끝내 침례교 목사—에밀리 양 집안은 성공회였음에도—가 그녀를 방문하게 했다. 목사는 그 면담에서 무슨 일이 있었는지 입 밖에 내지 않았지만, 다시 방문하는 것만은 거부했다. 다음 일요일에도 마차는 어김없이 거리를 돌았고, 이튿날 목사의 부인이 앨라배마의 친척들에게 편지를 썼다.

이렇게 다시 한 지붕 아래 피를 나눈 친지들이 모였고, 우리는 한발 물러나 일이 어떻게 전개되는지를 지켜보았다. 처음에는 아무 일도 일어나지 않았다. 그러다 우리는 곧 그 둘이 결혼할 것임을 확신했다. 에밀리 양이 보석상에서 은제 남성용 화장실 용품 세트를 주문했을 뿐만 아니라 물건마다에 H. B.라는 이니셜을 새기도록 했다는 걸 알게 되었던 것이다. 이틀 후 우리는 그녀가 잠옷을 포함한 남성용 정장 일습을 구매했다는 것도 알게 되었는데, 하여 우리는 말했다. "결혼을 했군." 우리는 진심으로 기뻤다. 우리는 그 두 여자 사촌이 에밀리 양보다 더 그리어슨 집안 사람 같아서 [그들을 내보낼 수 있다는 생각에] 기뻐했던 것이다.

그리하여 보도 포장 공사가 완료된 지 얼마의 시간이 지나고 호머 배런이 자취를 감췄을 때 우리는 그다지 놀라지 않았다. 공개적인 작별 인사가 없었다는 점이 좀 실망스럽긴 했지만, 우리는 그가 에밀리 양을 맞이하기 위한 준비를 하러 떠났다거나, 그녀가 사촌들을 돌려보낼 시간을 벌어 주기 위해서 떠난 것이라고 믿었다. (그 당시 우리는 그녀의 사촌들을 몰아내기 위해 동맹을 맺은 일종의 비밀결사 같았다.) 아니나 다를까, 일주일 후에 그들은 떠났다. 그리고 우리가 내내 예상한 바와 같이 그로부터 사흘도 되지 않아 호머 배런이 다시 마을에 나타났다. 이웃 하나가 어둑어둑해지던 저녁 무렵에 흑인 하인이 그를 부엌문으로 들여보내는 것을 보았다.

그리고 그것이 우리가 본 호머 배런의 마지막 모습이었다. 그리고 한동안 에밀리 양도 보이지 않았다. 흑인 남자가 장바구니를 들고 드나들었지만 현관문은 굳게 닫힌 채였다. 석회를 뿌리던 남자들이 그날 밤 본 것처럼 우리는 이따금 창가에 있는 그녀를 아주 잠깐 동안 볼 수 있었지만, 거의 반년 가까이 그녀는 거리에 모습을 드러내지 않았다. 우리는 결국 이 역시 예상 가능한 일이었음을 깨달았다. 여자로서의 그녀의 삶을 그토록 좌절시켰던 부친의 기운은, 그가 죽어서도 사라지지 않을 만큼 치명적이고 맹렬했던 것이다.

우리가 다시 에밀리 양을 보았을 때, 그녀는 이미 비대하게 살이 쪘고 머리칼이 허옇게 세어 가고 있었다. 다음 몇 해 동안 머리색은 점점 허예지더니 마침내 철회색을 띠게 되었다. 그녀가 일흔넷의 나이로 죽기 전까지 마치 정력적인 남성의 것과 같은 그 활기찬 철회색 머리칼은 그대로였다.

그 이후로 그녀의 현관문은 굳게 닫혔는데, 예외라고는 그녀 나이 마흔 정도에 육칠 년 동안 도자기 채색 교습을 할 때뿐이었다. 그녀는 아래층 방 하나를 작업실로 꾸몄고, 사토리스 대령 세대들의 딸이나 손녀들이 이곳을 찾았는데, 그들은 마치 헌금함에 넣을 25센트 동전을 손에 들고 주일 예배를 가듯이 꼬박꼬박 이곳으로 보내졌다. 그러는 동안에도 그녀의 세금은 면제되었다.

이윽고 새로운 세대가 시 정부의 중추이자 정신이 되었고, 도자기 채색 수업에 오던 학생들도 이제 자라서 떠났는데 그들은 자신의 자녀에게 더 이상 물감과 붓, 여성잡지에서 오려 낸 그림들을 들려서 수업에 보내지 않았다. 마지막 학생이 떠나며 닫힌 현관문은 다시는 열리지 않았다. 마을에 무료 우편배달이 시행될 때, 오직 에밀리 양만이 번지수 적힌 금속판이 있는 우편함을 달기를 거부했다. 그녀는 그들 말을 들으려고도 하지 않았다.

날이 가고, 달이 바뀌고, 해가 넘어가면서 우리는 장바구니를 들고 다니는 흑인의 머리칼이 점점 희어지고 허리가 점점 굽어 가는 것을 보았다. 해마다 12월에 우리는 납세고지서를 보냈지만 일주일 후면 미수취 사유로 반송되곤 했다. 이따금 우리는 그녀가 아래층 창가에 있는 모습을 보았다. 집 위층은 완전히 폐쇄시킨 게 분명해 보였다. 그녀는 마치 벽감에 새겨진 조각상의 반신(半身)처럼 우리를 보고 있는 건지 아닌지도 알 수 없었다. 그렇게 그녀는 한 세대에서 다음 세대로 이어졌다. 사랑스럽고, 불가피하고, 손상되지 않으며, 평온하고, 괴팍하게.

그리고 그녀는 그렇게 죽었다. 먼지와 그림자만 가득한 집에서, 곁을 지키는 이는 다 늙어 제 몸 하나 제대로 못 가누는 흑인 남자가 전부인 채로 병들어 쓰러졌다. 우리는 심지어 그녀가 아픈 것도 알지 못했다. 그 흑인에게서 정보를 얻는 것을 포기한 지는 오래였다. 그는 누구와도 말을 나누지 않았는데, 사용하지 않아 녹이 슨 것처럼 거칠어진 그의 목소리로 짐작하건대 아마 그녀와도 말을 하지 않고 지냈을 것이다.

그녀는 아래층 방, 커튼이 달린 묵직한 호두나무 침대에서 죽었고, 그녀의 회색빛 머리칼은 해가 들지 않아 누렇게 변색되고 곰팡이 핀 베개에 고이 뉘어 있었다.

흑인 남자는 현관에서 첫번째 조문객인 부인들을 맞이하며 안으로 들였다. 부인들은 숨 죽인 채 속삭이며, 재빠르고 호기심어린 눈으로 흘끔거렸고, 남자는 바로 사라지고 없었다. 그는 곧 집 안을 가로질러 뒷문으로 나갔고, 그 뒤로 다시는 모습을 보이지 않았다.

곧 여자 사촌들이 도착했다. 장례는 이튿날 치러졌다. 꽃 무더기 아래 놓인 에밀리 양을 보기 위해 마을 사람들이 몰려든 가운데, 깊은 생각에 잠긴 듯한 그녀 부친의 크레용 초상화가 관대와, 쉬쉬하면서도 음산하게 속닥거리는 부인들을 내려다보고 있었다. 그리고 아주 나이 많은 남자들, 개중에는 남부연합 군복을 곱게 다려 입은 이도 있었는데, 그 사람들은 현관 앞이나 잔디밭에서 마치 에밀리 양이 자기들과 동년배인 것처럼 이야기하며, 어쩌면 자신들이 그녀에게 구애를 하면서 함께 춤을 췄다고 믿고 있었다. 나이 든 이들이 많이들 그러듯, 그들 역시 시간의 수학적인 진행을 혼동했는데, 그들에게 과거란 사라져 가고 있는 길이 아니라 겨울이 결코 닿을 수 없는 거대한 초원이었고, 다만 최근 10년이라는 좁은 병목으로 인해 현재로부터 분리되어 있을 뿐이었다.

이미 우리는 위층 저쪽 어딘가에 사십 년간 아무도 들여다본 적 없는 방 하나가 존재한다는 것과, 그 방의 문을 열려면 반드시 완력을 써야 할 것임을 알고 있었다. 사람들은 에밀리 양이 품위 있게 땅에 묻힐 때까지 기다렸다가 그 문을 열었다.

문을 부수는 격렬한 소란이 방 안을 먼지로 가득 채웠다. 신부를 위해 꾸며진 그 방은 어느 곳이든 얇고 매캐한 먼지가 마치 관을 덮는 천처럼 덮여 있었다. 빛바랜 장밋빛 밸런스 커튼 위에, 장미색 램프 위에, 화장대 위에, 섬세한 크리스털 그릇과 이제는 이니셜을 알아보기 어려울 정도로 산화된 은제 남성 화장실 용품들 위에도. 그 사이에는 방금 벗어 둔 듯한 칼라와 넥타이가 놓여 있었는데, 그것을 들어 올리자 먼지 쌓인 표면에 흐릿한 초승달 자국이 드러났다. 의자에는 조심스럽게 개켜진 남자 정장이 걸려 있었고, 그 아래에는 말 없는 구두 두 짝과 벗어 놓은 양말이 놓여 있었다.

그 남자는 침대에 누워 있었다.

오랫동안 우리는 그 자리에 서서 심오하면서도 살점 없는 미소를 내려다보았다. 시신은 한때 포옹하는 자세로 누워 있었던 듯하지만, 이제 사랑보다 더 오래 지속되는, 그리고 심지어 사랑의 일그러짐마저 정복해 버린 긴 잠에게 속아 넘어져 있다. 그나마 남아 있는 잠옷 아래에서 썩어 간 그의 몸뚱이는 이제 침대에서 떼어 낼 수조차 없게 되었다. 그리고 그의 위, 그리고 그 옆에 놓인 베개 위에도 끈질기게 오랜 세월 견뎌 온 먼지가 차분히 덮여 있었다.

그러고서 우리는 두번째 베개에서 머리가 놓였던 움푹한 자국을 알아차렸다. 우리 중 누군가 뭔가를 집어 들었고, 그것을 보기 위해 몸을 기울이자 보이지 않는 매캐한 마른 먼지가 날아올라 코끝을 간질였다. 우리가 본 건 기다란 철회색 머리카락 한 올이었다.

옮긴이 후기

책의 제목에서부터 우리는 일종의 난관을 만난다. '저항하는 독자'가 된다는 것은 자신이 읽는 텍스트를 의심하고, 그 아래 숨겨진 의미와 주제를 찾아내 여성의 눈을 가리는 문학 전통에 저항한다는 뜻일 텐데, 그런 독자의 눈은 모든 텍스트에서 의심을 거두기 어렵다. 그렇다면 결국 '그런 눈'으로 보기만 한다면 거의 모든 텍스트는 여성혐오 내지는 성차별적 혐의가 있는 미심쩍은 글이 되고, 그 독서의 끝에서 우리가 할 수 있는 것은 "내가 맞았어"라고 하는 것뿐일 테다. 이것은 전에는 느끼지 못하던 것을 느끼고, 전에는 알지 못하던 것을 알게 되고, 영감을 받고, 충격을 받고, 변화를 만들어 내는 과정으로서의 독서가 아니라 내가 이미 알고 있던 사실을 확인하는 기계적인 작업이 될 뿐이다. 이에 대한 예로, 조이스 웩슬러(Joyce Wexler)는 페털리의

『무기여 잘 있거라』에 대한 해석에 반대하며 "캐서린이라는 캐릭터가 단순히 주인공의 반테제로만 기각될 때, 헤밍웨이의 소설은 부당하게 축소되고 만다"고 주장한다.[1] 페미니스트 비평을 한다면서 오히려 작품 속 여성 인물을 읽으려 하지 않는다는 이 주장은 어떤 면에서는 정당하다. 모든 텍스트에서 잘못되거나 부당한 것들을 찾기로 마음먹은 '저항하는 독자'에게 책의 진짜 주제라는 건 오직 자기 마음속에만 있을 것이므로.

그러나 여전히 우리에게 읽기 충분한 '여성 인물'이 없다는 사실은 웩슬러의 비판을 반쪽짜리로 만드는 것은 아닐까. 미국 문학의 시작을 알린 「립 밴 윙클」에서 립의 아내는 어쨌거나 이름조차 주어지지 않은 채 마지막까지 자기 성질에 못 이겨 죽은 여성이고, 『무기여 잘 있거라』에서 캐서린은 프레더릭과의 성적인 관계 내에서만 우리의 읽기 속으로 들어오다가 바로 그 관계로 인해 죽는 인물이다. 개츠비가 목숨을 바쳐 숭배한 데이지가 결국 흔해 빠진 꽃, 경솔하고 무심한 살인자로 축소되며 저녁

---

1) Joyce Wexler, "E. R. A. for Hemingway: A Feminist Defense of *A Farewell to Arms*", *The Georgia Review*, Vol. 35, No. 1 (Spring 1981), p. 123. 웩슬러는 캐서린을 "프레더릭이 전쟁 경험에서의 자기 이야기를 서술함으로써 다가가게 되는 인간 종류의 전조로서 제시"(pp. 112~113)된다고 바라보며, 가부장적인 문학에서 여성 분석을 반영하는 진술들은 헤밍웨이의 소설을 정확히 설명해 내지 못한다는 입장을 취한다.

에 식품 저장고에서 데우지도 않은 치킨을 뜯어 먹는 여자가 되는 건 또 어떤가. 그나마 우리에게는 헨리 제임스가 공들여 그리고 있는 여성 인물들과 삶의 현실이 있지만, 그들은 끝내 패배하고 가부장제의 불가피함 혹은 견고함을 확인시켜 줄 뿐이다. 저자의 마음을 읽는 능력이 있지 않은 이상 페이지에 쓰이지도 않은 여성을 읽을 도리는 없다. 이상적인 남성들의 세계에서 그들은 죽거나 존재하지 않기 때문이다.

죽거나 존재하지 않는 여성을 기본값으로 갖는 문학에 둘러싸여 자란 우리 여성 독자는 그리하여 남성으로서 문학을 본다. 이것이 페털리가 '강제적 남성 주체화'(immasculation)라는 말을 통해 지적하고자 한 문화적 현실이다. 여성은 남성으로 사고하고, 남성으로 반응하도록 가르침을 받지만, 결코 남성은 될 수 없는 존재다. 이 사실은 여성 독자를 분열적 존재로 만든다. "독자, 교사, 학자로서 여성은 남성처럼 생각하고, 남성의 관점에 공감하며, 남성적 가치 체계를 정상적이고 적법한 것으로 받아들이도록 교육받게 되는데, 그 주요한 원칙 중 하나는 바로 여성혐오다."(30~31) 남성 보편 주체의 시각을 내면화하도록 요구받는 이데올로기적 과정인 이 '남성 주체화'는 남성 중심적 주체의 위치로의 편입을 강제하기 때문에 해석 과정에서 불가피하게 여성 주체가 사라지게 되는데, 페털리는 우리로 하여금 바로 이것을 직시하게 하며, 우리가 저항해야 하는 것은 바로 이러한 현실임을 분명히 한다. 페미니스트적으로 텍스트를 뜯어보고 가부장적 전제를 확인하는 것에 그치지 않고, 텍스트 바깥의 독자와 독자의 삶을 직접적으로 호출하며 여성 독자들이 자신에게 이식된 남성의 정신을 몰아낼 것을 주장함으로써 『저항하는 독자』는 그 제목에서부터 담지하고 있는 비평적 독해가 갖는 딜레마를 피해 간다. 자신이 읽는 텍스트에 저항하고 그 의도와 전제를 의심한다는 것은 반드시 페미니스트 비평이 아니더라도 비평적 읽기에 있어 반드시 필요한 조건임에도 자기 안에 이미 존재하는 답을 찾는 재귀적인 행위가 될 위험이 있다. 이에 페털리는 우리가 저항하는 대상을 텍스트뿐 아니라 우리가 처해 있는 존재 조건으로 넓힘으로써 페미니스트적 읽기를 실천적이고 정치적이며 존재론적인 행위로 확장시키는 것이다.

의식은 힘이다. 문학에 대한 새로운 이해를 창출하는 것은 그 문학이 우리에게 새로운 영향을 미칠 수 있도록 하는 것이다. 그리고 새로운 영향을 가능하게 하는 것은 결국 문학이 반영하는 문화를 변화시킬 수 있는 조건을 제공하는 것이다. 우리 사회에 존재하며 문학 속에서 확인되는 여성과 남성에 관한 복합적인 사상과 신화를 폭로하고 질문하는 것은, 문학에 체현된

권력 체계를 단지 논의의 대상으로 삼을 뿐 아니라 변화의 가
능성에 열어 두는 것이기도 하다. 이러한 질문과 폭로는 물론
그 문학을 구성하는 의식과는 근본적으로 다른 의식에 의해서
만 수행될 수 있다. 그러한 폐쇄적인 체계는 내부로부터는 결
코 열릴 수 없으며, 오직 외부로부터만 열릴 수 있다. 그 안으
로 들어가기 위해서는 문학 체계의 가치와 가정(假定)들에 의
문을 제기하는 관점에서 출발해야 하며, 문학이 숨기고자 하는
바로 그것을 의식의 영역으로 끌어내는 데 투자하는 관점에서
접근해야 한다. 페미니스트 비평은 바로 그런 관점을 제공하
며, 그런 의식을 구현한다.(29~30)

페미니스트 비평이 "근본적으로 다른 의식에 의해서만" 수
행될 수 있다는 것은, 우리에게 기존의 문학과 담론을 구성하는
의식의 바깥에 서야 할 필요성을 제기한다. 우리가 잠식되어 있
는 가치와 가정에서 빠져나와 "다시-보기"를 시도하는 것은 읽
기가 곧 존재론적인 행위가 되는 페털리의 전제 속에서는 단순
히 은유가 아니라 정말로 생존의 행위가 된다. 이렇게 "다시-보
기"를 통해 책은 더 이상 전에 읽혔던 방식으로 읽힐 수 없을 것
이므로, "따라서 우리를 무의식적으로 자신들의 기획으로 묶어
두었던 힘을 잃게" 될 것을 선언하는 이 책은 우리가 가부장적

전제에 익사하기 전에 당도한 구명정인 것이다.

* * *

페미니스트 문학 비평의 전통에서 일레인 쇼월터나 샌드라 길버트, 수전 구바 등이 다져 놓은 기반을 바탕으로, 누락되고 기각된 여성 작가들을 재발견·재맥락화하는 흐름은 이제 사람들에게 익숙한 페미니즘적 논의로 느껴진다. 비슷한 비평의 장 내에 있지만 이와 조금은 다른 강조점을 보여 주는 페털리는 남성 중심적 이데올로기 속에서 생산되고 인정된 남성 작가들의 정전을 통해 여성에게 행사하는 남성 권력의 드라마와 구조를 파헤친다. 전자가 여성 작가 전통을 재구성하면서 가부장적 시학에 대한 반대급부로 여성의 문학을 회복하고자 한다면, 후자는 우리가 살고 있는 문화적 현실을 점검하고 이 현재를 발 딛고 서 있는 여성 독자의 행위와 주체성에 보다 집중한다. 이런 페미니즘 비평 방식은 물론 여성 작가의 작품을 볼 때와 남성 작가의 작품을 볼 때 다른 기준을 적용한다는 비판 속에서 그 자체로 이분법을 만들어 내기도 하지만[2] 궁극적으로 이것들이 여성의 삶

---

2) 해당 비판은 쇼월터의 여성비평(Gynocriticism)에 대한 토릴 모이(Toril Moi)의 주장을 참고한 것이지만, 위에 논한 페미니스트 비평의 딜레마에 대한 비판으로도 기능할 수 있을 것이다. Toril Moi, *Sexual/Textual Politics: Feminist Literary*

에 대한 개입이 될 수 있다는 측면에서, 우리는 다만 더 많은 페미니즘 비평이 필요할 뿐이다.

더욱이, 리타 펠스키가 "문학 작품의 의미는 구체적인 예들이 갖는 무게와 인내심을 가지고 쌓아 올린 세부사항들"에서 비롯되는 것이며, "문학은 우리에게 아주 근본적인 의미에서 특정적인, 즉 '저것'이 아니라 무조건 '이것'인 세상을 준다"[3]고 할 때, 이는 우리가 문학을 어떻게 읽는지가 중요하다는 강조에 다름 아니다. 그러니까, 닉 캐러웨이가 데이지와 조던에 대해 지나가는 말로 독자에게 남겨 놓는 미심쩍은 이야기들, 로잭이 체리의 못생긴 발가락과 발톱에 칠해진 매니큐어가 추하고 자아도취적이라고 말하는 세부사항들을 그냥 읽고 지나치지 않아야 한다는 말이다. 문학이 우리 삶의 현실을 반영하는 예술형식이라고 했을 때, 그에 반응하는 우리 삶의 현실을 바꿔 낸다면 그 이후의 문학은 필연적으로 바뀔 수 있기 때문이다. 페털리가 미국 문학이 그리고 있는 원환 구도를 통해 노먼 메일러가——케이트 밀렛 역시 『성 정치학』의 문학 작품 논의에서 메일러에게 한 챕터를 할애하고 있다——150년 전의 단편과 정확히 같은 이

Theory, 2nd Edition, London: Routledge, 2002.
3) Rita Felski, *Literature After Feminism*, Chicago and London: The University of Chicago Press, 2003, pp. 16, 17.

야기를 반복하고 있음을 증명한 것은 바로 이것을 준비한 논의 였을 것이다. 미국 최초의 단편소설에서 만들어진 남성 판타지 가 죽지 않고 회귀하여 1965년에 이르러 아내를 살해하고도 빠 져나가는 남편을 창조해 냈다는 건 다른 말로 여성에게 가해지 는 현실이 달라지지 않았다는 뜻일 테니 말이다.

물론 그 이후로 많은 시간이 흘렀다. 2026년 현재는『미국 의 꿈』이 출간된 1965년과도, 이 책『저항하는 독자』가 쓰여진 1978년과도 다르다. 분명 많은 것들이 ─좋게, 혹은 나쁘게─ 변한 속에서 페털리가 논한 미국 문학의 저 구도 역시 지금은 완 전히 깨어졌으리라 믿는다. 그리고 만약 이것이 '저항하는 독자' 들에게 크게 빚지고 있는 것임을 믿는다면, 우리가 계속해서 저 항하는 독자가 될 이유는 충분하다.

2026년 2월

임유진